KB244156

칼에 지다

칼에 지다

아사다 지로 장편소설 | 양윤옥 옮김

下

북하우스

다니 산주로는 말재간이 뛰어나고 세상 사는 법에 빠삭한 사내였소.

특히 남의 말을 곧이곧대로 들어주는 곤도 이사미는 그런 수법에는 아주 약했어. 산주로로서는 곤도쯤은 제일 갖고 놀기 쉬운 사람이었을 거요.

제 집안을 곤도에게 교묘히 팔아먹으면서도 한편으로 동생인 만타로는 오사카에 박아놓고 분소라는 이름으로 교토의 신센구미가 일체 관여하지 않도록 했어. 그리고는 막내동생 슈헤이는 곤도의 양자로 넣었지. 말하자면 세상이 어떻게 굴러가든 별 탈이 없도록 만반의 포석을 깔아뒀던 거야.

검술 실력은 암만해도 수상했지. 얼굴이 허여멀끔하고 퉁퉁하게 살이 찐 게 그야말로 후다이 다이묘 휘하의 상급 무사다운 분위기인데 검술 연습 같은 때는 좀체 직접 검을 들지 않고 입으로만 떠들더라고. 나이가 우리보다 훨씬 위였고 풍채로도 밀어붙일 만했으니 젊은 대원들이야 나나 오키타보다 실력이 뛰어날 거라고 생각했을지도 모르지.

이케다야 사건 때는 그 좋은 말재간과 요령으로 한바탕 실력을 발휘합디다. 그 사건은 아무리 생각해도 곤도와 오키타의 업적인데, 다니 삼형제가 서로의 일솜씨를 칭찬해가며 저희들 공적인 양 크게 부풀린 거야.

오사카의 팥죽집에 산주로와 만타로가 제 수하들을 이끌고 쳐들어갔던 사건*도 그자가 말재간으로 얘기를 실제보다 크게 부풀린 게 아닌가 하는 의심이 듭디다.

그야 수훈을 거둔 건 사실이지만, 산주로는 번번이 제 업적을 실제보다 더 과장해서 저를 제 역량 이상의 인물로 꾸미더란 말요. 게다가 뒤꽁무니로는 '신센구미 놈들은 입으로만 떠들지 별 실력도 없는 자들이라 내가 항상 선두에서 치고 들어가야 한다'는 식으로 떠벌리고 다니는 거야.

정말 못된 놈이지. 어떤 세상에나 어떤 직장에나 반드시 있는 못된 놈이야.

실제로 뼈빠지게 일을 처리하던 나나 오키타, 나가쿠라가 산주로를 미워한 것도 당연했어. 그러나 유감스럽게도 산주로 그자는 곤도가 맘에 들어하는 인물이었단 말야.

댁도 일터에서 그런 놈들 때문에 고민하는 일이 있을 거요.

---

*1865년 1월 신센구미의 오사카 주둔소에 파견되었던 다니 형제가 팥죽집 이시쿠라야에 뛰어들어 도사 낭사들을 살해한 사건.

그렇지만 초조해할 거 하나도 없소. 거짓된 행실로 입신하는 자는 반드시 어딘가에서 꼬리가 잡히게 마련이니.

산주로 그 바보놈은 꼬리가 잡히는 꼴도 참 한심했지.

아, 더 드시오. 예전에는 안 좋은 술버릇 때문에 다들 무서워했던 내가 요즘에는 취할수록 입만 가벼워지니, 원. 댁에서야 그야말로 바라던 바겠소만.

다니 산주로가 조장을 맡았던 칠번대에 오가와 신타로라는 사무라이가 있었소. 나이는 나하고 비슷해서 스물한두 살이었을 걸. 분명 1865년 대원 모집 때 에도에서 응모했던 자였으니, 말하자면 요시무라 간이치로와 동기였을 거야.

신센구미가 한창 깃발을 날리던 시절이라 그때의 입대자는 머릿수가 많아서 자연히 별별 놈들이 다 있었소. 요시무라 같은 실력자가 있는가 하면 오가와 신타로처럼 도무지 어떻게 써먹어볼 데가 없는 겁쟁이도 있었지.

일번대에서 십번대까지 각 조가 교대로 시내 순찰에 나섰어. 조장 아래 오장(伍長)이 두 명, 오장 아래 평대원이 다섯 명이었으니 도합 열세 명이 한 조가 되었지. 눈부신 쪽빛으로 똑같이 맞춰 입은 덧옷 차림에 바짓부리를 가뿐하게 묶고 부대 깃발을 앞세우며 온 교토 시내를 질서정연하게 대열을 지어 행진했어.

교토 친위대장 아이즈 공 직속이었으니 대단한 경찰이었지. 수상한 놈이라도 보이면 노상에서 심문도 하고, 찻집이고 요릿집이고 척척 들어가서 조사를 했소. 당시의 교토는 막부의 전복을 꾀하려는 불온한 무리들의 소굴이어서 낮이건 밤이건 피

비린내가 진동하는 판이었어.

특히 갑작스런 불심검문이 가장 위험한 임무였소. "검문이다!" 하고 냅다 고함을 치면서 맨 먼저 뛰어드는 역할을 우리끼리 '사번(死番)'이라고 했는데, 자칫하면 고스란히 칼을 맞는 역할이었거든. 사번이 곧 일번이고 그 다음은 이번, 삼번으로 요컨대 죽는 순서야. 순찰 때마다 이 순번을 돌아가며 맡았어.

평대원들은 내일은 내가 사번, 죽을 차례구나 하는 밤에는 제대로 잠도 못 자. 그러다 다음날을 무사히 넘기면 위험이 적은 오번이 되니 그제야 한숨을 돌리지.

어느 날인가, 초저녁부터 한밤중까지의 밤 순찰 때 오가와 신타로에게 그 사번이 돌아갔어. 순찰에는 낮 순찰과 밤 순찰, 두 조가 있는데 그야 물론 밤 순찰 사번이 가장 위험하지. 불온한 자들이 어디어디에 있는 것 같다는 소문을 들으면 쳐들어가는 건 대개 밤 순찰 때였거든.

내 수하가 아니라서 자세한 경위까지는 모르겠소. 어떻든 오가와 신타로가 기야 구역 찻집 문간에서 "거, 검문……" 하고 입을 떼다 말고 그대로 칼을 빼든 채 얼어붙어 버렸다더만.

예상했던 대로 찻집 이층에서는 불온한 자들이 한창 밀의중이었소. 장지문 너머로 등불이 엎어지고 그자들이 허둥지둥 뛰는 기척이 들렸겠지. 그러자 즉각 이번을 맡은 대원이 오가와를 밀치고 뛰어들었어. 삼번, 사번, 오번…… 그동안 내내 오가와 신타로는 오줌을 지리며 그 자리에 말뚝처럼 서 있었다는 게야.

당연히 그자들의 도망이 더 빨라서 모두 위창을 통해 지붕을 타고 다카세 강으로 뛰어내려서는 컴컴한 어둠 속으로 사라져 버렸어.

그러니 오가와의 소행은 길게 말할 것도 없이 당장 할복감이야. 그런데도 조장이던 다니 산주로가 몇 번이나 오가와의 목숨을 구걸하고 나섰던 건 일이 그렇게 되면 입장상 제가 가이샤쿠 역할을 맡아야 했기 때문이었어.

번번이 살려주자는 간곡한 부탁을 받고 히지카타 도시조도 내심 산주로가 마땅치 않던 참이야. 게다가 다른 간부들도 이번 기회에 다니 산주로가 평소 그렇게 입에 침을 튀기며 자랑하던 그 실력을 어디 한번 보자 하고 다들 벼르고 있었어.

참 한심한 놈이었지. 내일 아침이면 할복이다 하고 결정이 난 날 밤, 장본인인 오가와 신타로는 체념을 했는지 염불을 중얼거리고 기특하게 반야심경까지 베껴 쓰는 판인데, 가이샤쿠 명령을 받은 산주로가 도리어 더 허둥거리고 난리를 치더란 말이오.

내가 그날 저녁에 측간 앞에서 오키타를 만났는데 저도 덩달아 따라와 내 곁에서 오줌을 싸며 이런 얘기를 해줍디다.

"이봐, 하지메, 방금 산주로 그 바보놈이 나를 찾아와서, 말하기 민망하지만 가이샤쿠의 요령을 좀 알려주시게, 하네? 그걸 어떻게 말로 알려줍니까, 하고 뿌리쳤더니 그렇다면 이렇게 물어봤다는 건 비밀로 해달라나? 크하하, 비밀로 해달래. 그런데 내 생각에는 그자가 틀림없이 자네에게도 찾아갈 것 같애. 마음 내키거든 친절하게 알려줘."

남의 불행을 우스갯거리로 삼는 버릇이 있는 오키타는 아주 재미있어 죽겠다는 얼굴이더만.

과연 내가 측간에서 돌아온 잠시 뒤에 발소리를 죽이며 산주로가 찾아옵디다. 허연 얼굴이 시퍼렇게 보일 만큼 절박한 표정이야.

척 보고, 이자가 대주는 목은 날려본 적이 없구나, 생각했지.

목숨을 걸고 겨뤄본 적이 없는 사람들은 서로 베고 베이는 것보다는 가이샤쿠가 훨씬 더 간단한 줄 알겠지만, 실은 그게 그렇지 않아. 각오를 하고 디밀어주는 인간의 목을 날리는 데는 서로 베고 베일 때와는 또 다른 담력이 필요한 거요. 하물며 한솥밥을 먹던 동료이고 보면 그 목숨을 내 손으로 거둬야 한다는 게 예삿일이 아니지.

내가 그때 마침 애도(愛刀) 기신마루를 손질하던 참이었소. 숫돌가루를 톡톡 치며 참으로 한심하기 짝이 없는 그자의 '비밀 애기'를 듣다 보니 문득 묘안이 떠오르더만. 그래서 이렇게 일러줬어.

"다니 선생, 대주는 목을 날릴 때는 칼을 칼자루 쪽에서부터 길게 쳐서는 안 돼요. 사람의 목이란 의외로 질긴 것이라 칼을 도끼처럼 휘둘러 내려칠 작정을 해야지, 안 그러면 쉽게 떨어지지 않습니다. 이렇게, 이쪽의 칼날로 단숨에 댕강, 하고."

말을 하면서 내가 숫돌가루 주머니로 칼날의 그 근처를 쳤더니 산주로는 내심 크게 감탄을 하는 것 같습디다.

등잔불에 부옇게 비치던 그때 산주로의 면상은 지금도 생생하게 기억이 나. 아하, 과연, 그렇겠구만, 하고 놈은 고개까지 연신 주억거리더만.

산주로가 제 방으로 돌아가자, 손으로 제 입을 눌러 웃음을 꾹꾹 참으며 기다렸다는 듯 오키타가 들어옵디다.

"내 말이 꼭 맞지? 저자가 역시 자네를 찾아왔어. 그래, 뭐라고 가르쳐줬나?"

"응, 베어서는 안 된다, 힘껏 내리쳐라, 그렇게 말해줬지."

오키타의 웃음이 딱 멈췄어.

"그러면 오가와가 너무 불쌍하지."

"어차피 죽을 놈인데 불쌍하긴 뭐가 불쌍해?"

"자칫하다간 산주로 그 바보가 오가와하고 저승길 친구가 되겠구만."

"묘안이잖아."

"음, 그야 틀림없이 그렇지. 역시 자네다워."

오키타는 내 얼굴을 가만히 쏘아보더니 높직한 웃음을 남기고 나갔어.

아시겠소? 대주는 목을 날릴 때는 뼈 틈새를 겨냥하고 칼자루에서 칼끝까지 충분히 밀어 끊어야만 하는 법이오. 베일 자가 머리털을 바짝 묶어올려 목덜미를 훤히 내놓고 단도로는 제 배를 찔러 돌리면서 목을 쭈욱 내밀어주는 건 가이샤쿠 맡은 사람에게 목뼈 틈새를 똑똑히 보여주기 위해서야.

그 목을 향해 도끼 내리치듯 칼을 후려치면 어찌 되는가. 목은 떨어지지 않고 뼈가 바숴져. 물론 가이샤쿠는 완전 실패요.

그래, 그 다음날 아침.

나는 가이조에(介添) 역할을 자청하고 나섰어. 가이샤쿠 맡은 사람 뒤에서 칼을 빼고 기다리다, 만에 하나 가이샤쿠가 실패하면 그 뒤처리를 하는 역할이오. 신센구미에서 그 역할은 대개 나나 오키타, 나가쿠라로 정해져 있었어.

산주로 그놈, 사람들이 쳐다보는 동안에는 당당한 척하더만. 일단 사람들 앞에 나서면 제 속내를 위장할 줄 아는 놈이야. 하긴 그것도 재주라면 일종의 재주지.

험한 꼴을 당하게 될 오가와가 불쌍하다면 참 불쌍했지만 어쨌거나 단 한 순간의 일이야.

산주로는 그야말로 이런 일쯤 아무것도 아니라는 척해가며 머리띠에 어깨띠를 매고 칼에 물을 치더니 오가와 뒤편에 섰소. 그 선 자세를 보고 나는 대번에 알았어. 저래서는 머리는 못 떨군다 하고.

칼자루에서 칼끝까지 충분히 사용해서 목을 베려면 간격이 짧아야 하거든. 거의 왼편 어깨에 붙어 서다시피 해야지. 그러나 목을 힘껏 내리칠 작정을 한 산주로는 오가와의 등에서 한 걸음이나 떨어져 서 있었어.

한심한 놈, 이라고 가슴속에서 저절로 욕이 나옵디다.

"잠깐!"

그 순간, 형장 맞은편에서 이의가 날아왔소. 요시무라 간이치로가 한 손을 쳐들고 산주로를 응시하고 있더만.

"심히 외람되오나 다니 선생, 조금만 더 간격을 좁히시지요."

흠칫했지. 지도 감찰인 요시무라는 할복 감독 역할도 맡고 있었기 때문에 참견을 하는 게 그리 외람된 일은 아니야. 그런데 그 지적이 너무도 적절했지.

산주로가 나를 흘끔 돌아봅디다. 그래서 내가 요시무라에게 말했소.

"다니 선생은 직심류의 달인이시다. 조언은 삼가라."

그리고는 틈을 두지 않고 즉각 "시작!"이라고 오가와의 등을 보며 지시를 날렸어.

그리도 겁이 많던 오가와는 의외로 의연한 태도를 보여줍디다. 소리도 없이 단도를 배에 찔러 넣고는 스윽 잡아 돌리면서 고개를 형장에 내밀고는 예법대로 "부탁드립니다"라고 똑똑하게 청하더만.

그 순간 산주로가 대상단 내리치기로 털썩! 흥, 어림없지, 어림없어.

목이 떨어지기는커녕 피도 안 나. 가엾은 오가와는 끔찍한 비명을 지르면서, 흐늘흐늘 앞으로 늘어지는 머리통에 딸려가듯 그대로 두 손을 바닥에 대고 엎어져버렸어. 거기서 다시 한 번 휘두르려 해도 뼈가 바숴진 목이 가슴팍 쪽으로 늘어진 뒤라 산주로의 시야에는 내리칠 곳이 들어오질 않아. 산주로는 완전히 당황해서, 괴로워하는 오가와의 등이고 허리고 가릴 것 없이 되는 대로 칼질을 해대더만.

내가 나설 차례였지.

"비켜!" 하고 산주로를 밀쳐버리고 나는 버르적거리는 오가와의 등에 찌르기를 넣었어.

맞소, 왼쪽 찌르기라는 기술이오. 왼쪽 자세인 나는 칼을 옆으로 눕혀 늑골 사이로 심장에 일격을 날리는 왼쪽 찌르기가 특기였소.

오가와는 덜컥 죽었어. 편하게 갔지.

나는 오가와의 등에서 칼을 빼내는 길로 한쪽에서 넋이 나가 있는 다니 산주로에게 칼끝을 겨눴소.

"무사도를 더럽힌 죄!"

그렇게 내가 선언했지.

형장이 물을 뿌린 듯 고요해졌던 참이라 특별히 큰 소리를 낼 필요도 없었어. 어느 누구도 그 선언에는 이의가 없었을 터.

오가와 신타로의 할복 예법에는 아무런 잘못도 없었어. 누가 보더라도 다니 산주로의 흐트러진 꼴이 무사도에 어긋났지.

"참수 징계요. 썩 자세를 취하시오!"

그 자리에는 곤도도 히지카타도 있었을 거요. 그러나 너무 순식간에 벌어진 일이라 모두 멍하니 바라보고만 있었던 거지.

"잠깐, 잠깐!"

다시 고함을 치고 나선 건 요시무라 간이치로였어. 그 소리가 단 한 순간이라도 늦었더라면 산주로는 그 자리에서 대쪽처럼 갈라졌을 거야.

요시무라는 형장을 뛰어넘어 나와 산주로 사이에 몸을 날려 들어서더니 양손을 들어 가로막았어.

"무사도를 더럽힌 죄라는 것은 지당한 말씀이나, 형장에서 당장 참수 징계를 하는 것은 너무도 성급한 일이지요. 자, 자, 어떻든 우선 칼부터 거두지요."

나중에 생각했는데 말이오, 그 요시무라가 일의 시시비비라는 것을 신기할 만큼 냉철하게 판단할 줄 아는 사람입디다. 다들 멍하니 그 자리의 분위기에 빠져 있을 때 그자만은 즉각 시비를 정확히 가리고 나섰거든.

대체로 동북 지역 사람들이란 사려 깊기는 하나 그만큼 결단
은 느리게 마련이오. 그자도 평소에는 그런 상식대로 형편없는
느림보였는데, 중요한 부분에서는 어느 누구보다 머리가 잘 돌
더란 말야. 여간 총명한 사람이든가 아니면 일의 옳고 그름이
무엇인지 분명히 알고 있든가, 둘 중의 하나지.

그런 의미에서는, 자린고비라느니 돈벌이 나선 낭사라느니
하는 욕을 들었던 요시무라는 그저 그 당시의 도덕에 맞지 않
았을 뿐이지 실제로는 항상 제대로 된 언행을 한 사람이었는지
도 모르겠소.

내 앞을 가로막은 채 그자는 열심히 설득을 합디다. 지독한
난부 사투리였지만 그가 말하려는 바는 지극히 명료했어.

"가이샤쿠에 실패하여 가이조에 역할을 번잡스럽게 한 일은
참으로 무사도에 어긋나지요. 그러하나 주둔소는 전장이 아니
잖습니까? 이 자리에서 바로 징계한들 무슨 득이 있겠어요. 하
물며 같은 부국장 보좌역 직급이신 사이토 하지메 선생에게 징
계권은 없으실 터. 자, 부디 이만 물러서주시지요."

참으로 지당한 말이지. 그자는 그런 '지당함'이 도통 통하지
않는 세상에서 참으로 '지당하게' 살았어. 곤도 이사미와 일맥
상통하는 점이기도 해. 곤도가 양지쪽에 선 '지당함'이라면 요
시무라는 음지쪽에 선 '지당함'이야. 좀더 운치 있게 말해보자
면, 곤도 이사미는 햇빛이 환하게 비치는 지당한 길을 걸으려
했고, 요시무라는 달빛이 은은하게 비치는 지당한 오솔길을 뚜
벅뚜벅 걸어갔소이다.

어느 쪽이건 그 시절에는 지당한 삶을 살면서 제 명대로 산

다는 게 도저히 불가능한 일이었소만.

"거기서 끝! 사이토, 그만 칼을 거둬라."

그제야 곤도가 말합디다. 곤도는 보기 드물 만큼 말솜씨가 형편없는 위인이라 그 다음 말은 잇지를 못해. 나중에 심판하겠다나 뭐라나, 한마디 휙 던지고 자리를 떠버렸어.

구사에 일생을 얻은 산주로의 그 밉살스러운 얼굴은 잊혀지지도 않아. 금세 아무 일도 없었다는 듯 원래의 허연 얼굴로 돌아오더니 '용용 죽겠지' 하는 식으로 코웃음을 치는 꼴이라니.

뜻밖에도 산주로에 대한 특별한 심판은 그 뒤로도 없었소. 분명 타고난 말재간으로 곤도를 농락했던 게지. 혹은 말 많은 오키타가 우스갯소리 삼아 전날 밤의 일을 떠벌렸거나.

어쨌거나 거기서 물러설 내가 아니지. 뒷마무리는 확실하게 했소이다.

1866년 사월 초하루쯤이었을 거요.

날짜까지 똑똑히 기억하고 있는 건 그 며칠 전에 게이슈로 출장 나갔던 참모 이토 가시타로와 필두 감찰 시노하라 다이노신이 마침 돌아와서 그 위로연을 그날 저녁에 했기 때문이지. 위로연 자리에서 이토가 게이슈에서 여러 번의 중신들과 논의한 성과를 개진하면서 "시절 또한 좋아 사월 초하루, 오늘을 기하여 우리 우국의 지사들은 마음을 새롭게 다잡고……" 어쩌고저쩌고 하는 시답잖은 소리를 늘어놓았어.

이토는 입에 발린 칭찬으로도 검객이라고는 못 할 인물이지만 일류 논객이었다는 것만은 의심의 여지가 없어. 시답잖은 소리라고 하면서도 그자의 변설이 아직까지 이렇게 귀에 남아 있는 걸 보면 틀림없지.

이토 얘기는 이쯤해서 관둡시다. 그자와의 관계를 늘어놓느라 얘기를 늘이고 싶진 않으니까.

아무튼 사월 초하루였어. 하긴 음력으로 따진 시절이니까 꽃이니 뭐니 진작 다 떨어진, 요즘 서양 달력으로 따지면 오월 보름은 족히 됐을 때야.

가죽 부대를 머리부터 발끝까지 뒤집어쓴 것처럼 뜨뜻하고 컴컴한 밤이었지. 시마바라의 스미야에서 가진 연회를 물린 뒤에 몇몇 대원들이 두런두런 기온 쪽으로 떨어져 나왔어.

누구누구였더라…….

나하고 오키타, 나가쿠라, 하라다, 그리고 다니 산주로. 그밖에 두세 사람이 함께 있었던 것 같은데, 요시무라는 그 자리에는 안 끼었어.

이제 와서 새삼 변명해봤자 뭘 하겠소. 그러나 나는 그날 밤에 다니 산주로를 내 손으로 처치할 맘은 없었어. 그럴 생각조차 안 했다고 해도 과히 틀린 말이 아니지.

기온 쪽으로 앞장을 선 건 산주로야. 그자는 가이샤쿠에 실패한 뒤부터 우리 눈치를 슬슬 살폈어. 그야 당연하겠지.

틈만 나면 우두머리 대원들과 술자리를 마련했어. 어떻게든 서로 간의 틈새를 메워보자는 속셈이었을 거요. 내가 엉뚱한 가이샤쿠 법을 가르쳐준 데 대해서는 산주로도 속으로 어지간히 원망을 했겠지만 차마 입 밖에 낼 수는 없었겠지.

산주로가 단골로 다니는 찻집에서 다시 엄청 술들을 마셨어.

그날 놈은 처음부터 끝까지 우리를 접대하다못해 나중에는 흡사 광대같이 굴더만.

다들 그놈이 하는 꼴에 넌덜머리들을 내고 있었지. 술잔이 돌수록 주욱 둘러앉은 대원들의 시선이 이따금 의미심장하게 내 쪽으로 쏠린다는 걸 깨달았소. 오키타도 나가쿠라도 하라다도 잔을 비우는 족족 흘끔흘끔 나를 쳐다보는 거야.

뭐, 그게 다 내 지레짐작이었는지도 모르지만.

이윽고 시간이 한참 지나고 둘러봤더니 왜 그런지 한 사람 두 사람 자리에서 사라졌더만. 나가쿠라는 그 다음날 순찰에 지장이 된다며 아예 일찌감치 돌아갔고, 하라다는 측간에 간다며 자리를 뜨더니 돌아오지 않았어. 다른 자들도 언제 갔는지 모르게 없어져서, 문득 깨닫고 보니 어두운 사방등을 둘러싸고 나와 오키타, 그리고 산주로만 술을 마시고 있더라고. 기녀까지 없었던 건 아마 우리의 심상치 않은 분위기를 알아채고 미리 내뺐던 게지.

일이 그렇게 무르익은 판에도 나는 산주로를 벨 작정 같은 건 없었어. 아마 내가 그날 뭔가 기분이 꽤 좋았던 모양이지.

그런데 술을 마시면서 오키타가 여전히 흘끔흘끔 나를 쳐다보더라고. 나는 그때서야 겨우 눈치를 챘어. 오키타가 뱃속에서 이런 소리를 하고 있더만.

(어쩌겠나, 하지메. 내가 할까 아니면 자네가 하겠나?)

나는 산주로의 눈을 피해 오키타를 쓰윽 쏘아봐줬어.

(내가 하지.)

그런 뜻을 내 나름대로 전하는 눈짓이었어.

산주로를 베고 싶었던 건 나뿐만이 아니었을 게야. 그자는 어떻게든 우리를 회유해볼 속셈으로 일부러 대접하는 자리까지 마련했지만, 흥, 그런 수에 넘어갈 사람은 하나도 없었어. 다른 대원들 모두 오키타와 내게 그 군침 도는 먹거리를 양보해준 셈이지.

일이 암암리에 그리 정해졌으니 남은 문제는 산주로를 어떻게 꼬여내느냐 하는 거였어. 나와 둘만 남게 되면 산주로도 적잖이 경계를 할 것이고, 그렇다고 내 솜씨를 오키타에게 속속들이 보여주는 것도 그리 내키지 않더만.

나는 퍼뜩 좋은 수가 떠올라 점잖게 말했어.

"참, 다니 선생. 지난번 일을 꼭 사죄해야겠소. 그 얘기를 내게 물으셨을 때, 나는 그저 농담이시려니 했소이다. 그래서 나도 그저 농담 삼아 대답했지요. 설마하니 다니 선생만한 실력자께서 그 농담을 진담으로 받아들이실 줄은……"

오키타 앞이었으니 산주로는 시치미를 뚝 떼더만. "무슨 얘기인지……" 하는 게야.

다른 한쪽의 오키타도 "이봐, 무슨 소리야?" 하며 아예 모른 척해주더군.

거기서 내가 말을 받았어.

"미안하네만 오키타, 내가 다니 선생에게 정중하게 사죄할 일이 있어. 친하게 들락거리던 기녀를 찾아가 한잔 더 할 생각인데, 자네는 자리를 좀 비켜주겠나?"

산주로는 전혀 의심하는 기색이 없었어. 오히려 바라지도 않던 일이라는 듯 얼굴이 헤벌쭉 풀어지더라고.

"흠, 알겠다. 저기 그 이시헤이 소로의 여자 말이지? 천하일 색이지. 참 괜찮은 여자야. 다니 선생도 꼭 한번 보시는 게 좋을 겁니다."

오키타란 놈, 멋지게 한마디를 보탰어. 그 무렵 내가 이시헤이 소로의 휴식소에 데리고 있던 여자는 오키타도 알고 있었거든. 눈치 빠른 것 말고는 사줄 데가 없는 천하제일의 추녀였지만.

찻집을 나서서 우선 시조 큰길 쪽으로 가다가 이치리키 앞에서 오키타를 먼저 보냈어.

"그럼, 나는 여기서." 하고는 오키타가 웃더군. 아주 재미있어 죽겠다는 듯한 너털웃음이었어.

"오키타 선생, 조심해서 가시오."

산주로란 인간, 오지랖 넓게 남 걱정까지 해주더라고. 오키타가 이런 대꾸를 던지고 갔어.

"뭘요, 둘보다 혼자가 훨씬 더 안전한 법이지요."

그 아슬아슬한 농담에 내가 속으로 흠칫 놀랐지. 나도 모르게 산주로의 안색을 살폈어. 그런데 산주로 그 어리석은 위인은 여전히 눈치를 못 채더라고.

오키타를 배웅하고 우리는 인적 끊긴 한밤중의 시조 거리를 기온 쪽을 향해 걸었어. 물론 나는 산주로의 오른편에 서서 걸었지.

사람을 베기에는 마침 좋은, 초승달이 뜬 밤이었어.

붉은 칠의 정문*을 화톳불이 훤하게 비추고 있더만. 그 문을 지나 나무가 울창한 기온 신사 경내를 돌아들면 히가시야마 야스이 쪽의 이시혜이 소로는 잠깐이야.

어서 휴식소에 가 마음껏 여자를 품고 싶은 심정이었어.

산주로를 베는 게 성찬인 건 틀림없었지만, 다들 내게 그 성찬을 양보하고 가버린 게 속으로는 은근히 부아가 나기도 했던가 봐.

이시단시타 남쪽 귀퉁이에 초소가 있었어. 그러나 초병 따위는 신경 쓸 것도 없어.

곁을 지나가는데 야간 근무중이던 말단 관원이 등불을 들고 뛰어나오더군. 우리가 걸친 톱니무늬 대원복을 보더니 요즘 신병 하듯이 직립부동 자세로 뻣뻣하게 서서 발치가 어두우니 자기 등불을 쓰라고 내줘.

필요 없다고 내가 쏘아붙였어. 그런데 그 퉁명스런 말투가 탈이었어.

산주로는 그제야 아차 싶었던지 내 옆얼굴을 살피며 관원의 손에서 등불을 받아들더만.

그제야 놈도 혹시나 하는 생각이 들었던 거야. 초소 앞을 지나 돌계단을 올라설 무렵에는 벌써 하는 짓이 이상하더라고. 등불로 내 발치를 비추며 나와 한 간 남짓 사이를 두고 있었거든.

그 다음부터 둘 사이에 이야기가 뚝 끊겼던 것 같아.

신사 정문을 지날 때 산주로가 내게 슬머시 길을 양보했어.

---

*隨身門(즈이진몬). 야다이진(矢大臣)과 사다이진(左大臣)을 좌우로 배치한 신사의 정문. 절의 인왕문에 해당된다.

어리석은 놈. 제가 뒤에 서면 무사할 줄 알았던 게지? 얼굴을 마주하고 나와 맞상대할 만한 실력이 못 되었으니.

문을 넘어서자 큼직한 녹나무가 하늘을 덮은 암흑천지였어. 돌계단이 예닐곱 단. 그걸 오르면 좌우로 석상이 한 쌍. 사당이 늘어선 참배 길을 따라 밤새 켜놓는 등롱이 나란히 이어졌는데 촛불은 거지반 다 타버린 참이었어.

잔뜩 겁에 질린 산주로의 숨소리가 들리더만. 당장 튀어 달아날 것 같은 낌새여서 내가 걸음을 옮기며 한마디 해줬어.

"다니 선생, 지난번 일은 진심으로 사죄하겠소."

그 말에 놈은 한시름 놓는 것 같아. 후유, 다행이다, 내가 괜한 걱정을 했구나, 하고 말야.

괜한 걱정은 무슨. 사이토 하지메가 남에게 고개를 숙이고 사죄를 해? 그런 일이 있을 리가 있나.

놈의 안도하는 낯짝이 손에 든 등불 빛에 그대로 비춰더만.

"어허 참, 뭘 새삼스럽게 그런……."

말을 하다 말고 놈의 얼굴이 종잇장처럼 하얘졌어.

최소한 칼을 빼고 맞설 틈은 줘야겠다 싶어서 내가 천천히 칼자루에 손을 댔거든. 그런데 산주로는 말뚝처럼 멀뚱멀뚱 선 채 그대로 꽁꽁 얼어버렸어.

다음 순간에 나는 누키우치로 동체를 먼저 내려치고는, 헐떡헐떡 숨만 내쉬는 산주로의 옆구리 쪽으로 비스듬히 긋고 나갔어. 제가 칼침을 맞은 줄 냉큼 깨닫지 못한 모양이더만. 동체의 위아래 부분이 어긋날 만큼 깊이 넣었는데도 놈은 등불을 손에 쥔 그대로 피가 줄줄 쏟아지는 발치를 바라보며 어어, 하는 신음 소리만 냈지. 깜빡 오줌을 지린 애새끼같이.

죽어도 어째 더럽게 죽는다는 게 바로 그런 걸 게야. 진작 넘어갔어야 할 놈이 계속 등을 돌리고 서 있으니 영 기분이 안 좋더라고. 그래서 재차 왼쪽 어깨에서부터 심장을 겨누고 찌르기를 넣었어.

그랬더니 곧바로 풀썩 무릎이 꺾이더만. 몸뚱이가 내 칼에 대롱대롱 매달린 꼴이 되어서 칼날이 자루 쪽부터 획 구부러져버렸지.

어처구니없는 얘기지만, 그날 칼이 영 칼집에 들어가지 않는 통에 내가 진땀깨나 흘렸어. 그렇다고 칼집에 넣지 않은 맨칼을 쳐들고 여자를 찾아갈 수도 없고. 돌계단 모서리에 칼날을 대고 몇 번이나 밟아서 겨우 반듯하게 만들어 칼집에 넣었지.

아, 드쇼.

술은 아이즈 특산이오. 마실수록 취할수록 달짝지근하지.

이시헤이 소로의 여자라는 건 분명 천하제일의 추녀였지만, 음, 상당히 참한 여자였어.

나는 고운 여자는 싫소. 원래 인간이란 게 죄다 지저분한 똥자루거든. 남한테 곱다는 소리를 듣고 저도 제가 곱다고 믿는 여자는 정말 못 봐주지. 물론 그 괴상한 자신감만큼 성질도 못됐어.

그래서 나는 여자를 살 때도 애써 추녀를 골랐소. 웬만해서 손님도 들지 않을 만큼 못생긴 여자는 적어도 남자를 정성껏 대해주기는 하거든.

이시헤이 소로의 여자는, 어라, 이름이 뭐였더라…… 잊어
버렸네. 굳이 기억할 것도 없소만.

그 여자, 심지가 괜찮은 여자였어. 내가 사람을 베고 온 날 밤
에는 피 냄새로 그런 줄을 알았던지 유난히 대접이 융숭했지.

그날 밤에 내가 산주로를 똑바로 베지 않고 몸통을 먼저 치
고 비스듬히 칼을 뺐던 건 말요, 핏물을 뒤집어쓰기 싫어서였
소. 피범벅이 된 채 여자를 안는 건 불결하잖아.

산주로를 처치한 그길로 아무 일도 없었던 듯이 여자 집에
찾아갔소.

휴식소라는 데서 여자를 거느리고 사는 대원들은 그걸 혼인
으로 인정해주고 숙박도 허락해줬소.

단지 아침 연습이 시작되는 시각까지는 주둔소에 들어가야
했어. 다음날 새벽에 일찌감치 일어나 집을 나섰는데, 그 기온
신사 앞을 지나 시조로 통하는 길은 차마 떨떠름해서 고조 다
리를 건너는 길로 니시혼간지 주둔소에 나갔지.

고루(鼓樓) 아래를 지나고 보니 역시 주둔소가 발칵 뒤집혔
더군. 내가 도착하기 직전에 관원들이 완전히 딴사람이 되어버
린 다니 산주로를 판때기에 떠메고 들이닥친 거야.

현관을 막 올라서는데 나와 마찬가지로 휴식소에서 출근하
는 길이던 나가쿠라가 말을 붙이더만.

"뭐야, 꽤 시끄럽네. 무슨 일 있었나?"

말을 그런 식으로 해서는 안 되지, 하고 나는 나가쿠라를 쏘
아봤어.

“다니 선생이 칼을 맞았다나 어쩼다나.”

“흐음.”

나가쿠라 신파치는 성품이 곧이곧대로라서 연극에는 영 소질이 없어. 좀 놀라는 척이라도 해줘야지 안 그러면 난처하겠다는 생각을 했지.

“무슨 일이야? 무슨 일 있었어?”

나가쿠라는 서툰 배우가 대사를 읊듯이 공연히 홰를 치며 주둔소로 들어갔어.

자, 그렇다면 하수인인 나는 어떻게 처신해야 할 것이냐, 하고 궁리를 했지. 일이 그리 되었으니 그 떠들썩한 판에 나도 섞여드는 게 마땅하지만 평소에 그리 허둥거리는 성질이 아니었던 터라 그것도 어째 부자연스러울 것 같아. 그렇다고 그저 가만히 있으면 그것도 의심받기 십상이었지.

그러고 있는데 고루 문으로 하라다 사노스케가 뛰어들었어.

“사이토, 다니 선생이 어떤 자에게 칼침을 맞았다는 게 사실인가?”

이 작자도 서투르기 짝이 없는 배우였어. 나름대로 고심 끝에 지어낸 말이라는 게 빤히 보이더라고. 아무래도 ‘어떤 자에게 칼침을 맞았다’는 말은 사족이었어.

결국 이런 때는 공연히 머리 굴릴 것 없이 자연스럽게 굴자고 마음먹고 주둔소 바깥 복도를 지나는데 이번에는 오키타를 딱 만났어. 놈은 예상 외로 연기를 잘하는 위인이지.

“여어, 하지메. 곤란한 사건이 터졌는데, 들었나?”

“다니 선생 말이지? 나도 깜짝 놀랐네.”

"나와 헤어지고, 그 뒤로 어떻게 되었는가?"

"휴식소에서 잠시 술을 마셨고, 배웅을 해드리려고 했는데 기어코 혼자 가시더군."

그렇게 하면 된다는 식으로 오키타가 고개를 끄덕였어. 자신 감이 생기더만. 애초부터 산주로는 내 단독으로 처치한 게 아닐 터. 간부 전원의 뜻에 의해 숙청된 거지.

곤도가 어떻게 나올지는 몰랐어. 그러나 적어도 히지카타 이하, 산주로를 그리 탐탁하게 여기지 않았던 대원들 대부분은 혹여 나를 의심한다 해도 그런 말을 입 밖에 낼 사람은 있을 리가 없었어. 모든 대원들의 뜻에 따른 일이니 하늘이 벌을 준 거나 마찬가지라고 생각했지.

복도를 돌아 안마당으로 나섰어.

감찰계의 시노하라 다이노신과 요시무라 간이치로가 사체를 검시하고 있었어. 그 주위를 대원들이 둘러싸고 있었지만 곤도와 히지카타는 없었소.

사체 곁에 쪼그리고 앉아 있던 곤도 슈헤이, 즉 산주로의 친동생 다니 마사타케, 그 녀석이 내 얼굴을 보자마자 낯빛이 홱 변해서 벌떡 일어서더군. 옆구리에서 칼을 뽑아 내게 들이대려는 것을 요시무라가 등 뒤에서 붙잡아 말렸어.

"이 살인자!"

슈헤이가 쇳소리를 내지르더만.

그간의 경위로 봐서 슈헤이는 분명 내가 하수인일 거라고 짐작했던 게지. 뭐, 틀림없는 짐작이기는 하지만.

"사이토 선생, 잠시 문의할 게 있소이다. 괜찮겠습니까?"

요시무라는 그 이상할 만큼 말끔한 눈빛으로 나를 찬찬히 뜯어보며 부드러운 소리로 물었어.

"살인자! 살인자!"

미친 듯이 외치던 슈헤이는 요시무라에게 칼을 빼앗기자 무릎을 꿇고 분한 통곡을 터뜨렸어.

"나를 두고 살인자라 하니, 참으로 우습군."

나는 복도 끝에 서서 내려다보며 말했지.

"이 일에는 일체 관여한 바가 없다는 말씀이시오, 사이토 선생?"

사체를 검시하면서 시노하라 다이노신이 고개도 들지 않고 묻더군. 대원들 중에서도 나이가 지긋했던 시노하라는 이토 가시타로의 심복이야. 감찰계에 적합한, 참으로 모범적이고 착실한 사내였어. 원래 신센구미의 감찰계라는 데가 한결같이 실력도 뛰어나지만 잘못된 일은 절대로 그냥 넘어가지 않는 건실한 자들로만 뽑아놓는 곳이었소.

나는 거짓말은 하기 싫었어. 타고난 성품으로 배짱만은 두둑한 편이었으니 엄청난 거짓말로 남을 속이기는 해도 자잘한 거짓말은 별로 좋아하질 않소.

"일체 관련이 없다는 게 아뇨. 단지, 살인은 내가 늘 치르는 임무요. 그러니 내 면전에서 그런 소리를 해봤자 영 싱거운 소리라는 거요."

쓰윽 노려봤더니 슈헤이는 다시 한번 살인자라는 소리를 내뱉고는 울음을 뚝 그쳤어.

우는 아이도 뚝 그치게 할 만큼 무서운 사람이었다고 하면 내 자랑이 될까? 그러나 그 무렵의 내게는 분명 그만한 위력은 있었소.

협박이 아니지. 나는 언제 어느 때건 사람을 벨 각오가 되어 있었어.

"천하를 구하려는 큰일을 살인이라 칭하는 자는 용서 못 해!"

그 말과 함께 주위를 한바탕 노려봤더니 안마당에 모여 있던 대원들이 모두 뒤로 주춤주춤 물러서더니 한 사람 두 사람 자리를 떠버렸어. 결국 시노하라까지 슈헤이를 감싸안듯이 끼고는 사라져버렸지.

구름 낀 하늘에서 비 냄새를 담은 습한 바람이 불어치던 아침이었소. 자갈을 촘촘하게 깔아놓은 안마당에 남겨진 건 나와 요시무라 간이치로, 그리고 다니 산주로의 사체뿐이었어.

내가 신발을 꿰어 신고 마당으로 내려섰소.

"무슨 얘기를 하려는지 잠시 들어주겠소."

물론 쓸데없는 질문은 하지 말라는 뜻에서 한 말이야. 그런 뜻이 통하지 않았는지, 아니면 통하기는 했어도 전혀 겁이 나지 않았는지, 아무튼 그때 요시무라는 이상할 만큼 말간 눈으로 나를 똑바로 마주보더군.

"간밤의 경위는 시마바라에서 기온으로 나가셨던 분들께 들었소이다. 사체를 메고 왔던 관원에게도요."

"나는 이시헤이 소로 휴식소에 갔었소."

"그렇다면 다니 선생은 거기서 돌아오던 길에 재난을 당하셨다는 얘기입니까?"

"잘 알면서 굳이 묻는 건 뭐요?"

요시무라는 사체 쪽으로 몸을 숙이고 앉아 가마니를 들췄소.

"보시는 바와 같이 대단히 뛰어난 솜씨로 동체를 갈랐습니다. 이만한 칼 솜씨는 그리 흔한 게 아니지요. 그리고 또 한 가지……."

그러면서 요시무라가 사체의 상반신을 훌떡 뒤집었는데 허리부터 그 아래는 여전히 하늘을 향한 채였어. 뱃가죽만 남기고 깨끗이 몸통을 베어버린 건, 내가 한 칼질이지만 참 대단한 솜씨였지.

"왼편 어깨에서 심장으로 일격이지요. 시노하라 선생은 하수인이 두 사람이라고 검시를 했지만……."

"그래? 나와 소지, 두 사람의 소행이라는 거요?"

"아니, 그렇게까지 직접적인 말씀은 드리지 못하지요. 그러나 제가 생각하기에 상대는 한 사람입니다."

나를 올려다보며 요시무라가 싱긋 웃고 있었어. 그자의 웃는 얼굴은 이따금 지독히 으스스하게 보이기도 하지.

"동체를 벤 다음 몸이 무너지기 전에 마지막 일침을 넣었다고 보았습니다."

"어지간히 손재주가 좋은 자였겠군."

"예로부터 왼손잡이는 손재주가 좋다고들 하지요."

어지간히 배포 큰 나도 그 순간에는 얼굴빛이 변했을 게야. 직접 제 눈으로 본 것 같은 소리를 하고 나섰으니.

"하수인은 왼손잡이다, 그 말이오?"

"예. 보시는 대로 왼편 동체부터 칼이 들어갔습니다. 이게 만

약 오른손잡이의 칼질이었다면 이렇게 깨끗이 벨 수 없었을
터. 또 한 가지, 하수인이 한 사람이라고 믿는 이유는 등 뒤에
서 찌른 것도 왼손잡이라고 생각했기 때문이지요."

"훙, 되는 대로 넘겨짚는 소리를……."

보통의 오른손잡이라면 왼편 동체를 깊게 자르고 들어가는
건 정말 어려워. 칼날이 반대로 들어가는데다 상대의 왼편 옆
구리에는 칼집과 작은칼이 동체를 지켜주는 식으로 꽂혀 있거
든. 즉 실전에서는 도무지 있을 수 없는 왼편 동체에 칼을 먹은
것으로 봐서 하수인은 다름아닌 나라고 짚어냈으니까 이치에
딱 맞는 얘기야.

그러나 등 쪽을 찌르고 들어간 것까지 내 짓이라는 걸 어떻
게 아느냐고. 내가 동체를 베고 오키타가 마지막 일격을 넣었
다고 추리하는 게 훨씬 더 타당할 텐데 말야. 아마 시노하라는
물론이고 나가쿠라나 하라다까지도 그렇게 짐작했을 거야. 산
주로와 함께 기온 찻집에 남았던 게 나와 오키타 두 사람이었
으니까.

"되는 대로 넘겨짚는 소리가 아니올시다."

요시무라는 사체의 옷 한쪽을 벗기더니 제 헐어빠진 칼을 뽑
아 상처 아가리에 칼끝을 갖다 댔어.

"찌르기를 넣을 때는 대개 칼날을 옆으로 눕힙니다. 이렇게
말이지요."

그것은 곤도 이사미의 가르침이었어. 칼날의 폭이 늑골 틈새
보다 넓기 때문에 칼날을 세워서 찌르면 뼈를 깎고 들어가. 그
러나 칼날을 눕혀서 찌르면 늑골 틈새로 쑤욱 깊이 들어가거

든.

요시무라는 먼저 오른손으로 칼자루를 잡고 칼날을 안쪽으로 눕혔어. 오른손잡이라면 그게 맞는 순서지.

"자, 상처 자국이 맞지 않지요?"

아닌게 아니라 칼날과 그 두께가 산주로의 등허리 상처와는 거꾸로 되어 있었어.

요시무라는 이어서 칼을 왼손에 받쳐들고 칼날을 안쪽으로 눕혔어. 당연히 오른손잡이의 반대라면 왼손잡이지. 상처 자국이 딱 들어맞더만.

"그나저나 참으로 대단한 솜씨요. 현란하다고밖에는 할 말이 없소이다."

요시무라는 제 칼을 수습하고는 변명도 없이 멀뚱히 선 나를 향해 똑바로 마주 섰어. 그때 내 눈앞에 서 있던 자는 틀림없이 촌티가 풍풍 풍기는 빈상의 시골뜨기 사무라이였소.

겨울 내내 입고 다닌 무명 홑겹 덧옷에는 제 손으로 꿰매 넣은 안감이 너덜너덜 해진 채 아직도 붙어 있었어. 칼집은 군데군데 칠이 벗겨졌고 느슨해진 칼자루는 천으로 둘둘 감겨 있었지.

"신센구미의 대표격이신 두 분을 한꺼번에 처벌하는 건 불가능하겠지요. 그러나 사이토 선생 혼자서 하신 일이라고 한다면 곤도 선생도 혹은……."

나는 내 얕은 생각이 분했어. 요시무라의 말 그대로라는 생각이 들더군. 뭔가 한마디 해야겠다는 생각은 간절한데 말이 목에 걸려 나오지 않았소.

내 하고 싶은 대로, 마냥 천의무봉으로 살아온 나를 장난꾸

러기 꾸지람 듣듯 멀거니 서 있게 만드는 이자는 대체 어떤 사람이냐 하는 생각이 저절로 들었지.

"시노하라에게는 전했소?"

나는 한참만에야 가까스로 입이 터졌어.

"아니오. 시노하라 선생은 사이토, 오키타 두 선생의 소행이라고 믿는 것 같았소이다. 제 검시에 대해서는 아직 아무에게도 밝히지 않았지요."

그리고 그자는 엷은 하늘빛으로 흐려진 하늘을 올려다보며 불쑥 말했어.

"저를 처치할 생각이십니까?"

"아니."

나는 퉁명스럽지만 분명하게 대답했어. 왜 그랬는지 모르겠소. 진작부터 꼭 내 칼로 죽이겠다고 별렀던 요시무라 간이치로에 대한 증오감이 그 순간 완전히 사그라지더라고.

그자의 옆얼굴은 정말 슬픈 모양새였어. 털끝만큼도 나를 미워하는 기색은 없었소. 오히려 나의 인정머리 없는 마물(魔物) 같은 마음을 달래려는 것처럼 지독히 서글픈 얼굴을 하고 있었어.

여자처럼 긴 속눈썹을 깜빡이며 요시무라는 발치에 눈길을 떨구더니 느닷없이 뜻밖의 말을 중얼거렸소.

"그렇다면 사이토 선생, 제게 돈을 좀 주시지요."

그러는 게야.

내 귀를 의심했어. 어떻든 이자가 참된 무사도는 아는 위인이라고 내심 인정해주고 있었는데, 그런 소리를 하다니.

화가 불끈 났지, 당연히. 그런데 그자의 옆얼굴을 노려보고 있으려니 분노도 스르르 가라앉더라고. 비열한 청탁을 입에 담는 순간, 그자는 입안에 남은 독이라도 씹듯이 눈을 질끈 감고 입술을 악물고 있었어. 눈꼬리에는 눈물마저 비쳤고.

그자는 제 본심에 없는 괴로운 말을 했던 게야.

이제 새삼 요시무라를 변호해봤자 아무 소용도 없소. 물론 지금도 밉살맞은 인간이라는 점에는 변함이 없어. 단지 내가 말할 수 있는 건 그 요시무라 간이치로라는 사무라이는 결코 본성부터 수전노는 아니었다는 거요. 돈을 위해서라면 무엇이든 다 한다는 식의 비열한 사무라이는 결코 아니었단 얘기요.

그리고 또 뭐라고 했나…… 죄송하다, 염치가 없다, 뭐 그런 얘기를 지독한 난부 사투리로 몇 번이나 되뇌면서 내게 머리를 숙였어.

뭐요, 그 얼굴 표정?

허어, 당신, 아직도 요시무라 간이치로의 인격을 확실하게 파악을 못 하셨구만. 아니면 내 얘기 때문에 도리어 더 갈피를 잡을 수 없게 된 건가?

댁도 인간의 업, 사내의 업을 조금 더 겪다 보면 저절로 알게 될 거요. 특히 제 가슴속의 뜻에 반하여 참으로 어찌할 수 없이 불의한 말을 입에 담는 괴로움을, 댁같이 새파랗게 젊은 사람은 아직 알 리가 없지.

생각해보면 그 무렵 그자는 신센구미에 채용된 지 일 년, 아마 변변한 수입도 없었을 거요. 내 죄상을 낱낱이 까발려봤자 포상금 탈 일도 못 되고. 그렇다면 하수인 노릇을 한 나를 을러서 얼마간 돈이나 벌자는 생각이었겠지.

그자의 됨됨이로 짐작해보자면 그건 사람을 베는 것보다 훨씬 더 괴로운 일이었을 거요.

알 것 같다는 표정 짓지 마쇼. 그자의 실체를 파악하자면 댁은 앞으로 한참 더 고생해야 할 게요.

내가 그날 안으로 냉큼 그자에게 돈 열 냥을 건네준 건 물론 그자의 괴로운 심사를 감안했기 때문이 아냐. 더구나 단죄가 두려워서도 아니지.

그저 지독히 귀찮아서였어.

자, 그럼 산주로를 죽인 그 뒤끝은 어떻게 되었느냐.

곤도나 히지카타에게 이러니저러니 추궁을 받은 기억은 없소. 그렇다면 오키타가 그럭저럭 잘 때워줬다고 봐야겠지?

애초에 사건의 발단이 된 게 곤도의 지나친 편애 때문이었으니까 히지카타 이하의 대원들은 모두 이 숙청에 이론이 없었어. 아마 평소의 방약무인한 짓거리에다 가이샤쿠 실패라는 어처구니없는 무사도 모욕까지 덧붙었으니 곤도가 제아무리 감싸줘도 오키타나 사이토가 조용히 입 다물고 있을 리 없다고 다들 짐작은 했을 거요. 말하자면 명백한 정의의 심판이었어.

동생인 다니 만타로와 마사타케는 어찌 됐느냐고?

그런 것들이야 후환이 두렵고 자시고 할 것도 없어. 아무리 제 형의 원수라지만 상대가 나나 오키타인 터에 저희들이 어쩔 도리가 없지. 만타로는 아예 오사카에 틀어박힌 채 교토 주둔소에는 얼굴도 비치지 않았고, 마사타케는 그 얼마 뒤에 곤도가와 맺은 양자 결연은 없었던 일로 한다는 통보를 받고는 어디론가 사라져버렸어. 소문으로는 둘 다 메이지유신을 그럭저럭 무사히 넘기고 살아남아서 마사타케는 바로 얼마 전까지 야마에이 철도 회사에 근무했다고 하더만.

만약 맏형이 살아 있었더라면 형제가 모조리 함께 전사했을걸? 그렇게 생각하면 나는 원수는커녕 생명을 구해준 은인이야.

지금 막 또 한 가지 생각나는 일이 있소. 별 재미도 없는 후일담이지만, 대충 들어두쇼.

다니 산주로 소동도 흐지부지 미궁에 빠져버리고 여름 더위가 한창 기승을 부리던 때였소. 시조가하라 구역의 칼 가게에 오래 전부터 주문해두었던 스케히로(助廣)가 마침내 들어왔다는 게야. 그야 뭐, 값이 엄청나게 비싸기는 했지만, 있는 돈을 닥닥 긁고 곤도에게 아쉬운 소리까지 하며 거금을 마련해서 기어코 샀지.

쓰다 에치젠노카미 스케히로(津田越前守助廣)라는 이름 정도는 댁도 아실 거요. 오사카 신도(新刀) 도공 중에서도 제일가는 장인이었지.

내가 그날 막 마감질을 한 새 스케히로 칼을 허리에 턱 하니 차고 미부에 나갔어. 옛 주둔소였던 야기 집 주인이 기막히게 눈이 빠른 사람이었거든. 말하자면 의기양양하게 자랑을 좀 칠 마음으로 찾아갔던 거야.

그렇지, 야기 겐노조라는 분이오. 그 전에 야기 집에서 신세를 졌던 시절에 그 겐노조 씨가 가진 명품 스케히로를 내가 몹시 탐을 냈던 적이 있어. 그런데 천만금을 준대도 그 칼만은 절대로 못 준다고 거절을 하더만.

그 스케히로가 마침내 내 손에도 들어왔으니 의기양양하게 찾아갈 만도 했지.

미부지 경내에서 요시무라가 근처 아이들하고 놀고 있었어. 땅바닥에 쪼그리고 앉아 글씨 연습을 시키고 있었던가. 내가 절 문 앞을 지나가는데 어린 녀석 하나가 "도깨비다, 도깨비가 왔어!"라며 손가락질을 하더군. 물론 반은 장난삼아 하는 짓이었지. 아이들은 저마다 "도깨비다, 도깨비!" 하고 소리를 치며 요시무라의 등 뒤로 숨었어.

아마 제 부모들이 그렇게 일러줬을 게요. 사이토라는 사람은 실은 인간이 아니다, 도깨비다 하고 말야.

"어허, 그런 말 하면 못 쓴다."

아이들을 가만가만 꾸짖더니 요시무라가 허리춤의 수건으로 땀을 닦으며 다가오더만.

"스케히로가 손에 들어왔소. 지금 야기 가 주인에게 선을 뵈러 가는데 같이 가겠소?"

"예? 쓰다 스케히로요?"

요시무라는 내 허리춤에 둥그런 눈을 던졌어.

"보고 싶긴 하지만…… 그만두지요. 제게는 과분한 물건이니."

한숨을 내쉬며 요시무라는 아이들 속으로 돌아갔어. 그 쓸쓸해 보이던 뒷모습을 잊을 수가 없소. 그자는 햇빛이 쨍쨍한 가운데 다시 쪼그리고 앉아 아이들을 상대로 글씨 연습을 시작했어.

왠지 그 자리를 선뜻 떠날 수가 없어 문 앞에 우두커니 서 있는 나를 요시무라는 흘끗 먼눈으로 쳐다보곤 했어.

이발소에도 제대로 못 갈 만큼 곤궁한 형편이어서 그랬을 게요, 머리가 수북히 자라서 앞머리 긴 도둑놈 가발을 쓴 것 같은 꼴이었어. 요시무라는 눈이 부신 듯 나를 쳐다봤지.

요즘도 매미가 시끄럽게 우는 햇빛 쨍쨍한 여름날 오후 같은 때는 그 빈상(貧相)이 자꾸만 생각나. 그때 나는 속으로 왜냐, 하고 물었어. 그리고 지금도 요시무라의 모습이 떠오를 때마다 똑같은 질문을 하지. "왜냐, 요시무라?" 하고 말요.

야기 가의 주인은 나를 꽤 곱게 봐줬어. 원래부터 도량이 넓은 인물이라고 하면 뭐 그런가 보다 하고 끝날 얘기겠지만, 겐노조라는 사람은 유독 나를 친자식처럼 아껴주었던 것 같은 느낌이 들어.

야기 가는 푸른 논밭 저 끝으로 니조 성이 내다보이는 집이었지. 한바탕 스케히로 칼을 칭찬해준 뒤에 겐노조 씨는 그 후덕한 얼굴에 웃음을 담고 내 얼굴을 빤히 쳐다보더만.

"사이토 선생. 당신, 톱니무늬 덧옷을 떨쳐입고 그렇게 말끔하게 꾸미고 나서니 영락없이 주신구라의 호리베 야스베에를 빼닮았네."

왠지 그 말이 사무치더라고. 가슴이 먹먹해질 만큼.

"참말이야. 내 눈으로 직접 본 건 아니지만, 영락없이 호리베 야스베에야."

그 간절한 말투에 나는 고개를 떨구고 말았소. 사람을 베는

것이야 똑같을지 모르지만 아무리 생각해도 나는 의로운 무사
는 아니었거든.

"내내 그리 탐을 내는 걸 거절해왔던 건, 실례지만 사이토 선
생에게 스케히로는 아직 너무 이르다고 생각했기 때문이야. 그
러나 훌륭한 활동을 많이 해내니까 스케히로가 제 발로 찾아와
줬고만. 그래, 명검이라는 건 그런 거요."

틀린 말이라고 나는 생각했소.

명검에게 정말 인물을 알아보는 힘이 있다면 어째서 저 요시
무라라는 자는 이름도 없는 닳아빠진 칼을 차고 있단 말인가,
하고.

푸른 논밭을 건너 불어오는 바람에 귀를 기울이니 아이들에
섞여 노는 요시무라의 목소리가 들려오더군. 나는 이윽고 고개
를 저으며 혼잣말처럼 중얼거렸지.

"저는 의로운 무사가 아닙니다. 호리베 야스베에가 아니에
요."

히지카타 도시조에게 참으로 복잡하기 짝이 없는 일을 부탁
받은 건 1867년, 꽃이 한창이던 봄날 저녁이었소.

그 사람은 쓸데없는 짓은 일절 하지 않는 사내였어. 빈틈이
없다는 요즘 사람들의 평가는 맞지 않아. 그저 하는 말이며 하
는 행동이며 모조리 뭔가 뜻이 있는 사내였지. 자신의 자질을
잘못 파악해서 사무라이가 되겠다는 엉뚱한 뜻을 품는 바람에
어지간히 고생도 많이 했지만, 그 사람이 상인이 되었더라면
누구보다 뛰어난 인물이 되었을 게요.

사려 깊고 꼼꼼한 성격이고, 무엇보다 타인의 마음을 헤아릴 줄 알았어. 만약 상도에 뜻을 두었더라면 지금쯤 집안 대대로 내려오던 이시다 산약(石田散藥)이 은단이나 정로환처럼 만인의 상비약이 되었을 걸.

그러니까 히지카타가 술 한잔 하자고 청했을 때는 뭔가 예삿일이 아니구나 하고 짐작하면 틀림이 없어. 아니나 다를까 자리를 잡고 술이 한 순배 돌았을 즈음에 여자들을 물리더니 "그런데 말야, 사이토" 하고 슬슬 본론으로 들어가더만.

기껏해야 사람 베는 일이려니 했어. 그런 일이라면 나도 별로 싫지 않았고 늘 하는 일이니 뭐 그리 심각하게 생각할 것도 없겠다 하고 대작을 했지.

그런데 그날 밤에 나온 얘기는 보통 까다로운 일이 아니었어.

머지않아 참모 이토 가시타로 이하 십수 명의 대원이 고메이(孝明) 천왕의 능을 수호한다는 명목으로 신센구미를 떠나게 되었다는 게야.

음, 그 소문은 나도 들어서 알고 있다. 그게 어쨌다는 거냐.

명목은 그럴싸하게 붙이지만 사실은 이토의 진의를 알 수가 없다. 하물며 이토는 신센구미 입대 이후에도 자주 전국을 돌며 각 번의 수상한 자들과 내통하고 있지 않으냐. 특히 사쓰마와는 가까운 사이다. 그러니 자네가 동지인 척 가장하고 이토 일파에 잠입하는 첩자 임무를 맡아주었으면 한다…….

그렇게 엉뚱한 소리를 하더란 말야. 즉석에서 내가 대답했지.

"첩자라면 감찰계 쪽에서 할 일 아닙니까? 저처럼 검술 외에 아무 특기도 없는 자에게 그런 역할이 당키나 합니까?"

"이봐, 생각을 해봐. 평소부터 첩자 임무를 맡던 감찰계 쪽 대원이 놈들에게 동조한다고 나서봤자 뻔히 의심을 살 게 아닌가. 더구나 그쪽에는 감찰대장을 지낸 시노하라 다이노신이 있단 말이야."

그건 맞는 말이었어. 자, 그렇다면 어떤 말로 이 일을 거절해야 하나, 혼자 궁리를 하고 있는데 히지카타가 도저히 거절할 수 없는 속사정을 털어놓더라고.

"이토는 나가쿠라 아니면 자네, 둘 중의 한 사람을 내놓으라고 고집을 피우고 있어. 신센구미의 별동대로서 천왕이나 조정과 절친한 사쓰마 번의 내정을 탐색한다는 뚜렷한 목적이 있으니 나름대로 전력을 갖춰주지 않으면 일하기 힘들다는 거야. 게다가 세간에서 자칫 곤도 이사미와 절연한 근왕파 지사라고 오해할 수 있으니 시위관 시절부터 함께했던 핵심 간부가 자기들 쪽에 와 있는 게 모양새가 좋다는 얘기야."

그렇지, 얘기가 아주 복잡해. 이토의 어떤 면이 진짜이고 어떤 면이 가짜인지, 나름대로 한가락 하는 히지카타도 선뜻 판단을 못 하고 있는 것 같았어.

"그건 좀 이상한 얘기 아닙니까? 시위관 시절부터 함께했던 간부라면 이토 파 쪽에 이미 도도 헤이스케가 있잖아요."

"거기에 한 사람을 더 보태달라는 거야. 즉 이토의 말은, 도도는 애초부터 이토 문하였고 신센구미와 다리 역할까지 한 사람이다. 그 밖의 다른 자들도 대부분 이토가 에도에서 데려온 인물이다. 이래서는 누가 보든 이토는 곤도와 사이가 틀어져서 떨어져 나왔다는 식으로 비칠 게 아니냐. 그러니 오키타까지 보내달라고는 못 하겠지만 나가쿠라나 자네만은 자기 쪽으로 달라는 게야."

나가쿠라는 어떤지 모르지만 나는 이토 가시타로와 그리 절친하게 지낸 적이 없었고, 물론 갈라져나가네 어쩌네 하는 참에도 같이 가자는 말은 들어본 적이 없었어.

전력이 필요하다는 건 아마 이토의 본심이었을 거야. 오키타를 일단 제쳐놓는다면 나와 나가쿠라, 둘 중의 하나는 목구멍에서 손이 튀어나올 만큼 탐이 났겠지.

그러나 나가쿠라나 나나 그리 만만한 사람들은 아니었는데 말야. 이토는 우선 제 편으로 끌어들이면 나나 나가쿠라를 제 부하로 만들 자신이 있었던 모양이지?

잘못 봐도 한참 잘못 봤다고밖에 할 말이 없어. 나가쿠라는 본성이 올곧은 인물이라 곤도나 히지카타와는 이따금 죽이 잘 안 맞기도 했어. 나는 나대로 곤도와 히지카타의 손에 넘치는 괴팍한 놈이었지. 그러니까 이 두 사람과는 원래부터 사이가 썩 좋지 않았으니 둘 중의 한 사람을 달라고 하면 곤도는 귀찮은 물건 떨어내는 셈 치고 틀림없이 내줄 것이다 하고 팔짱을 끼고 느긋하게 기다렸던 게 분명해.

하긴 시위관 시절부터 함께해온 우리 신센구미 간부들은 바깥에서 보면 그렇게 보이기도 했을 거요. 나와 나가쿠라만 해도 서로 그리 탐탁하게 여기지 않았으니까. 그러나 우리에게는 검이라는 질긴 인연의 끈이 있었어. 곤도, 히지카타, 오키타,

나가쿠라, 나. 즉 국장에서 삼번대장까지 신센구미의 서열은 부동의 것이었지. 이 서열을 단단하게 엮어준 건 우리 존재의 모든 것이었던 검이라는 인연의 끈이야. 참모 이토 가시타로 같은 사무라이는 그런 긴밀한 인연의 끈에 어쩌다 끼어든 장식물 같은 존재에 불과했어.

"일이 그렇게 되었다면 나가쿠라가 훨씬 더 적역이겠지요."

나는 그 임무를 어떻게든 면해볼 마음으로 얼른 둘러댔어. 히지카타가 껄껄 웃더만. 왜 웃었는지, 지금까지 한 얘기로도 충분히 짐작이 갈 거요. 저 서투르기 짝이 없는 배우 나가쿠라가 첩자 임무를 제대로 해낼 리가 없었던 거야. 매사에 되로 재고 자로 재는 나가쿠라 신파치의 칼 같은 성격으로 봐서는 자칫 이토의 변설에 홀딱 넘어가서 정말로 그쪽의 전력이 되고 말 가능성이 컸어.

"부탁하네, 사이토. 이번의 이 막중한 임무는 아무리 생각해봐도 자네밖에는 적임자가 없어. 이토에게 특별한 악의가 없다는 걸 알게 되면 그길로 곧장 자네를 다시 데려오겠네. 그러나 만일 그러지 않을 시에 수완껏 대처할 만한 실력과 배짱을 갖춘 사람은 자네밖에 없어."

앞서 내가 히지카타를 평하여 '타인의 마음을 헤아릴 줄 안다'고 했는데 그건 어진 사람이라는 의미에서가 아니오. 남의 처지나 성품을 헤아려서 자기 생각대로 조종할 줄 아는 사람이라는 의미지. 정말 아무리 생각해봐도 그이는 꼭 상인이 되었어야 할 인물이었어.

이토는 나와 나가쿠라를 제대로 생각이라는 걸 할 줄 모르는 칼잡이일 뿐이라고 얕봤던 게지. 나나 나가쿠라라면 간단하게 길들일 수 있을 거라고 말요. 그 작자가 책략가였던 건 틀림없는 사실이지만, 옛말 그른 것 하나도 없어서 재주 있는 놈이 제 재주에 넘어간 거야. 결국 나를 만만하게 본 것이 놈의 명줄을 끊어놓는 일이 되었어.

댁도 명심해두쇼. 분명 훌륭한 교육을 받은 학사님이실 테지만, 그런 재주는 목숨이 오락가락하는 때가 되면 아무 힘도 못 써. 그런데도 재주 좀 있네 하는 놈들은 유난히 남을 멸시하려 들거든. 머리가 좋다 나쁘다, 학문이 높다 낮다 하는 건 종이 한 장 차이의 재주에 지나지 않소. 그렇지만 기술이나 힘은 달라. 어떻든 조금이라도 강한 놈이 이기게 되어 있거든.

이토는 히지카타를 제 꼼수로 속여넘겼다고 생각했겠지만, 일처리에서는 히지카타 쪽이 한 수 위였어. 히지카타는 평민 출신이기 때문에, 누구보다 뛰어난 재주꾼이면서도 제 스스로 재주의 무력함이라는 걸 분명하게 알고 있었소.

"특별히 고분고분하게 굴 필요는 없어. 자네가 늘 하던 대로 하면 충분해."

허 참, 정말 그 히지카타 도시조라는 사내는 관찰하는 눈이 대단했어. 늘 하던 그대로의 나라는 건, 말하자면 말수 적고 무표정하고 괴팍한 놈이라는 거지. 머리로 생각할 것 없이 몸으로 생각하는 행동파야. 그런데 사실은 예상외로 항상 매사에 생각이 깊고 결코 바보가 아닌, 무엇보다 배짱이 두둑한 놈. 히지카타는 그런 나를 훤히 다 알고 있었어.

히지카타는 내심 이토의 알량한 재주를 비웃고 있었던 게 틀림없어.

아아, 그때 이야기는 그만하기로 하지. 어찌 됐건 나는 그 임무를 수락했고, 이토 일파의 움직임을 속속들이 히지카타에게 보고해서 마침내 능위사 일당을 파멸로 이끌었어.

하루하루가 그야말로 말할 수 없는 쾌감이었소. 검으로 목숨을 뺏는 게 아니라 모사에 의해 타인을 파멸로 밀어넣는 쾌감을 나는 그때 처음으로 알았어.

이토를 시체로 만드는 일이라면야 내가 직접 잠자는 목을 따면 되지. 아니, 그저 평범하게 맞상대를 했어도 놈들을 몰살시킬 수 있었을 거요. 술이 덜 차서 영 잠이 오지 않는 밤에는 고다이지 겟신인 별채를 당장 지옥으로 바꿔버릴까 하는 불손한 마음을 품은 적도 있었소. 겨우 마음을 돌리고 억지로 잠자리에 들면서 나도 참 어른이 되었구나, 하는 생각을 많이 했지.

능위사 잔당들은 메이지유신 뒤에도 나를 철천지원수로 여기고 꽤나 찾아다녔던 모양이더만.

찾아서 어쩔 건데. 훌륭하게 복수극을 펼치시겠다? 내 참, 우스워서. 그런 놈들, 잠자는 참에 치고 들어와도, 등 뒤에서 칼날을 겨눠도 단 한 놈도 남기지 않고 얼마든지 받아주지.

절대로 과장해서 하는 말이 아니오. 증거를 대볼까? 나는 백 사람의 목숨을 빼앗고 천 사람의 원한을 샀어도 이렇게 신시대까지 길게 잘 살고 있잖소.

강한 자는 죽지 않는 법이오.

눈 오던 날의 일이라…….

이케다 그 잡놈, 그런 자질구레한 얘기까지 잘도 기억하고 있었군.

그렇소. 나는 그날 첩자로서의 임무를 마치고 주둔소에 휭하니 돌아왔었어. 이토 편에 합류했던 게 음력 삼월, 돌아온 게 십일월이었으니까 참 기나긴 임무를 치렀지. 나는 그 기간 동안 털끝만큼도 의심을 받지 않았어.

내가 기분이 영 안 좋아 보였다고?

글쎄, 어땠는지 모르겠군. 기분이 안 좋아 보이는 건 항상 그렇고, 무뚝뚝한 상판은 보시는 바대로 내 본바탕 얼굴이요.

단지 지독하게 피곤했던 건 사실이지. 달수로만 아홉 달을 나와 히지카타는 단 한 번도 만난 적이 없었고 연락은 모조리 문서로만 나눴어. 중간에서 연락을 맡아줬던 게 이시헤이 소로에 얻어두었던 바로 그 여자요. 능위사가 주둔소로 삼았던 고다이지 겟신인에서 이시헤이 소로가 바로 코앞이었고, 또 그 여자가 묘하게 담이 큰 사람이어서 목숨 걸고 하는 그 일을 참 잘도 해주었어.

히지카타가 보내준 마지막 서찰을 다 읽고 나서 나는 그 여자에게 이별을 고했소이다.

"임무는 끝났다. 내일 주둔소로 돌아갈 거야."

그렇게 말야.

이토는 칼침을 맞는다. 능위사 잔당들도 대개는 처치할 것이다. 그러나 한 놈도 남김없이 씨를 말리는 건 불가능하다. 내 임무가 천하에 알려지면 그 잔당들이며 이토 편을 들었던 사쓰마 측은 나를 죽이려 혈안이 될 것이다. 이 여자도 미리 인연을 끊어두면 최소한 해는 미치지 않을 것이다. 그렇게 생각했지. 물론 그 여자도 목숨은 다 똑같이 아까운 목숨이니까.

"앞으로 절대로 나를 만나서는 안 돼. 만일 누가 묻거든 사이토는 갑자기 종적을 감추고 아무 연락도 없다, 그렇게 말해놓고 그냥 슬피 울어."

나는 그렇게 이르고 지닌 돈을 한 푼 남김없이 다 건네줬소.

"이런 거, 필요 없어요" 하고 돈주머니를 다시 밀쳐내더군.

"무슨 말씀이신지 잘 알겠어요. 그렇지만 돈은 필요 없어요. 그 대신이라기는 좀 그렇지만, 오늘밤에는 저를 여느 때보다 더 꼭 안아주세요."

생각해보면 참 다부진 여자였소. 항상 차갑기만 한 나도 그 정갈한 태도에는 미련을 끊기가 힘들었어.

만일 이케다 그 잡놈이 주둔소에 돌아온 나를 그리 무섭게 봤다면 그건 아마 그 여자 일 때문이었을 게요.

무슨 말인지 모르겠소? 내가 또 그 얘기를 미주알고주알 주절거려야 하나?

별수 없군. 그렇다면 알아듣게 얘기해주지.

내게 마음껏 안기고 난 눈 오는 날 아침, 이시헤이 소로의 여자는 앞마당 나무에 목을 매고 죽었소.

이별의 말도 없이, 남겨둔 글 한 줄 없이, 내가 사준 옥비녀를 곱게 빗은 머리에 꽂고 그 여자는 죽어 있었어.

이름은…… 잊어버렸소.

신센구미에서는 나를 극진하게 맞아줬소.

곤도도 히지카타도 설마 내가 그토록 첩자 역할을 잘 해낼 줄은 몰랐을 거야.

이토는 사쓰마와 깊숙하게 내통하고 있었어. 가까운 장래에 곤도와 히지카타를 저세상에 보낸 다음 신센구미를 근왕과 막부 타도의 첨병으로 삼을 계획을 세우고 있더라고.

그 책모가 나를 통해 모조리 신센구미로 흘러들었어.

신센구미는 어디까지나 막부 신하이고 교토 친위대장 아이즈 공의 휘하에 있었어. 아무리 능위사라도 그따위 음모는 신센구미 대원으로서 전원 몰사에 해당되는 죄였지. 이토와 그 일당을 정정당당하게 처단할 분명한 이유를 곤도 이사미는 나를 통해 손에 넣었던 거요. 그렇게 확실한 증거를 잡았으니 어느 누구도 불평은 못 하지. 조정에서도 사쓰마에서도 찍소리 못하고말고.

그날 밤에 주둔소 복도에는 나의 귀대를 알리는 고시가 나붙었어.

'부국장 보좌역 사이토 하지메, 공무상 출장을 마치고 금일 귀대. 종전대로 근무함.'

참 간단하구나, 하는 생각이 들더만. 그 임무를 위해 내가 잃어버린 것…… 여자 일뿐만이 아니라 아무튼 내가 잃어버린 건 이루 헤아릴 수 없이 많았는데 말이오.

진절머리를 내며 그 고시를 쳐다보다 내 방으로 돌아가려는 참에 요시무라를 만났소. 그자는 깊숙하게 허리를 숙이며 분명 이런 얘기를 했어.

"참으로 어려운 임무셨소. 위로의 말씀도 얼른 떠오르지 않는고만요. 참으로 고생 많으셨습니다."

본심을 말하자면 나는 그때 참 고맙다는 생각이 들었소. 이 자만은 말로 다할 수 없는 내 고충을 알아주는구나 하고.

"위로의 말 따위 필요 없어. 비키시오."

단 한 사람, 나의 용감함을 치켜세우는 대신 나의 노고를 다독여준 단 한 사람이었어. 그런데 어째서 나는 그자에게만은 그리 심하게 대했던지. 그자에 대해서만은 어째서 그렇게 순해지지 못했는지 모르겠어.

내 방에 돌아와 나를 책망했소. 이 세상에 항상 타인의 마음을 생각해주는 어진 사람이라는 게 정말 있다고 한다면 그건 저 요시무라 간이치로가 아닌가 하고 생각했지.

선한 자를 싫어하고 미워하는 건 내 본성이라지만 아무리 그렇다 해도 어진 자를 이유 없이 모멸하는 나는 그저 단순히 비겁한 인간이 아닐까 하는 생각을 그때 했었소.

그 나쁜 시대에도 선량한 사람은 얼마든지 있었어. 그러나 진정으로 어질다고 할 만한 인간은 그자 외에는 본 적이 없소.

생각하면 할수록 나는 나 자신이, 사이토 하지메라는 이름의 사무라이가 지긋지긋해서 견딜 수가 없었어. 그래서 퍼뜩 생각나는 대로 곤도의 방을 찾아갔던 거요.

마침 곤도는 히지카타와 마주 앉아 한잔 하면서 내 얘기를 나누고 있었어.

"음, 사이토. 지금 자네를 부르려던 참이야. 허허, 참 수고 많았어."

곤도는 환하게 웃으며 내게 손짓을 했소. 그러나 인사도 없이, 잔 받을 것도 없이 내가 그때 무슨 말을 했는지 아시오?

"부국장 보좌역 사이토 하지메는 죽었습니다. 그 이름은 두 번 다시 입에 담지 마십시오."

그날 밤부터 나는 야마구치 지로라고 이름을 바꾸고 살았어. 복수가 두려웠기 때문이 아냐. 그저 다시 태어나고 싶었던 거요.

다음날부터 나는 기슈 번 관리 미우라의 휘하에 맡겨졌소. 이토가 아부라 소로에서 칼을 맞고 죽은 것은 그 며칠 뒤의 일이었소. 시신을 거두러 왔던 능위사 도당들도 덫에 걸려들었다는 얘기는 이미 들으셨을 테고.

나를 믿었던 자들이, 내 검술에 기댔던 자들이 세상을 하직했다는 소식을 전해 듣는 내 심정은 이 세상 어느 누구도 모를 게요.

나를 숨겨준 기슈 관리의 넓은 저택 깊숙한 방 한 칸에서 나는 어울리지도 않게 반야심경만 읊었소. 내 칼이 아니라 내 첩자짓으로 죽어간 많은 자들을 위해서 말이오.

경문을 읽는 입술이 쩍쩍 들어붙을 만큼 추운 밤이었어.

그러고 보니 그때 나를 숨겨주었던 기슈 번 관리 미우라라는 자, 이자가 또 보통 엉뚱한 인물이 아니었어.

그자가 작년에 세상을 떴으니 이제는 터놓고 얘기해도 되겠지. 메이지유신 뒤에 재주껏 처세를 잘해서 귀족원 의원이니 도쿄 부(府) 지사니 으리으리한 자리들을 역임하고 마지막에는 궁중 고문관까지 출세한 미우라 야스시 남작이 바로 그자요.

그 당시 이름은 규타로(休太郎)였어. 괴상한 이름이지만 그래도 이름과는 달리 꽤 착실한 사무라이였지.

원래 이요 사이조 번 사람인데, 에도에 나와서 창평횡*에서 학문을 쌓고 이윽고 고산케 기슈 번 관리로 자리를 잡았어. 요즘 세상으로 치자면 아마 제국대학 출신의 고등문관쯤 될 게요.

항상 그렇지만 곤도 이사미가 이런 쪽으로는 아주 약했어. 창평횡 출신의 기슈 번사입네 하면 당장 굽실굽실 떠받드는 거야.

미우라는 기슈 번 교토 저택의 총책임자 비슷한 일을 하고 있었어. 신센구미가 사메가이 주둔소로 이사한 뒤에 그때까지 사용했던 니시혼간지 주둔소를 기슈 번의 본진으로 물려줬을 정도니까 곤도와 미우라가 서로 마음이 잘 맞았던 모양이야. 나이는 곤도보다 몇 살 위였으니까 아마 그 무렵에는 사십 조금 못 미친 나이였을 거요.

능위사 도당을 함정에 빠뜨린 뒤로 나는 한참을 이 미우라 규타로의 저택에 숨어 지냈는데, 실은 내가 미우라의 경호원 역할을 한 거였어. 그 사람이나 나나 목숨을 노리는 자가 많은 터였으니 서로 공생하는 관계였다고나 할까.

기슈 번 문장(紋章) 밑은 내가 몸을 감추기에 안성맞춤인 곳이었어. 그리고 머리는 우수하지만 무예 실력은 형편없었던 미우라에게 나는 믿음직한 경호원이었던 거지.

---

* 昌平黌. 유학을 중심으로 한 도쿠가와 막부의 최고 교육기관으로 고급 관리를 양성하였다.

지금 생각해보면 참 우스운 이야기요. 두 사람의 관계를 좀 더 풀어놓으면 정말 다들 웃을 거야.

미우라 규타로가 사카모토 료마 살해라는 중대한 사건의 배후 인물이란 혐의를 받고 있었거든. 물론 본인이 직접 손을 댄 게 아니고 미우라가 신센구미를 사주하여 료마를 벴다는 식이지. 도사 놈들은 그 말을 철석같이 믿고 호시탐탐 미우라를 노렸소.

미우라는 의심을 받을 만한 동기가 있었어. 그 이전에 기슈 번 선박과 해원대* 배가 충돌하는 사고가 있었는데, 그 침몰한 배의 배상금을 사카모토 료마가 특유의 밀어붙이기로 기슈 번에 청구했었거든. 미우라가 항상 흘리던 말이지만 아무래도 그 배상금이 보통 돈이 아니었던 모양이야. 해상에서 일어난 사고였으니 자세한 전말은 모르겠소. 그러나 바다에서 부딪치면 작은 배 쪽이 가라앉는 건 당연해. 그렇건만 료마는 그 대단한 말주변과 뻔뻔한 상혼으로 일방적인 담판을 해서 기슈 번에게서 엄청난 돈을 뜯어낸 거야. 미우라는 그 일에 지독히 앙심을 품고는 만나는 사람마다 붙잡고 "료마는 무사로서 상종도 못할 비열한 놈이다. 이대로 가만있지 않겠다" 하고 울분을 터뜨렸어. 게다가 곤도와 친한 사이라는 점까지 있었으니 료마 살해의 배후 인물로 여겨질 만도 했지.

게다가 더 고약했던 건 해원대에 기슈에서 탈번한 무쓰 요노

스케가 있었다는 거야. 나중에 외무대신을 지낸 무쓰 무네미쓰 백작이지.

무쓰 가는 원래 기슈 번의 재정관을 맡았던 팔백 석 가문이었는데, 연유가 있어 몰락해버렸고 그 자식인 요노스케는 번을 떠나 근왕운동에 투신했어. 즉 미우라와 무쓰는 똑같이 기슈 가의 신하였지만 한쪽은 새로 영입된 중신이고 다른 한쪽은 몰락한 집안의 자식이었으니 둘 사이가 좋을 리가 있나. 그러니 무쓰는 료마 살해의 배후 인물은 틀림없이 미우라라고 연신 도사 번을 부추겼을 테지.

물론 억울한 누명이야. 다른 사람도 아닌 내가 하는 말이니 그건 틀림없소.

어떻소, 우스운 얘기 아니오? 무쓰를 비롯한 해원대와 도사 번사들은 미우라를 범인으로 철석같이 믿고 그 목숨을 노리고 있다, 그 한쪽에서 나는 능위사와 사쓰마 번의 원한을 사고 미우라 휘하에 숨어들었다. 참 우스운 일이지. 그러나 일이 흘러가는 정황상 나는 미우라의 경호원 노릇을 맡지 않을 수가 없더라고.

"사이토, 내가 료마를 미워한 건 사실이나 음험하게 뒤통수를 치는 비겁한 짓을 할 사람은 아냐. 부디 그 점을 알아주시오."

미우라는 그렇게 걸핏하면 자기 변호를 하곤 했어.

"알고 있습니다. 그렇게 거듭 말씀하지 않으셔도 저도 잘 알고 있소이다."

내 스스로도 참 우스워서 입을 꾹꾹 눌러가며 그런 대답을

하곤 했어. 그렇고말고, 다른 사람들은 다 몰라도 나만은 잘 알
고 있었지.

아부라 소로 사건이 일어나고 한참 시간이 지난 음력 섣달
초입의 일이었을 게야.
신센구미 대원 열 명 남짓이 미우라가 숙소로 삼고 있던 덴
마야라는 여인숙에 묵으면서 경호에 나섰어. 그 즈음 미우라
주위에 여전히 도사 사람들이 어슬렁거리는 통에 이자가 아예
신경쇠약에 걸리다시피 했지. 그런 미우라의 하소연을 들다못
한 곤도가 잔뜩 거드름을 피우면서 "기슈 번 나리의 신변은 당
연히 우리가 지켜드려야지요" 하고는 특별히 선발한 열 명 남
짓한 대원을 붙여줬던 거요. 나, 히지카타, 하라다, 나가쿠라,
그리고 사람 백정이라는 별명이 붙은 오이시 구와지로도 있었
어. 그렇지, 요시무라 간이치로도 그중 한 사람이었소.
창평횡 출신의 샌님 따위, 막상 목숨이 오락가락하는 때가
되면 꼴이 한심하기 짝이 없어. 물론 곤도의 허세 덕분이었지
만, 그만큼 요란한 경호는 이 세상에 다시없을 거요. 혹 염라대
왕이 목숨을 빼앗으러 왔어도 그리 쉽게 앗아가지는 못했을걸.
사다리 계단 아래에 밤샘 경호 대원이 셋, 이층 방에는 기슈
번사를 빼고도 히지카타 이하 예닐곱 명이 미우라를 둘러싸고
있었으니까. 그런데도 미우라는 "누명이야, 누명"이라고 연신
투덜거리면서 이불을 뒤집어쓰고 칼을 끌어안고 학질 걸린 놈
처럼 벌벌 떠는 거야.
그 같잖은 꼴을 며칠 지켜보다 보니 아무리 임무라지만 하도

어처구니가 없어서 그날은 찻집에 간 셈 치고 벌컥벌컥 술들을 마시기 시작했어.

마실수록 몸이 후끈거려서 겹겹이 입은 전투복이 후텁지근하고 답답했지. 요시무라가 입으라고 하는 대로 겹겹이 껴입었는데 도무지 무거워서 견딜 수가 없더라고. 벗어서 패대기를 쳐버리려고 장갑 묶은 끈을 풀려는데 매사에 착실하기 짝이 없는 요시무라가 손가락 틈새를 얼마나 꼼꼼하게 묶었는지 쉽게 풀리지를 않아.

"정말 요시무라가 하는 짓은 죄다 왜 이리 귀찮을까. 이자는 요령이라는 건 아예 모르나?"

구시렁거리며 그걸 푸느라 진땀을 흘리는데 갑자기 몇 놈이 사다리 계단을 우르르 뛰어 올라오는 거야. 그러더니 뻗대고 서서 미우라를 쏘아보며 "네 이놈, 미우라!" 하고 고함을 치더니 칼을 빼는 길로 냅다 덤벼들어.

경호 대원이 너무 많았던데다 누군가 등불을 꺼버리는 바람에 일이 더 힘들었어. 덧문마저 닫아둔 방 안이 코앞도 분간을 못 할 컴컴한 어둠 속이었지. 그런데도 사다리 계단 아래서는 적인지 우리편인지 모를 놈들이 줄줄이 올라오는 거야. 우선 칼을 뽑기는 뽑았는데 누가 누구인지 알 수 없는 어둠 속에서는 이거 뭐, 찌를 수도 휘두를 수도 없어. 다들 뒤엉켜서 그저 서로 밀치락달치락하는 난리판이 벌어졌지.

그런 소동은 그 전에도 후에도 없이 단 한 번이야. 매사에 올곧기만 한 멍청이 나가쿠라 신파치가 정말 그 인물답게 멍청한 소리를 내지르더군.

"뭐가 뭔지 모르겠다아! 각자 소리를 내질러라!"

그 순간 적이고 우리편이고 일제히 와아 와아 소리를 내지르니 그때까지 조그만 소리나마 의지했던 게 완전히 뒤죽박죽이 되어버렸지.

등 뒤에서 갑자기 목을 조르며 덤비는 놈이 있어서 이놈은 틀림없이 자객이다 하고는 다리를 걸어 쓰러뜨리고는 하마터면 명줄을 끊을 참이었어. 그런데 아슬아슬한 순간에 "나야, 나!" 하는데 그게 히지카타 목소리인 거야. 부축해서 일으켜 세우는데 이번에는 정면에서 창이 쑥 달려들어. 이건 또 암만해도 하라다의 창인 것 같아. 그런가 싶더니 등 뒤에 쓰윽 정체 모를 사무라이가 다가서고, 뭐 그런 난리가 없었어.

서로 엎치락뒤치락하는 와중에 자객이 단총을 쐈고, 그것을 신호로 가까스로 끝에 있던 자들부터 사닥다리 계단을 내려가기 시작했어. 신기하게도 계단 중간에서는 어느 누구도 칼질을 해대지 않았소. 어쩐 일인지 도사 쪽도 기슈도 신센구미도 그저 한 줄로 서서 얌전히 계단을 내려가더라고. 말하자면 이런 난장판에서는 도저히 결판이 나지 않겠다 생각하고 다들 입을 다물고 계단 밑으로 내려간 거야. 그래서는 발이 땅에 닿자마자 안마당 연못을 둘러싸고 다시 엄청난 칼싸움을 시작했어. 정말 사무라이들이란 묘한 습성을 지닌 자들이요.

그래도 이층 방에는 아직 몇몇이 남아 있었지. 여기저기서 칼날이 마주칠 때마다 불꽃이 튀더만. 나는 말이오, 이불을 뒤집어쓰고 방바닥에 딱 붙은 미우라를 감싸면서 지그시 어둠을 응시하고 있었소.

문득 한 가지 꾀가 나서 내가 고함을 질렀어.

"미우라는 처치했다! 후퇴해라, 후퇴해!" 하고 말야.

거, 정말 괜찮은 꾀였어. 놈들의 목적은 미우라의 목숨이었으니 그 일이 끝났다는 데야 더이상 그 자리에 볼일이 없지. 당장 자객들 사이에서 "후퇴다, 후퇴!"라는 소리가 터지더니 우르르 길 쪽으로 튀더라고.

나는 넋이 나간 미우라를 뒤쪽 복도로 끌고 나갔어. 앞 복도에는 아직도 잔당들이 치고받는 것 같았고 어둠 속에 잠복한 자들이 있을지도 모르거든. 이런 때는 우선 급한 대로 뒤쪽 복도로 나가 지붕을 타고 도망치고 거기서 가까운 니시혼간지 기슈 번 본진으로 가는 게 현명하겠다 싶었던 거지.

덧문을 발로 차버렸더니 눈을 찌를 만큼 환한 달빛이 단숨에 복도로 비쳐들더군.

그때 그 미우라의 얼굴 표정을 나는 잊을 수가 없어. 정말 추하다 싶더만. 이거야말로 똥자루다 싶었어.

고산케가 대체 뭐야. 기슈 오십오만 석이 다 뭐냐고. 아이즈 공은 제 목숨을 과녁 삼아 교토 친위대장으로 분주한 판인데 도쿠가와 가문인 기슈 번주는 대체 무엇을 했느냔 말야. 제 일신의 안위에만 급급하여 조정과 막부 사이를 박쥐처럼 왔다갔다한 게 고작 아니야?

하물며 그 미우라란 놈은 대관절 뭐야. 일만 오천 석, 다이묘와 맞먹는다는 중신직 따위가 다 뭐냐고. 창평횡 출신의 인재라고? 흥, 제 목숨 하나 변변히 지키지 못하는 한낱 겁쟁이였어.

그 순간 신센구미 대원 한 사람 한 사람의 얼굴이 떠올랐던

건 왜였을까. 나는 그 동료들의 풀 길 없는 한을 풀어줄 때가
바로 그 순간이라고 생각했소.

오로지 무사가 되기만을 소망했던 평민들, 살아보려고 고향
을 버린 말단 무사들, 집안의 천덕꾸러기로 해도 들지 않는 움
막집에서 평생을 살다 시들어가는 하급 관리 집안의 상속도 못
받는 자식들.

그리고 또 한 가지, 이른바 근왕의 지사라 칭하는 자들도 대
부분 우리와 똑같은 처지라는 걸 그때 깨달았소.

먹고살 게 없는 사람들이 세상을 바꿔보려고 한 거야. 서로
미워하고 으르렁대며 영문도 모른 채 서로 죽고 죽이고, 그런
속에서도 길게 끌어온 부조리한 시대를 바꿔보려고 발버둥을
친 게야.

그때 어둠 속에서 서로 베고 베이는 자들은 실은 꼭 닮은 사
람들이었어. 그랬기 때문에 그날, 얼굴이 보이지 않는 어둠 속
에서 적과 아군의 증오감을 뛰어넘어 묘한 연대감을 가질 수
있었던 거요.

그런데 너는 뭐냐, 머지않아 우리의 주검을 딛고 서서 너는
버젓이 새로운 시대를 살아가겠지? 그래서 이토록 죽음을 두
려워하고 생에 집착하는 거지?

그때 나는 내가 베어 죽인 자들을 위해 반드시 미우라를 없
앨 마음을 먹었소. 그저 제 한 목숨이 아까워 한심하게 벌벌 떨
고 있는 그것만으로도 그자는 죽어 마땅했지.

미우라의 목에 칼날을 들이댔어.

미우라의 죽음은 조금 전에 내 입으로 선언했던 터. 목이 잘

려 죽어도 의심할 사람은 아무도 없었을 거요.

너 따위가 새로운 시대를 버젓이 살아갈 이유는 없다. 차라리 료마 살해의 죄를 짊어지고 이참에 죽어라. 내가 아무 영문도 모르고 베어 넘긴 그 사람을 너는 정말 죽이고 싶을 만큼 미워했었으니, 오히려 이치에 맞지 않으냐.

"사, 사이토, 무슨 짓인가!"

미우라가 가까스로 그렇게 말했어.

"안타깝게도 본인은 사람을 베는 데 이유를 붙여본 적이 없소."

"마, 말도 안 되는……."

"말도 안 되는 줄은 나도 잘 알아. 그러나 미우라 나리, 본인이 하는 짓은 그나마 귀엽기라도 하지요."

그때 누군가 와락 내 팔을 잡더만. 요시무라 간이치로가 핏물이 튀어서 온몸이 시뻘건 무시무시한 꼴로 내 팔을 제 겨드랑이에 끼워버린 거요.

"사이토 선생, 농담이 너무 심하시오."

그 순간 내 분노가 수그러들었어. 요시무라가 핏물을 뒤집어쓴 얼굴에 하얀 이를 드러내며 웃더라고. 결코 농담이 아니라는 건 요시무라도 알고 있었을 거야. 그리고 내 분노가 정당하다는 것도 필시 잘 알았을 테지.

생각해보면 그때가 요시무라와 정식 승부를 할 마지막 기회였어. 그러나 나는 이미 그자에게 칼을 겨눌 기개를 잃고 있었어.

왜 그랬을까.

미웠지. 소름이 돋을 만큼 마음에 안 드는 자였어. 그런데도 나는 요시무라를 베어버릴 용기가 없었소.

그릇의 크고 작음으로 평한다면 그자는 소인이오. 사무라이 중에 가장 하잘것없는, 그야말로 말단 무사 졸병의 전형과도 같은 소인이야. 그러나 그 하잘것없는 그릇이 너무도 단단하고 너무도 또렷했어. 제 본분이라는 것을 철두철미 깨치고 있던, 너무도 단단하고 아름다운 그릇을 지닌 자였어.

나는 그 그릇을 부숴버릴 만한 용기가 없었소.

근왕파니 막부파니, 그따위를 다투는 그릇이 아니야. 세상이 어떻게 굴러가든 그자에게는 아무 상관도 없는 일이었을 게야. 인간, 한 마리 수컷 짐승으로서 처자를 먹여 살리는 일, 그것만이 그자의 그릇이었지.

음, 술이 오르는군. 기껏 요만한 술에 몽롱해지다니, 아무리 늙은 몸이라지만 평소에 없던 일이네.

꼭꼭 담아뒀던 투정이 나를 더 취하게 하는 모양이지?

그렇지, 메이지유신 뒤에 미우라 규타로를 한 번 만난 적이 있소.

그자가 도쿄 부 지사에 올랐을 때의 일이야. 러일전쟁이 막 터지려던 참이어서 순사들 머릿수가 모자랐던가 봐. 그래서 직책이 없던 나까지 도로 경비에 동원되고 그랬소.

그나마 남아 있던 꽃들을 봄비가 산산이 떨궈내던 아침나절이었어. 나는 제복 차림에 장검을 빼들고 히비야의 주둔지에 서 있었지. 물론 저 앞에서 호화찬란한 마차를 타고 다가오던 미우라 남작 각하가 바로 그 미우라 규타로일 줄은 꿈에도 생각을 못 했어.

메이지유신 이후 삼십 년 남짓, 그 동안에 사이고 정벌을 시작으로 수많은 동란이 있었고 청나라와의 전쟁도 있었어. 그 삼십 년을 누가 백 년이라고 우기면 그럴싸하게 들릴 만큼 기나긴 세월이었지. 그 사이에 나라가 완전히 바뀌어버렸어.

경례를 올리는 내 앞에서 마차가 잠깐 멈추더라고. 참 묘하기도 하지. 미우라는 연도에 우뚝 선 늙은 순사를 첫눈에 나인 줄 알아봤고, 나 역시 그 뜻밖의 해후를 순간적으로 알아차렸어.

"각하, 무슨 일이십니까?" 하고 비서관이 이상한 듯 묻더군. 그러자 미우라는 코안경을 벗고 물끄러미 나를 쳐다보더니 "내 목숨의 은인일세" 하고 대답하더만.

비꼬는 소리였나? 만약 그렇다면 그자가 의외로 멋있는 사람이겠지?

나는 칼자루를 움켜쥐고 마차의 창가로 다가가서 "용무가 있으시면 언제든지 불러주십시오"라고 했어. 그랬더니 미우라는 지팡이를 목에 대고는 "그건 사양하겠네" 하더군.

잠시 동안 둘이서 함께 떨어지는 꽃들을 올려다봤소. 거리는 비를 맞고 떨어진 꽃잎들이 바닥이 보이지 않을 만큼 가득 깔려 있었어.

마차가 도쿄 부 청사를 향해 달릴 때, 나는 경례를 붙이지 않았어. 미우라도 대례복 어깨를 꼿꼿이 추켜세운 채 아무 말 없이 가버렸고.

서로 간에 그게 정당한 의례였다고 생각해.

조용하고 좋은 곳이지?

'혼고(本鄕)도 가네야스까지는 에도의 일부'라는 옛말처럼 이 일대도 예전에는 틀림없이 에도의 끝자락이었소. 다이묘 저택들을 정리해서 도로를 만들고, 완전히 번드르르한 동네로 다시 태어났소만.

이 마사고 구역 근방에는 관청 공무원들의 관사가 많아. 나는 마흔여덟에 경시청을 사직한 뒤로도 고등사범, 여자고등사범에 길게 봉직했으니 이 관사도 말하자면 연금이려니 생각하고 보시는 대로 마지막 둥지 삼아 지내고 있소.

취미 삼아 배워놓은 재주가 궁할 때 사람을 먹여 살린다고 하더니만, 돌아보면 평생을 검 외줄기의 경호업으로 살아왔소. 내가 잘하는 것이라고는 그것밖에 없거든.

나 같은 늙은이들이 칸칸이 들어박혀 사는 이 일대는 우편배달부도 웬만한 고참이 아니고는 일을 못 해먹어. 댁도 주소 적은 종이쪽 하나 들고 집 찾느라 고생깨나 했을걸?

그러나 오해가 없도록 미리 말해두겠는데 나는 숨어 있는 게 아니오. 그러기는커녕 원한 있는 자가 예까지 찾아와준다면 깨끗이 칼침을 맞아줄 생각이야.

단 한 가지 소원이 있다면 그건 칼에 죽는 거요. 하긴 사람이 하늘을 붕붕 날아다니는 이런 신시대에 옛 원한을 갚겠다고 허위허위 찾아올 미친놈이 있을 리 없지.

미부 논두렁에서 반디를 쫓았던 게, 그게 언제였나.

술에 취해 난장을 치는 요시무라 간이치로를 본 건 그 뒤에도 그 전에도 없었소. 그날 밤 딱 한 번이었지. 아마 지긋지긋한 임무를 마치고 난 밤이었을 게요.

요시무라는 남이 하기 싫어하는 일일수록 자진해서 했어. 물론 다른 사람들을 생각해줘서 그런 게 아냐. 모든 게 돈 때문이었지. 오늘밤에는 틀림없이 목숨이 오락가락하는 순찰이 될 것이다 하는 때는 갑작스레 배가 아프다는 놈, 빈 기침을 해대는 놈, 별의별 놈이 다 나와. 병이 나거나 다친 건 무사도에 어긋난 게 아니니까 그런 놈들은 어째볼 수도 없었지. 그런 때면 요시무라는 맡아놓고 위험한 순번을 자원하고 나섰어. 그리고 반드시 그에 상응하는 일처리를 해냈소.

할복의 가이샤쿠나 잘린 목의 뒤처리도 그자가 다 했어. 신센구미에서는 반드시 일을 하면 한 만큼 포상이 나왔거든.

요시무라는 평소에는 제 주머니 허는 술은 단 한 방울도 안 마셨지만, 그런 험한 일을 하고 난 날 저녁에는 아무도 몰래 어딘가에 술을 마시러 갔어. 물론 다른 대원들이 하듯이 액땜 술이니 축하 술이니 하는 게 아냐. 그자는 사람 베는 게 애초에 통 어울리지 않는, 본성이 착한 인간이었으니까.

그날 요시무라가 맡았던 임무가 어떤 것이었는지는 잊어버렸소.

아무튼 나와 나가쿠라 신파치가 시마바라에서 미부의 야기집을 찾아가 안쪽 방에서 재차 술판을 벌이고 있으려니까 요시무라가 고주망태가 되어서 비틀비틀 들어오더라고. 대체 어디서 얼마나 마셨는지, 어째 하필 미부까지 찾아왔는지 그건 나도 모르지. 아무튼 갑작스럽게 나타나서는 현관 마루에 큰대자로 벌렁 드러눕더니 난부 사투리로 울고 웃고 하더만.

"요시무라 선생, 무슨 일인가? 혼자 이리 술에 취해서."

겐노조 씨가 슬슬 달래면서 내미는 물을 단숨에 비우더니 요시무라는 새삼 방에 들어 정좌를 하고는 고개를 깊이 숙였어.

"제가 오늘밤에는 꼭 겐노조 나리께 사죄를 해야겠다 싶어서요……."

"허, 거 무슨 소린가?"

나와 나가쿠라 앞이어서 겐노조 씨가 모르는 척 시치미를 뗐던 게지.

미부 아가씨 얘기는 들으셨소? 그렇지, 야기 집 이웃 상가에서 잔일을 도와주던 미요라는 처자 이야기요.

나야 자세한 경위까지는 모르지만, 그 미요라는 처자를 요시무라와 엮어주면 어떻겠느냐는 의논이 히지카타와 몇몇 간부들 사이에서 오갔던 모양이더만. 물론 중매 역할을 한 건 겐노조 씨야. 그러니까 그날, 요시무라는 그 중매를 술기운을 빌려 거절하려고 찾아왔던가 봐.

허리춤의 칼 두 자루를 풀어 옆에 내려놓고 요시무라는 겐노조 씨의 무릎 앞에 넙죽 이마를 조아리며 사죄를 했어. 고주망태로 취한 사람치고는 앞뒤가 잘 들어맞는 말만 하더만.

"고향에 두고 온 처자는 탈번자 가족이라는 오명을 쓰고 참으로 면목 없는 심정으로 하루하루 살고 있을 거고만요. 그렇다면 이참에 이 연담을 받아서 저는 양자로 나오고, 제 자식은 집안을 상속하여 가족 모두 고향을 떠나 히지카타 선생의 온정에 기대 어느 높은 하타모토 댁에서 일을 하면 어떻겠느냐는 말씀은, 그야 참으로 고마운 말씀이오나……."

흠, 그렇구나, 그런 얘기가 있었구나, 하고 나와 나가쿠라는 눈짓을 주고받았지. 나가쿠라는 그 착실하기 짝이 없는 무뚝뚝한 얼굴을 찌푸리더니 "바보 같은 놈일세" 하고 한마디 중얼거리더만.

"이봐 요시무라" 하고 나가쿠라는 굵직한 탁성을 내질러 두 사람 사이에 끼어들었어. 남의 일이라지만 영 마음에 안 들었던 게지.

"자네 말야, 너무 제 생각만 앞세워서는 안 되지."

나가쿠라 신파치는 겉과 속이 한결같은, 참으로 있는 그대로 올곧은 사내였어.

"제 생각만 앞세운다고요?"

요시무라는 술에 취해 창백해진 얼굴을 쳐들고 나가쿠라를 올려다보더만.

"부국장님과 야기 어르신이 자네를 생각해서 저리들 걱정을 해주시는데 댓바람에 거절을 하는 건 대체 뭔가? 자네 생각만 앞세우는 게 아니면 이게 뭐야?"

어쩌면 그 중매에 나가쿠라도 한몫 거들었는지 모르겠어. 그때 화내는 꼴이 심상치 않았거든.

나가쿠라는 마쓰마에 탈번자, 요시무라는 난부 모리오카 탈번자. 둘 다 북녘 출신이라서 사람 사귀는 게 영 서투른 것도, 그저 오로지 성실하기만 한 성품도 꼭 닮았어. 평소에 두 사람이 각별하게 지냈던 것도 틀림없는 사실이지.

그러나 나가쿠라는 정정당당이라는 것을 판에 박은 듯이 보여주는 사람이라 도무지 책략이라는 걸 몰라. 입도 무거웠지. 그런 주제에 묘한 자비심을 지닌 사내였어. 요시무라의 딱한 처지를 어떻게든 구해줘야 한다는 마음에 겐노조와 히지카타에게 상담을 했겠지. 맞아, 그 얘기를 처음 꺼낸 건 분명 나가쿠라였을 거야.

요시무라는 정좌를 한 채 한참이나 곰곰 생각을 했어. 나가쿠라 못지않게 말솜씨가 형편없던 사람이었으니, 물론 마음을 고쳐먹은 게 아니라 어떻게 말을 해야 하나, 그 궁리를 하고 있었겠지.

궁리 끝에 겨우 입을 연 요시무라의 말을 나는 잊지 못하네.

"바로 지금도 나는 아비로서 남편으로서 처자를 먹여 살리고 있소. 제 생각만 앞세운다는 말씀은 마시오."

앞날의 행복 따위 어찌 되건 상관없다는 의미인가, 아니면 그런 건 과분하다는 소리였나. 아무튼 요시무라는 지금도 제 처자를 먹여 살리고 있노라고, 그것이 제 행복이다, 그런 말을 하고 싶었던 게지.

솔직히 말해 그때 나도 요시무라가 제 생각만 앞세운다고 생각했어. 그러나 나가쿠라는 본심으로는 어떻게 느꼈을까. 나야 스무 살을 갓 넘긴 철없는 나이였지만 나가쿠라는 요시무라보다 한두 살 아래였고 그때 벌써 교토 시내에 처자를 거느린 가장이었거든.

나가쿠라는 탁성을 한층 높여서 말했어.

"그렇다면 처자를 교토로 부르면 될 게 아닌가. 어째서 그렇게는 못 하겠다는 거야?"

그건 정말 못 할 일이라고 나는 생각했어. 못 하는 이유는 당사자인 나가쿠라가 누구보다 더 잘 알고 있었을 거야. 우리는 장기의 버린 말 같은 신세였거든. 세상이 어떻게 변하건 신센구미에는 좋은 미래가 없으리라는 건 다들 잘 알고 있었어. 세상 판세가 어떻게 풀릴지는 모르지만 그만큼 인명을 살상하고도 무사히 넘어갈 수 있을 리 없다, 다들 마음속으로 그런 생각을 했으니까.

그런데 그런 험한 곳에 사랑하는 처자를 불러들일 수 있어? 국장인 곤도 이사미도 차마 그것만은 못 했는데.

나가쿠라는 불가능한 명분을 들이댄 거야. 그야말로 나가쿠라다운 소리지. 항상 정정당당한 인물인데도 나가쿠라가 의외로 대원들에게 미움을 받았던 이유는 말하자면 그런 식으로 시도 때도 없이 명분을 내세우는 버릇이 있었기 때문이야.

요시무라는 그때 비웃듯이 나가쿠라를 올려보았던 것 같아. 그리고는 견딜 수가 없었던지 이런 말을 하더만.

"내 아내는 평민 출신이오. 그러니 아이들은 말단 무사와 평민의 자식이지요. 모리오카를 버리고는 도저히 살아갈 수가 없고만요."

그것도 분명한 이유이기는 했어.

똑같은 탈번자라 해도 나가쿠라 신파치는 마쓰마에 번에서 에도에 파견한 관리, 번듯한 백오십 석 가문의 자식이었어. 요시무라의 사정을 잘 아는 것 같으면서도 사실 전혀 캄캄했던 게지.

그러자 나가쿠라는 얼굴빛이 확 변해서 요시무라의 멱살을 움켜잡더니 안쪽 방으로 끌고 들어가더라고.

"제 가난을 간판으로 내걸고 평민이 뭐 어떻고 말단 무사가 뭐 어째? 그저 제 이론만 앞세우는 놈! 모두 다 나서서 저 하나를 살리려고 애를 쓰는데 어째서 자꾸 죽을 길로만 가려고 하느냐 말야! 죽는 건 우리만으로도 충분하다는데!"

갑자기 말투가 바뀌어 고함을 치면서 나가쿠라는 요시무라 위에 올라타고 마구 패기 시작했어.

요시무라는 나가쿠라가 하는 대로 그저 가만히 있더만. 나도 겐노조 씨도 뜯어말리지 않았어. 나가쿠라의 우정이라는 게 진하게 느껴졌으니까.

그 몸집 큰 나가쿠라가 요시무라의 얼굴을 마구 내리치며 웁디다. 말로는 차마 할 수 없는 말을 주먹에 담아 내리치는 수밖에 없었던 게지.

우리를 꽁꽁 얽어매고 있던 그 무사도라는 거. 요시무라는 제 몸으로 직접 그 무사도가 인간의 도리와 얼마나 어긋난 것인지를 보여준 거요.

무슨 분명한 가치관이 있어서 그랬던 게 아냐. 기나긴 세월을 끌어온 사무라이 세상의 끄트머리에서, 그자는 도무지 어떻게 해볼 수 없는 모순을 제 한몸에 끌어안고 진퇴양난에 빠져 그저 우두커니 서 있었던 거야.

무사는 그 출신이 전부요. 아니, 그 시절에는 세상 모든 인간의 한평생이 송두리째 그 출신에 따라 정해졌어.

그런 시대에도 무술이든 학문이든 교육이 철저하면 자기 신분과는 동떨어진 특출한 재능을 가진 자가 불쑥 나타나. 무예가 뛰어나고 학문이 높고 게다가 가난을 겪은 만큼 정도 두터운 인물이 말이지.

재능이 있는데도, 혹은 재능이 있는 탓에 더더욱 세상의 어긋난 구조에 짓눌려 어떻게 저항해볼 도리 없이 흐름에 떠밀려가는 거야. 요시무라 간이치로는 그런 모순의 전형이었어.

신센구미 대원들은 모두 크건 작건 그 비슷한 처지의 사람들이었소. 단지 요시무라는 운명에 끝까지 대항했던 게 달랐지. 제가 믿는 의의 길을 잃지 않으려고 눈을 똑바로 뜨고 이게 무사다, 이게 사내다, 이게 인간이다 하고 제 목청껏 외치며 살았어.

나가쿠라가 눈물을 뿌린 이유가 충분히 짐작이 갔지. 그 성품으로 봐서 나가쿠라는 내심 요시무라를 신처럼 존경했을 게야.

그 실랑이를 진정시켜준 게 반딧불이었소.

신기한 일이지. 뒤꼍의 논에서 조용하게 한 떼의 반디가 어른어른 나오더니 마루를 반짝반짝 날기 시작하더라고.

등 하나 켜둔 어둠침침한 방에도 반디가 날아들었어.

그걸 보고 햐아 탄성을 지르며 방안 사람들의 동작이 일시에 멈췄지.

"어서 모깃불부터 꺼야 해."

나가쿠라가 갑자기 생각난 듯 불쑥 그 한마디를 던지고는 뒷마당으로 내려가 삼나무 잎 모깃불에 대야의 물을 끼얹었었어.

소슬바람 한 줄기 없이 찌는 듯이 더운 밤이었지 싶소. 모깃불 연기가 푸르스름한 줄기가 되어 마당 끝에 서리고 그 속을 무수한 반디가 휘휘 날아올랐어.

"연기를 쐬면 죽어. 어서 논으로 돌아가거라, 휘이, 휘이."

문득 제정신으로 돌아오고 보니 우는 꼴을 보였던 게 창피했던 모양이지? 나가쿠라는 부채로 반디를 쫓아가며 뒷문을 지나 논으로 황황히 나가버리더만.

"오늘은 유난히 반디가 많소. 어디 우리도 구경 좀 해봅시다."

겐노조 씨가 요시무라를 일으켜 세우고는 우리를 다 데리고 뒷마당으로 내려섰어.

그때 우리는 또 한번 엇, 하고 일시에 멈춰 섰어. 나가쿠라가 뛰어나간 뒷문간에 미요가 우두커니 서 있는 거야.

참 예쁘장한 처자였소. 마치 반디의 정령이 사람 모습을 빌어 나타난 것 같았어.

반디 초롱과 부채를 들고 이웃집 아이의 손을 잡고 있었던 걸 보면 아마 반디를 잡으러 나온 길이었을 게요. 그러나 우리 얘기를 다 들었다는 건 그 얼굴빛으로 봐서 틀림이 없었어.

요시무라가 여어, 하고 얼빠진 인사를 건네자 미요는 "안녕하세요, 요시무라 선생님?" 하고 억지웃음을 지으며 고개를 숙였어.

그리고는 모두 함께 논길로 몰려나가 반디를 쫓았네. 나가쿠라도 겐노조 씨도 아이들처럼 이리 뛰고 저리 뛰며 잡아들인 반디를 미요의 초롱에 넣어줬어. 이윽고 작은 초롱이 등불을 켠 것처럼 훤해졌지.

푸른 논의 저 끝은 캄캄한 어둠에 삼켜졌고 그 칠흑의 밑바닥에서 반디는 꿈처럼 반짝반짝 날아왔어.

한 마리를 손바닥에 가둬서 들여다보니까 내 숨을 흉내내는 것처럼 꽁지에서 불을 켰다 껐다 하더만.

"저기요, 요시무라 선생님. 모리오카 고향에도 반디가 있던 가요?"

논두렁에 쪼그리고 앉아 초롱을 들여다보며 미요가 물었어. 다들 술에 취하고 반디 쫓기에 취해서 풀숲에 주저앉은 참이었 지.

"미안하네, 요시무라. 나쁜 마음은 없었어. 용서하게."

나가쿠라가 허리춤의 수건을 논물에 적셔서 요시무라에게 건네줬어.

"내가 오지랖이 넓었소. 너무 마음 상하지 마시오, 요시무라 선생."

겐노조 씨도 위로의 말을 건넸어. 그 말들에 미처 대답을 못 하고 요시무라는 가만히 고개만 숙이고 있었어.

그자가 그때 대체 무슨 생각을 했는지, 불끈 고개를 들더니 엉뚱하게 제 고향 자랑을 시작하더라고. "난부 모리오카는 참 말로 아름다운 곳이고만요." 하고 말야.

그자의 고향 자랑은 항상 혼잣말이나 마찬가지였어. 서쪽으 로 뭐라나 하는 산이 있고 동쪽으로 무슨무슨 봉우리가 있고 물이 철철 넘치는 강이 흐르고 봄에는 꽃이 지천으로 피고 겨 울에는 햇솜 같은 눈에 폭 쌓인다…… 만날 똑같은 그 소리, 나는 아마 그 소리를 백 번도 더 들었을 거요.

"나는 세상이 잠잠해지면 모리오카로 꼭 돌아갈랍니다. 내가 사는 시즈쿠이시는 쌀농사만 짓는 곳이라 여자와 농사꾼들뿐이지요. 그때는 여러분도 꼭 한번 찾아주시오. 별스런 대접은 못 해드려도 정성껏 맛난 쌀을 거둬 막걸리를 담가놓고 기다리지요. 아무것도 없지만 모리오카는 일본 제일의 아름다운 도읍이니 여러분도 꼭 마음에 드실 거고만요. 그러니 오늘 일일랑 부디……"

그리고 나서 요시무라는 나가쿠라의 젖은 수건으로 얼굴을 식히며 논두렁 끝까지 걸어가 프랑스 병사처럼 '우향우'를 하더군.

"참말로 염치가 없고만요. 요시무라 간이치로, 여러분의 후의에 보답할 만한 그릇이 못 되어서…… 부디 용서하십시오."

논두렁에 멀뚱히 선 채 요시무라는 아이처럼 제 팔을 안고 꺼이꺼이 울었어. 길 잃은 반디가 그 곁을 휘휘 날았지.

그자가…… 그 처자에게 맘이 있었던 게야.

도바 후시미 싸움에 대한 얘기라면 그리 어려울 것도 없소.

패한 싸움이라 다 잊어버렸다고? 이케다 그 잡놈, 저 좋을 대로 지껄였군. 안 좋은 일이라고 냉큼 잊는대서야 배울 게 뭐가 있어? 사내대장부라면 패한 싸움일수록 더욱 그 참상을 똑똑히 가슴에 새겨야지. 그건 능력이 모자랐던 자신에 대한 의무요.

댁이 원한다면 그 뒤로 이어진 패전까지 모두 낱낱이 얘기해도 좋아. 고슈 가쓰누마 패전, 아이즈 뇨라이도의 지옥 같은 전장도 말이오. 하긴 요시무라가 없어진 뒤의 전쟁 얘기 따위는 들을 필요도 없겠소만.

내가 자신 있게 다른 사람보다 뛰어나다고 생각하는 점은 눈이 좋다는 거야. 이건 검술 실력과도 불가분의 관계일 거요. 나는 보통 사람의 갑절로 눈이 좋아. 상대의 움직임이 훤히 보이지. 그래서 칼날이 어떻게 오고갔는지, 그리고 전장의 양상이 어땠는지 세세하게 기억하고 있는 거요.

그날 벌어진 사건도 마치 한 시간 전의 일처럼 고스란히 떠올릴 수 있소.

솜 같은 함박눈이 내렸어. 머리가 곧 닿을 것처럼 나지막한 겨울 하늘이 뚝뚝 무너져 내리는 듯한 눈이었지.

요도 센료마쓰라고 하던 그 일대는 잘생긴 소나무들이 가로수로 죽 이어진 둑길인데, 제방 위에서 아래로 경사 급한 풀숲이 강변도 없이 깊은 늪 같은 하천으로 뻗어 있었어.

히지카타가 그때 쓴 책략은 아주 묘안이었지. 아이즈 창검부대가 미끼 역할로 둑길에 서서 적을 유인해내면 풀숲에 잠복해 있던 우리 신센구미가 좌우에서 일제히 칼을 쳐들고 나선다는 거요. 총포를 앞세운 사쓰마를 칼과 창으로 막을 수 있는 계책은 그것 말고는 없었어.

적군과 아군이 뒤섞이는 백병전으로 들어가면 총을 쥔 사쓰마 조슈 병사 따위, 장승이나 마찬가지야. 마침 눈이 장막처럼 쏟아지고 있었고, 우리는 그 전술이면 적을 섬멸할 수 있을 거라고 확신했소.

물론 고육지책이기는 했지. 원래 우리는 일단 요도 성에 들

어가 배수진을 치고 버티면서 오사카에서 올 원군을 기다릴 작
정이었어. 그런데 의지하려고 찾아간 요도 성이 우리를 거절한
거야. 참 지독히 분하기는 했지만 그렇다고 요도 성을 힘으로
함락시킬 만한 여력은 없었어. 그러니 어쩔 도리 없이 요도 성
밖의 센료마쓰에서 적을 맞게 된 거요.

반은 오기였지. 요도 성을 지키던 이나바 나가토노카미는 막
부의 정무대신이야. 그런 자가 어떻게 성주가 되었는지 모르지
만, 조정의 칙명 때문에 막부군에 가세를 못 하겠다니 그건 미
카와 시기 이래의 후다이 다이묘들이 들었다면 어이가 없어 말
도 안 나올 소리지. 그렇게 나온다면 좋다, 이 비겁한 자들의
성에서 뻔히 보이는 요도 제방에서 우리가 당당한 전투를 해주
자. 그런 오기였어.

둑 위에 포진한 이들은 오십 명 남짓한 미끼 역할의 창검대
였어. 아이즈 사무라이들은 정말 용감했지. 전혀 죽음을 두려
워하질 않아. 그때도 모두 허리에 창을 받쳐든 채로 섣불리 돌
격하는 일 없이 우리 머리 위에서 몸을 고스란히 내놓고 있었
어. 자, 오너라, 우리 목숨을 빼앗을 적에는 너희도 끝장이다
하는 기백이 아이즈 병사의 얼굴마다 이글거렸어.

그렇지, 한 가지 생각나는 게 있소.

적을 기다리며 다들 잠복해 있던 때였는데, 요시무라 간이치
로가 둑 아래 풀숲에서 *끄덕끄덕* 졸던 내게 다가왔어.

내 얼굴을 들여다보며 그자가 씨익 웃어. 그리고는 반은 얼
어버린 주먹밥을 내밀더라고. 정월 초사흗날 밤에 후시미 주둔
소를 떠난 이래 이틀 동안 다들 변변히 입에 넣은 게 없었어.

"아이즈 마바리 담당에게 좀 나눠달랬소."

덮어놓고 허겁지겁 다 먹은 뒤에야 나는 어째 마음에 걸리기에 물어봤어.

"댁은 먹었소?"

"아니, 젊은 사람들부터 순서대로 돌리고, 그게 끝이오."

요시무라는 그런 자였어. 바보였지만 어진 바보였지.

내 성질에도 어울리지 않게 그때 나는 내 자신이 부끄러웠소.

"어째서 그런 얘기를 미리 하지 않았소? 마지막 하나를 내가 먹어버렸잖아!"

그러자 요시무라는 가느다란 손가락을 내 입가에 뻗더니 밥풀 하나를 집어내. 그 밥풀 하나를 앞니로 자근자근 씹으면서 기막힌 소리를 하는 거야.

"굶는 데는 이골이 나서 이거 하나면 배가 불러요."

더이상 견딜 수가 없더만. 나는 요시무라의 멱살을 붙잡아 풀숲에 넘어뜨렸어.

나는 인간이라는 것이 싫어. 저보다 다른 사람을 더 걱정하는 착해빠진 인간은 더 싫어. 기껏 똥자루 주제에 어째서 남의 배곯는 것까지 걱정해주느냔 말야. 인간이 인간을 미워하고 증오하고 질투하다못해 서로 목숨까지 앗아가는 세상에서 이자는 어째서 제 배 하나 채우려들질 않느냐고.

욕설이 차마 입 밖에 나오지 않아서 나는 그자의 옷깃을 쥐어 잡고 흐트러진 머리를 흔들며 가까스로 한마디 했지.

"요시무라, 제발 도망치시오!"라고.

언제였던가, 나가쿠라가 요시무라를 패면서 내뱉었던 말이 떠오르더군. 나가쿠라가 그랬었어. "죽는 건 우리만으로도 충분하다"고 말야. 나도 똑같은 생각을 했소. 나는 여기서 죽는다. 내가 죽어도 섭섭해할 놈도 한탄할 놈도 없다. 죽는 건 그런 인간들이면 충분하다, 하고.

"사이토……."

요시무라는 다정스럽게 내 이름을 불렀어. 나의 뜻하지 않은 말이 마음을 울렸던지 그 선한 쌍꺼풀 눈가에 금세 눈물이 비치더만. 그리고는 입술을 꽉 물고는 지독한 사투리로 이런 얘기를 했어.

"나는 여러분과는 달리 태생부터 비천한 말단이나 그래도 명색이 난부 사무라이요. 난부는 반드시 의를 위해 싸우는고만. 요도 성의 이나바 나리에게 내가 지켜야 할 의리는 없소. 그러나 우리 난부는 비록 도자마*지만 여인네와 아이들까지 굽혀서는 안 될 의의 길을 죄다 알고 있고만. 그렇다면 나는 난부의 선봉장으로 죽을라요. 염려해주는 마음은 눈물이 날 만큼 고마우나 나는 난부 사무라이라서 의를 등지는 그런 부끄러운 짓은 꿈에라도 할 수 없고만."

팔의 힘이 스르르 풀려버리더군. 이자는 진짜 사무라이다. 그런 생각을 했어. 우리 백 사람이 한 덩어리가 되어 덤벼도 도저히 당할 수 없는 진짜 사무라이구나, 하고.

사람이란 나름대로 타고난 숙명이란 게 있을 거요. 또 저마

---

*外様. 세키가하라 전투 이후에 도쿠가와 가에 복종하게 된 번들.

다 어찌해볼 수 없는 고뇌를 안고 있겠지. 쇼군이건 말단 무사
건 그 고뇌의 양은 마찬가지야. 그러나 그토록 자신의 숙명에
굴복하지 않고 고뇌에 줄곧 저항해온 사무라이가 그자 말고 또
있을까? 그만큼 운명에 줄기차게 도전한 인간이 그자 말고 또
있을까?

처자를 먹여 살리기 위해 주군을 버렸다. 그러나 은의(恩義)
와 자긍심만은 결코 잃지 않는다.

수전노 소리를 듣고 비웃음을 사면서도 굶주린 자에게는 한
주먹의 밥을 베푼다.

얼른 보기에는 모순투성이인 것 같지만 그자는 아무리 생각
해봐도 가장 완전한 사무라이였어.

"실례, 오랜만에 밥을 먹었더니 내가 힘이 남아돌았소."

우리는 털고 일어나 다시 싸울 준비를 했어. 어깨띠를 단단
히 묶고 바지춤을 추슬러 올리고 쇠징이 단단히 박힌 머리띠를
이마에 질끈 묶었지.

둑 경사지에 몸을 감춘 대원들도 모두 우리를 따라 전장 차
림을 새롭게 여몄어.

"칼의 못을 확인하라! 자루가 헐겁지는 않은가?"

요시무라는 젊은 사람들에게 일일이 지시를 내렸어.

쏟아지는 눈 사이를 누비며 무시무시한 북소리가 서서히 다
가왔지.

사쓰마 조슈 병사들은 한결같이 검은 서양 군복에 검은 양복
바지를 입고 있었어.

적과 아군이 그 차림새로 일목요연하게 구분되니까 아주 좋았지. 아이즈의 창검대가 놈들을 유인해들였을 때 둑 아래 좌우에서 치고 나가면 틀림없이 독 안에 든 쥐 꼴이 될 터였어. 말을 탄 장교는 검은 샤구마* 갓을 쓰고 있더군. 사쓰마 사무라이라는 뜻이야. 사자머리 같은 그 괴상한 장식은 사쓰마가 검은 털, 조슈는 하얀 털, 도사는 빨간 털로 정해져 있었거든.

우리는 특히 사쓰마가 미웠어. 조슈는 하마구리고몬 변란 이래 철두철미한 적이었지만, 사쓰마는 중도에 조슈에 가담한 배신자였으니까. 특히 막부 측의 정면에 나선 아이즈 번의 사쓰마에 대한 증오는 보통이 아니었어.

그러나 싸움의 승패를 결정한 건 책략도 힘도 아니었소. 뜻하지 않게 나타난 깃발이었지. 적이 천왕의 깃발을 높직하게 앞세우고 한 걸음 전진하면 아이즈 번의 아욱꽃잎 문장 깃발은 뚜렷하게 한 걸음씩 후퇴하는 거야.

마쓰다이라 가타모리가 어째서 하필 그때 교토 친위대장에 임명되었는지 아시오? 아이즈의 힘이 강했기 때문이 아냐. 수많은 다이묘 중에서 근왕의 심지가 가장 강한 번주였기 때문이지. 그런 아이즈가 천왕의 깃발에 거역하다니, 그게 될 리가 없지.

물러서지 말라고 명령하는 히지카타의 고함 소리는 헛된 메아리가 되었어. 우리편은 모두 싸우기도 전에 멈춰 서버렸고 결

---

*赤熊. 붉게 물들인 야크소의 꼬리털. 혹은 그 비슷한 붉은 털. 깃대, 창, 투구 따위의 장식으로 쓰였다. 사쓰마 번 병사의 표징.

국 적의 선봉이 대포를 쏘자 당장 눈더미 무너지듯 후퇴했소.

그런데 단 한 사람, 요시무라만은 도망치려고 하지 않았어. 붙잡으려는 내 손을 뿌리치고 둑 위로 뛰어 올라가더라고.

전혀 아무런 망설임도 없었어. 우리와 함께 뒤로 물러설 생각은 아예 털끝만큼도 없다는 표정이었지.

그 모습은 지금도 선명하게 기억하고 있소. 어찌 잊을쏜가. 사무라이라면, 사내라면 아무도 제 눈감을 때까지 못 잊을 거요. 이케다, 그 잡놈도 생생하게 기억하고 있었지?

총알에 쓰러진 아이즈 병사의 주검 한복판에서 요시무라는 왼손에 큰칼을, 오른손에 작은칼을 쳐들고 우뚝 섰어.

그렇지, 분명하게 들었소.

"신센구미 대원 요시무라 간이치로…… 마지막 도쿠가와 군으로서 임무를 다하겠노라! ……천하를 다스리시는 천왕께 대항할 마음은 없으나…… 본인은 의를 위하여 싸우지 않으면 안 될 터…… 자, 오너라, 내가 상대해주마!"

비스듬히 내리치는 눈이 톱니무늬로 물들인 대원복을 펄렁펄렁 흔들고 있었어. 그건 내가 이 세상에서 맨 처음이자 마지막으로 보았던 진짜 사무라이의 모습이었소. 단 한 사람, 아니, 영원한 외톨이 의사(義士)의 모습이었소.

도저히 가만히 있을 수 없어서 나는 둑길을 뛰어 올라갔어. 나 또한 의사가 되겠다는 생각 때문이 아냐. 그저 저 사람을 이대로 죽게 놔둬서는 안 된다는 마음뿐이었지.

다른 어느 누가 죽건 상관없어. 사무라이 따위 다 죽어 없어져도 괜찮아. 그러나 이 나라와 맞바꾸더라도 저 사람만은 이

대로 죽게 해서는 안 된다고 생각했소.

검을 휘두르는 것 외에 아무 재주도 없는 내가 그것 말고 또 뭘 할 수 있겠소. 적어도 그자 앞을 가로막고 서서 화살과 총알의 방패막이라도 해주는 것밖에 없지. 칼로 덤비는 놈이 있다면 내가 나서서 다 베어주마, 이 사람 몸에는 손가락 하나 대지 못하게 할 테다, 하고.

"물러서라, 사이토!"

나가쿠라가 등 뒤에서 나를 덮쳤어.

"비켜, 놓으란 말야!" 하고 나가쿠라를 뿌리쳤어. 그러자 소나무 둥치 쪽에서 하라다 사노스케가 뛰어나와 내 허리를 붙잡고 늘어졌지. 그렇게 나가쿠라와 하라다가 함께 나를 질질 끌고 둑길 아래로 내려왔어.

그때 요시무라의 이름을 원 없이 불러봤던 것 같소.

"죽지 마라, 요시무라! 요시무라!" 하고.

정신이 나갔던 게 아냐. 나는 지극히 맑은 정신이었소. 오히려 여느 때보다 더 말짱한 제정신이었을 거요.

히지카타가 나를 퍽퍽 내리쳤어. 개죽음은 절대 용서할 수 없다고 말이지.

그러나 그때 전사했어도 절대로 개죽음은 아니었을 거요. 그렇지 않아? 아니, 그 자리는 내 평생 단 한 번의 죽을 자리였어.

그 뒤로 벌써 오십 년 세월이 흘러버렸군.

감개?

내가 생각하는 건 단 한 가지, 언제 죽어도 괜찮을 사람이 살아남았고 죽어서는 안 될 사람은 죽었다는 거요.

부처님도 참 어지간히 심술궂은 분 같아.

당신, 요시무라 간이치로의 소식, 좀 아시오?

아니, 말하지 마. 들을 마음은 없소. 고약한 후일담으로 앞날도 얼마 남지 않은 내 심신을 어지럽히고 싶지는 않군.

이미 누가 나를 죽이러 와줄 것 같지도 않고, 기왕이면 무사답게 정좌한 채 명토의 부름을 기다리고 싶소.

마중은 누가 와주려나. 곤도? 오키타? 아니면 나가쿠라? 아니, 역시 인사 담당의 체면을 걸고 히지카타가 찾아와줄 거요. 그자는 아무튼 성실하고 꼼꼼한 사람이었으니.

오사카에서 에도로 도망쳐온 뒤로 우리는 고슈 전투에서 또 보기 좋게 패했어. 미리 충분히 짐작했던 패전이었지. 곤도가 이미 싸울 의욕이 없는 상태였거든. 능위사 잔당에게 오른쪽 어깨에 총을 맞고 팔의 자유를 잃은 순간, 이미 곤도 이사미는 끝이 났어. 천연리심류의 사범이며 희대의 검객이던 곤도가 잘 쓰는 오른팔을 잃었으니, 그저 평범한 사무라이로 전락한 거요. 그건 당사자인 곤도가 누구보다 잘 알고 있었어.

오키타는 폐병으로 죽었고, 곤도는 나가레야마 산에서 관군에게 잡혀 참수형을 당했소. 하라다는 우에노 산의 창의대에 가담했다 죽었지. 메이지유신을 무사히 넘기고 길게 살아남은 건 나와 나가쿠라뿐이오. 우리 둘만 빼고 시위관 시절부터의 동료들은 다 죽었어.

내가 히지카타와 결별하고 아이즈에 그대로 머물렀던 까닭 말이오?

그건 견해 차이 때문이었어. 히지카타는 죽는다는 것에 거의

미쳐 있었어. 오로지 무사답게 죽을 장소를 찾는 데만 혈안이 되어 있었지.

나는 오랜 세월 은혜를 입은 아이즈 공의 말 앞에서 죽는 게 도리라고 주장했어. 그렇지만 히지카타는 수긍하지 않았지. 어디까지나 막부의 신하로서 죽고 싶다는 거야.

그건 그것대로 깨끗하고 이치에도 맞는 말이었소. 머지않아 사무라이의 시대가 끝장이 나려는 때에 무사들의 정신적 지주이던 도쿠가와 가와 운명을 같이하겠다는 자가 한 놈도 없다고 히지카타는 자주 탄식을 했거든.

훌륭한 생각이었어. 나는 지금도 히지카타 덕분에 사무라이의 존재가 후세의 웃음거리가 되는 것을 면했다고 믿고 있소.

말하자면 막부 신하로서 죽을 것인가 아니면 아이즈 번사로서 죽을 것인가, 그런 정도의 견해 차이였어. 죽음에 미친 건 나 또한 마찬가지였으니까.

어느 진중이었던가, 히지카타가 불쑥 혼잣말처럼 이런 말을 흘린 적이 있었소.

"마지막 도쿠가와 군, 이라……"

그건 요도 센료마쓰 싸움터에서 요시무라가 외친 말이었어.

히지카타가 그 말의 주문에 씌었던 걸까. 아니, 호탕한 사내 히지카타이니 그 말이 썩 마음에 들었던 게지?

참 대단한 인물이오. 히지카타 도시조라는 천하제일의 호방한 인물이 치열하게 마지막 도쿠가와 군을 연기해냈거든.

본의는 아니었지만 나는 아이즈에서 결국 백기를 들었소. 이미 전쟁에 지칠 대로 지쳐 정기도 근성도 다 말라버린 참이었어.

그 뒤로는 신센구미 부국장 보좌역 사이토 하지메로서의 과거는 모조리 묻어버리고 한 사람의 아이즈 번사로서 살았소. 성명도 이치노헤 덴파치로 바꿨어.

거듭 말하지만 나는 내가 저지른 죄과가 두려웠던 게 아냐. 복수를 겁냈던 적은 한 번도 없었어. 그저 다시 태어나고 싶었을 뿐이지. 분명 일본 제일의 살인자일 터인 나 자신이 싫어서 견딜 수가 없었소.

무진전쟁 뒤에 아이즈 번사들이 시모기타의 도난까지 밀려났던 일은 잘 알고 있겠지? 도난은 난부 땅의 북쪽 끝, 춥고 배고픈 허허벌판에 불모의 땅이야.

오슈 가도를 내려가던 도중에 나는 내 눈으로 모리오카 마을들을 봤소. 그 땅을 밟고 그 바람을 마셨지. 난부 사람들의 목소리를 내 귀로 들었어.

잠시만 더 내 얘기를 들어주겠소?

완전히 해가 저물어버렸군.

집 기둥에 이렇게 등을 기대고 시 전차가 내뿜는 푸른 불꽃을 바라보며 술을 마시는 게 요즘 내 유일한 낙이오.

저기 좀 보쇼. 가로수와 저택의 나무숲을 불빛이 물을 들이면서 지나가. 참 아름답지?

안주는 필요 없어. 아이즈 술과 평화로운 불빛만 있으면 족해. 나이 일흔둘에 겨우 손에 넣은 안식이오.

이 손이, 이 늙어 시들어버린 손이 저지른 일도 죄다 잊었어.

아이즈 전투에 대해서는 이제 새삼 설명할 것도 없겠지?

히지카타는 함락 직전의 아이즈를 버리고 스스로 최후의 막부 신하가 되고자 허위허위 하코다테까지 갔지만, 나는 도저히 아이즈를 떠날 수가 없었소. 사쓰마 조슈의 원한을 한몸에 다 받고, 얼른 항복해버린 요시노부 대신 모든 책임을 혼자 다 뒤집어쓴 아이즈를 어찌 내팽개칠쏜가.

아이즈 마쓰다이라 번은 도쿠가야 이에야스 공의 친손인 호시나 마사유키 공이 세우신 도쿠가와 일족의 명가요. 마사유키 공이 제정한 가훈의 제일조는 '도쿠가와 이에야스 공의 의를 한결같이 소중하고 충성되게 받들 것이며, 타 번의 예를 따라 자의적으로 번복하지 말라. 만일 두 마음을 품는다면 그 즉시 나의 자손이 아니니 어느 누구도 결코 따르지 말라'는 것이었소.

번주 마쓰다이라 가타모리 공은 번조의 혈통이 아니라 미노 다카스 번에서 양자로 들어온 분이오. 그러나 더더욱 이 가훈 제일조를 단 한 번도 허술히 여긴 적이 없으셨어.

교토 친위대장이라는, 섶을 지고 불에 뛰어드는 것이나 마찬가지인 임무를 번 내의 반대에도 불구하고 받아들였던 연유도 모두 이 가훈 제일조를 받들자는 것 때문이었지.

번주는 도쿠가와 쇼군에의 의를 한결같이 소중하게, 오로지 충성되게 따르셨소. 다른 번의 예를 따라 스스로 자세를 바꾸시는 일도 없으셨지. 가신들 또한 여자와 아이들에 이르기까지 모두 그 결의에 순종했소.

말석이나마 명색이 막부를 모셨던 내가 그런 아이즈에 어떻게 등을 돌릴 수 있겠소.

신센구미가 나아갈 길을 놓고 히지카타와 밤을 새우며 언쟁을 했어.

"똑같은 막부 관리라도 본인은 선생처럼 벼락 사무라이가 아닙니다. 태생부터 막부 관리지요. 이제 결단코 선생의 지도는 받지 않을 거요."

내가 그렇게 대들었을 때, 촛불 빛에 드러난 히지카타의 배우처럼 잘생긴 얼굴이 새파랗게 변하더만. 화를 냈던 게 아냐. 서글픈 표정이었지. 마치 꾸지람 들은 아이처럼 히지카타는 얼굴이 창백해졌어.

절대 입에 올려서는 안 될 말이었소. 히지카타는 구부정하게 앉아서 눈을 치켜뜨고 나를 지그시 쏘아봤어. 그리고는 독이라도 토하듯이 이렇게 중얼거렸지.

"좋다. 그렇다면 그런 벼락 사무라이가 과연 얼마나 큰일을 해내는지 한번 보여주지. 나는 맡은 일을 철두철미하게 관철해서 천하의 사무라이가 될 것이야."

정말 괜찮은 사내였소. 이상한 얘기지만, 내가 만일 여자였다면 홀딱 반했을 거요.

살아남은 대원들은 히지카타와 함께 아이즈를 떠난 자, 그리고 나를 따라 그대로 머문 자들로 갈라져버렸어.

아이즈 번주 마쓰다이라 가타모리 공을 뵌 건 히지카타 일행이 아이즈를 떠난 날 밤의 일이었소.

한밤중이건만 포성이 끊임없이 우르릉우르릉 울리며 성곽을 뒤흔들고 있었지.

갑옷에 비단 전투용 덧옷을 걸치고 전투 두건을 쓴 마쓰다이라 공은 의자에 좌정하고 측근이나 소실까지 물리신 뒤에 나와 독대를 하셨어.

"그대는 어찌하여 히지카타와 함께 가지 않았는가?"

높고 낭랑한 목소리였소. 우러러 올려다보니 그 목소리에 걸맞은 하얀 피부의 얼굴이 나를 바라보고 계시더만.

"아이즈를 저의 죽을 자리라고 믿는지라 떠나지 않았습니다."

나의 결심에 공은 고개를 끄덕여주시지 않았어.

"그대는 아이즈 번사가 아니다. 신센구미는 아이즈 번의 임시직이야. 나의 신하가 아니니라. 떠나거라."

신센구미의 고초를 누구보다 잘 아시던 공은 우리를 구해주려고 하셨던 거요. 막부에서는 우리를 막부 직속으로 추켜세워놓고, 지사들을 살해한 모든 악행은 신센구미가 단독으로 저지른 짓이라고 떠밀 참이었어. 그러나 마쓰다이라 가타모리 공만은 원래 아이즈의 가신이 아니었으니 그 일에서 벗어나 목숨을 건지라고 하신 거요.

나는 고개를 저었어.

"그렇다면 오늘 이 시간을 기해 저희 신센구미를 아이즈 직속으로 해주십시오. 아이즈 번사로 받아주십시오."

"그대들까지 죽이고 싶지는 않아."

"부녀자마저 언월도를 들고 싸우는 터에 어찌 저희가 죽지 않고 살 수 있겠습니까? 부디 저희를 받아주십시오."

나는 납작 엎드려 허락을 청했어. 참 묘한 느낌이었지. 누군가, 그래, 내가 아닌 다른 누군가의 영혼이 내 입을 빌려 그런 말을 하게 하는 듯한 느낌이었어.

의자가 삐걱거리는 소리가 나더니 아이즈 공은 내 바로 곁에 무릎을 꿇으셨소.

"참으로 아깝구나."

차마 고개를 들 수가 없었어. 아이즈 공은 내 어깨에 손을 얹어 힘주어 잡고서 한 마디 말씀을 해주셨소.

"고맙네."

그 순간 간절하게 이런 마음이 들었어. 훌륭한 주군의 이 한 마디를 결코 소리가 가 닿지 않는 저 말단 무사에게, 저 요시무라 간이치로에게 들려주었으면, 적어도 이 자리에 그자를 데려올 수만 있다면, 하고.

쓰루가 성 북문에 '항복'이라 크게 쓴 백기가 올라간 게 잊을 수도 없는 1868년 구월 이십이일 사시(巳時)였소.

요즘 달력으로 말하자면 십일월 초순경일 게요. 하루하루 추워지는 날씨에 백성들이 겪을 도탄의 고통을 생각하면 문을 여는 것밖에 다른 도리가 없었어.

신센구미 중에 살아남은 자들 대부분은 이 항복을 의로운 일로 여기지 못해 탈주했소. 이케다 시치사부로도 그중 한 사람이었을 거야.

내가 그자들과 함께 탈주하지도 않고, 그렇다고 배를 가르지도 못하고 항복해버린 이유는 무엇이었을까. 그래, 온 기력을 다 잃었기 때문이었어. 1863년 교토에 올라온 이래 햇수로 육 년에 걸친 기나긴 싸움이었소. 항복이라는 말을 들은 순간, 온몸의 힘이란 힘이 다 빠져서 그대로 주저앉아 일어서지도 못할 지경이었어.

아이즈 번사들은 모두 땅에 엎드려 하늘을 우러르며 울었소. 그러나 태생이 눈물이라는 것을 모르는지라 그저 멀거니 주저앉은 나 자신이 한심했어.

전쟁 끝난 뒤로 나는 아이즈 번사들과 함께 기타에쓰 다카다에서 근신 기간을 보냈소.

관군은 눈이 벌게져서 원한 깊은 신센구미의 잔당을 찾아다녔지. 특히 사쓰마, 조슈, 도사에 모조리 미움을 받았던 게 부국장 보좌역 삼번대장 사이토 하지메라는 사무라이였어.

갇힌 몸이 된 아이즈 번사들은 모두 나의 정체를 알고 있었지만 시치미를 뚝 떼고 모두 똑같이 말을 맞춰줬지.

"그자는 지난 구월 사일 뇨라이도 싸움에서 전사했소."

나도 그렇게 대답했어.

당당히 성명을 대고 참수형을 받는 것도 그리 싫지는 않았지만, 나 같은 사람을 지켜주겠다고 그토록 애를 쓰는 아이즈 번사들의 정을 물거품으로 만들 수는 없더라고.

자, 이제 요시무라 간이치로에 관해 내가 얘기할 만한 건 죄다 털어놨소만, 쓸데없이 입을 놀리게 했으니 댁도 시시한 부록 얘기 하나 더 들어줘야겠소.

메이지유신 후에 아이즈 번의 영지는 시모기타 반도 맨 끄트

머리 땅인 도난으로 바뀌었어. 영지 교체라는 건 그저 명색일 뿐이고, 이십삼만 석에서 겨우 삼만 석으로 전봉(轉封)된 그 조치는 아예 귀양이나 마찬가지였소.

애초에 도난 지방은 삼만 석은커녕 제대로 벼를 심지도 못할 불모의 동토야.

도난 지역 백성들은 우리를 '아이즈 게다가'라고 불렀소. 또 '아이즈 비둘기 사무라이'라는 소리도 들었지.

'게다가'라는 건 시모기타 지방 사투리로 벌레라는 뜻이오. 굶어죽지 않으려고 벌레처럼 산을 기어다니고 입에 들어가는 건 뭐든 다 주워먹었거든. 그리고 비둘기처럼 콩이나 비지를 쪼아먹으며 살았어.

전쟁터에서 죽을 기회를 놓친 끝에 굶주림과 추위로 죽어간 수많은 번사와 그 가족의 처연한 심정은 어느 누구도 모를 거요. 그토록 긍지 높던 아이즈 사무라이가 신정부에게 받은 처벌은 무사도를 버리고 한낱 벌레나 비둘기로 전락하라는 것이었어. 굶어죽는 건 의가 아니라 하여 비쩍 마른 팔로 칼을 쥐어잡고 배를 가른 자도 허다했지. 언뜻 보기에는 관대한 처벌로 보이는 영지 교체로 인해 아이즈 번은 얼어붙은 땅끝 마을로 쫓겨나 사멸해버렸소. 그것이 천왕의 깃발을 거역한 사무라이에 대한 처벌이었어.

영지 교체에 앞서 나는 선발대의 일원으로 봄이라고는 그저 이름뿐인 오슈 가도를 북으로 북으로 올라갔었소.

'초승달이 보름달 될 때까지 난부 땅'이라는 노래까지 있던 난부령은 가면 갈수록 겨울로 되돌아가는 것 같더만. 우리 죄인들은 그 길을 도난을 향해 묵묵히 걷고 또 걸었어.

다테령에서 난부령으로 넘어가는 접경의 오니야나기 초소에 난부 번 관리가 마중을 나와 있었소.

숙소를 한 칸 한 칸 방문하며 우리의 노고를 함께 애석해하던 그 사무라이의 얼굴을 지금도 잊을 수가 없어.

"아이즈 사무라이님들께는 미치지 못하나 모리오카에서도 있는 힘껏 싸웠소이다. 부디 너그럽게 용서해주시오."

사무라이는 우리 한 사람 한 사람에게 그렇게 사죄하며 고개를 숙였어.

와가 강을 배로 건너고 구로사와지리를 지나 하나마키에 이르렀을 무렵에는 눈이 흩뿌리기 시작했소. 우리는 끝도 없는 오슈 가도를 그저 북으로 북으로만 올라갔어.

우리가 내몰렸던 도난이라는 땅끝 마을이 어떤 곳인지, 길 안내를 해주던 난부 사람들은 잘 알고 있었을 거요. 그곳이 난부 사람들조차 오래도록 개척하지 못하던 지옥처럼 황량한 벌판이라는 걸 말이오.

모리오카 거리가 훤히 내려다보이는 기타카미 강둑에 섰던 건 싸락눈이 흩날리는 점심나절이었어.

작은 배를 사슬로 이어놓은 배다리 건너편 언덕에서 모리오카 사람들이 가만히 숨어 우리를 맞이합디다. 모두 똑같이 죄인인 우리를 향해 고개를 숙이면서.

아직 나이도 덜 찬 어린 아이가 건너편 언덕에서 배다리로 달려나와 중간에서 바닥에 무릎을 꿇는가 싶더니 이렇게 외치는 거야.

"아이즈 사무라이님, 저희는 거리도 불타지 않고 성에 공격도 안 받은 채 져버렸어요. 참말 염치가 없고만요. 부디 부디 용서해주세요!"

그렇지, 나는 난부의 목소리를 들은 거요.

그 순간 둑길 아래로 내딛으려던 발이 그 자리에 붙어버렸어. 저 요시무라 간이치로가 입버릇처럼 하던 말이 생생하게 귓가에 떠오르더라고.

'난부 모리오카는 일본에서 제일로 아름다운 고장이올시다.'

내가 마중하러 나온 관리에게 일부러 물어봤소.

"저 훌륭한 산은 무엇이라 하는 산이오?"

나이 든 사무라이는 저 건너 산을 눈을 가늘게 뜨고 바라보며 대답하더만.

"저 산 말이시오? 이와테 산이올시다."

"저 먼 산은?"

"히메가미 산이올시다."

"이 강은?"

"기타카미 강이올시다. 저기 위쪽에서 읍내를 흐르는 나카쓰 강하고 만나지요."

산하의 이름을 하나하나 물어보자니 문득 가슴이 찌르르 하더군. 한기를 쏘인 탓에 감기에 걸린 줄 알았더니 그게 아니었어.

콧물과 함께 눈에서 눈물이 투두둑 쏟아지더라고. 어려서부터 단 한 번도 인연이 없던 눈물이. 요시무라의 목소리가 생생하게 들렸소.

'난부 모리오카는 일본에서 제일로 아름다운 고장이고만요. 서쪽으로는 이와테 산이 우뚝 솟고 남쪽으로는 하야치네 봉우리, 북으로는 히메가미 산. 읍내를 흐르는 나카쓰 강은 기타카미 강을 만나 넘칠 듯이 흐르지요. 봄에는 지천으로 꽃이 피고 여름에는 초록, 가을에는 단풍, 겨울이 되면 햇솜 같은 눈에 폭 안기는 고장이올시다.'

정말 아름다운 마을이었어. 그 아름다운 마을에서 태어나고 자란, 둘도 없이 아름다운 사무라이를 내가 그만 죽이고 말았소. 한때는 내 손으로 죽이려 했고 마지막에는 내 눈앞에서 죽는 걸 뻔히 바라보기만 했어.

정말 내가 죽인 거라는 생각이 들었소.

"어, 어째 그러십니까?"

"아니요, 내 불찰을 이제야 깨달았소."

모리오카 관리는 말뚝처럼 얼어붙은 내 등을 다정하게 쓸어주었어.

눈물이 그치지 않았소. 사나운 눈발이 쏟아지는 거리를 남이 보건 말건 내내 철철 울면서 걸었어.

사무라이가, 장사꾼이, 목수가, 아이 딸린 여인네가 집집마다 달려나와 우리에게 사죄를 하는 거야.

아이즈 사무라이님, 용서해주세요. 참말 염치가 없고만요, 하고 말야.

모리오카는 정말 인정이 넘치는 동네였소. 의연한 심지를 속에 품고 있으면서도 항상 훈훈할 만큼 다정했던 저 요시무라 간이치로의 고향, 그곳은 틀림없이 그가 태어나고 자란 고향이었어.

그 다정함이 나를 나무랐던가 봐. 온몸의 물이란 물이 다 쏟아지는가 싶게 나는 걸으면서 내내 울었소.

난부에서는 우리를 위해 잠자리를 준비했지만 장정 선발대는 앞길을 서둘러야 했어.

본가도는 이윽고 모리오카 읍내를 빠져나가 좌우에 가난한 말단 무사 가옥이 이어지는 쭉 뻗은 길로 들어섰어. 어쩌면 요시무라가 이곳에서 자랐겠구나 하는 생각이 들었지만 도저히 찾아가볼 용기는 나질 않더만.

말단 무사 가옥이 끝날 즈음에 마을 끝을 나타내는 디근 자망루가 있는데, 싸락눈이 흩뿌리는 속에 수많은 사람들이 배웅을 나와 서 있었소. 차림새가 허름한 걸 보면 말단 무사 가옥에서 나온 사람들인 게 틀림없었지.

없는 쌀을 어떻게 추렴하여 밥을 지었는지, 사람마다 무늬목 종이에 싼 주먹밥을 공양이라도 바치듯 우리에게 내밀더라고.

나는 차마 그걸 받을 수가 없었어. 그이들이 내민 손 사이를 비집고 달아나듯이 망루를 나서려는데 앞머리를 묶은 어린 사무라이가 나를 쫓아와 매달리더라고. 곱상한 얼굴에 말단 무사의 자식으로는 그나마 차림새가 반듯한 소년이었어.

"아이즈 사무라이님, 부디 드시고 가세요."

어린 사무라이는 앞길을 가로막고 서서 주먹밥을 내밀었어.

"자네는 말단 무사의 자식은 아닌 것 같은데. 귀하신 자제들까지 이런 일에……"

나는 목이 메어 멈춰 섰어.

“부디 드세요.”

어린 사무라이는 무늬목 종이를 풀어 내 앞에 내밀었어.

“이보게, 요시무라라는 말단 무사를 알고 있는가?”

주먹밥을 입에 넣으며 용기를 내서 물어봤지.

“네.”

소년이 고개를 끄덕였어. 그 한 마디뿐 얼른 입을 다문 건 아마 요시무라가 탈번자였기 때문일 게야.

“요시무라 선생님을 아십니까?”

“아니.”

나는 주먹밥을 삼키며 대답했어.

“예전에 이것과 똑같이 아주 맛난 주먹밥을 그분에게 얻어먹은 적이 있네.”

그 말을 하는 순간, 요도 센료마쓰 제방에서 마지막 본 요시무라의 모습이 되살아나 나는 더이상 견디지 못하고 그 어린 사무라이를 와락 끌어안았어. 누군가에게, 이 아름다운 모리오카 마을의 누군가에게 꼭 참회를 하지 않으면 안 되었어.

“용서해라. 나는 요시무라를 눈 뻔히 뜨고서 죽게 했다. 이 나라와 맞바꾸어도 절대 죽게 해서는 안 될 그 사람의 목숨을 그냥 죽게 두었다. 참으로 돌이킬 수 없는 후퇴를 했다.”

통곡하는 나를 일으켜 세우며 어린 사무라이는 옷소매로 내 눈가를 훔쳐주었소.

“울지 마세요. 난부도 아이즈도 이번 싸움에서는 졌지만 결코 반란군은 아닙니다. 똑같이 의를 위해 싸웠고만요.”

내가 그때 떠나던 참에 그 어린 사무라이의 이름을 물어봤어. 곱상하고 똑똑하던 그 난부 소년은 자신의 이름을 '하라'라고 했었는데, 흐음, 댁은 어찌 생각하시오?

그래, 이렇게 얘기를 토하고 나니 내 가슴의 어혈이 좀 풀렸소.

오늘은 밤을 새워 마시기로 하지. 자, 마셔요. 안주는 하나도 없지만 불평일랑 하지 마쇼.

술은 아이즈의 명물, 마시면 마실수록 취하면 취할수록 달착지근하지.

9

나의 주군은 난부 나리님이 아니었어.
조장님도 아니었어. 너희야말로 나의 주군이었다.
아비는 그때 그것을 똑똑하게 깨달았다.
왜냐, 나는 너희를 위해서라면 언제 어느 때든 목숨을 버릴 수 있었으니.
어떤 각오도 필요 없이, 무사도니 대의 따위 필요 없이,
너희가 죽으라고 한다면 아비는 기꺼이 목숨을 버릴 수 있었으니.

미쓰야…….

마침내 배를 가르기로 결심하고 좌정한 순간, 네 모습이 어른어른 떠오르고 말았다.

네 어미도 가이치로도, 아직 보지 못한 젖먹이까지도, 아버지, 참으로 고생 많으셨습니다, 마음껏 장렬하게 배를 가르세요, 라고 격려해주건만 너만은 허락을 해주지 않는구나.

아버지, 죽지 마세요, 하고 너 하나만은 섧게 우는구나.

아비에게 딸이란 참으로 어찌해볼 수 없는 애물이다. 때려줄 수도 없어. 큰 소리로 나무랄 수도 없고. 그저 어물어물 어르고 달래며 제풀에 그치기만을 기다릴 수밖에.

그새 여덟 살이 되었겠구나. 참말로 예쁜 꼬마 아가씨로 자랐을 테지. 어려서 헤어진 뒤 육 년 긴 세월 동안 안아주지도 못하고 입도 못 맞춰주고, 참말로 미안했다.

네 자랑을 시작하면 신센구미 동료들은 모두 "또 미쓰 얘기"라며 웃었지. 두 살배기 때 헤어지고 한 번도 못 본 딸 얘기를 잘도 지어낸다고 말야.

미쓰야.

아비는 말이지, 네가 예뻐서 어쩔 줄을 몰랐다. 자식을 멀리 팽개쳐놓고 이런 얘기를 해봐야 너는 믿지도 않을 것이다만.

그러나 아비는 너를 단 하루도 잊은 적이 없었다. 이상한 소리지만, 너와는 지난 육 년 동안 한시도 떨어지지 않고 함께 있었던 것만 같다. 그럴 만큼 아비는 항상 너만 생각했다.

아비에게 딸이란 그런 거야.

그러니까 말이다, 미쓰야.

아비는 여덟 살이 된 네 얼굴을 아주 잘 알고 있다. 거짓말이라고 한다면 내 일러주지.

어미를 닮아 살빛이 하얗지. 눈은 아비를 닮아 쌍꺼풀이고 동그랗지. 뺨은 여름에도 사과처럼 붉을 것이고. 덧니가 났을 테지만 벌써 빠졌을걸?

고향을 떠날 작정을 한 뒤 아비는 네 얼굴만 보면 자꾸 눈물이 나서 견딜 수가 없었다. 어떻게 너 하나만이라도 업고 갈 방도는 없을까, 고민도 많이 했다.

매일 밤마다 너는 아비가 안고 잤다.

울음이 잦은 아기였지. 사내애라면 때려주기도 하겠지만 때리기는커녕 큰 소리로 나무랄 수도 없어. 이유 없이 밤마다 우는 너를 안고 아비는 그저 어물어물 우에다 무사 구역을 오락가락하는 수밖에 없었다.

밤잠 없는 앞집 할매에게 "요시무라 선생은 나중에 미쓰가 시집가면 할복이라도 하겠소" 하고 웃음엣소리를 들었단다.

아닌게 아니라 할매의 말대로 되고 말았다만, 때가 좀 이르구나.

애, 미쓰야.

아비의 얼굴도 생김새도 하마 다 잊었을까. 작은 몸 어딘가에 따스한 아비의 체온이나마 기억하고 있지 않을까. 언젠가 좋아하는 남정네의 품에 안길 때까지 아비의 체온이나마 기억해주면 좋으련만.

시집을 잘 가서 서서히 아비의 온기를 잊어준다면 그건 참 얼마나 고마운 일이냐. 그리만 된다면 앞집 할매의 말대로 아비는 너를 시집보낸 끝에 할복한 셈이 될 텐데.

바깥은 싸락싸락 싸락눈으로 바뀌었다. 이렇게 방에 꼼짝 않고 앉아 귀를 기울이고 있으려니 꼭 모리오카에 가 있는 것만 같구나.

화롯가에서 어미는 불룩한 배를 안고 열심히 가내 일거리를 하고, 네 오라비는 단정히 앉아 논어를 읽고, 아비는 무릎 위에 앉힌 너를 어르며 네 오라비가 글 읽는 소리에 귀를 기울인다.

아아, 가이치로의 글 읽는 소리가 들리는구나.

"공자님 말씀에, 부귀는 모두가 원하는 것이나, 정당한 방법으로 얻은 것이 아니면 그곳에 머물지 않느니라. 빈천은 모두가 싫어하는 것이나, 그것이 비록 정당하게 얻게 된 것이 아닐지라도 부당한 방법으로 벗어나려 하지 않느니라."

아비가 탈번을 결심한 것을 영민한 네 오라비는 분명 알고 있었을 것이다. 그런 말을 차마 아비 면전에서 물을 수 없어서 밤이면 밤마다 그 한 구절을 거푸 읽어가며 아비를 훈계하려 했던 게지.

그러나 말이다, 미쓰야.

아비는 인간의 길을 걷고자 하였을 뿐 부귀를 탐하였던 것은 아니다. 빈과 천을 부당하게 벗어나려 했던 것도 아니다. 호의호식까지는 못 시켜주더라도 너희가 비참한 마음이 들지 않게 해줄 수만 있었다면 아비가 그토록 어긋난 짓을 할 까닭이 없었다. 평생을 이타 이인부치의 말단 무사여도 좋았어.

야심이 전혀 없었다고 한다면 거짓말이겠지. 그러나 그해 겨울만은 아무래도 무사히 넘길 수 없을 것만 같았다. 누가 어떤 욕을 하건 돈푼이나마 있으면 그래도 사람은 목숨은 부지하는 법이다. 무사 신분을 버리고 시즈쿠이시 고향에 신세 지는 처지라도 돈만 있으면 어떻게든 살게 마련이야. 너희를 살리는 것도 죽이는 것도 모두 이 아비의 마음먹기 하나에 달렸다고 생각했다.

아비는 모리오카가 좋았다. 에도에 있는 동안에도 모리오카보다 에도가 더 좋다는 생각 같은 건 한 번도 해본 적이 없어. 언제든 너희가 기다리는 모리오카에 돌아가고픈 생각뿐이었다.

그런 아비가 굳이 모리오카를 버리지 않으면 안 되었던 심정을 부디 살펴다오. 아비는 이타 이인부치의 하잘것없는 말단이나 너희와 정답게 살 수만 있다면 그것으로 족했다.

집 떠나던 날 아침에도 싸락눈이 내렸지.

아직 컴컴한 참에 가만히 일어나 채비를 갖추고 너희들의 잠든 얼굴을 하나하나 바라보았다.

어미는 이불귀를 깨물며 숨죽여 울었다. 요시무라 간이치로가 처자도 모르게 탈번했노라고 꾸미지 않으면 너희에게 해가 미칠 것 같아 이별 인사는 하지 말라고 단단히 일러두었던 터라.

떠나는 길에 토방에 엎드렸다. 왜 그랬는지 모르겠다. 내가 한 일이다만 참, 생각지도 않게 문득 정신을 차리고 보니 토방에 꿇어앉아 머리를 숙이고 있었다.

시즈. 가이치로. 미쓰. 그리고 아직 보지 못한 갓난이…….

나는 살기 위해 고향을 버리지만 너희를 버리는 건 아니다.

이 일로 인해 너희는 탈번자의 아내다 자식이다 손가락질을 받을 것이나, 그건 한때의 일이다. 내 열심히 일하여 반드시 돈을 보내줄 터이니 부디 잠시만 참아다오…….

어미는 안방에서 짚 이불을 둘러쓰고 아비는 토방에 앉아 고개 숙인 채 서로 숨죽여 눈물만 떨구는 이별을 하였다.

아비는 그때 똑똑하게 알았다.

나의 주군은 난부 나리님이 아니었어. 조장님도 아니었어. 너희야말로 나의 주군이었다. 아비는 그때 그것을 똑똑하게 깨달았다.

왜냐. 나는 너희를 위해서라면 언제 어느 때든 목숨을 버릴 수 있었으니. 어떤 각오도 필요 없이, 무사도니 대의 따위 필요 없이, 너희가 죽으라고 한다면 아비는 기꺼이 목숨을 버릴 수 있었으니.

그러니 너희야말로 틀림없는 나의 주군이라고 생각했다.

아내에게 충성을 바치다니, 남들이 들으면 웃겠지. 그러나 나는 진심으로 감사했다. 고마웠다.

한 사내로서 사랑했다. 사랑하고 사랑해서 그 마음을 주체하지 못할 만큼, 지금껏 사랑했다. 게다가 이리 귀여운 자식들까지 낳아주었어.

애, 미쓰야.

네 어미는 이타 이인부치 말단 무사의 아내지만 천 석 집안의 마나님이 될 수도 있었단다.

그때 아비가 토방에 이마를 찧으며 이별을 고했던 것은 탈번의 죄를 빌자는 게 아니었어. 진심으로 고맙고 감사했기 때문이다.

아비는 그래서 목숨을 걸고 일할 수 있었다. 도무지 한눈을 팔 겨를도 없었어. 아비가 살아가는 길에 추호의 의심도 품어본 일이 없어. 사내로서 이보다 더 감사하고 은혜로운 길은 없을 것이다.

미련을 끊고 밖으로 나서니 우에다 무사 구역에 꽁꽁 언 싸락눈이 내리고 있었다.

본가도를 따라 우에다 망루에서 읍내로 이어지는 곧은 길. 말단 무사들이 서로 기대며 살아가는, 참으로 깨끗한 길이었다.

나고 자란 고향 땅의 눈발이 아비를 꾸짖었다.

어찌하여 고향 땅을 버리려 하느냐. 배를 주리는 건 어느 집이나 다 마찬가지 아니더냐. 그런데 어찌하여 너만은 무사 마을을 떠나려 하는가. 모리오카를 버리려 하는가. 보아라, 어느 집에서나 너와 똑같은 처지의 말단 무사들이 그래도 살고 있지 않느냐. 충의의 길을 기리기 위해 가난과 비천을 감수하는 말단 무사들이 어느 집에나 살고 있지 않느냐.

그것이야 아비도 알고 있었다. 알기 때문에 더더욱 아비는 허망해서 견딜 수 없었다.

걸음을 서둘러 쇼카쿠지로 굽어들던 네거리 근처였던가, "아버님, 아버님, 잠깐만요" 하고 소리 죽여 부르며 가이치로가 아비의 뒤를 쫓아왔다.

부연 눈발이 쏟아지는 어둠 속에 모습을 드러낸 가이치로는 그 작은 몸으로 너를 꼭 안고 있었다.

무언가 말을 해주어야 했다. 그러나 아비의 입술은 얼어붙어 버렸다.

"아비를 배웅해서는 안 된다. 돌아가거라."

가까스로 그 말만 했지.

"네, 배웅은 하지 않겠습니다. 그러나 아버님, 한 번만 미쓰를 안아주세요. 그토록 좋아하던 아버님이 간다는 말씀도 없이 가버리시면 미쓰가 너무도 가엾습니다."

네 오라비는 말이지, 미쓰야, 너를 두고 가는 아비의 섭섭하기 이를 데 없는 마음을 알고 있었던 게야.

가이치로는 포대기로 감싼 너를 내게 내밀었다.

너는 조그만 손을 뻗어 아비의 뺨을 쓰다듬었어. 울지도 않고 가만히 "아빠" 하고 불러주었어.

그것은 어린 네가 가장 먼저 배운 말이었다. 눈물이 떨어졌다. 너는 뺨을 타고 턱밑으로 뚝뚝 떨어지는 그 눈물을 조그만 손으로 받아내듯 닦아주며 몇 번이고 "아빠"라고 불러주었다.

아비는 견딜 수 없어 너를 안고 얼굴을 핥고 입을 맞대며 소리 내어 울었다.

"아버님, 울지 마세요. 큰일 하러 가시는 길에 이런 부탁을 드려 염치가 없고만요. 그럼 이만."

네 오라비는 울지 않았다. 입을 꾹 다물고 너를 아비의 손에서 받아 안고는, 미리 일러둔 아비의 말을 지키려고 배웅 인사 없이 집으로 돌아갔다.

겨우 열 살이던 가이치로의 뒷모습이 참으로 훌륭한 난부 무사로 보였다.

참 묘하기도 하지. 내리 퍼붓던 눈은 그것으로 끝, 더이상 아비를 꾸짖지 않았어. 오히려 어서 마음 놓고 가라고 귓가에서 아비를 격려해주는 것 같았다.

그나저나…….

밤도 완연히 깊었다. 이제 시시한 신세타령 그만두고 냉큼 배를 갈라 죽을까.

아차차, 이런 낭패가. 주머니 속에 돈이 들어 있었구나. 후시미 주둔소 떠나올 때 받은 돈을 까맣게 잊고 있었어.

하나요 둘이요 셋이요 넷이요, 다섯에 여섯에 일곱에 여덟, 아홉, 열. 니부킨이 열 개나 되네.

내 초상 치르는 데 써달라고 할까. 내 주머니 털어 내 관 값을 내다니, 어째 이상한 얘기다만.

초상 치를 돈이라면 터 값에 관 값에 공양 값으로 한 냥 남짓이 시세야. 거기다 땅 파는 품삯이 두 사람에 두 푼이니까 도합 한 냥 두 푼이면 뒤집어쓰지.

거스름을 받으려도 받을 내가 죽은 사람이니 어쩔 수가 없겠군. 그러면 거스름돈은 저택 동료들 액땜 술값으로나 쓰라고 할까. 허나 그것도 신세 끼치고 약삭빠르게 계산하는 것 같아 내키지 않는다. 다들 술맛이 영 씁쓸할 게야.

아예 이 몸뚱일랑 요도가와 강에 내던지든가 대충 저 너머 무연고 묘지에 내버리기로 하고, 이 돈은 고향 아내에게 전해 줄 수 없을까. 니부킨 열 개라고 하면 다섯 냥이나 되는 큰돈이 아닌가.

그러나 설마하니 큰방까지 기어가 지로에 나리에게 이리저리 해달라고 부탁할 수도 없고.

뭐, 어때. 이제 곧 배 가르고 죽을 놈이 허세는 무엇이고 체면은 무엇이냐. 한때는 모리오카까지라도 기어서 돌아갈 마음을 먹었거늘 긴 복도 더듬더듬 기어 큰방까지 못 갈 것도 없으렷다.

지로에 나리를 비롯한 높으신 분들이 필시 깜짝 놀라시겠지만, 어디 한번 부탁해보자. 목숨을 건 부탁이라는 것쯤 단박에 알아주실 터.

어디 보자.

아, 아야야, 피가 다 빠져버려 일어설 수가 없구나. 기어서라도. 기어서라도······.

햐아, 눈이다.

잠깐 사이에 솜처럼 마당을 가득 채웠구나. 영락없이 모리오카에서 보던 폭신폭신한 솜눈이야.

그렇지, 이곳은 필시 오사카가 아닌 게야.

내가 에도에서부터 오슈 가도를 다 지나고 모리오카에 돌아온 거야. 우에다 무사 구역에는 이미 돌아갈 내 집이 없으니 아마 기타야마 산 호온지(報恩寺) 나한당에라도 뛰어들어 숨어 있는 거야.

눈 쏟아지는 어두운 하늘 끝에 삼나무 숲이 보이는구나. 나한님들께서, 간이치로, 네가 무슨 짓을 하고 왔느냐, 그리 피투성이 꼴이 되어, 설마 살생을 하고 온 것은 아니겠지, 하고 입을 모아 말씀들을 하시네.

염치없습니다, 나한님들. 저는 교토에 올라가 살생을 했습니다. 번 도장 아이들에게 검은 무사의 혼이다, 인간을 베는 도구가 아니다 하고 항상 그럴싸하게 가르쳤으면서 저는 돈을 바라고 아무 원한도 없는 사람들을 수없이 죽였습니다.

그렇더냐, 간이치로. 그렇다면 깨끗이 배를 가르거라. 살생의 죄를 씻는 데는 이미 그 길밖에 없느니라…….

나한님이 그렇게 지시해주신다면 난부의 사무라이로서 그보다 더 큰 복은 없으련만.

조금만 더 장지문에 기대어 눈 구경을 해야겠다. 조금만 더 모리오카 꿈을 꾸어야겠다.

미쓰야…….

아비는 배를 갈라 죽더라도 언제나 네 곁에 있으마. 시집을 갈 때는 등불을 받쳐 들고 네 발치를 비춰주마.

그뿐인 줄 알았더냐. 아비는 네게 이 나라에서 제일 좋은 신랑감을 꼭 붙여줄 게야.

돈이 있고 없고는 아무려나 상관없어. 실력 있고 정직하고 착하고, 무엇보다 너를 목숨처럼 사랑해줄 훌륭한 신랑감을 이 아비가 꼭 붙여주고말고.

신랑이 이와테 산이라면 너는 히메가미 산.

사계절 철철이 우리 눈을 쏙 빼가는 저 히메가미 산처럼 어여쁘고 지조 있는 여자가 되어다오.

그리고 의젓한 남편에게 안긴 그날 밤부터는, 천왕을 거역했다가 배를 가르고 죽은 이 아비 따위는 깨끗이 잊어다오.

아비는 이제 피를 쏟고 숨이 까막 넘어갈 때까지 너의 이름을 천 번을 부르마.

너를 버린 나를 "아빠" 하고 불러준 너의 이름을 만 번이라도 부르마.

10

모리오카의 벚꽃은 돌을 깨고 피어난다.
모리오카의 목련은, 자, 보아라, 북쪽을 향해서도 피지 않느냐.
그렇다면 너희 또한 느긋하게 봄이 오기만을 기다려서는 안 된다.
난부의 무사라면 썩썩하게 돌을 깨고 피어라.
모리오카의 자손이라면 북쪽을 향해 피어라.
봄보다 한 발 앞서서, 세상보다 먼저,
다른 어느 누구보다 먼저 훌륭한 꽃을 피워내야 한다.

막부 말기 에도

간에이지 권
혼고
시노바즈 호수
시모야
▲ 우에노 산
무코지마
아사쿠사
우시고메
이치가야
간다
신주쿠
에도 성
니혼바시
에도바시
히비야
난부 번 저택
교바시
후카가와
에도 만

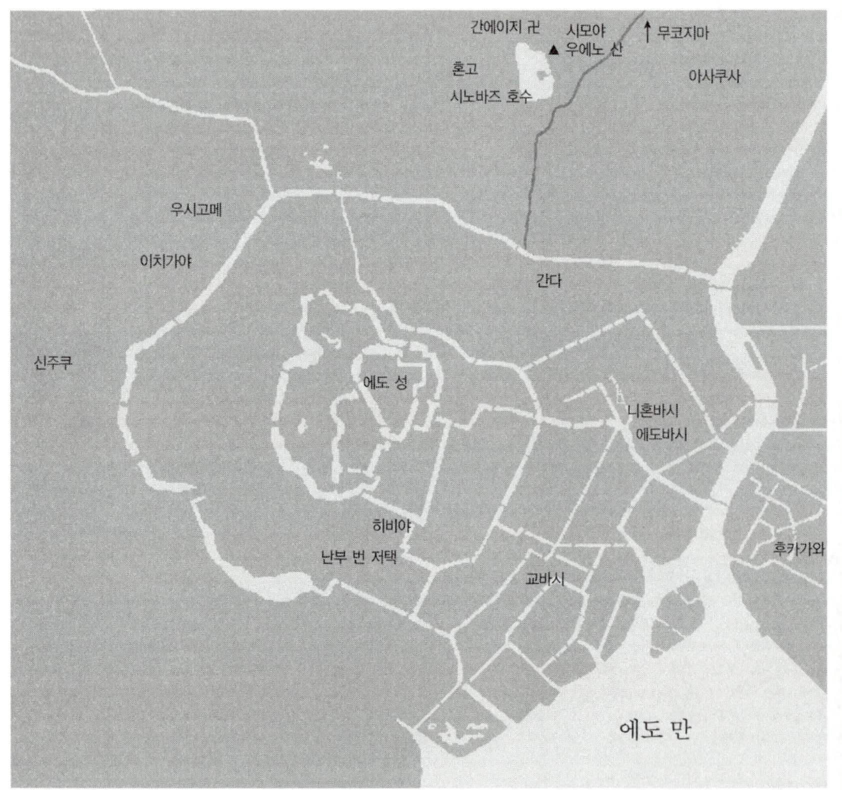

번다한 시절 인사는 줄이옵고.

여러 차례에 걸쳐 서찰을 받기만 한 채 답서도 올리지 못하고, 실례가 많았습니다.

1. 일이 바빠서

1. 문장이 서툴러서

1. 지난 일은 돌아보지 않는다는 신조에 따라

1. 집사람의 반대

이상 네 가지가 무례의 이유입니다.

외래 진료를 마치고 입원 환자 침대를 한 바퀴 돌고 나면 밤이 이슥해집니다. 또 매일 밤마다 한두 사람씩 급한 환자가 진료소 문을 두드리기 때문에 잠깐 눈 붙일 새도 없습니다. 잠깐씩 짬을 내어 알려드릴 수 있는 만큼만 적고자 합니다.

말하자면, 저도 이래저래 망설이다 앞의 네 가지 중 세 가지를 해결하고 이렇게 답장을 쓰고 있지만, 공교롭게도 나머지 한 가지에 대해서는 아직 집사람의 양해를 얻지 못했습니다. 따라서 제 편지에 대한 질문이나 답례의 편지 등은 앞으로 일절 보내지 말아주시기를 부탁드립니다. 집사람은 간호사에 사무원까지 겸하고 있어서 서찰은 모조리 저보다 앞서서 개봉합니다.

참고로 집사람의 말을 그대로 빌리자면 "당신은 딴 생각은 하나도 하지 말고 환자 치료만 하면 돼요. 그것밖에 딴 재주라고는 없으니"랍니다. 지당한 말입니다. 사십여 년을 함께 살다 보면 아내가 나보다 나를 더 잘 알아요. 아닌게 아니라 저는 환자의 맥을 짚는 것 말고는 아무 재주가 없는 동네 의사입니다.

이상, 대단히 사적인 억지소리입니다만 부디 양해해주십시오. 만에 하나 집사람의 비위를 건드렸다가는 지난 러일전쟁 이후 이곳 펑텐 시(奉天市) 쓰핑 거리(四平街)에 진료소를 마련한 펑텐 오노 의원은 당장 폐업을 해야 할 테니까요.

요즘 며칠 동안 만주의 명물인 몽골바람이 불어서 펑텐 거리는 온통 황사에 뒤덮였습니다. 환자들에게 실내 습도를 유지해라, 양치질을 해라, 신신당부를 하지만 만주 사람들은 으레 찾아오는 연례행사로 생각하는지 도리어 일본인의 노파심을 비웃습니다.

눈을 들어 바라보면 쓰핑 거리는 휘몰아치는 황사에 휩싸여 행인도 당나귀도 짐차도 모두 부옇습니다. 누런 가로등 불빛 아래 그런 모습들이 나타났다 사라졌다 하는 것이 마치 주마등을 보는 것 같아 나름대로 로맨틱하기도 합니다.

저 오노 치아키는 올해로 예순셋, 아내는 쉰다섯 살이 되었습니다. 남은 인생, 누구보다 사랑하는 아내와 함께 이 만주 땅에서 마감할 생각입니다.

요시무라 간이치로 선생에 대해 알고 싶다는 귀하의 갑작스런 편지를 받았을 때는 참으로 놀랐습니다. 질 나쁜 장난이 아닌가, 또 무슨 모략이 아닌가 라는 생각마저 들었습니다. 그럴만큼 크게 놀랐다는 얘기입니다.

아무리 생각해도 그분이 역사적인 조사 대상이 될 것 같지는 않습니다. 소설이나 무용담, 연극의 소재가 될 리도 없지요. 메이지유신 이후 이미 오십 년이 지난 지금, 왜 이제 새삼 그분의 이름이 나오는지 저로서는 이상하기만 했습니다.

다시 한번 집사람의 말을 빌리자면 '이건 틀림없이 나를 별로 달가워하지 않는 사쓰마 조슈 군벌의 음모'일지도 모르니 공연한 긁어 부스럼은 만들지 말자는 생각에 답장을 미뤄왔습니다. 집사람의 말에 대해 약간의 설명을 덧붙여야겠군요.

귀하께서 조사하신 대로 저희 부친은 옛 난부 모리오카 번의 중신이며, 함자는 오노 지로우에몬입니다. 저 또한 오노 가의 장남으로서 1853년에 모리오카에서 태어났습니다. 이른바 메이지유신이 나던 해에 저는 열여섯, 아버지는 서른다섯 살이었던 셈입니다.

무진전쟁으로 인해 난부 번은 역적으로 몰렸고 아버지는 반역의 주모자로 지목되어 갇힌 몸이 되었다가 1869년 겨울에 참수형을 당하셨습니다.

제가 그해를 넘기지 못하고 모리오카를 떠나 상경했던 것은 태어난 고향에조차 내 몸 하나 기댈 곳이 없는 상황이었기 때문입니다. 아버지는 그럴 만큼 옛 번사들에게까지 미움을 받았던 것입니다. 실권자 나라야마 사도 나리를 부추겨 최악의 결과를 초래한 장본인으로서, 아버지는 참수형은 물론이고 번사와 백성들의 원망마저 한몸에 받고 말았습니다.

아버지가 돌아가신 뒤 어머니와 어린 누이들은 하나마키의 친척집에 신세를 지게 되었고 저는 도쿄로 나왔습니다. 서찰에 적으셨던 어린 시절의 친구 사쿠라바 야노스케보다 이 년 남짓 앞선 상경이었습니다.

메이지 초기의 도쿄는 사쓰마 조슈 출신의 벼락 관리들이 활개를 치는 세상이었기 때문에 저희는 도무지 기를 펼 수가 없었습니다. 이를테면 하숙 하나를 구하려 해도 아이즈나 난부 출신에게는 그리 달가운 낯으로 빌려주는 이가 없었습니다. 천왕의 뜻을 거역한 역적이라 하여, 뭐 그것도 새 정부의 프로파겐더였겠지만, 모두가 우리를 백안시했습니다.

다행히 도쿄에는 아버지가 오사카 저택의 총책임자로 일하면서 친분을 맺으셨던 몇몇 의지할 만한 분들이 계셨습니다. 물론 저는 그분들을 알지 못했고, 아버지께서 생전에 미리 몇 통의 서찰을 준비해 제게 남겨주셨지요.

아버지는 저와는 달리 대단히 문장에 능한 분이셨습니다. 서찰의 내용을 제가 직접 읽은 건 아니지만, 말하자면 사정이 이러저러하니 자식을 잘 부탁한다는 추천장이었을 것입니다.

어느 분이든 저희의 사정을 모르실 리는 없었습니다. 그러나 그 사정이라는 게 보통이 아니었으니 아마 되도록 이쪽과는 관계를 맺고 싶지 않은 게 그 서찰을 받아든 분들의 본심이었을 겁니다. 소재를 파악할 수 없는 분, 딱 잘라 거절하는 분, 그리고 이미 돌아가신 분도 계셨습니다.

미곡매매 청부업자, 각 번의 재정계, 운송 선박업자 등, 요컨대 아버지와 사업적인 이권을 둘러싸고 관계를 맺었던 분들이 많았기 때문에 아직 세상 정세가 혼란스럽고 장래가 불투명하던 그 무렵에는 역적군 우두머리의 장남이라는 소리를 들으면 우선 꽁무니부터 빼는 게 당연한 일이었지요.

남들은 혹독하게 말하지만, 저희 부친은 난부 무사의 모범과도 같은, 지조 있고 성실한 인물이었습니다. 또한 업무 면에서는 지극히 합리적이며 빈틈이 없어, 요컨대 요즘 관청이나 회사로 말하자면 '능력 있는 간부'였습니다.

추천장은 투옥된 몸으로 모리오카의 절에서 쓰신 것인데, 받는 이의 의사를 확인할 수 없는 일방적인 부탁이었기 때문에 다섯 통을 준비하여 승낙 가능성이 높은 순서대로 번호를 매겨두셨습니다. 만일 첫번째 분이 받아주시면 나머지 네 통은 파기하라. 첫번째 분이 안 된다면 두번째, 세번째 분을 차례차례 찾아뵈라는 것입니다. 이런 예 하나만을 봐도 아버지가 당시 사무라이로서는 드물게, 얼마나 결과를 중시하는 합리주의적 인물이었는지 짐작하시겠지요.

첫번째 수신인은 옛 에치젠 마쓰다이라 번의 재정관이었는데 이미 세상을 뜨신 뒤였습니다. 두번째 수신인은 구라마에의 유력한 미곡매매 청부업자였으나 만나주지 않았습니다. 세번째는 히토쓰바시(一橋) 번의 가신. 그러나 이미 스루가다이 사루라쿠 구역의 저택에서 쫓겨나셔서 소재불명.

그쯤 되고 보니 저도 그만 초조해졌습니다. 아버지께서는 상대의 성품이나 친밀도, 입장 등을 생각하고 또 생각하여 순서를 매기셨을 터라, 순위가 내려갈수록 당연히 승낙 가능성도 낮아지겠지요. 승낙을 받았다 해도 그만큼 무리한 부탁을 한 셈이 됩니다.

네번째 수신인은 혼쇼 후카가와의 운송 선박업소 미나토야였습니다. 굳이 실명을 밝히는 것은 아직껏 제 마음에 원한이 남아 있기 때문입니다.

그곳에 찾아갈 즈음, 저는 이미 노잣돈도 다 떨어지고 동서남북 분간도 못 하는 도쿄를 이리저리 헤매느라 지칠 대로 지친 상태였습니다. 한번 상상해보십시오. 아버지는 역적이라는 오명을 쓰신 채 참수형을 당하고 집안은 풍비박산이 난 끝에 모리오카 고향 땅밖에 모르고 살던 시골 청년이, 유서와도 같은 추천장을 한 장 한 장 포기해가며 낯선 도쿄를 헤집고 다닌 것입니다.

미나토야는 기슈 번과 다테 번의 일을 전담했던 대규모 사업소였습니다. 똑같이 대규모 사업소라도 두번째 찾아갔던 미곡 매매 청부업자 쪽은 일의 성격상 그랬던지 서서히 기울어가는 분위기가 역력해서 문전박대도 당연하다는 마음이 들었지만, 미나토야 쪽은 전혀 사정이 달랐습니다. 이전 사업 그대로 신정부의 승인을 받았는지 운송 선박업이라는 일 자체가 그랬는지, 시대가 변했건만 그저 보기에도 활기가 넘쳤습니다.

이 기회를 놓치면 앞으로 내가 살 방도는 없다는 간절한 심정이었고 완전히 기운도 떨어진 상태였습니다. 안쪽으로 안내를 받아 미나토야의 주인이 아버지의 서찰을 읽는 동안 나는 내내 고개를 숙이고 있었습니다.

저는 여전히 사무라이 변발에 칼을 찼었고 미나토야의 주인도 부유한 에도 상인 차림 그대로였습니다. 즉 집안은 무너졌다지만 두 칼 찬 무사가 상인에게 납작 엎드려 절을 하며 부디 도쿄에서 살 수 있도록 좀 돌봐달라고 부탁을 한 것이었으니, 나도 참 어지간히 궁지에 몰린 심정이었던 게지요.

서찰을 다 읽은 주인이 이런 말을 했습니다.

"허, 이것 참, 난처하군요. 물론 저희는 아버님 덕분에 그동안 큰 이익을 봤어요. 그러나 천왕께 거역한 일은 그리 좋게 볼 수가 없소. 하물며 오노 나리는 그 죄로 참수형을 받으셨다면서요. 이는 할복조차 허락되지 않는 천하의 큰 죄인이란 얘기가 아니오? 시원찮은 대답이라 미안하나, 도리어 우리 사정 좀 봐달라고 빌고 싶은 심정이오."

귀에 익지 않은 에도의 번지레한 말장난에 나는 어리둥절하여, 과연 좋다는 것인지 싫다는 것인지 한참이나 고민했습니다. 지금 생각해보면 참 지독한 거절이었지요.

"어떻든 오늘은 이쯤 해서 좀 봐주시오."

그러면서 주인은 미리 준비라도 해뒀는지 봉투도 없이 신정부의 지폐를 내밀었습니다.

"공갈을 치자고 찾아온 게 아니올시다. 실례하오."

나는 돈을 발로 밟고 자리를 떴습니다. 공갈 협박꾼 취급을 한 데다 사쓰마 조슈 신정부의 돈으로 나를 모욕까지 한 것입니다.

그래서 그 뒤에 어떻게 했는가…… 도저히 풀 길 없는 분노와 절망으로 눈앞이 캄캄해졌습니다. 이토록 큰 모욕을 받고도 아무 소용이 안 되는 칼 따위, 차고 있을 이유가 없다고 생각했습니다. 오카와 구역 고물상에 칼들을 팔아치우고, 그 돈으로 이발소에 들러 변발을 잘랐습니다. 분명 그날 안에 해치운 일이었다고 기억합니다.

저는 아버지를 존경했습니다. 남겨주신 말씀이 똑똑히 가슴에 새겨져 있었습니다.

"원한을 그대로 되갚는 것은 무사로서 영예로운 일이 아니다. 분노는 스스로 삭일 줄 알아야 해. 어떤 부당한 소리든 꿀꺽 삼켜 삭여내면 자신의 힘으로 바뀐다. 알겠느냐, 치아키. 너도 명색이 난부 무사라면 어떤 분노라도 너의 자양분인 줄 알고 살아야 한다. 목숨을 하잘것없이 써서는 안 돼. 써야 할 때 한 치의 낭비도 없이 써라. 목숨을 쓸 길은 두 가지밖에 없어. 하나는 백성을 위해 던지는 것, 또 하나는 의로운 싸움에서 죽는 것이다. 알겠느냐!"

나는 아버지의 유언을 수없이 되새긴 끝에 작심을 하고 무사의 혼백인 칼을 팔고 머리를 잘랐습니다. 이곳은 죽을 자리가 아니라고 생각했기 때문입니다. 합리주의자인 아버지가 내 처지가 되었다면 역시 그렇게 하셨을 것이라고 생각했습니다.

백성을 위해 목숨을 버려라. 의로운 싸움에서 죽어라.

제가 둥지로 삼은 이 쓰핑 거리 진료소는 아버지의 유지에 어긋나지 않는 죽을 자리라고 믿고 있습니다.

다섯번째 서찰, 즉 마지막 한 통의 서찰을 품고 수신인을 찾아간 건 그 다음날 저녁이었습니다.

칼을 팔고 머리를 자른 내 꼴은 아마 부랑자 비슷했을 겁니다. 몸 하나로 모리오카를 떠나온 지 이미 한 달이 지난 참이었습니다.

시모야히로 소로에서 우에노 산 아래로 돌아드니 중급 사무라이 집들이 이어집니다. 옛 막부 사무라이 처지에 식객을 둘 여유가 있을까…… 걱정하며 가다 보니 집들이 점점 더 허름해졌습니다. 길을 물어가며 반즈이인(幡隨院) 뒤로 굽어들었더니 가난한 집들이 빽빽이 처마를 맞대고 있어요. 마침 해 저물 시각이었는데 온통 썩은 냄새가 풍기고 공기마저 칙칙했습니다. 그러니 갈수록 절망적인 마음이 들어, 수신인을 만나봐야 별수 없겠다, 그만두자, 하는 생각까지 했습니다.

한창 경기 좋은 대규모 사업소 야마토야가 네번째였던 건, 아마 금전적으로는 풍족하지만 인간적인 신뢰도는 적잖이 의문스럽다는 판단을 하셨기 때문일 것입니다. 그렇다면 썩은 냄새를 풍기는 낡은 집에 사는 다섯번째 인물은 대체 어떤 사람일지, 여간 실망스러운 게 아니었습니다. 수신인으로는 '에도 시모야 야마자키 구역 2번지 스즈키 분야(鈴木文彌) 귀하'라고 적혀 있었습니다.

몸을 들이밀기도 겁이 나는 허름한 말단 무사 구역으로 한참이나 들어갔습니다. 그나마 말 붙이기 편한 아이 업은 여인네에게 '스즈키 분야'라는 이의 사는 곳을 물었더니, 여자는 빠진 앞니를 그대로 드러내며 대답했습니다.

"분야 선생이라면 저기 세번째 칸이우. 급한 병이 아니면 안 가는 게 좋아. 순 돌팔이야."

이러니 서찰 같은 건 보여줄 것도 없이 그저 인사나 하고 돌아가자고 마음먹었지요. 시절은 아직 봄이건만 그 '순 돌팔이 의사'라는 이는 여름 홑옷 차림으로 술을 마시고 있었습니다.

"뭣이, 지로에 나리의 자제분이시라고? 이거 참, 깜짝 반갑소."

난부 사투리가 다정했습니다. 느긋한 거동하며 큼직한 이목 구비하며 아무도 해칠 것 같지 않은 풍모인 것이 틀림없는 난부 사람이었습니다.

미처 배우지도 못한 술을 권하시는 대로 마시며, 나는 아버지 일의 전말을 말씀드렸습니다. 한참 이야기가 무르익자 스즈키 선생은 술잔을 내려놓더니 옷깃을 단정히 여미고 앉음새를 바로잡으셨습니다.

"그런 일이 있는 줄은 몰랐소. 술을 마시며 들을 얘기가 아니고만."

숙연하게 팔짱을 끼고 이따금 옷소매로 눈가를 훔쳐가며 스즈키 선생은 내 얘기를 찬찬히 들으셨습니다.

"그래, 도련님은 에도에 나와서 무엇을 하고 계시오?"

실은 갈 곳이 없노라고 나는 있는 그대로 말했습니다. 물론 이 가난한 의사 선생의 덕을 볼 마음도 없었고 아버지의 서찰 을 내밀 마음도 없었습니다.

"그렇다면 밥 해먹어야 하는 여인숙에 있을 거 없지. 진로가 정해질 때까지 이곳에서 지내주시오. 귀하신 댁 젊은 도련님께 는 집 같지도 않은 집이겠으나, 나도 명색이 서양 의학을 배운 의사이니 세 끼 밥이야 대접을 못 하겠소? 그렇게라도 하지 않 으면 내가 명토의 지로에 나리께 얼굴을 못 들어. 그간 참말 신 세만 억수로 지고 변변히 은혜를 못 갚았소. 젊은 도련님, 부디 그렇게 해주시오."

제발 부탁한다고 스즈키 선생은 도리어 내게 고개를 숙이셨 습니다.

그것이 제 평생의 은사님, 스즈키 분야 선생과의 첫 만남이 었습니다.

스즈키 분야 선생의 생가는 백 석 봉록의 조장 집안이었습니 다. 1831년생 토끼띠이시니 부친과 요시무라 간이치로 선생보 다 세 살 연상이십니다. 그렇다면 처음 만났던 그 무렵에는 아 직 마흔 전이셨을 텐데, 그 나이로 보기에는 너무 늙으셔서 자 칫하면 오십 넘은 노인으로까지 보였습니다. 하긴 지난해 여든 살로 천수를 다하실 때까지 그 인상이 전혀 변하지 않으셨습니 다만.

가문 상속을 못 받는 차남이셨던 스즈키 선생은 번교에서의 성적이 우수했던지 오랜 기간 에도 유학이 허용되어, 그 당시 간다 사쿠마 구역의 무코야나기하라에 있던 막부 의학관에서 서양 의술을 배우셨습니다. 거기서 다시 선발되어 나가사키에 서 수 년 동안 수업을 받고 에도에 돌아와 사이와이바시 문 안쪽 시오미 언덕 아래 있던 난부 저택에 전속 의사로 취임하신 것까지는 좋았는데, 젊은 시절부터 빠져든 도락이 갈수록 방만해져서 에도 난부 저택에서 일하던 중신들을 번번이 난처하게 하던 끝에 탈번하셨습니다. 그리고는 평민 동네에 숨어들어 마음 편한 생활을 보내던 중에 메이지유신을 맞았고 그길로 세상 일과는 담을 쌓고 동네 의사로 자리를 잡으셨던 거지요.

선생이 제 부친에게 진 은혜라는 건, 그런 방탕 무뢰한 시절에 매번 감싸주고 빚을 탕감해주신 일이었습니다. 아버지는, 근엄한 겉모습과는 달리 의외로 뒤에서는 남을 돌봐주는 인물이었습니다.

단지 오해가 없도록 미리 말씀드리겠지만, 스즈키 선생은 대단한 명의였습니다. 처음 그 동네에 찾아갔을 때 아이 보던 여인네가 '순 돌팔이'라고 했던 건 다정함이 담긴 도쿄 식 우스갯소리였습니다. 스즈키 선생은 그 가난한 사람들에게 거의 신처럼 존경받고 사랑을 받으면서도 종내 당신을 신으로 우러러보는 시선을 그다지 달가워하지 않으신 불세출의 명의였습니다.

환자에게 '선생님' 소리를 듣기가 싫어서 평생 '분야 씨'라고 부르게 하셨습니다.

약품 처방 면에서는 한방과 양방에 두루 정통한 내과의, 그리고 일단 메스를 쥐면 눈이 휘둥그레질 만큼 정확한 수술을 해내는 멋진 외과의였습니다. 또한 평생을 우직하게 사시되 결코 자신의 절개를 굽히지 않은 난부 무사의 전형이었습니다.

귀하가 몇 차례 보내주신 편지를 두고 집사람이 사쓰마 조슈의 모략이 아니냐는 의심을 품었던 것은, 우리처럼 출신 경력이 특별한 사람들로서는 공연한 농담만은 아닙니다.

무진전쟁 때 오우에쓰 열번동맹에 가담하여 신정부군에 대항했던 지역은 당초에 약 삼십 개 번에 달했지만, 시국의 추이와 함께 많은 번들이 동맹에서 이탈하고 등을 돌렸습니다. 그래서 동맹에 가담했던 번들 가운데는 역적이라는 오명은커녕 배반한 뒤의 전공에 따라 도리어 영지가 불어나거나 일체의 처벌을 받지 않은 번도 많았습니다.

그러면 과연 어떤 기준으로 역적이라는 딱지를 붙였는가. 우선 교토 친위대를 맡아 조슈 번을 탄압한 아이즈 번, 에도 사쓰마 번 저택에 불을 지르고 약탈한 쇼나이 번, 선봉에 서서 신정부군과 치열한 전투를 벌였던 나가오카 번, 니혼마쓰 번, 그리고 동맹의 약조를 지키고자 그들과 함께 마지막까지 싸웠던 몇몇 번이 역적이라는 오명을 쓴 것입니다.

우리 모리오카 난부 번도, 동맹에서 이탈한 이웃의 아키타 번을 공격하고 쓰가루 번과 싸우면서 아이즈가 함락되기까지 오우에쓰 열번동맹의 약조를 줄곧 견지해온 터라, 역적이라는 오명을 면할 수 없었습니다.

전후에 우리는 모두 역적의 낙인이 찍힌 채 백안시되었고 매사에 차별을 받았습니다. 특히 메이지 초기에는 교육 현장에서조차 역적에 대한 차별이 공공연히 자행되었습니다. 다른 사람보다 곱절이나 노력하여 누구도 이의를 제기할 수 없는 성적을 거두거나 문자 그대로 와신상담의 인내를 하지 않고서는, 이른바 '역적'의 자손들이 출세를 한다는 건 불가능한 일이었습니다. 앞서 방문하셨다는 사쿠라바 야노스케 씨, 정우회의 하라 다카시 총재, 농정과 교육 분야에서 활약하시는 니토베 이나조 박사 등은 모두 그런 노력과 인내 끝에 영광을 얻으신 분이라는 점을 부디 깊이 이해해주십시오.

어느 신문사에서 사설을 통해 하라 다카시 총재를 '오기로 똘똘 뭉친 난부 사람'이라는 식으로 평했지만, 우리로서는 그리 간단히 말할 일이 아니라고 생각합니다. 어떤 불합리한 대우도 지그시 참아내고 한없는 분노를 자신의 자양분으로 받아들이며 우리 모두 말로 다할 수 없는 노력과 인내를 쌓아온 것입니다.

아마 아버지가 제게 남겨주신 말씀과 똑같은 말씀을 그분들의 선친께서도 자식에게 들려주셨을 겁니다. 그 전쟁에서 미처 죽지 못한 채 역적이라는 오명을 뒤집어쓴 난부의 자손들은 모두 제 목숨 버릴 자리를 잘 압니다. 그것은 부단한 노력으로 제 목숨의 가치를 높인 뒤에 백성을 위해 죽는 것입니다. 의로운 싸움을 위해 죽는 것입니다. 자부심 높은 난부의 자손은 단 한 사람도 집안에서 편안히 죽음을 맞이할 마음 따위는 없습니다. 메이지 첫해 9월 24일, 즉 난부 번이 항복한 그날, 우리는 모두 일단 자결할 각오를 했던 사람들이기 때문입니다.

스즈키 분야 선생의 조수로 몇 년 동안 의술의 첫걸음을 배운 다음, 저는 혼고 모토초 구역에 개설된 제생학사(濟生學舍)에 입학 허가를 받았습니다. 당시에는 의사가 되려면 대학 의학부를 졸업하는 길 외에도 의사 개업 자격시험을 직접 치르는 방법이 있었는데, 제생학사는 말하자면 그 시험을 위한 의학교였습니다.

이 사립학교는 채 삼십 년이 안 되는 사이에 일만 명 가까운 의사를 배출했으니 메이지 시대에 개업한 의사들 중에 최대 세력이라고 해도 좋을 것입니다. 제국대학 의학부를 졸업한 고매한 의사들과는 달리 제생학사는 만여 명의 동네 의사들을 세상에 내보낸 셈입니다. 그리고 그 학생의 대부분은 의사의 조수에서부터 시작하여 갖은 고초 끝에 올라온 젊은이들로 거의가 예전에 역적이라는 오명을 쓴 번의 자제들이었습니다.

제생학사 창립자이신 하세가와 선생을 아시는지요. 선생은 아이즈 번과 함께 역적 중의 역적으로 몰렸던 에치고 나가오카 번 출신입니다. 기타에쓰 전투 때는 나가오카 번 군의로서 종군하셨던 분이지요.

메이지 신정부는 되도록 많은 의사를 배출하는 것을 급선무로 여겼지만, 제국대학의 학벌이 좌지우지하는 의학계에서, 제생학사 졸업생들은 끊임없이 철저한 차별을 받았습니다.

이를테면 연구의로서 활약할 만한 자리를 얻지 못하자 단신으로 미국에 건너가 크게 이름을 떨친 노구치 히데요 씨가 그 대표적인 예입니다. 그분 역시 '역적' 아이즈 번 출신이었습니다.

모교 제생학사가 갑작스럽게 폐교된 것은 지난 1903년의 일입니다. 전문학교령의 공포와 함께 당연히 대학 승격을 신청했는데 웬일인지 허가가 나오지 않았기 때문입니다.

말하자면 만 명의 동네 의사를 배출했으니 이제 그 역할은 다 끝났다는 정부와 의학계의 비정한 판결이었습니다. 저와 동기생들이 얼마나 분노했는지는 충분히 짐작이 가시겠지요.

그 즈음에는 시모야의 스즈키 의원도 침상 삼십여 개의 진료소로 발전했지만, 변변한 치료비를 내지 못하는 가난한 동네의 주민을 상대로 하는 일인지라 고생이 만만치 않았습니다. 그런 속에서도 스즈키 선생은 한결같이 환자들에게 '분야 씨'라며 존경을 받았고, 저는 몸집이 작아서인지, 아니면 치아키라는 이름 때문인지 '치이 씨'라고들 불렀습니다. 참고로 말씀드리자면, 오랜 세월 전속 간호사로 일해온 저희 집사람도 아직껏 나를 '치이 씨'라고 부른답니다.

집사람은 그간에 스즈키 선생과 제가 수없이 받아온 차별을 낱낱이 목격했습니다. 가난한 이들의 병을 고치고 상처를 치료해주는 것밖에는 세상 일을 찬찬히 생각할 여유가 없는 의사 본인보다, 훨씬 차분하게 그런 어려움을 살펴볼 수 있었지요. 귀하의 서찰을 읽고 이건 분명 사쓰마 조수 군벌의 음모일 것이라던 집사람의 말이 그저 농담만은 아닌 것입니다.

1894년 청일전쟁이 일어나자 갑작스레 군의로 차출되었던 건 제가 마흔두 살 때였습니다. 아니, 차출되었다는 말은 약간 어폐가 있습니다. 임상 경험이 일천한 제국대학 출신이나 군의학교 출신 의사에게 상처 입은 우리 병사들의 목숨을 맡길 수 없다는 마음에서 나간 것이었습니다.

그리고 또 한 가지, 결코 입 밖에 내지 않았던 이유가 있습니다. 저는 '관군'의 군의로서 전쟁에 종군하고 싶었던 것입니다.

이미 시모야의 스즈키 의원에는 제생학사 출신의 후배들이 근무하고 있었고, 그렇다고 내가 독립하여 개업할 만한 자금도 없었던 터라 그런저런 이유에서도 군의 요청에 응하는 것이 최선의 방법이라고 믿었습니다.

출정 전에 술을 대작하며 스즈키 선생은 이런 말씀을 하셨습니다.

"치아키, 내가 주변머리가 없는 사람이라 내내 고생만 시켜 미안해. 참말로 미안하네."

그러시면서 고개를 숙이던 선생의 백의는 핏물로 얼룩이 졌고, 연로한 얼굴은 매일 거듭되는 일에 지칠 대로 지쳐 계셨습니다.

"그렇지만 치아키, 전쟁에 나선 병졸들은 모두 보잘것없는 백성들이야. 중국 병졸들도 마찬가지일 터. 부디 자네의 힘으로 한 사람이라도 더 많은 목숨을 구해주게."

그때 나는 선생의 웃는 얼굴 너머로 난부의 황량한 겨울 산천을 떠올렸습니다.

기근이 닥치면 굶어죽는 수밖에 없던 농민들. 그리고 백성들의 노고를 결코 허술히 여기지 않던, 성실하기 짝이 없던 난부의 사무라이들. 문명개화의 거친 파도 속에 오래도록 잊고 있던 고향을 저는 그때 새삼 떠올렸습니다.

서서히 잊혀져가던 난부 사투리로 이런저런 얘기를 나누며 억병으로 취했고, 취하면 취할수록 눈물이 나서 정말 견딜 수가 없었습니다. 스즈키 선생의 얼굴이 제생학사 하세가와 선생의 얼굴로 변하고 이윽고 아버지의 얼굴이 되고 그리고 또 한 분, 결코 잊어서는 안 될 또 한 분의 은사님 얼굴이 눈가에 되살아났습니다.

목련꽃 피는 봄의 초입이면 그분은 번교 아이들을 인솔하여 동쪽 이와테 산에 오르곤 하셨습니다. 그리고 모리오카가 훤히 내려다보이는 산꼭대기에서 우리에게 이렇게 일러주셨습니다.

"알겠느냐, 모두 잘 들어라. 난부 모리오카는 에도로부터 백사십 리, 오슈 가도의 끄트머리인 탓에 서쪽 지방처럼 풍성한 수확은 없다. 너희가 잘 사는 서녘 아이들보다 앞서 입신출세하고 고향을 보전한다는 건 보통 각오로 될 일이 아니야. 모리오카의 벚꽃은 돌을 깨고 피어난다. 모리오카의 목련은, 자, 보아라, 북쪽을 향해서도 피지 않느냐. 그렇다면 너희 또한 느긋하게 봄이 오기만을 기다려서는 안 된다. 난부의 무사라면 씩씩하게 돌을 깨고 피어라. 모리오카의 자손이라면 북쪽을 향해 피어라. 봄보다 한 발 앞서서, 세상보다 먼저, 다른 어느 누구보다 먼저 훌륭한 꽃을 피워내야 한다."

생각해보면 메이지유신과 무진전쟁 이후 이날까지 지독한 차별을 받으며 살아온 난부 사람들은 한 사람 한 사람이 모두 돌을 깨고 피어나야 하는 꽃들이었습니다.

"참말로 욕봤네, 치아키."

스즈키 선생은 그러시면서 내 머리를 아이처럼 쓰다듬어주셨습니다.

참말로 욕은 봤지요. 또한 앞으로도 열심히 욕을 볼 생각을 했습니다. 열심히, 열심히 욕을 보고 이 몸뚱이가 조각조각 닳아질 때까지 열심히 일하자고 생각했습니다. 백성들을 위해 목숨을 버릴 수 있다, 의를 위해 죽을 수 있다고 생각했습니다.

저는 겨우 이런 말씀을 드렸습니다.

"스즈키 선생님, 저는 한번 더 열심히 살아보라고 허락을 받았습니다. 난부의 아들들은 모두가, 하라 다카시 씨도 사쿠라바도 돌을 깨고 피어나는 꽃처럼 한번 열심히 살아보라고 허락을 받은 몸들입니다. 우리를 역적이라고 해도 좋고 반란군이라고 해도 좋습니다. 그저 이 한 몸 백성들을 위해 의를 위해 한번 훌륭한 꽃을 피워볼랍니다."

스즈키 선생은 참으로 만족스럽게 활짝 웃어주시더만요.

방금 집사람이 홍차를 들고 나오는 바람에 깜짝 놀랐습니다. 다행히 이 글이 귀하에게 가는 편지인 줄은 눈치채지 못한 모양입니다. 이 뒷얘기는 다시 다음에 쓸 생각입니다만, 만에 하나 연락이 두절되거든 집사람에게 들켜 혼이 난 줄 아십시오.

저는 청일전쟁, 북청사변, 그리고 러일전쟁까지 세 차례의 전쟁에 종군한 뒤, 전쟁터였던 이곳 펑톈 땅에 터를 잡고 진료소를 개설했습니다. 이렇게 나 좋을 대로 사는 남편 곁에서 저희 집사람이 얼마나 고생이 많았을지 짐작이 가시겠지요.

저희는 1874년 여름, 스즈키 분야 선생의 중매로 결혼했습니다. 내가 스물두 살, 아내는 열네 살 때였어요.

자식은 셋을 두었으나 불행히도 장남은 요절했고, 무사히 자란 둘째아들은 모교 제생학사를 나와 현재 도쿄의 병원에서 근무하고 있습니다. 막내딸은 오차노미즈 여자고등사범을 졸업하고 교원이 되었는데, 지난해에 다 늦게 같은 학교 교원과 결혼했습니다. 연상의 아내에 맞벌이 부부, 요즘 신시대의 유행을 그대로 보여주는 가정이지요.

아이들에게 부모는 그저 죽은 셈 치라고 노상 말하는데, 그런 못난 부모에게 번번이 생선조림이니 매실장아찌, 떡이며 쌀 등을 바다 건너 부쳐주니 참으로 고마울 따름입니다.

요시무라 간이치로 선생에 대한 얘기를 하려던 게 그만 제 얘기만 줄줄이 늘어놓고 말았습니다.

그러나 제 인생 역정을 소개하지 않고는 요시무라 선생에 대한 얘기를 할 수 없습니다. 순서를 정해 얘기하다 보니 결국 이렇게 되는군요. 제 생각을 정리하여 앞으로 몇 차례의 서찰을 통해 저와 요시무라 선생의 관계를 차근차근 설명할 계획입니다. 그렇게 이해해주시면 고맙겠습니다.

요시무라 선생과는 기껏해야 제 나이 열 살 무렵에 헤어지고 다시 못 뵈었으니 그리 대단한 사연은 모를 것이라고 생각하시겠지만, 실은 그 뒤로도 깊은 인연으로 엮인 사이이기 때문에 섣불리 몇 마디로 설명할 수 없는 것입니다.

저런, 복도에서 또 집사람이 나무라는 소리가 들리는군요.

"여보, 웬만큼 하고 주무세요. 안 그러면 몸에 안 좋아요. 어서 잡시다, 자자구요!"

아무리 나이가 들어도 사랑스러운 아내입니다. 나보다 키도 크고 몸도 튼튼하고 결코 풀이 죽는 법이 없어요. 항상 방실방실 웃는 게 이제는 아예 본얼굴처럼 되었습니다.

그런데도, 여기서만 살짝 하는 얘기지만, 결혼한 뒤로 이날까지 내 팔을 베지 않으면 잠을 못 자는 어리광쟁이랍니다. 이 근처 중국인들은 그런 집사람을 '꽝타이타이(光太太, 햇빛 부인)'라고 부르며 친어머니처럼 좋아합니다.

밤도 깊었습니다. 가까운 시일 내에 다음 얘기도 적어 보내
겠습니다.

오늘은 이만 실례합니다.

1915년 5월 길일(吉日)

펑텐 시 쓰핑 거리에서

오노 치아키

요즘 펑텐 일대에 악성 독감이 만연하는 바람에 정신없이 일
에 쫓기느라 도무지 붓을 들지 못했습니다. 소식 늦은 점, 양해
바랍니다.

봄이 금세 끝나는 이곳 만주는 벌써 초여름 기운이 가득합니
다만, 올해는 유난히 황사가 심하군요. 저 멀리 고비 사막에서
불어오는 몽골바람이 가라앉지 않고서는 이 악성 유행 감기도
진정되지 않을 것 같습니다. 입원은 기관지염이나 폐렴을 일으
킨 중환자로만 제한하는데도, 병상이 벌써 가득 차서 저희가
사는 온돌방까지 자리를 깔고 임시 병동으로 쓰는 상황입니다.

그러나 다행히 어제 장쭤린(張作霖) 장군의 각별한 배려로
다롄(大連)에서 상당량의 의약품이 도착해서 야전병원 비슷한
저희 진료소도 한시름 놓은 참입니다. 특히 이번 의약품 중에
는 독일군에게서 노획한 듯한 해열제도 있었는데, 사용해보니
탁월한 효능을 나타냈습니다. 도쿄 병원에서 근무하는 큰아들
에게 그 샘플과 함께 간단한 쪽지를 써보내는 길에, 귀하께도
소식을 전해야 한다는 생각이 나서 이렇게 붓을 들었습니다.

다행히 집사람은 너무 고단했는지 조금 전에 잠이 들었습니다.

우선 저의 부친이신 오노 지로우에몬과 요시무라 간이치로 선생의 관계에 대해 제가 아는 내용을 적어보기로 할까요?

두 분은 똑같이 1834년생 양띠입니다. 가만 생각해보면, 선친 두 분이 나란히 동갑이고 그 장남인 저와 요시무라 가이치로도 나란히 1853년 같은 해에 태어난 것만 봐도 두 집안이 범상치 않은 인연이었다는 느낌이 듭니다.

아버지는 원래 오노 가문의 정실 자식이 아니고 서자 출신이었습니다. 오노 가는 난부 번조이신 난부 노부나오(南部信直) 공 때부터 이어진 전통적인 가문입니다. 녹봉 사백 석에 달하는 번듯한 집안이었으나, 그렇다고 무턱대고 첩실을 둘 수 있었던 것은 아닙니다. 번의 규정에도 '무분별하게 첩실을 두어서는 안 된다'는 조항이 있었고, 하물며 조부는 이미 정실 자식이 있었던 터라 서자의 존재를 공공연히 밝힐 만한 입장은 아니었을 것입니다.

아버지는 어린 시절을 모리오카 거리의 요리키 소로라는 동네에서 보내셨다고 합니다. 모리오카 거리에서 '무슨무슨 소로'라는 이름이 붙은 동네는 상급 무사의 거주지이고 '무슨무슨 무사 구역'이라고 하는 동네는 말단 무사들의 거주지인데, 어쩌다 첩실과 서자가 요리키 소로에 살림을 차릴 수 있었는지는 모르겠습니다. 첩실이시던 제 친할머님이 어느 정도 격이 있는 상급 무사의 딸이었든가, 혹은 세상 체면을 고려하여 그곳에 살게 해주었든가, 아니면 그저 우연히 그리 되었든가 셋

중에 하나겠지요. 하긴 팔십 년 전의 옛날 일이니 이제는 아무
려나 관계도 없겠군요.

요시무라 간이치로 선생이 태어나신 우에다 무사 구역과 요
리키 소로는 엎어지면 코 닿을 만큼 가까운 곳입니다. 두 분은
그 근처의 아카자와 서당에 함께 다니던 죽마고우였지요.

아버지가 오노 가문에 들어오신 게 열세 살 때였다고 하니
거꾸로 계산해보면 1846년인 셈입니다. 저의 큰아버님에 해당
되는 오노 가의 장손이 갑작스런 병으로 세상을 뜨자, 장래 데
릴사위를 들이느니 일찌감치 서자를 맞아들여 집안을 잇게 하
자고 의견이 맞았던 모양이지요.

당시 대를 이어 관직을 받는 고위 가문의 장손은, 성인식을
마치면 우선 수습 관원으로 발탁되었다가 스무 살을 넘기면 선
친의 직책을 계승했습니다. 그러니 갑작스레 열아홉 살의 후계
자를 잃은 오노 가는 퍽 황망했을 것입니다. 하물며 떳떳이 나
서지도 못하던 서자 신분에서 하루아침에 사백 석 봉록의 젊은
나리가 되신 아버지의 황망함은 어떠셨겠습니까.

아버지는 이런저런 불평을 일절 늘어놓지 않던 분이지만, 나
중에 주위 사람들에게 들은 말에 의하면 조부의 훈육은 지독히
엄격하셨고, 또 피가 섞이지 않은 조모와 큰어머님 같은 분들
도 아버지에게 퍽 심하게 대하셨다고 합니다.

본디 성품과는 정반대로 언뜻 보기에 냉혹하고 비정한 아버
지의 인상은 어쩌면 그런 어린 시절의 고생 때문에 생긴 것이
아닌가 싶습니다. 아버지가 할아버지나 할머니께 별것도 아닌
일로 꼬투리를 잡혀 가차 없이 꾸지람을 들으시던 것을 저도

어렸을 때 자주 보았습니다.

그러나 조부모는 첫손주인 저는 그야말로 눈에 넣어도 아프지 않을 만큼 귀여워하셨습니다. 지금 생각해보면 서얼인 아버지는 오노 가문을 끊지 않으려고 데려온 임시방편의 장손이고, 나야말로 정식 장손이라는 생각을 품고 계셨던가 봅니다.

어쩌면 그런 환경에서 자란 덕분에 아버지는 사소한 행동 하나 말투 하나, 그리고 물론 일처리 능력에서도 한 점 잘못이 없는 완벽함을 갖추셨겠지요. 그런 인품이 주위 사람들에게 믿을 만한 사무라이라는 신뢰감을 주었을 것이고, 그 반면 인간미가 떨어지는 냉엄하고 철두철미한 사람으로 비치기도 했을 겁니다. 아버지가 메이지유신 때, 예전에 그토록 신뢰해주던 분들께 일시에 원망을 사게 된 것도 말하자면 그런 냉엄한 인품 때문이었습니다.

허나 돌아가신 선친의 명예를 위해 이 말씀만은 드려야겠습니다. 저희 아버지는 결코 냉혹하고 비정한 사람은 아니었습니다. 타인을 세심하게 배려할 줄 알고, 사리사욕에 얽매이지 않는 선량한 인물이었습니다.

이를테면 이런 기억이 있습니다.

아버지는 매일 아침 관복 채비를 마치면 안채에 은거하던 조부모에게 출근 인사를 하고 복도를 돌아 현관으로 나갔습니다. 그 복도 모퉁이도 잠깐 멈춰 섰다가 정확하게 직각으로 돕니다. 그리고 현관에서 어머니가 올리는 검을 받으면서 우선 정면의 차렷자세를 점검하게 합니다. 그 다음에 구십 도로 몸을 돌려 옆 자세와 뒤로 돌아선 자세.

"아주 좋으십니다."

어머니의 그 말이 떨어지면 아버지는 그제야 만족한 듯 고개를 끄덕입니다.

신을 신기 전에 당신 손으로 신발 코끝을 반듯하게 세워 모양을 확인하는 것도 잊지 않습니다. 바지 주름을 손끝으로 훑어 세우고 덧옷의 소매 끝을 쥐었다가 탁 떨어냅니다. 그리고 큰칼과 작은칼을 차고 나면 마침내 디딤돌을 밟고 위풍당당하게 대문을 향해 걸음을 옮깁니다.

아버지는 키가 넉 자 여덟 치 다섯 푼, 버선 크기가 구 문 서 푼이었으니 당시 사무라이들 중에서도 왜소한 편이었지만 작은 몸을 크게 보이게 하는 거동이며 손동작을 깨치고 계셨습니다. 아침에 눈을 뜬 뒤 대문을 나설 때까지 줄곧 표정이 위엄 있는 독수리나 매 같으셨습니다.

아버지에게는 평생 부리던 사스케라는 하인이 있었는데, 아버지가 걸음을 떼시면 대기하고 있던 마구간 옆방에서 뛰어나와 도구들이 담긴 보자기를 받아들었고, 짐이 많을 때는 재빨리 고리짝에 넣어 등에 지고 뒤를 따랐습니다. 그런 출근 절차는 어린 내 눈에도 일종의 엄숙한 의식이었습니다.

저는 현관에서 어머니 곁에 나란히 무릎을 꿇고 배웅하는 게 관습이었는데, 한 번은 사스케의 뒤를 이어 대문 밖까지 따라갔습니다. 아마 아버지가 나가시자마자 어머니는 누군가의 부름을 받고 나를 챙기지 못한 채 현관을 뜨셨던 모양이지요. 전부터 하인을 뒤에 거느리고 당당하게 출근하는 아버지 모습을 대문 밖까지 지켜보고 싶었던가 봅니다.

그런데 아버지의 뒷모습을 보며 살그머니 대문 쪽을 살피던 나는 참으로 뜻밖의 광경을 보고 말았습니다.

큰길로 난 대문에는 행랑채가 딸려 있었는데 오른편이 하인의 거처, 그리고 왼편에는 '할멈'이라고 부르던 정체불명의 노파가 살았습니다.

이 할멈은 측간에 갈 때, 그리고 사람들이 모두 잠들어 컴컴해지는 밤을 골라 목욕탕에 들 때 외에는 도무지 그 행랑채 방에서 나오지 않고 온종일 베틀에서 베만 짜던 수수께끼의 인물이었습니다.

대문을 나서자 사스케는 아버지를 앞질러 길 저 끝으로 물러나 고리짝을 진 채 등을 돌리고 기다리고 있었습니다.

"어머님."

아버지가 할멈의 방을 발돋움하듯 넘어다보며 불렀습니다. 그렇습니다, 분명 '어머님'이라고 하셨어요.

곧바로 할멈의 쪼글쪼글한 손이 창문 격자를 쥐었습니다.

"별고 없으세요? 뭐 필요한 게 있으시면 일러주세요."

할멈은 아무것도 필요 없다며 웅얼웅얼 대답하고는 어서 가라는 듯 손을 흔들었습니다.

"그러면 어머님, 이것 좀 드세요. 잘 익은 수유 열매예요."

문설주 뒤에서 그 모습을 엿보게 된 나는 도무지 무슨 영문인지 알 수가 없었습니다.

"어머님을 이리 사시게 하다니, 참말로 면목이 없네요. 용서해주세요. 그럼, 다녀오겠습니다."

아버지는 반 걸음 물러서더니 작은 몸을 한층 더 웅크리며 절을 했습니다. 그런 모습을 보는 것도 처음이었습니다.

"잘 다녀오너라. 몸조심하고."

할멈은 분명 그렇게 속삭였습니다. 아버지는 깊숙이 절을 하고는 아무 일 없었던 듯 다시 걸음을 옮겼습니다.

그때, 길 저 끝에 서 있던 사스케가 나를 발견하고 말았습니다. 사스케는 앗 하는 소리를 질렀고 그 소리에 돌아본 아버지도 무척 놀란 얼굴이었습니다.

아버지가 나를 손짓으로 부르시기에 달려가면서 언뜻 돌아본 행랑채 창문에 이미 할멈의 모습은 없었습니다.

당황한 내 어깨에 손을 얹고 빠른 걸음을 옮기며 아버지는 단호하고 알기 쉽게 이런 말씀을 하셨습니다.

"치아키, 방금 보고 들은 일은 네 가슴에만 묻어둬라. 알겠느냐?"

나는 네, 라고 대답하고 고개를 끄덕였습니다.

"그렇다고 아버지가 무슨 나쁜 짓을 한 건 아니다. 안채에 계시는 할머님은 네 할머님이 아니시다. 네 진짜 할머님은 행랑채에 사시는 저 할머님이셔."

그 순간 나는 핏기를 잃고 쓰러질 정도로 놀랐습니다. 그러나 잠시 아버지의 부축을 받으며 걷는 사이에 묘한 기분이 들었습니다. 왠지 가슴이 벅차도록 흐뭇했습니다.

어떻게 표현해야 할까요? 그러니까 그때까지 항상 무섭고 어렵기만 하던 아버지가 갑자기 아주 가까운 분으로 느껴졌던 거예요.

그날부터 내게 아버지는 '무섭고 어렵지만 실은 몹시 다정한 분'이 되었습니다. 물론 나를 대하는 아버지의 태도가 변한 건 아니지만, 그날부터 아버지를 진심으로 존경하게 되었습니다.

죄인의 몸으로 역사 속에 묻히신 부친이지만, 이렇게 서면으로, 또한 나이 든 자식의 입으로 해명합니다. 오노 지로우에몬이라는 사람은 제가 육십이 년 동안 살면서 만났던 그 어떤 사람보다 심성이 착한 인물이었습니다. 타고난 성품 그대로 선량하게 사는 것을 주위의 어느 누구도 허락해주지 않았을 뿐입니다. 그 탁월한 능력과 식견 때문에 도리어 착하고 무던하게 살 수 없으셨습니다.

사회에서는 불구대천의 역적 취급을 당하고 고향 사람들에게는 귀신 같다느니 뱀 같다느니 하는 욕을 먹으며 참수형을 당하신 아버지를 저는 진심으로 존경합니다. 누가 뭐라고 하든 오노 지로우에몬의 진실한 고뇌를 알고 있는 사람은 저뿐이니까요. 아버지는 말발굽에 밟힌 길가의 꽃을 보고도 소매로 얼굴을 가리고 홀로 눈물을 글썽일 만큼 착한 분이셨습니다.

요시무라 간이치로 선생과 아버지의 관계를 글로 쓰자면 이야기 순서상 이 '할멈'의 존재를 빠뜨릴 수 없습니다.

내가 번교에 다니기 훨씬 이전부터 요시무라 선생은 거의 매일같이 우리 집 행랑채에 살던 할멈을 돌보셨던 것입니다.

근무를 마치고 귀가하던 길에 훌쩍 할멈의 방에 들러 한 시간 남짓 머물다가 어느 샌가 돌아가곤 하셨습니다. 왜 그런 일을 하셨는지, 이제 새삼 어찌 짚어볼 수 있겠습니까. 아버지가 몸소 하시지 못한 효도를 요시무라 선생에게 대신 부탁했는지, 아니면 죽마고우의 어머니가 어렵게 지내시는 게 마음에 걸려 요시무라 선생이 자진하여 날마다 이야기 상대나마 해주셨는지, 그 속사정은 잘 모르겠습니다. 어쩌면 그 둘 다 맞는 얘기일 것도 같습니다만.

아무튼 요시무라 선생은 할멈의 무료함만 달래드린 게 아니라 할멈이 온종일 짜낸 명주를 거리의 포목점에 가져다주기도 하고 필요한 물건을 사다주는 등 이런저런 살림살이를 돌봐주셨습니다.

아무리 죽마고우라지만, 아버지는 사백 석 봉록의 조장이고 요시무라 선생은 조에 속한 이타 이인부치의 말단 무사입니다. 허물없이 반말로 이야기를 나눌 수도 없는 사이지요. 그러니 할멈에 대한 얘기도 아마 읍내 어딘가에서 은밀히 만나든지 아니면 번 도장의 연습 시간 등을 이용해 살짝 나누곤 했을 겁니다.

"어머니 일로 항상 미안하다, 간이치."

"지로에, 무슨 그런 소리를 하는가. 자네 어머니는 내 어머니나 마찬가지야."

그런 얘기를 나누며 술잔을 주고받았을 두 분의 모습이 가슴에 맺힙니다.

또 한 가지, 요시무라 선생에 대한 추억으로 이런 일이 있습니다.

선생은 가족과 함께 이따금 우리 집 욕탕을 빌려 쓰셨습니다. 아버지 조의 다른 무사들이 찾아왔던 일은 없었던 걸 보면 아마 죽마고우였기 때문에 가능한 일이었을 겁니다.

저희 집에는 목욕탕이 두 개 있었습니다. 한 곳은 현관에서 복도를 왼쪽으로 꺾어져 조부모님이 거처하시던 안채보다 조금 더 들어간 안쪽의 윗욕탕. 이곳은 노송나무로 만든 훌륭한 욕탕으로 저희 가족이 쓰는 곳이었습니다. 또 한 곳은 아랫욕탕이라 했는데, 현관에서 활걸이를 따라 오른쪽으로 하인들이 거처하던 마루방 곁에 있었습니다. 건물은 허름했지만 대여섯 명이 한꺼번에 들어갈 만큼 널찍해서 집안 하인들이 썼습니다. 물론 요시무라 선생 가족이 빌려 쓰시던 곳은 아랫욕탕이었습니다.

요시무라 선생이 목욕하러 오셨다는 소리를 들으면 나는 살그머니 거실을 빠져나가 욕탕에 함께 들곤 했습니다. 즐거움은 두 가지, 하나는 동갑내기 가이치로와 물장난을 치며 노는 것이고, 또 하나는 인형처럼 고운 가이치로의 어머니가 등을 밀어주시는 것이었습니다.

여기서만 하는 얘기지만, 내가 처음으로 사랑했던 여성은 어쩌면 난부 제일의 미인이라는 칭송을 듣던 가이치로의 어머님인지도 모릅니다.

흥이 오르는 대로 붓을 휘둘렀군요. 이런 글을 집사람에게 들켰다가는…… 생각만 해도 등이 오싹합니다.

그런데, 목욕을 마치면 반드시 뒤따르는 행사가 있었습니다. 나와 가이치로, 그리고 저의 누이들이 마루방의 화롯가에 앉아 요시무라 선생이 일러주시는 대로 읽기 쓰기 공부를 하는 것입니다. 지금 생각하면, 선생 일가의 목욕탕 빌리기와 그 특별 강의가 한 쌍으로 딸려 있었던 듯한 느낌이 듭니다. 요시무라 선생은 목욕탕을 빌려 쓰는 대신 학문을 전수해주신 오노 가의 가정교사이기도 했던 거지요.

아버지가 에도 근무의 명을 받고 고향집을 비우셨던 게 제가 예닐곱 되던 무렵이었던 것으로 기억합니다.

요시무라 선생도 아버지를 따라 에도에 가셔서 번의 추천으로 간다에 있는 현무관에서 북진일도류를 배운다고 하셨습니다. 그 무렵 현무관 이웃에 요지숙(瑤池塾)이라는 학당이 있어서 현무관 도장에 다니는 한편으로 면학에도 힘을 기울일 수 있으셨다고 합니다. 말단 무사의 신분임에도 요시무라 선생이 문무 양도에 탁월한 능력을 보이셨던 것은 그런 좋은 기회를 놓치지 않고 일심으로 노력하셨기 때문이겠지요.

에도 근무를 마치고 고향에 돌아오자마자 요시무라 선생은 번교 명의당의 조교가 되셨고 동시에 번 도장에서 사범 대리 일도 맡으셨습니다.

그 당시에는 무가의 자제라면 문무를 함께 연마하는 게 당연한 일이었지만, 학문에 뛰어난 자는 자칫 나약해지기 쉽고 또한 검술이 뛰어난 자는 힘에만 기대는 경향이 있습니다. 원래 사무라이란 군인과 행정관을 겸해야 하는 직책이었는데, 요시무라 선생 같은 문무 양도의 인재는 참으로 보기 드문, 이상적인 사무라이였던 셈입니다.

그러나 내가 기억하는 요시무라 선생은 가난한 말단 무사의 표본과도 같은 분이었습니다. 해마다 기근이 이어져 번의 재정이 궁핍하던 시절이라 필시 변변한 수고료도 받지 못하셨을 것입니다. 일방적으로 봉록을 깎거나 늦게 지급하는 일이 해마다 벌어지던 상황이었으니 더이상 깎을 봉록도 없는 말단 무사에게 특별히 수고료를 준다는 건 불가능한 일이었습니다. 윗사람 좋을 대로 실컷 부려먹었다는 얘기 같아서 돌아가신 요시무라 선생께 송구스럽기만 하군요.

그러나 생각하면 할수록 참으로 어느 누구와도 비교할 수 없는 뛰어난 인물이셨습니다. 인간에게는 각각 주어진 환경이 있고 그 속에서 웬만큼 노력을 하다 보면 이제 이만하면 됐다 하고 멈추는 지점이 있기 마련입니다. 하물며 예전의 무가사회란 아무리 노력해도 넘을 수 없는 신분의 벽이 있었으니 더 말할 나위가 없습니다.

그런 상식에서 보자면 말단 무사는 서당에 다니며 읽기 쓰기 과정을 익히면 그것으로 충분합니다. 무술도 마찬가지입니다. 번에 대대로 내려오는 검법 전 과정을 남들 하는 대로 마치면 그걸로 끝입니다.

요시무라 선생은 끊임없이 노력하면 반드시 보답이 있을 거라고 믿으셨던 것일까요. 자신의 노력으로 옴짝달싹할 수 없는 신분의 벽을 깨고 요시무라 가문을 꽁꽁 묶은 숙명을 초월할 수 있다고 믿으셨던 것일까요.

결과야 어찌 되었건 그런 믿음으로 노력을 거듭한 요시무라 선생은 어디에 내놓아도 지지 않을 인재가 되셨습니다. 요시무라 선생께 그러한 불굴의 정신을 배운 덕분에 그 제자들은 한결같이 메이지유신 뒤의 세상에서 상식적으로는 불가능한 일들을 해냈습니다.

'난부의 자식이라면 돌을 깨고 피어나라'고 하시던 요시무라 선생의 가르침을 가슴에 품고 모두 노력에 노력을 거듭할 수 있었던 것입니다.

지금은 이 타국 땅 진료소를 집사람과 함께 지켜내는 것만이 제 할 일이라고 믿고 있습니다. 중국 사람들을 똑같은 인간으로 취급하지 않는 제국 군인들, 제국대학 출신의 의사들에게 이런 방법으로나마 저항해보는 나를 귀하께서는 어리석은 자라고 비웃으실지도 모르겠습니다. 그러나 누가 뭐라고 하건 나는 돌을 깨고 피어나는 난부의 자식입니다.

생각에서 끝나지 않고 그 생각을 적어둔다는 건 참으로 좋은 일이군요. 이렇게 글을 적다 문득 아주 대단한 일을 깨달았습니다. 요시무라 선생이 어째서 그토록 보답도 없는 노력을 거듭하셨는지 이제야 짐작이 갑니다.

저희 아버지와 요시무라 선생은 어린 시절에 아카자와 서당에서 '새끼호랑이'라는 별명이 붙었을 만큼 머리가 명석했다고 합니다. 절친한 친구였던 두 분이 서로 격려하며 절차탁마, 학문에 정진했던 게지요.

그중 한 사람이 어느 날 갑자기 으리으리한 고관 가문의 후계자가 되었습니다. 어린 요시무라 선생에게 이보다 더 불합리한 일은 없었겠지요.

사백 석 봉록의 상급 무사라고 하면 우에다 구역의 말단 무사들에게는 그야말로 하늘 같은 신분입니다. 더구나 요시무라

가는 오노 조 소속 말단 무사 삼십 인 중의 하나였으니 머지않아 두 사람은 주종관계가 될 터였습니다.

다감한 열세 살의 요시무라 소년은 그때 돌을 깨고 피어날 생각을 했던 게 아닐까요. 언젠가 난부의 큰일을 논하는 자리에서 다시금 아버지와 겨뤄볼 꿈을 꾸었다. 그래서 그리도 눈물겨운 노력을 시작했다…… 그렇게 생각하면 이야기의 앞뒤가 맞아떨어집니다.

곧이어 요시무라 소년은 상급 무사의 자제가 아니면 다닐 수 없는 번교에 청강을 해도 좋다는 허락을 받습니다. 물론 정식 학생이 아닌 청강생이고 교본조차 받지 못했다고 합니다.

당시의 교실은 도코노마*를 등지고 조교 왼편에 열세 칸의 길쭉한 자리가 깔리고 그곳에 난부 번주 가문의 젊은 도련님들과 고관 자제가 앉습니다. 한 단 아래의 서른여섯 칸 거실에는 일반 관리 가문의 학생들이 책상을 나란히 하고 앉습니다.

요시무라 선생은 꼭두새벽부터 교실 뒤편의 조교 집무실에서 잡일을 하고 복도 청소까지 한다는 조건으로 청강을 허락받은 것입니다. 물론 자리 같은 건 없었고 바깥 복도에 정좌한 채 강의를 들으셨다고 합니다.

그렇게 어렵사리 익힌 학문이라 요시무라 선생의 가르침에는 만에 하나라도 실수가 없는 거다, 강의는 마음으로 들어야 한다…… 아버지가 항상 하시던 말씀이 생각납니다.

아버지는 그런 요시무라 선생을 내심 존경하셨겠지요. 그러

---

*床の間. 일본식 방의 한쪽 면에 바닥을 높여 꽃이나 족자 등으로 꾸민 장식.

나 두 분 사이에는 어찌해볼 도리 없는 신분의 벽이 있었습니다. 아버지는 친구에 대한 경의도 우정도 겉으로 드러내서는 안 되었던 것입니다.

어째서 제가 아버지와 요시무라 선생의 관계를 이렇게 분명하게 이야기할 수 있는지 그 자초지종을 밝히기로 하지요.

소년 시절의 아버지와 요시무라 선생의 관계가 고스란히 나와 요시무라 가이치로 사이에도 재현되었기 때문입니다. 내게 요시무라 선생의 장남인 가이치로는 진심으로 존경할 만한, 둘도 없는 친우였습니다.

아버지는 자식의 모범이 되고 자식은 아버지를 모범으로 삼는 것이 무가사회의 아름다운 전통이었습니다. 모든 방면에서 뛰어난 자식 한 사람에게만 모든 것을 물려주는 전통에 의해 '가문'과 '개인'이 형성되었던 시대였지요.

메이지와 다이쇼 시대를 거치며 오직 서양으로만 급하게 내달리는 변화의 물결 속에서 자녀 교육은 전적으로 학교와 어머니의 손에 맡기는 가치관이 형성되었지만, 무사들의 시대에는 적어도 아들자식의 교육만은 그 대부분을 부친이 책임졌습니다. 그러지 않고서는 '가문'이라는 것을 유지할 수 없었으니까요. 따라서 어느 집안이나 아들은 아버지를 그대로 닮습니다. 자신의 언동에 대해 항상 '아버지라면 어떻게 하셨을까?' '아버지라면 어떤 말씀을 하셨을까?' 하고 생각합니다. 하나에서 열까지 그런 식이었기 때문에 세월이 갈수록 점점 더 부친을 닮습니다.

서른 중반에 이르러 아버님의 향년을 넘어서고 말았을 때, 저는 비로소 아버지를 잃었다는 상실감을 절실히 느꼈습니다.

스즈키 분야 선생이 입버릇처럼 "자네를 보면 지로에 나리가 되살아난 것 같아서 으스스할 정도네"라고 하셨지만, 그 말씀을 그대로 따라 하자면 내 눈에 비친 요시무라 가이치로야말로 어렸을 때부터 으스스할 만큼 요시무라 선생의 환생 같은 친구였습니다. 가이치로도 그 짧은 일생 동안 인연이 짧았던 부친을 진심으로 흠모하고 또한 존경했을 것입니다.

요시무라 선생이 뜻을 정하고 탈번하시던 날이 마치 옛날 사진처럼 똑똑하게 기억납니다. 잔설이 흩날리던 추운 날, 아직 어둑어둑한 이른 새벽에 나는 때아닌 조부의 고함 소리에 눈을 떴습니다. 침소로 삼던 구석방 장지문 틈새로 옆의 거실을 살그머니 내다보니 병으로 누워 계시던 조부가 일어나 몹시 험악한 상으로 아버지를 꾸짖고 있었습니다. 아버지는 이미 장갑에 각반을 찬 추격 차림을 갖추고는 고개를 숙이고 화롯불만 쑤석거리셨습니다.

조부가 아버지를 나무라는 광경은 노상 보던 일이었으나 그날 아침 조부의 분노는 심상치 않았고, 또 아버지도 얌전히 꾸지람을 듣던 평소의 태도와는 어딘지 달랐습니다.

"말단 무사 나부랭이가 어찌 공무 출장 차림에 통행증까지 지니고 초소를 통과했단 말이냐? 누군가 절친한 자가 도와줬다고 볼 수밖에 없질 않느냐!"

그런 말씀을 조부는 기침을 섞어가며 하셨습니다.

아버지가 조부에게 말대답을 한 것은 제 기억으로는 그 뒤에
도 전에도 없이 그때 단 한 번이었습니다.

"요시무라는 존왕양이의 지사로서 탈번한 것입니다. 의(義)
를 보고도 못 본 척할 수는 없습니다."

"무엇이 존왕양이란 말이냐! 먹고살기 급급하여 탈번한 게
틀림없어."

그런 말다툼이 오래도록 이어졌습니다.

훗날 곰곰 생각해보니 그때 아버지는 거짓말을 하셨고 조부
님 말씀이 옳은 말씀이었습니다. 어린 마음에는 물론 아버지
말씀을 더 믿었습니다만.

이윽고 아버지는 수색조 무사들을 인솔하여 집을 나섰습니
다. 한바탕 소란스럽기는 했지만 말에 올라탄 아버지나 추격에
나선 젊은 무사들의 얼굴에 그다지 긴박한 표정은 없었습니다.
존왕양이의 뜻을 품고 출분(出奔)한 사무라이를 오랏줄에 묶어
다시 끌고 오다니, 내가 보기에도 그런 일은 절대 없을 것이라
는 짐작이 들었지요.

아버지는 문을 나서시다가 배웅하는 내게 이런 말씀을 하셨
습니다.

"치아키, 요시무라 선생은 의를 위해 고향을 버리셨다. 어려
운 이론은 따질 것도 없어. 번교에서 혹시라도 가이치로가 문
책을 당하거든 너는 몸을 던져 가이치로를 지켜라. 가이치로가
배를 가른다면 너도 함께 배를 갈라라. 알겠느냐, 결코 친구의
어려움을 손놓고 바라봐서는 안 돼. 아비도 간이치로를 위해서
라면 언제든 목숨을 버릴 것이다. 너도 가이치로를 위해 목숨

을 걸어라. 이건 조장과 말단의 일이 아니다. 죽마고우로서 당연히 해야 할 일이지."

벽 너머의 조부가 들으라는 듯 큼직한 목소리였습니다. 아니, 아버지는 모리오카 거리를 향해, 옴짝달싹할 수 없는 무가 사회의 모순과 부조리를 향해 그렇게 외치셨는지도 모릅니다.

싸락눈이 내리는 길을 아버지는 말의 배를 걷어차 달려가셨습니다.

그런데 나는 생판 본 적도 없는 귀하에게 대체 어디까지 보고해야 하는 걸까요.

필시 문장에 능하시던 선친의 영혼이, 글이라고는 서툴기만 하던 내게 깃들어 이리 긴 편지를 쓰게 하시는 모양입니다. 그게 아니면 문장에 능한 부분까지 아버지를 닮게 된 것일까요?

사쿠라바 야노스케와 함께했던 어린 시절의 일은 웅변가인 그의 입을 통해 이미 들으셨을 줄 압니다. 잠시 붓을 내려놓고 황사 바람이 부는 쓰핑 거리의 등불을 바라보며 나밖에는 모르는 기억의 장을 펼쳐보기로 하지요.

실은, 새삼 더듬을 것도 없을 만큼 또렷한 기억이 있습니다. 내가 그 둘도 없는 죽마고우와 어떻게 이별했는가. 아무에게도 말하지 않았던 그날의 일을 최대한 정확하게 전하고 싶습니다.

연호가 게이오에서 메이지로 바뀌었던 유신 첫해의 겨울, 그러니까 오슈 열번동맹 최후의 성채였던 모리오카 성이 항복의 백기를 내걸었던 1868년 연말, 동지섣달 무렵이었습니다.

종전과 동시에 아버지는 역적군의 우두머리라는 오명을 쓰고 포박된 채 에도로 압송되었습니다. 저희 집은 폐문 처분을 받았고 진을 친 관병이 대문 앞을 밤낮없이 지키고 있었습니다.

닫힌 대문 앞에 죄인의 집을 나타내는 화톳불이 지펴지던 저녁나절이었을 겁니다. 평소에도 우리 가족의 안위를 걱정해주고 친절하게 대해주던 젊은 장교가 부엌문 쪽에서 슬그머니 나를 불러요.

그때 나는 열여섯, 이미 성인식을 마친 나이였습니다. 그때 그 장교는 몇 살이었을까. 양식 군복에 샤구마 모자를 쓴, 나와 나이 차이가 별로 나지 않던 날렵하고 용감한 젊은 사무라이였던 것으로 기억합니다.

그러나 서로 말이 전혀 통하지 않는 데는 어이가 없어 그저 입만 벙긋거리며 지냈습니다. 그때도 부엌문에서 샤구마 모자 쓴 머리를 들이밀고 내게 손짓을 하며 뭔가 가만가만 이야기를 하는데 도무지 알아들을 수가 있어야지요. 대체 무슨 일인가 싶어 토방을 지나 부엌문 밑으로 바깥에 나서려다 나는 그 자리에 멈춰서고 말았습니다.

눈이 살짝 덮인 뒷마당에 가이치로가 서 있었습니다. 길 떠날 차림새였는데, 그 바지 허리춤에 어린 누이가 꼭 들러붙어 있었습니다.

나는 기겁을 했습니다. 그도 그럴 것이 '신센구미의 사람 백정'이라는 별명이 붙을 만큼 두려움의 대상이던 요시무라 선생의 자녀들이 아닙니까? 그 즈음 관군들이 그야말로 눈이 시뻘게져서 요시무라 선생과 그 식솔들을 찾고 다니던 참이었습니다.

더구나 가이치로는 아키타 전쟁에서 큰 공을 세웠다는 소문
이 공공연히 떠돌았으니 관군 입장에서 보자면 부자가 모두 참
으로 가증스런 인물들이었겠지요.

"집안의 먼 친척이오. 면회를 허락해주시오."

그 말만 해놓고 나는 가이치로의 팔을 잡고 얼른 집 안으로
끌어들였습니다.

어쩌면 그 관군 장교도 어렴풋이 짐작을 했었는지 모릅니다.
아니, 가이치로의 성격상 문 앞에서 당당히 성명을 밝혔는지도
모르지요. 그러나 무사의 정리를 잘 알던 그 젊은 사무라이는
주위의 눈치를 살피며 가이치로의 등을 툭 치고는 안심하라는
의미인 듯한 말을 해주었습니다.

하인들은 모두 떠나고 집안이 온통 텅 비어 괴괴했습니다.
마루방 화롯가에 자리를 잡자 가이치로는 누이를 무릎에 앉
히고 그리운 듯 오노 가의 집안을 둘러보더군요. 한동안 못
본 사이에 표정이며 거동이 훌쩍 어른스러워진 모습이 그야
말로 아키타 전쟁에서 선봉으로 내달렸던 청년 무사의 풍모
였습니다.

내가 화로 맞은편에 앉자 가이치로는 누이와 함께 자세를 바
로잡고 깊숙이 고개를 숙였습니다.

"가이치로, 인사치레 챙길 때가 아니야. 이렇게 무모한 짓을
하다니, 목숨이 열 개가 있어도 모자라겠다."

"송구합니다."

가이치로는 아버지를 닮아 입이 무거운 청년이었습니다. 한
참이나 할 말을 찾는 듯하더니 문득 입을 열더군요.

"지금 에조 땅 하코다테로 떠날 생각이오. 그래서 말인데, 오노 나리, 긴히 부탁드릴 일이 있소. 부디 들어주시오."

나는 가이치로의 결심에 깜짝 놀라면서도 차마 만류할 용기가 나지 않았습니다. 물론 말리고 나설 명분도 없었지요.

"시즈쿠이시의 어머니는 병중인데도 불구하고 의를 위해 기꺼이 죽으라고 허락해주었소. 그런데 누이가 아무래도 말을 듣지 않으니. 오라비를 따라가겠다고 보시는 대로 내게 매달려서 떨어지지 않소…… 미쓰, 아직도 모르겠니?"

눈물이 글썽해서 나를 올려다보는 가이치로의 누이는 모친을 꼭 닮은 사랑스러운 소녀였습니다.

지난번 서찰은 엉뚱한 부분에서 갑자기 끊겼지요?

그날 밤 펑톈 시 변두리 마을이 마적의 습격을 받아 때아닌 부상자 수십여 명이 진료소에 실려왔었습니다.

마적이라는 자들은 물론 무법자 집단이지만, 일본 전국시대에 횡행했던 비적들과는 달리 의외로 의협심이 강해서 조용히 약간의 돈을 집어주면 그리 심한 짓은 하지 않습니다.

원래는 정식으로 각 마을의 자치 경비를 맡았던 이들이 갑자기 해산되면서 암암리에 경호의 대가라 하여 금품을 빼앗게 된 것이지요. 비밀스런 얘기지만, 요즘 만주의 실질적 지배자로 군림하는 장쭤린 장군도 실은 마적 두목 출신입니다.

그래서 그런지 더욱더 마적이 횡행하는 건 용서할 수 없다는 노선을 취합니다. 그날 밤도 어디서 염탐을 해냈는지 군대 일개 소대가 출동해서 격렬한 전투 끝에 수많은 전사자와 부상자를 내고 말았습니다.

난처한 것은 이런 사건이 일어나면 사람들이 군 병원에 가지 않고 나를 찾아온다는 겁니다. 왜냐하면 부상자 중에는 공연히 휘말려든 마을 사람 외에도 마적들이 섞여 있기 때문입니다. 싸움에서 승패가 난 뒤에는 부상자라면 적이건 아군이건 일단 치료해주는 게 중국인의 사고방식이지만, 그렇다고 군 병원에 마적까지 떠메고 들어갈 수는 없어서 우리 진료소로 찾아오는 거지요.

그래도 명색이 적십자의 깃발을 내건 우리 진료소인데 설마하니 급한 환자를 박대할 수도 없고, 이것 참, 덕분에 대기실에서 복도까지 온통 피 냄새가 진동하는 야전병동으로 변했습니다.

그 사람들이 나를 의지하고 찾아오는 이유가 또 있습니다. 청일전쟁 때부터 오래도록 중국 전쟁터 최전선에서 치료에 임해온 일본 군의의 솜씨를 믿어준 것입니다.

그런 사정 때문에 쓰다 만 편지를 부랴부랴 봉투에 넣어뒀다가 다음날에야 우편국으로 달려갔습니다. 만에 하나 서신이 집사람의 눈에 띄었다가는 어떤 꾸지람을 들을지 모르거든요.

"도대체가 당신은 생각이 있는 사람이에요? 고양이 손이라도 빌려야 할 만큼 바쁜 판에 한가하게 편지 같은 걸 쓸 틈이 어디 있어요? 게다가 집안 일을 미주알고주알 떠벌리다니, 장난도 정도가 있어야죠. 아휴, 정말 한심해."

뻔히 그런 잔소리가 터질 겁니다.

제 사정이 사정이니만큼 지난번의 무례에 대해서는 널리 용서해주십시오.

첫머리부터 엉뚱한 편지가 되었는데, 이제 지난번 얘기로 돌아가겠습니다. 눈 내리던 겨울 초입의 어느 날, 요시무라 가이치로가 어린 누이를 데리고 오노 가를 찾았다는 얘기였지요.

그렇습니다. 가이치로는 계속 울기만 하는 누이를 달랬다 꾸짖었다, 정말 어쩔 줄을 몰라 하면서 이런 말을 했습니다.

"보시는 대로 도무지 말을 듣지 않소. 가지 말라고 우는 누이를 길가에 버려둘 수도 없어 결국 이곳까지 오고 말았소."

부탁의 말을 하려다 가이치로는 고개를 떨궈버렸습니다. 그러나 무슨 말을 하려는지 나는 이미 훤히 알고 있었습니다.

시즈쿠이시에서 모리오카까지 그 먼 눈길을 오누이가 어떤 심정으로 걸어왔을지 생각하니 참으로 안타까웠습니다. 내가 할 수 있는 일이라면 무엇이든 해주리라고 생각했습니다.

"나는 어떻게든 에조 땅에 건너가 한 번 더 싸워보지 않고서는 앞으로 도저히 자부심을 갖고 살 수 없어 이미 마음을 굳혔소. 내 뜻만 세우는 짓이라는 건 잘 알지만, 부탁이오, 눈이 그칠 때까지만이라도 누이를 맡아주시오."

가이치로는 거듭 고개를 숙였고, 그 누이는 오라비의 팔에 매달린 채 나를 노려봤습니다.

나는 참으로 난처했습니다. 뭐라고 해야 하나, 아무튼 머릿속이 뒤죽박죽이 되어 선뜻 대답이 나오지 않았습니다.

우선 난부 번이 이미 항복해버린 판국에 아득히 먼 에조 땅까지 건너가 끝까지 지조를 지키려는 사무라이가 있다는 게 충격적이었습니다. 게다가 그 사무라이가 내가 내심 외경하는 죽마고우인 것입니다. 내 머릿속에서는 그런 친구를 자랑스럽게 여기는 마음과 그 뜻을 돌리게 해야 한다는 생각이 심하게 다투었습니다. 이런 때 친구로서, 또한 선조 대대의 조장으로서 어떻게 대처해야 좋을지 갈피를 잡을 수 없었습니다.

그리고 가이치로가 거짓말을 한다는 생각도 들었습니다. 가이치로가 참전하려는 에조 땅의 싸움은 아키타 전쟁 때와는 사정이 다릅니다. 말하자면 난부 번의 방침을 거슬러가며 지조를 지키겠다는 것입니다. 그런 일에 어머니가 좋다고 허락해주셨을 리 없습니다. 가이치로는 어머니의 만류도 듣지 않고, 어쩌면 한 마디 상의도 없이 집을 떠나온 게 틀림없었습니다. 그러니 어린 누이가 오라비의 마음을 돌려보려고 한사코 울며 쫓아왔겠지요.

그렇다면 누이를 달래서 가령 잠시라도 내가 맡아준다는 건 나도 그만한 각오를 해야 하는 일입니다. 사지로 떠나겠다는 가이치로의 등을 밀어준 셈이니까요.

그런 생각으로 머릿속이 어지러웠습니다. 우선 나는 집안에 단 한 사람 남아 있던 하녀를 불러 죽을 대접하라고 해놓고 혼자 안방에 돌아와 궁리를 했습니다. 휑하니 빈 집의 고요한 방 한 칸에 오도카니 앉아 오래도록 고민했습니다.

이런 때 아버지라면 어떻게 하셨을까…… 그 무렵 아버지는 에도에서 모리오카에 송환되어, 읍내 변두리 안요인(安養院)이라는 절에서 처분이 떨어지기만을 기다리는 몸이었습니다. 할 수만 있다면 아버지가 갇혀 계신 안요인에 찾아가 여쭤보고 싶었습니다.

그러나 그럴 수는 없었습니다. 아버지를 면회할 수 없었다는 뜻이 아니라 그런 일을 상의드릴 만한 형편이 아니었던 것입니다. 도바 후시미 전투에서 부상을 입고 오사카의 난부 저택으로 피신한 가이치로의 선친께 단호히 할복을 명령하신 이가 다름아닌 저희 아버지였으니까요.

이야기의 앞뒤가 조금 바뀌었지만, 그 훨씬 이전에 누군가에게 오사카에서의 사건을 듣고 나는 곧장 아버지께 따져 물었습니다.

아버지의 강력한 주장으로 아키타 공격이 결정되어 한창 전쟁 준비로 부산하던 무렵의 일이었습니다.

"성안에서 떠도는 얘기를 들었습니다. 오사카 저택에서 일어난 일에 대해 사람들이 아버님을 두고 귀신이니 뱀이니 말들이 많습니다."

직접 면전에서 그렇게 말씀드렸더니 아버지는 눈썹 하나 꿈쩍하지 않고 "무슨 소리냐?" 하고 되물으셨습니다.

"요시무라 간이치로 선생의 일입니다. 전쟁에서 부상을 당하고 주가를 의지하여 귀대를 탄원하신 요시무라 선생께 '배를 가르고 죽어라, 방만은 빌려주마' 라고 하셨다는 게 참말이십니까?"

"참말이라면 어찌할 테냐. 스승의 원수라고 이 아비를 베기라도 하겠느냐?"

"제가 어찌 그런 짓을 할 수 있겠습니까. 그러나 가이치로는 아버님을 원수로 여길지도 모릅니다."

"그렇다면 그것으로 좋다."

"그러면 아버님, 오사카에서의 일은 소문이 맞다는 말씀이십니까?"

아버지는 나를 지그시 바라보며 한 마디 "사실이다" 하고 중얼거리셨습니다. 그리고는 이야기를 피하려는 듯 칼 손질만 하시더군요.

"아 참, 너한테도 꼭 이 말을 하려고 했다만…… 오노 가문에 전해내려오던 야스사다는, 이승의 이별 선물로 요시무라에게 내주었다. 정말 명검이었어. 요시무라는 편하게 배를 갈랐느니라."

아버지는 칼 닦는 종이를 입에 물고 야마토노카미 야스사다 아닌 다른 칼에 돌가루를 치며 아무렇지도 않은 듯 그렇게 말씀하셨습니다.

"제가 아버님을 잘못 봤습니다. 아버님은 귀신이세요."

내가 면전에서 욕을 하는데도 아버지는 말없이 칼만 손질하고 계셨습니다.

그런 사정이었으니 차마 아버지께 상의를 드릴 수도 없었던 것입니다.

깊숙한 방에서 홀로 고민하던 끝에 나는 마침내 한 가지 중요한 것을 깨달았습니다. 요시무라 선생이 탈번하셨을 때, 아버지가 내게 타이르듯이 하셨던 말씀이 생생하게 떠오른 것입니다.

"치아키, 요시무라 선생은 의를 위해 고향을 버리셨다. 어려운 이론은 따질 것도 없어. 번교에서 혹시라도 가이치로가 문책을 당하거든 너는 몸을 던져 가이치로를 지켜라. 가이치로가 배를 가른다면 너도 함께 배를 갈라라. 알겠느냐, 결코 친구의 어려움을 손놓고 바라봐서는 안 돼. 아비도 간이치로를 위해서라면 언제든 목숨을 버릴 것이다. 너도 가이치로를 위해 목숨을 걸어라. 이건 조장과 말단의 일이 아니다. 죽마고우로서 당연히 해야 할 일이지."

오사카에서 일어났던 일의 자세한 내막은 모릅니다. 그러나 아버지로서는 그럴 수밖에 없었던 역할상의 이유가 있었던 게 아닐까 하는 생각이 들었습니다.

만일 그렇다면 그때 아버지의 심중은 가히 짐작하고도 남습니다. 귀신이네 뱀이네 하는 욕을 먹으면서도 읍참마속 외에는 아버지가 선택할 길이 없으셨던 게지요. 세상이 어찌 돌아갈지 도무지 종잡을 수 없던 도바 후시미 전투 직후였으니, 요시무라 선생은 폭탄을 안고 난부 저택에 뛰어든 것이나 마찬가지였던 것입니다.

아직 열여섯 나이지만, 아버지가 옥에 갇히셨으니 나는 오노가의 가장 노릇을 해야 했습니다. 조장으로서, 또한 죽마고우로서 이런 때 아버지라면 어떻게 하셨을까…….

전쟁이 끝나 조용해진 모리오카 읍내에는 휘잉휘잉 눈이 흩날리고 있었습니다. 일 년 전 정월에 아버지도 오사카의 난부 저택에서 나와 마찬가지로 깊은 고민을 하셨겠구나. 그런 생각이 들었습니다.

마침내 나는 마음을 정했습니다. 아버지라면 분명 이렇게 하
셨을 것이라는 확신이 섰던 것입니다.

방을 나서서 아버지처럼 복도를 직각으로 돌아 마루방 기둥
뒤에서 가이치로의 누이를 손짓으로 불렀습니다.

"미쓰."

갑작스레 부르는 소리에 누이는 눈을 둥그렇게 뜨고 제 오라
비를 쳐다봤습니다. 시즈쿠이시에서 먼 길을 걸어오느라 어지
간히 배가 고팠던 게지요. 오누이는 하녀가 내준 죽 그릇을 가
슴팍에 끌어안다시피 하고 있었습니다.

가이치로에게 등을 떠밀려 미쓰는 젓가락과 죽 그릇을 화롯
가에 내려놓고 머뭇머뭇 다가왔습니다.

"여기 앉아라."

나는 화로를 등지고 복도에 자리를 잡았습니다. 이르는 대로
내 곁에 얌전히 앉은 미쓰는 어깨를 추스르고 눈이 휘날리는
마당을 내다봤습니다. 덕지덕지 기운 남루한 옷, 무릎 위에 놓
인 손은 동상으로 벌겋게 부어 있었습니다.

입가에 묻은 밥풀을 떼어주며 나는 미쓰의 떨리는 어깨를 잡
았습니다. 한 손에 쏙 드는 작고 여린 어깨였습니다.

어려운 얘기를 해야 했습니다.

"지금부터 내가 하는 말은 조장의 명령이다. 너희 집은 선조
대대로 오노 조 소속이야. 알고 있지?"

"네, 조장 나리."

미쓰는 고개를 끄덕였습니다.

"너도 알겠지만, 난부는 스스로 성문을 열어 고스란히 사쓰

마 조슈에게 넘겨주었어. 무사로서 이보다 수치스러운 일은 없다. 우리는 모두 목숨이 아까워 항복을 했어."

마치 아버지가 내 입을 빌려 말씀하시는 것 같았습니다. 숏구치는 눈물을 입술을 깨물고 참으며 나는 눈 쏟아지는 하늘을 우러러봤습니다.

"그러나 너의 오라비는 우리처럼 비겁하지 않아. 기필코 무사의 도를 지켜 난부 사무라이의 기개를 사쓰마 조슈 놈들에게 보여주려는 거야."

말을 할수록 억울함에 가슴이 뜨거웠습니다. 어깨 너머로 보니 가이치로는 화롯가에 고개를 떨구고 있었습니다.

문득 미쓰가 나를 올려다보며 말했습니다.

"그러면 조장 나리는 어째서 오라비와 함께 에조 땅에 가지 않아요?"

그 말이 칼날처럼 내 가슴을 찔렀습니다.

"조장인 내가 번의 명령을 거스른다면 다른 무사들의 체면이 서지 않겠지?"

변명이라고 생각했습니다. 난부 번이 이미 싸움에서 패한 상황에 조장이 무엇이고 소속 무사가 다 무엇입니까. 그러나 각자의 충의마저 무너진 건 아니고 더구나 가이치로와 나의 우정까지 파탄난 건 아니지요. 거기에 기대어 나는 번의 방침이라는 말로 내 한 목숨 부지해보자는 꼴이었습니다.

"나중 일은 걱정하지 마라. 나는 조장으로서 너와 어머님을 편히 모시마. 내 평생을 걸고 너희를 지켜주마. 그러니 미쓰야, 너도 참말 괴롭겠지만 꾹 참아다오. 알겠니?"

그 순간 미쓰는 온몸의 슬픔을 토해내듯 엉엉 울기 시작했습니다.

슬픔에는 아무런 이론도 없습니다. 미쓰는 진심으로 오라비를 사랑하고 흠모했던 게지요. 앞날에 대한 불안도 굶주림도 어머니의 병도 머릿속에 없었을 겁니다. 그저 사랑하는 오라비를 잃는 슬픔만이 젖먹이처럼 미쓰를 엉엉 울게 했겠지요.

울음소리와 함께 그대로 산산이 부서질 것 같은 그 작은 몸을 나는 가슴으로 꼭 끌어안았습니다.

"나는 오라비를 배웅해주고 올 테니 너는 여기서 기다리고 있거라. 알았지?"

미쓰는 울면서 네, 하고 대답했습니다. 어이없을 만큼 고분고분 내 말을 들어준 게 조장이라는 권위의 막중함 때문임을 깨달았을 때, 나는 나 자신을 참으로 가증스러운 비겁자라고 생각했습니다.

미쓰의 어깨를 안고 마루방에 돌아오자 가이치로는 고개를 떨군 채 몇 번이나 "염치가 없소" 하고 말했습니다.

무릎 옆의 여행 짐 곁에는 금박 바탕에 자줏빛 띠를 두른 검이 놓여 있었습니다. 그건 분명 아버지가 차고 다니시던 칼, 오노 집안에 전해내려오던 야마토노카미 야스사다였습니다.

가이치로는 칼의 내력에 대해 아무 말이 없었고 나도 굳이 묻지 않았습니다. 열여섯 살 우리에게 그 이야기는 너무 버거웠던 것입니다.

도시락과 노잣돈 말고도 뭔가 특별한 이별 선물을 내려줘야 한다는 생각이 들었습니다. 나는 마음을 정하고 안채로 들어가 불단에서 오노 가에 대대로 전해오던 보물을 들고 나왔습니다. 그것은 오노 가의 선조께서 난부 번조이신 노부나오 공으로부터 하사받은, 쌍학(雙鶴) 문양의 난부 가문 깃발이었습니다.

"내가 이런 귀한 것을 받다니, 천만의 말씀이시오."

"아니, 나처럼 비겁한 자에게는 이제 아무 쓸모도 없는 과분한 물건이야."

앞으로 오노 가의 보물 같은 건 어떻게 될지 모를 상황이었습니다. 더구나 자부심 높은 난부의 깃발을 높이 받들어줄 영웅적인 무사는 이제 이 세상에 가이치로밖에 없다는 생각이 들었습니다.

"참으로 과분한……."

그리고는 침묵 속에 가이치로는 깃발을 조심스럽게 받들었습니다.

이 친구라면 틀림없이 난부 쌍학 깃발을 높직이 내세우고 에조 전쟁터를 선봉에서 달려줄 것이라고 생각했습니다. 그리고 우리 모두 멈칫 물러섰던 천왕의 깃발에도 이 친구라면 겁내지 않고 당당히 난부 무사의 지조와 긍지를 보여줄 것이라고 생각했습니다.

나는 그날 최후의 사무라이와 눈 덮인 고갯마루에서 이별했습니다.

가이치로를 나가사카 고개까지 배웅했던 그날은 눈이 내리고 어슴푸레 해가 저물던 시각이었습니다.

오슈 가도를 북쪽으로 내려가려면 가이치로가 낳고 자란 우에다 무사 구역 가운데 길을 지나야 합니다. 삿갓에 도롱이를 둘러쓰면 누구를 만나도 알아볼 리 없지만, 고향을 떠난다는 실감이 들어 더 괴로울 것 같았습니다. 그래서 우리는 쇼카쿠지 문 앞의 논두렁길 쪽으로 돌아서 우에다 제방을 향해 걸었습니다.

황량한 논바닥을 살짝 감춰주는 눈이 쌓였고, 줄줄이 처마를 맞댄 말단 무사 가옥들의 뒤편도 하얗게 눈 단장을 하고 있었습니다. 논두렁길은 사람들을 만날 염려는 없었지만 괴괴하게 가라앉은 말단 무사 가옥의 뒤편을 줄곧 따라 걷게 됩니다. 나고 자란 집 뒤꼍을 그냥 지나치려다 가이치로의 발길이 일순 멈췄습니다. 삿갓을 쳐들고 이엉 얹은 지붕이며 마당의 감나무를 물끄러미 쳐다보더군요.

"가이치로, 목숨을 함부로 해서는 안 돼. 다시 이 집으로 꼭 돌아와. 아키타에서 네가 거둔 공훈은 다들 잘 알고 있어. 뒷수습은 내가 어떻게든 해둘 테니 꼭 돌아와야 한다."

가이치로는 입술 끝을 살짝 당기며 웃었습니다.

"그런 어려운 부탁은 하지 마시지요."

미련을 끊어내듯 가이치로는 눈을 밟으며 발길을 돌렸습니다. 그곳은 신분의 상하 따위 알지 못하던 어린 시절에 반디며 잠자리를 쫓아 함께 뛰어놀던 논두렁이었습니다.

나는 어째서 가이치로와 함께 죽을 결심을 하지 못하는 걸까. 그저 남의 일처럼, 왜 이 세상 누구와도 바꿀 수 없는 친구를 사지로 몰아넣는 걸까. 내내 그런 생각을 했습니다.

어째서, 왜?

대답은 단 한 가지, 죽는 게 두려웠던 것입니다. 아버지가 그런 처지로 영락하셨으니 내가 집안을 이어야 한다? 그런 건 이유 축에도 들지 않지요. 오히려 아버지의 오명을 씻기 위해서도, 아버지의 뜻을 받들기 위해서도 가이치로와 나란히 에조 전쟁터에 나가 전사하는 게 가장 이치에 맞는 선택이었습니다. 나는 무사라는 이름도 부끄러운 겁쟁이였습니다.

"오노 나리, 미쓰를 거듭 잘 부탁합니다."

논두렁길을 빠른 걸음으로 걸으며 가이치로는 돌아보지도 않고 말했습니다. 먼 길 떠나는 오라비를 배웅도 하지 않고 화롯가에 무릎을 반듯이 하고 지장보살처럼 가만히 앉아 있던 미쓰의 모습이 되살아났습니다.

"오라비인 내가 이런 말을 하는 건 부끄럽지만, 그 아이는 참 대단해요. 대체 누구를 닮았는지……."

생각해보면 정말 대단한 아이였지요. 여자라면 그저 시키는 대로, 이르는 대로 사는 줄만 알던 그 시대에 미쓰는 저항할 줄 알았습니다. 자신의 의지로 오라비의 굳은 결심을 바꿔보려고 발버둥을 쳤던 것입니다.

"그래, 참으로 강한 아이야. 누구를 닮기는, 가이치로 너를 꼭 닮았지."

이윽고 우리는 우에다 초소를 피해 뒷길을 더듬어 고신(庚申) 숲을 빠져나왔습니다. 나가사카 고갯마루까지 일 리 남짓한 길에 무슨 이야기를 했었는지…… 아니, 별 얘기도 없이 묵묵히 걷기만 했던 것 같습니다.

그 무렵 오슈 가도 하행길이라고 하면 이른 새벽에 모리오카를 떠나 나가사카 고개를 넘어 낮에는 시부토미에서 잠깐 쉬고, 누마쿠나이에서 하룻밤을 묵었습니다. 이튿째는 오쿠나카야마 재를 넘어 이치노헤 아니면 후쿠오카에서 자고, 사흘째는 산노헤에 떨어지는 게 으레 짜여진 여정이었습니다. 그러니 저녁 무렵에 모리오카를 나섰던 가이치로는 밤을 새워 시부토미나 누마쿠나이까지 걸었을 겁니다.

다행히 해가 저물면서 눈이 그쳤습니다. 나가사카 고개에 닿았을 무렵에는 날씨가 말짱하니 개고 달은 산 끝에 숨어 있었지만, 주위가 별빛을 받아 환했습니다.

어째서 별이 총총한 하늘까지 기억하는가 하면, 길목마다 나와 가이치로는 아이들마냥 별똥별을 찾으며 걸었거든요. 아마 가슴 답답한 얘기는 하고 싶지 않아 그저 동심으로 돌아가 그런 장난을 쳤던 것 같습니다.

가이치로는 아버지 요시무라 선생을 닮아 웃는 얼굴이 고운 친구였습니다. 그날 밤도 쓸쓸한 표정은 일절 비치지 않고, 소풍이라도 나온 사람처럼 하얀 이를 내보이며 내내 미소를 지었습니다.

원래 요시무라 선생은 콧날이 오뚝한 미남이시고 어머님은 시즈쿠이시에서 가장 예쁘다고 칭찬받던 미인입니다. 그런 양친의 좋은 곳만 골라 닮은 가이치로는, 요즘 세상이라면 필시 활동사진 배우가 됐을 빼어난 미남이었습니다. 그렇다고 나긋나긋 간드러진 사내는 아닙니다. 검술로 단련된 탄탄한 체격에 얼굴 생김새가 강직해 보이는, 그야말로 대장부 풍모였습니다.

나가사카 고개 한 모퉁이에 황금청수(黃金淸水)라는 샘이 있습니다. 후에 메이지 천왕이 순행길에 일부러 찾아와 마셨다고 할 만큼 이름난 샘입니다. 나와 가이치로는 그 황금청수 샘가에서 잠시 숨을 돌렸습니다.

"조장 나리. 배웅은 이만하면 됐소. 고맙소이다."

어디까지 배웅하건 미련이 떨쳐질 리 없습니다. 그쯤에서 헤어지자고 나도 마음을 다잡았습니다.

"그러면 가이치로, 기왕 황금청수까지 왔으니 작별의 건배라도 나누자."

"그런데 잔이 없으니……."

"뭘, 손을 잔 대신 쓰면 돼."

나는 고드름이 매달린 돌 틈에 두 손을 내밀어 맑은 물을 떠올렸습니다.

마침 그때 동쪽 산꼭대기에서 달이 떠올라 꽁꽁 언 관목 숲이며 눈 덮인 길을 훤하게 비췄습니다. 손바닥에 담긴 물도 말 그대로 황금처럼 빛났습니다.

"내 잔을 받아다오."

내가 손을 내밀자 가이치로는 싱긋 웃더니 그 끝에 입을 대고 남김없이 마셨습니다.

"참말 황금 물이네. 그럼 무례하나마 내 잔도 받아주시오."

가이치로는 꼼꼼히 손을 씻고는 한 움큼의 물을 내게 내밀었습니다. 그 손을 맞잡고 물을 마시려다 나는 한 순간 얼어붙고 말았습니다.

탄탄한 청년인 줄만 알았던 가이치로의 손가락이 너무도 가늘었습니다. 샘물을 담은 양 손바닥이 여자처럼 가녀렸습니다.

"왜 그러시오, 조장 나리. 물이 흐렸나?"

"그게 아냐, 그런 거 아니라니까. 너, 이렇게 고운 손으로 아키타 전쟁에서 앞장을 섰어? 사람을 벴어?"

나는 도저히 믿을 수가 없었습니다. 그럴 만큼 가이치로의 손은 곱고 정결했습니다.

"이상한 소리도 다 하시오. 황금청수가 그리 보이게 한 모양이지. 자, 어서 드시오."

분명 요시무라 선생도 이런 손이었을 거라는 생각이 들었습니다. 이런 손으로 사람을 베고 마침내는 이런 손으로 스스로 목숨을 끊었구나 하고요.

나는 샘물이 담긴 가이치로의 손을 뿌리치고 그 목에 매달렸습니다.

"네 잔은 받을 수 없어. 다른 이들은 죄다 제 목숨이 아까워 항복하는데, 어째서 너만 죽어야 해? 열여섯 살 되는 오늘날까지 호강 한번 못 해본 너 아니냐. 그런 네가 어째서 죽어야 하느냐고!"

내가 가이치로를 끌어안은 게 아니라 아버지가 요시무라 선생을 그렇게 안고 있는 듯한 느낌이었습니다. 아버지가 오사카 난부 저택에서 하지 못한 일을 내가 가이치로에게 하는 거라고 생각했습니다.

귓전에서 가이치로가 어금니를 악무는 소리가 들렸습니다.

"치아키, 치아키……."

그때 분명 가이치로는 울먹이는 소리로 내 이름을 웅얼거렸습니다.

"치아키, 치아키, 치아키……."

열 번, 스무 번, 가이치로는 주문처럼 내 이름을 중얼거렸습니다. 어린 시절에 불러본 이래 오래도록 봉인되었던 친구의 이름을 가이치로는 뱃속에서 끌어올린 듯한 소리로 불러준 것입니다.

"치아키, 내가 하코다테에 꼭 가야 하는 이유를 들어볼래?"

가이치로의 팔이 내 목을 끌어당겼습니다.

"우리 아버지는 말이지, 가난을 못 이겨 탈번하셨어. 그래서, 그래서 나는 그런 아버지가 보내준 돈으로 열여섯 살 오늘날까지 자랐지. 내 몸뚱이는 더러운 몸뚱이야. 처음에는 그런 밥은 먹지 않겠다고 고집을 피워 어머니를 힘들게 했다. 그러나 배가 고파서 먹고 말았어. 밥을 먹으며 항상 나는 탈번자가 벌어들인 돈으로 먹고사는 더러운 인간이라고 생각했다. 이런 수치스러운 자가 더 살아서는 안 돼. 내가 택할 길은 단 한 가지밖에 없어. 아비의 죄를 내 이 더러운 몸뚱이로 갚아야 해."

대꾸할 말이 한 마디도 생각나지 않았습니다. 나는 그저 가이치로의 팔 안에서 몸부림을 치며 울었습니다.

"치아키. 나는 벌레처럼 낮은 말단이지만, 너를 참말 좋아했다. 아버지가 탈번했을 때, 너는 번교 마당 소나무 밑에서 나를 감싸주었어. 아이젠인 목련꽃 밑에서 농사꾼 차림을 한 나를 위해 눈물을 흘려줬어. 걸핏하면 눈물을 보이는 버릇은 예나 이제나 똑같구나. 그런 너와 마지막 건배나마 나누지 않고서는 나는 죽어서도 눈을 못 감는다. 자, 어서 마셔다오."

나는 짐승처럼 꺽꺽거리며 다시금 눈앞에 내밀어준 물을 다 마셨습니다.

"고맙소, 조장 나리. 이제는 맘에 걸릴 일이 아무것도 없소."

그리고 나서 가이치로는 달빛에 하얗게 빛나는 눈 위를 뒷걸음으로 물러나 허리 숙여 절을 했습니다.

고개를 들더니 등을 곧게 펴고 갑작스런 사무라이 소리로 가이치로는 외쳤습니다.

"조장 나리께 아룁니다. 요시무라 가이치로, 이타 이인부치의 말단 무사이오나 난부 번조님 전래의 보물을 받든 난부 무사올시다. 이번 난리 통에 주군 나리를 비롯한 번사 여러분께서는 어떤 견해를 가지셨는지 모르오나, 저는 난부 무사인지라 당당한 난부 무사로서 죽고 싶소이다. 명령을 거스르는 짓이라 해도 무사가 갈 길을 가는 것이니 어쩔 수 없소. 왜냐하면 난부 무사는 선조 대대로 난부 백성들에게 연공을 받아왔소이다. 그렇다면 주군 나리께서 안 된다고 하셔도 저는 난부의 영예를 위해 죽겠습니다. 가련한 농민 백성들을 위해 성에 백기를 내거신 주군 나리의 심정은 고맙기 한량없으나 그러므로 더더욱 저는 난부의 영예를 위해 죽고 싶소이다. 그러지 않고서야 연년이 기근으로 굶어 죽으면서도 연공을 바쳐준 농민 백성들의 얼굴을 어찌 똑바로 보겠소. 난부 백성에게 받은 이 몸을 난부의 백성에게 돌리겠습니다. 난부 사람을 적으로 돌린 사쓰마 조슈를 한 놈이든 두 놈이든 베어 넘기고 죽겠소이다. 비록 망하였어도 저는 끝까지 난부 무사올시다."

그럼 실례하겠소, 라고 마지막으로 외치더니 가이치로는 고갯마루를 달려갔습니다. 발끝으로 눈을 차며 하얀 입김을 뿜으며, 두 번 다시 돌아보지 않았습니다.

당당한 이별의 말과는 달리 "치아키! 치아키!" 하고 가슴에서 솟구친 듯 불러주던 그 소리가 오래도록 귀에 붙어 떨어지지 않았습니다.

그 청년이 메이지유신을 무사히 넘겼다면 얼마나 큰 인물이 되었을까요. 참으로 애석한 마음, 이제 새삼 아무리 품어본들 어쩔 도리도 없습니다만.

그날로부터 문자 그대로 화살처럼, 유수처럼 반세기의 세월이 지났군요. 늙어 쭈그러진 내 손바닥을 바라볼 때마다 정결한 손을 그대로 지닌 채 세상을 뜬 가이치로가 그리워 견딜 수가 없습니다.

요시무라 간이치로 선생은 번교에서 강의를 시작하실 때마다 시구 하나씩을 큰 소리로 읊게 하셨습니다.

소년은 늙기 쉽고 학문은 이루기 어려우니,
일촌의 광음인들 가벼이 말라.
아직껏 깨지 못한 연못가 봄풀의 꿈인데,
계단 앞 오동잎은 벌써 가을 소리.*

---

*少年易老學難成, 一寸光陰不可輕. 未覺池塘春草夢, 階前梧葉已秋聲.
—朱憙, 「勸學文」

책상도 교본도 없는 가이치로는 차디찬 바깥 복도에 앉아 누구보다 큰 소리로 시구를 읊었습니다.

영원히 깨어나는 일 없는 연못가 봄풀의 꿈을 가이치로는 극락 정토에서 꾸고 있는 것일까요. 그 한편에서 반세기의 삶을 질기게 이어온 내 손바닥은 이미 가을 소리를 내며 버석거리는 오동잎 빛깔이 되었습니다.

또 하나, 요시무라 선생이 강의를 마치며 반드시 외우게 하셨던 도잠(陶潛)의 시.

인생은 뿌리도 꼭지도 없어,
표표히 흩날리는 길 위의 먼지와 같네.
…(중략)…
한창 젊은 시절은 두 번 다시 돌아오지 않고,
하루에 새벽은 두 번 다시 오지 않으니.
좋은 때를 놓치지 말고 마땅히 노력하세,
세월은 사람을 기다리지 않느니.*

교실 번듯한 자리에 앉은 학생들의 소리를 압도하던 가이치로의 큼직한 목소리가 아직도 귓전에 남아 있습니다.

인생이란 확실한 뿌리라는 게 있을 리 없어 한바탕 바람이 치면 길 위의 티끌처럼 이리저리 휘날립니다. 그런 인생을 하

---

*人生無根蔕, 飄如陌上塵. …(중략)… 盛年不重來, 一日難再晨. 及時當勉勵, 歲月不待人. ―陶潛,「雜詩·一」

루에 두 번의 아침은 없노라고 굳게 결심하고 면학에 힘쓴 사람은 가이치로뿐이었습니다. 그리고 두 번 다시 오지 않는 한창 나이 그대로 가이치로는 세상을 떴습니다. 정결한 손 그대로, 고운 모습 그대로.

이별하던 그날, 가이치로가 내 귓전에 어렵사리 속삭였던 죽음의 이유, 그리고 딴판으로 바뀌어 당당하게 외쳤던 죽음의 이유, 과연 그중 어느 쪽이 가이치로의 본심이었을까요. 오랜 세월 궁리하고 또 궁리한 끝에 내가 답을 얻은 것은 바로 얼마 전이었습니다.

틀림없이 둘 다 그의 본심이었을 것입니다. 왜냐하면 무사도라는 게 바로 그런 것이었으니까요.

그건 그렇고, 이미 짐작하셨겠지만 가이치로가 내게 맡겼던 어린 누이 미쓰는 후에 나의 아내가 되었습니다. 중국인들에게 '광타이타이'라고 친어머니처럼 사랑받는 우리 진료소의 명물 간호사입니다. 조금 전에도 서재 문을 벌컥 열고는 통통한 얼굴을 내밀며 나지막한 소리로 내게 손짓을 했지요.

"치이 씨, 어지간히 하세요, 몸 상해요. 자, 어서 잡시다, 자자고요."

쉰다섯 살이 되어서도 남편의 팔베개가 없으면 잠들지 못하는 사랑스러운 아내입니다. 할 수만 있다면 그런 아내보다 하루라도 길게 살아, 숨이 넘어가는 그 순간까지 꼭 안아주고 싶습니다.

나라에 맞서고 군대에 맞서며 이렇게 홀로 만주의 기름진 벌판에서 메스를 쥐고 사는 괴팍스러운 의사, 그저 내 하고 싶은 대로 하고 사는 의사 곁에서 내내 고생만 한 반려에게 내가 해줄 수 있는 게 기껏해야 그 정도뿐이군요.

치아키, 치아키, 치아키 하고 피를 토하듯 불러주던 가이치로의 목소리를, 달빛 환하던 나가사카 고개에서 나는 내 뼈 하나 하나에 깊이 새겼습니다. 그 청년의 친구였다는 긍지만으로도 반세기의 난관을 견딜 수 있었습니다.

밤도 깊었습니다. 황사가 내리는 소리를 들으며 미쓰를 품에 안고 잠들까 합니다. 우리는 남편보다 아내가 더 키가 큰, 이곳 펑톈 거리에서는 지독한 웃음거리인 '거꾸로 부부'지만, 이상하게도 내 품에 든 미쓰는 밤마다 시간을 뛰어넘어 여덟 살 소녀로 돌아오곤 합니다.

그런 아내가 너무도 사랑스럽습니다.

펑톈 쓰핑 거리에서

오노 치아키

황사도 마침내 잦아들고 훈풍녹수를 누리는 계절로 접어들었습니다. 그간 별고 없으신지요.

이곳은 여전히 고양이 손이라도 빌리고 싶을 만큼 분주합니다. 유행 독감이 한풀 꺾였는가 했더니 뒤를 이어 우물물이 오염원인 듯한 이질이 만연하고 있습니다. 다행스러운 것은 마적들도 이 병을 앓는지 요즘 들어 아주 조용하다는 것.

회화나무 연둣빛 잎사귀가 바람에 살랑대는 고요한 밤입니다. 지난번 서찰에 귀하가 궁금해하시는 내용은 다 썼다고 생각했는데, 오늘 집사람과 함께 다시면(大西門) 대로를 거닐다가 미처 하지 못한 이야기 한 가지가 생각났습니다. 사족이겠지만, 적어볼까 합니다.

가이치로를 나가사카 고갯마루에서 배웅하고 난 그 다음 날 아침, 나는 혼자서 아버지가 갇혀 계시던 안요인을 찾았습니다.
절 뒷방에 마주 앉아 간밤의 일을 모두 말씀드렸더니 아버지는 "그걸로 되었다"라고 고개를 끄덕이셨습니다.
"그래서요 아버님, 미쓰의 일입니다만…… 가이치로에게 그리 부탁을 받았으니 잠시 저희 집에 두며 잔일이라도 하게 할 생각입니다. 어찌 생각하시는지요?"
아버지는 잠시 생각하시더니 곧장 내 눈을 바라보며 말씀하셨습니다.
"이제 오노 가의 주인은 너다. 네 생각대로 해라."
가족의 안부도 묻지 않으시고 아버지는 뒷방으로 돌아가셨습니다. 아마 아버지는 내 심중을 한 순간에 다 읽으셨던 게지요. 그리고 내 생각에 잘못이 없다고 해주신 것입니다. 네 생각대로 하라는 말씀은 결코 네 멋대로 하라는 의미는 아니었다고 생각합니다.
나는 집에 돌아가는 대신 절을 나선 그길로 유가오세 다리를 건넜습니다.

시즈쿠이시는 모리오카 거리에서 서쪽으로 삼 리, 이와테 산

남쪽 기슭의 눈 속에 폭 파묻힌 듯한 마을입니다. 요시무라 선생의 가족이 몸을 의탁했던 외가는 삼나무 숲을 등지고 선 농가였습니다. 눈은 내리지 않았지만 산바람이 회색 하늘에서 윙윙거리는 몹시 추운 날이었다고 기억합니다.

마구간과 이어진 토방을 들여다보니 아궁이 불을 피워놓고 농사꾼 부부가 새끼를 꼬고 있고 그 곁에서 아이들이 놀고 있었습니다. 여보시오, 하고 불렀더니 부부가 화들짝 놀라요. 놀라는 것도 무리가 아니지요. 모리오카에 진주한 관군이 혈안이 되어 신센구미 대원 요시무라 간이치로를 찾고 있었고, 게다가 그 전날에는 장남이 삼엄한 여행 차비를 하고 탈번한 참이었으니까요.

"수상한 자가 아니오. 간밤에 이 집 따님을 맡은 난부 번 사람이요. 오노 치아키가 찾아왔노라고 어머니께 전해주시오."

가이치로의 큰외삼촌인 듯한 농사꾼이 안에 연락을 하러 간 사이에 나는 마루에 앉아 기다렸습니다.

난부의 농가에 발걸음을 한 것은 그때가 처음이었습니다. 가이치로는 칠 년 남짓한 세월을 그 집에 의지하여 농사꾼으로 살았습니다. 그런데도 무사의 긍지는 티끌만큼도 잃지 않고 훌륭하게 성장했습니다. 아키타 공격 때는 누구보다 먼저 시즈쿠이시 쪽 하시바 진지에 달려나가 전장의 선봉에 섰습니다. 그리고 끝까지 항복하지 않고 홀몸으로 아득한 에조 땅을 향해 떠났습니다. 기껏 열 살 남짓한 나이에 귀농했던 가이치로의 가슴속에서 무사의 혼을 지탱해준 것은 무엇이었을까요.

이윽고 안내를 받아 들어간 어머니의 침실은 북쪽의 어둑한 작은 방이었습니다. 여윌 대로 여윈 어머니는 가까스로 일어나 앉아 나를 향해 고개를 숙였습니다. 제대로 예조차 갖출 수 없을 만큼 쇠약한 몸이었습니다.

"가이치로는……."

내가 말을 꺼내려는 것을 어머니는 고개도 들지 않고 막으셨습니다.

"가이치로 얘기는 하지 말아주세요. 큰 폐를 끼쳤습니다."

모든 것을 다 알고 계신 듯한 말투였습니다.

어머니는 이불 위에 두 손을 짚은 채 눈물을 뚝뚝 흘릴 뿐이었습니다. 이루 말로 다할 수 없는 그 고통과 괴로움을 어떻게 해야 덜어드릴 수 있을까, 나는 생각했습니다.

"주군 나리께 아키타 전쟁의 포상을 내리라는 은밀한 명을 받고 왔소. 받아두시오."

얼른 생각나는 대로 둘러대고는 품에서 주머니를 꺼내자, 어머니는 눈물에 젖은 얼굴을 들어 찬찬히 나를 쳐다보았습니다.

"오노 나리, 마음만은 고맙지만, 그럴 리가 없습니다."

문득 등 뒤로 인기척이 느껴져 돌아보니 외삼촌 부부가 건넌방 미닫이를 살그머니 열고 이쪽을 살피고 있었습니다. 그 잠깐의 시선을 보고 나는 두 가족이 함께 살아가는 이 농가의 형편이 뻔히 짐작이 갔습니다.

"해마다 흉년이라 농사꾼은 제대로 먹고살기가 어렵습니다. 게다가 오라비는 자식이 일곱이나 되니…… 이웃한 다섯 집의 식솔 모두가 단 한 사람도 굶어죽지 않고 무사히 넘어갔던 건 남편이 교토에서 보내준 돈 덕분이지요. 그러나 남편이 그만 세상을 떴으니 앞으로 어찌 살아야 할지……."

"그렇다면 더더욱 받아주시오."

내가 주머니를 가슴팍에 밀어붙이자 어머니는 건넌방 쪽을 흘끗 쳐다보고는 공손히 받아들었습니다.

"의사에게 진찰은 받으시오?"

어머니는 주머니를 품에 안은 채 머리를 저었습니다. 그리고는 왜 그런지 빙긋 웃었습니다.

"남편이 있는 곳에 가고 싶어 아침저녁으로 부처님께 빌고 있는걸요."

요시무라 선생의 모습을 그리워하는 듯한 그 말에 나는 대꾸할 말을 잃고 말았습니다.

"그 무슨 말씀을……."

"아뇨, 진심으로 제 소원입니다."

"가이치로는 훌륭한 무사이나, 참으로 불효막심한 자식이오."

생각한 그대로를 입에 담자 어머니의 얼굴에서 미소가 사라지며 다시 고개를 떨구고 말았습니다.

가이치로가 떠나는 일을 놓고 모자간에 어떤 실랑이가 있었을까요. 적어도 어머니가 가이치로의 뜻에 찬성했을 리는 없습니다. 에조 땅에 건너가 무사로서의 지조를 지키겠다니, 일천 명 남짓한 난부 번사 어느 누구도 생각하지 못한 폭거임에 틀림이 없었던 것입니다. 어머니와 어린 누이는 다시금 버림을 받은 셈입니다.

"가이치로 얘기는 하지 말아주세요."

어머니는 다시 한번 말하고 얼굴을 두 손으로 덮어버렸습니다.

요시무라 선생을 고스란히 닮은 가이치로가, 여자처럼 착한 손을 가진 가이치로가 병든 어머니와 어린 누이를 버린 이유에 대해 나는 생각하지 않으면 안 되었습니다.

간밤에 나가사카 고갯마루에서 가이치로가 했던 이별의 말이 가슴에 되살아났습니다.

'아비의 죄를 내 이 더러운 몸뚱이로 갚아야 해.'

'난부 백성에게 받은 이 몸을 난부의 백성에게 돌리겠습니다.'

아버지가 범한 탈번의 죄를 가이치로는 자신의 죄로 여기며 살아왔던 것입니다. 굶어죽는 백성의 모습을 제 눈으로 뻔히 보면서 아비가 보내준 돈으로 연명하는 자신을 내내 증오해왔던 것입니다. 그 청년에게는 무사도도 정의도 고집도 실은 아무것도 없었습니다. 거대한 죄와 그에 대한 보상이 있었을 뿐입니다.

그것을 깨달았으면서도 나는 가이치로를 훌륭하다고 생각했습니다. 아니, 철두철미 자신의 존재를 직시하고 끊임없이 궁구하던 그 정신은 대의를 따라 순사하는 것보다 훨씬 더 귀하다고 생각했습니다.

지독한 고뇌 끝에 가이치로는 사랑하는 가족과 제 존재를 저울에 걸었겠지요. 그리고 단장의 심정으로 어머니와 누이를 버렸습니다. 가이치로는 아마 어머니에게도 진실한 속마음을 내보이지 못했을 겁니다. 제대로 표현할 수가 없었겠지요. 안타까운 실랑이 끝에 가이치로는 집을 박차고 나갔고 누이는 울면서 그 뒤를 쫓았을 테지요. 절망의 마음을 죽은 남편에의 사모로 바꾸어 어머니는 그저 하릴없이 웃으셨던 것입니다.

"부탁이 있소. 부디 들어주시오."

나는 깊이 고민할 것도 없이 스스로도 생각지 못했던 말을 입에 담았습니다.

"미쓰를 나의 색시로 주시오!"

어머니는 둥그런 눈을 더욱 크게 떴습니다.

"그런 말씀은 농담으로라도 하지 마세요."

"아니, 농담이 아니오. 더구나 연민의 정에 붙들린 것도 아니고 가이치로에게 의리를 세우자는 것도 아니오. 아직 나이가 차지 않았다고 한다면 색싯감이 되기에 적당한 나이가 될 때까지 친누이로 여기고 소중히 키우겠소. 혼례를 올린 다음에는 내 평생을 걸고 미쓰를 행복하게 해주리다. 사나이 일생일대의 소원이오. 부디 들어주시오."

……어찌 된 영문인지 내 기억은 거기에서 끊깁니다. 어머니가 그 자리에서 어떤 대답을 했는지 전혀 생각이 나지 않습니다. 단지, 돌아오는 눈길을 동네 변두리까지 미쓰의 동생이라는 소년이 배웅해주었던 것이 기억납니다.

"아버님은 도바 후시미 전투에서 전사하고, 형님은 원수 갚으러 가고, 누이는 나리의 색시가 되러 가버리네."

삼나무 가로수에 눈 뭉치를 던지며 미쓰와 꼭 닮은 둥그런 눈의 소년이 그런 말을 했습니다.

그 얼마 뒤에 저희 일가는 저택을 비워주고 하나마키의 친척 집에 몸을 맡겼습니다. 아버지가 망국의 죄인으로 참수된 뒤에 우리 가족은 도저히 모리오카에서 살 수 없었던 것입니다. 물론 혼약자로 정한 미쓰도 함께였습니다.

가족이 자리를 잡는 것을 보고 나는 단신으로 도쿄에 나왔습니다. 그러니까 여기에서 이 긴 이야기가 첫머리로 돌아가는 셈이지요.

스즈키 분야 선생 밑에서 의술 수업을 하던 내가 미쓰를 도쿄로 불러들인 것은 1874년 여름입니다.

"치아키, 진작부터 이상했는데, 자네 말야, 스물두 살이나 된 젊은 총각이 여자라고는 쳐다보지도 않으니 어디 몸이 불편한 거 아닌가?"

스즈키 분야 선생이 하도 끈덕지게 캐묻는 바람에 나는 결국 정혼한 여자가 있다는 얘기를 털어놓았습니다.

"어허, 이게 무슨 깜짝 반가운 소리인가. 어째서 그런 중요한 일을 여태 입 다물고 있었어? 그렇다면 어서 불러들여. 그리 호사스럽게는 못 해도 우선 혼례 형식이라도 치르고 허름한 오막살이라도 구해보자고."

당장 그런 내용의 편지를 보냈더니, 기다리고 있었다는 듯 미쓰가 하나마키 친척의 안내를 받아 도쿄로 찾아왔습니다. 오 년 만의 재회였습니다. 나는 미처 날이 밝기도 전에 센주의 가몬주쿠까지 마중을 나가서 이제 오나 저제 오나 하고 다리 위를 오락가락 서성였습니다.

해가 불끈 올랐을 무렵에야 모래 먼지가 날리는 저쪽 들판에 아름답게 성장한 처자의 모습이 보였습니다. 나는 너무 좋아 펄쩍펄쩍 뛰면서 미쓰야, 미쓰야, 소리를 지르며 다리 위를 달렸습니다.

햇빛 속에 우뚝 선 열네 살의 미쓰는, 시즈쿠이시 아가씨라고 칭송을 듣던 돌아가신 어머니가 그대로 살아오신 듯한 모습이었습니다. 남의 눈길도 아랑곳하지 않고 미쓰를 부둥켜안았을 때, 아슴아슴 잊혀지던 고향 풍경이 비단보자기 풀어지듯 생생하게 눈꺼풀에 되살아났습니다.

난부의 어머니이신 기타카미 강이 흐르는 저 건너로 이와테 산이 우뚝하고, 모리오카 성 너머로는 요염한 치맛자락을 늘어뜨린 히메가미 산이 보입니다. 어릴 적 밤마다 잠자리 얘기로 들었던 이와테 산과 히메가미 산의 전설처럼 이 여인을 진심으로 사랑하고 아끼자고 그때 맹세했습니다.

어휴, 이런 편지를 혹시라도 집사람이 읽었다가는 어찌 될까.

"정말 당신은 부끄러운 줄을 아세요, 모르세요? 부부간의 로맨스를 남에게 주절주절 다 말하다니, 얼굴도 두꺼우셔!"

그러나 이미 벌인 일, 기왕 시작했으니 아예 끝까지 낯 두껍게 가자는 각오로 계속 쓰겠습니다.

미쓰가 도착한 그날 안으로 동네 사람들이 모여 조촐한 혼례를 올렸고, 스즈키 선생이 준비해주신 절차대로 우리는 스미다 강변 무코지마의 여관에 실려갔습니다.

어디서 조달해왔는지 큼직한 말에 마차를 달아 청초한 신부와 집안 문장이 든 바지 차림의 신랑을 인형처럼 앉히고 시모야에서 가미나리 문, 아즈마 다리를 지나 무코지마까지 동네 사람이 모두 열을 지어 느릿느릿 거리를 누볐으니 화려한 행사 좋아하는 에도내기들이 박수갈채를 보내며 웃고 떠들고, 아주 야단법석이었습니다.

행렬 앞에서 길잡이 우두머리가 딱딱이를 치며 박자를 맞추자 그 뒤로 줄줄이 등불을 든 젊은이들이 노래를 부르며 따랐습니다. 시골뜨기이던 우리는 기쁜 건지 부끄러운 건지 어쩔 줄을 모르고 그저 내내 고개를 숙이고 얼굴이 붉어져서 쩔쩔매며 앉아 있었지요.

그 당시는 아무리 번화한 길이라도 가로등 없이 컴컴했으니 몇십 개나 되는 등불에 비춰진 혼례 행렬은 그야말로 꽃 전차처럼 화려했습니다.

그러나 에도내기들이 눈치 하나는 빠른 사람들이라 강변 여관에 도착하자마자 다들 구로고*처럼 온데간데없이 사라져버렸습니다.

강 쪽으로 내어 지은 두 칸 방에 붉은 양탄자가 깔렸고 부부 겸상이 차려져 있었습니다. 무심코 안쪽 장지문을 열었더니 등불 아래 겹이불에 베개가 두 개. 이것이 소문으로만 듣던 첫날밤 신방이라고 생각하니 그때까지 여자를 모르던 나는 할 수만 있다면 강에 뛰어들어 도망치고 싶은 기분이었습니다. 분명 미

---

* 黑子. 가부키 무대에서 검은 옷을 입고 배경처럼 숨어서 배우를 도와주는 사람.

쓰가 오히려 나보다 침착했습니다.

말도 없이 술잔을 나누는 동안 누가 미리 손을 써놨던지 맞은편 강 언덕에서 큼직한 불꽃을 쏘아올렸습니다. 어서 잠자리에 들라고 재촉하는 불꽃인 것 같아서, 좋은 기회다 하고는 둘 중 누구랄 것도 없이 안쪽 신방으로 들어갔습니다.

"그러면 미쓰, 앞으로 잘 부탁한다."

"오래오래 잘 부탁드립니다."

그렇게 맞절을 하고 얼굴을 들었을 때, 미쓰의 하얀 볼에 투두둑 눈물이 떨어졌습니다.

"우리 미쓰, 예쁜 인형 같구나."

부끄러워 고개를 떨군 채 미쓰는 내 품에 뛰어들었습니다. 그만 힘이 넘쳐서 나를 뒤로 벌렁 넘어뜨린 채 그때 미쓰가 했던 말을 잊을 수가 없습니다.

"아버지가 내게 이런 큰 행복을 주셨어요. 꽃 등불로 혼례길의 발치를 비춰주셨어요."

"미쓰는 아버지 얼굴도 기억을 못 할 텐데."

내가 말했습니다.

"아뇨, 똑똑히 기억해요. 아버지는 제 얼굴을 핥아주셨어요. 입을 맞추셨어요. 항상 이름을 부르셨어요."

그런 환상을 항상 마음속에 그렸을 미쓰가 너무도 사랑스러워 나는 떨리는 몸을 꼬옥 끌어안으며 한마디 "그런 거, 잊어버려. 알았지?"라고만 했습니다.

참으로 긴 편지가 되었습니다만, 제가 전해드릴 말은 이것이

전부입니다.

은사이시며 장인, 아이들의 외조부이신 요시무라 간이치로 선생의 큰 은혜를 다시 추억하게 해주신 귀하께 진심으로 감사드립니다.

집사람과 함께 회화나무 잎사귀의 속삭임을 들으며 오늘밤은 특별히 편한 잠에 들 수 있을 것 같습니다.

부디 건강하시기를 빌며 이만 그칩니다.

1915년 6월 길일

펑톈 쓰핑 거리에서

오노 치아키

11

알겠느냐, 가이치로, 너는 부디부디 사람을 베어서는 안 되느니라.
날에 한 점 흐림도 없는 새 칼을 차고
평화로운 세상을 떠받치는 강한 사내가 되거라.
그래야만 비로소 칼은 무사의 지조가 되느니라.
잘못된 무사도는 이 아비가 모조리 등에 지고 가마.

복도 기둥에 이렇게 등을 기대고 눈을 바라보자니 추위도 아픔도 없어졌네.

눈은 참 좋은 것이고만. 추한 것을 죄다 덮어주니. 이렇게 멍하니 바라보는 동안에도 뜰 앞의 돌을 덮고 정원수를 덮고 추위도 아픔도 원한도 미움도 모두 다 덮는구나.

아아, 짙푸른 밤하늘에서 한도 없이 떨어지는 눈을 올려다보고 있으면 힘이 다한 내 몸뚱이가 하늘로 붕 떠오르는 것만 같다. 어허, 참으로 기분이 좋구나.

품속에서 주르르 쏟아진 니부킨 열 개, 아내에게 보내주십사 부탁하려고 여기까지 기어 나왔지만, 암만해도 그만둬야 할까보다.

뭐냐, 요시무라, 너 아직도 살아 있었느냐, 하고 지로에 나리도 다른 어른들도 분명 어이없어 하실 터.

네, 여러분, 답답하게도 요시무라는 아직껏 배를 가르지 못하고 우물거리고 있소이다. 그나저나 이 다섯 냥을 명토에 가져가봐야 별 쓸데도 없으니 시즈쿠이시의 아내에게 보내주시오. 은혜는 다음 생에까지 기억하리다.

다음 생에까지…… 하하하. 아냐, 웃을 일이 아니지. 반죽 좋은 것은 타고난 재주다만, 그것도 정도가 있는 법. 지로에 나리를 비롯하여 여러 어른들께 여기서 더 폐를 끼쳐서는 안 되지. 굳이 안방까지 기어가지 않더라도 그냥 이러저러하다고 적어두면 될 일이야.

하나 두울 세엣 넷 다섯, 여섯 일곱 여덟 아홉 열.

돈 세는 건 언제 해봐도 재미있어. 더구나 이것이 이승의 마지막 셈이니 더 그렇지. 반짝반짝 하는 니부킨이 열 개, 모두 합하면 다섯 냥. 내 몸뚱일랑 저 너머 무연고 묘지에 내던져도 좋으니 부디 이 귀한 돈을 시즈쿠이시에 보내주시오.

어릴 때부터 돈은 목숨 다음으로 소중한 것이라고 알고 있었으나 이렇게 찬찬히 바라보니 참으로 이것이 목숨보다 소중한 느낌이 드는구나.

하나 두울.

우선 한 냥은 아내의 허리띠.

세엣 네엣.

이 한 냥은 가이치로의 바지.

다섯 여섯.

이건 미쓰의 인형.

일곱 여덟.

아직 못 본 갓난이의 예복. 저런저런, 벌써 여덟 개가 들어갔네. 그럼, 예복은 관두고 뜨뜻한 솜옷으로 바꾸자꾸나.

아홉, 열.

이건 크게 신세를 진 시즈쿠이시 처형 댁에.

아차, 가이치로에게 검을 사주려고 했는데 돈이 모자라. 이걸 어쩌느냐.

말단 무사에게 그리 유명한 검은 필요 없어. 제 분수에 맞게 싸구려 검이라도 괜찮지만, 어쨌거나 막 만든 신품이 좋지. 아직 사람의 피를 먹지 않은 새 칼을 찼으면 좋겠다. 내 입으로 이런 소리 하기도 부끄럽다만, 검은 사람을 베는 도구가 아니니.

그러면 어쩔 수 없지. 이번만은 아내도 미쓰도 어린것도 처형도 참아달라고 하고, 다섯 냥을 모두 들여 가이치로에게 새 검을 사주라고 적어둘까.

돌아가지 않는 머리로 이런 궁리만 하다니…… 하하하. 또, 또, 웃을 일이 아니건만, 나도 참말 어쩔 수 없는 팔불출이로구나.

하긴 바보가 아니고서는 부모 노릇은 못하는 법이야.

잔꾀 많은 부모는 기근 때마다 제 자식을 죽여 그 고기를 먹는다지. 그런 짓을 하는 건 인간밖에 없어. 짐승이라면 도리어 제 고기를 자식에게 내주는 법.

아아, 몸뚱이가 하늘로 둥둥 떠오른다. 기분은 좋다만 아직 죽어서는 안 돼.

방에 돌아가 유서를 써놓고 무사답게 장렬히 배를 가를 게야.

알겠느냐, 가이치로, 너는 부디부디 사람을 베어서는 안 되느니라. 날에 한 점 흐림도 없는 새 칼을 차고 평화로운 세상을 떠받치는 강한 사내가 되거라. 그래야만 비로소 칼은 무사의 지조가 되느니라. 잘못된 무사도는 이 아비가 모조리 등에 지고 가마.

자아, 영차, 영차.

이미 아픔도 없건만 팔다리가 움직이지 않는구나. 방에 돌아가 마지막 할 일을 해야 해. 하하하, 영락없이 뱀이나 지네 꼴이구나. 전혀 웃을 일은 아니다만.

참말로 이런 때도 허허거리며 웃다니, 이 무슨 성품인지. 이런 성품 덕에 힘든 적도 많았으나, 일이 이리 되고 보니 크게 힘이 되기는 하는고만.

장지문은 활짝 열어둬도 좋겠지. 눈이나마 바라보며 죽고 싶으니. 허허, 아무리 그렇다지만 인간의 삶이란 참으로 어려운 것이로구나.

그런데, 지로에 나리.

아픔이 사라지자마자 나는 비로소 당신을 알게 되었소. 아니, 마당에 내려 쌓이는 눈이 자네의 속내를 내게 일러주는구려.

내 짐작에 틀림이 없을 것이네만, 한번 들어주겠나?

나와 자네는 이 세상에 둘도 없는 친우야. 신분의 차이는 컸지만 우리는 질긴 인연으로 엮여 있었다. 우에다의 아카자와 서당에서 함께 공부하던 어린 시절 그대로 우리는 내내 서로를 믿어왔다.

운명의 장난으로 오노 가를 잇게 된 뒤부터 자네가 얼마나 괴로운 심정으로 살아왔는지, 나는 잘 알고 있다. 자네는 내게 만은 감추지 않고 괴롭다는 말을 해주었어. 말단 무사 주제로 는 말로 격려하는 것 외에 해줄 수 있는 게 아무것도 없었지만, 이 세상 어느 누구에게도 말하지 못할 괴로움과 고민을 털어놓 는 것으로 자네 마음이 가벼워진다면 어떤 얘기든 들어주자고 생각했다.

처음 오노 가에 들어갔던 어린 시절에는 이따금 살그머니 우 리 집을 찾아오곤 했지. 뒤꼍 창고에 들어가 아버지가 냉혹하 다는 얘기, 계모가 심술을 부린다는 얘기를 더듬더듬 털어놓다 가 끝장에는 꼭 눈물을 비쳤다.

나이가 제법 찬 뒤에는 도장에서 돌아오는 길에 가미노바시 다리 아래서 연인들처럼 만나곤 했지. 자네는 그 나이가 되어 서도 툭하면 눈물을 보이곤 했다.

"미안하다, 간이치. 나는 오노 가에 돌아가면 불평은커녕 제 대로 대답도 못 하는 처지라 둘 데 없는 마음을 너한테 털어놓 는 수밖에 없어. 이렇게 실컷 울고 나면 부모의 무법을 등을 꼿 꼿이 세우고 받아들일 수 있어. 큰소리로 꾸짖어도, 심하게 매 를 때려도 어금니를 악물고 참을 수 있어."

그런 자네의 본성을 아는 사람은 나뿐이었다.

나 역시 수많은 하소연을 했을 게야. 나의 본성을 아는 것도 지로에, 자네뿐이다.

두 사람이 동시에 똑같은 여자에게 반하기도 했다. 그래, 내 아내 얘기야. 그 일 때문에 서로 뒤엉켜 싸움도 했지. 그러나 내가 하치만 축제로 어지러운 때를 노려 눈치껏 빠져나가 시즈와 앞날을 약속했다는 것을 알자 자네는 한 마디 원망의 말도 없이 잘됐다, 잘됐다 하고 축하해주었다. 그것을 계기로 미련을 뚝 끊어주었다.

나는 그때 절실히 깨우쳤어. 비록 신분은 다르지만 자네는 둘도 없는 친우라고 말야.

이 빚은 평생을 두고 갚겠다고 맹세했다. 그래서 그 뒤로 먹고살기 힘들다는 얘기는 한 번도 입 밖에 내지 않았지. 자네는 섭섭하게 생각했겠지만, 그렇게 생각할 일이 아니야. 자네도 반했던 여자를 내게 양보해주었는데, 기껏 데려다 배를 곯리고 고생을 시키다못해 조장인 자네에게 쌀이야 돈이야 얻어먹을 수 있겠는가.

결국 그 빚은 갚지 못하고 끝이 나는 모양이네.

가난을 견디다못해 탈번을 결심했을 때, 자네는 가미노바시 다리 위에서 얼굴빛까지 변해서 제발 생각을 바꾸라고 졸랐지.

"탈번 같은 건 하지 마라. 돈 때문이라면 내가 어떻게든 해보마. 조장이라서 말리는 게 아니야. 친구로서 하는 말이야. 너 때문에 입는 폐라면 나는 아무렇지도 않다. 아니, 폐라고 생각하지도 않아. 제발 간이치, 탈번 같은 건 하지 마라, 응? 부디 마음을 바꿔다오."

참말로 고마웠다. 그러나 나는 자네의 친우인 탓에 더더욱 거기에 의지해서는 안 되었다.

번교에서는 수많은 제자에게 학문을 가르치고 번 도장에서는 검술을 전수해주던 내가 먹고살기가 어려워 조장에게 돈을 빌다니, 그건 말도 안 되는 일이다. 요시무라 선생은 나라를 걱정하는 마음을 주체하지 못하고 존왕양이의 뜻을 이루고자 탈번했다고, 그렇게 내세우는 길밖에 없었다. 그래서 나는 돈이 궁하다는 말 따위는 입이 찢어져도 할 수 없었다.

아이는 나라의 보배가 아니더냐. 언젠가 이 아이들이 난부 한 지역만이 아니라 전국을 짊어지고 우뚝 설 것인즉 나는 내 가르침을 몸소 실천하는 모범을 보여야 한다고 생각했다.

돈을 구걸해서는 안 된다. 그러나 처자식은 먹여 살려야 한다. 그러니 존왕양이의 뜻을 이루고자 탈번했다는 것 말고는 생각나는 방도가 없었다.

그런 내 속사정을 지로에, 자네는 다 알고 있었지?

가미노바시 다리에서 작별할 때, 자네는 이렇게 말했다.

"간이치, 미안하다. 내 손길이 모자란 바람에 네가 이런 궁지에까지 몰렸어. 용서해라. 오노 가를 계승했다 하나 나는 아직껏 부친이 조종하는 꼭두각시에 불과해. 직책에서도 아직 아무 힘이 없어. 내 힘이 모자라 이런 너를 어떻게도 해줄 수가 없구나."

그리고 마지막으로 한 마디, 남의 눈을 피해가며 난간 위로 내 손을 잡고 작은 소리로 속삭였다.

"간이치, 제발 죽지 마라. 죽어서는 안 돼. 네가 죽으면 나도 죽을 거야."

지로에, 이번의 할복 명령에 대해 원망도 하고 저주도 했다. 그러나 옛 일을 하나하나 떠올리다 보니 잘 알겠구나.

도바 후시미는 엉망으로 패한 싸움이고 앞으로 세상은 어찌 굴러갈지 도무지 알 수 없는 판세지. 그런 때에 지로에 자네가 총책임을 맡은 오사카 난부 저택에 느닷없이 신센구미 낙오자가 뛰어들었으니.

가장 힘든 사람은 내가 아니다. 어서 배를 갈라 죽으라고 소리쳐야 하는 지로에 나리, 자네지.

자네의 명령대로 내가 죽는다면 자네도 죽을 셈이던가.

이제 새삼 얼굴을 마주하고 얘기할 수 없는 것이 안타깝다만, 절대로 그래서는 안 돼. 알겠는가, 지로에. 이 지경에 이르러 분명히 말해두지만, 이타 이인부치의 말단 무사와 사백 석 봉록의 높으신 분은 그 목숨의 무게가 다른 거야.

말단 무사는 아무리 목숨을 걸고 애써봤자 기껏 제 식솔을 먹여 살리는 정도지만, 자네는 달라. 어차피 죽을 결심이라면 오노 지로우에몬의 명색에 걸맞게 한 목숨 비싸게 팔아야 해.

그런 정도는 머리가 명석한 자네이니 내가 새삼 말할 것도 없겠지?

또 한 가지, 생각이 난다.

가미노바시 다리에서 탈번의 뜻을 고했던 그날 저녁, 자네는 뜻밖의 이별 선물을 우리 집에 보내줬지.

진눈깨비 섞인 하늘이 윙윙 우는, 살이 에일 듯 추운 밤이었다. 때아닌 부름 소리에 문을 열어보니 하인 사스케가 서 있었다.

나리께서 은밀히 부탁하셨다며 내주는 보자기를 풀어보니, 황공하기도 하지, 공무 출장 나서는 관리처럼 훌륭한 여행용

옷가지와 통행증이 들어 있었다.

사스케는 태생이 비천한 하인이지만 참으로 미덥고 성실하고 의리가 강한 사람이다.

"고맙구나. 지로에 나리께 요시무라가 거듭 머리 숙여 감사하더라고 전해다오."

내 말에 사스케는 우락부락한 얼굴을 일그러뜨리며 눈물을 떨구었다.

일인부치의 하인 사스케는 누구보다 내 고통과 고생을 잘 알고 있었던 게지.

어눌한 말로 사스케가 더듬더듬 말했다.

"요시무라 선생님, 부디 지로에 나리를 원망하지 말아주세요. 이 통행증도 지로에 나리는 분명 할복을 각오하고 빼내셨을 거고만요. 지로에 나리의 처지는 밖에서 생각하는 것만큼 자유롭지 못하세요. 가문과 책무에 꽁꽁 묶여 옴짝달싹을 못하시는고만요."

사스케가 굳이 말하지 않아도 자네의 처지는 나도 잘 알고 있었다.

이보게, 지로에. 에도까지 무사히 지나갈 공용 통행증을 어떻게 손에 넣었는가. 그것만 있으면 수많은 번 관문도 조사 없이 그대로 통과였어. 에도까지 본가도를 아무 탈 없이 갈 수 있었어.

조장으로서 책임이 있으니 추격에 나선 것도 자네였겠지. 고쿠초 구역 초소에서부터 말을 박차는 시늉만 하면서, 눈에 띄면 당장 베어도 되는 탈번자를 하릴없이 느긋하게 쫓는 척했는

가. 그러고는 해 기울 즈음에 성에 돌아가 윗전 나리들께 두루두루 머리를 조아리며 용서를 빌었는가.

통행증 건이 발각되어 할복 명령이 떨어지면 자네는 변명 한마디 하지 않고 죽어줄 참이었는가.

그런 우정에 변변히 보답은커녕 이렇게 정세가 어지러운 때에 오사카 난부 저택에 장렬한 전사도 못 한 몸을 이끌고 갑작스레 뛰어들어 목숨을 구걸하다니…… 아아, 이리도 한심한 무사가 또 있을까.

이제는 포성도 들리지 않는구나.

싸움이 끝났는가, 아니면 내 귀가 마침내 소리조차 듣지 못하는가.

아니, 내려 쌓이는 눈이 포성마저 덮어버린 게지.

눈은 차갑지만 차가운 그만큼 다정하구나. 눈 많은 지방에 태어났으면서도 이날까지 눈의 다정함을 깨닫지 못했다니, 나도 참 어리석고만.

지로에 나리, 자네는 하얀 눈이야. 그 차디찬 성정을 원망만 하느라 자네의 다정함을 끝내 깨닫지 못했어. 용서하게.

방금 내가 누웠던 방에 화로를 가져다주고 따뜻한 이불까지 덮어준 것은 사스케겠지. 자네가 사스케를 가만히 불러 그리하라고 지시를 내렸을 터. 처음부터 끝까지 폐만 끼치고, 참으로 참으로 염치가 없네.

사스케는 한참을 윗목에 앉아 내 잠든 얼굴을 지켜보았겠지. 저 인왕상처럼 우락부락한 얼굴을 일그러뜨리며 소리 죽여 울었을 테지.

아마 나의 유품도, 이 목숨 값 다섯 냥도 사스케를 시켜 시즈쿠이시에 고스란히 전해줄 터.

번거로운 일만 만들어놓고, 이제 더이상 고개 숙일 염치도 없으나 나는 내 나름대로 열심히 살았고만. 아무리 몸부림쳐도 내가 할 수 있는 건 이 정도뿐이었네.

아무리 뼈를 깎는 노력을 하고, 스승 소리를 듣고 달인 소리를 들어도 태생이 말단 무사인 자가 할 수 있는 건 제 목숨 걸어 처자에게 돈 부쳐주는 것뿐이었고만.

날이 밝아 꼴사납게 죽어 널브러진 내 꼴을 보거든 부디 이 말단 무사야, 이 천한 자야, 하고 비웃어주게, 지로에.

알았지, 결코 울어서는 안 돼, 지로에.

12

"요시무라의 집사람이 어머니를 따라 시즈쿠이시에서 쇼카쿠지 문 앞까지
곧잘 꽃을 팔러 나오곤 했다. 국화꽃에 파묻혀 앉아 있는 모습이 예쁜 인형 같았어.
그러니 우리가 다들 담장 틈새로 내다보며 내 색시 삼는다고 다퉜지.
마지막에는 서로 티격태격 싸움까지 했다."
"간이치, 너희 집사람은 행복한 사람이다. 너만한 사내대장부에게
뼛속까지 사랑을 받았으니 그보다 행복한 여자는 이 세상에 다시 없을 거야."

막부 말기 오사카

미도 큰길
도지마 강
센단키 다리
나카노시마 섬
요도야 다리
나니와 다리
난부 번 저택
히코네 번 저택
도사보리 강
기타노 사찰구역
덴만 궁
도바 후시미
덴신 다리
덴만 다리
요도가와(오카와) 강
핫켄야
오사카 성

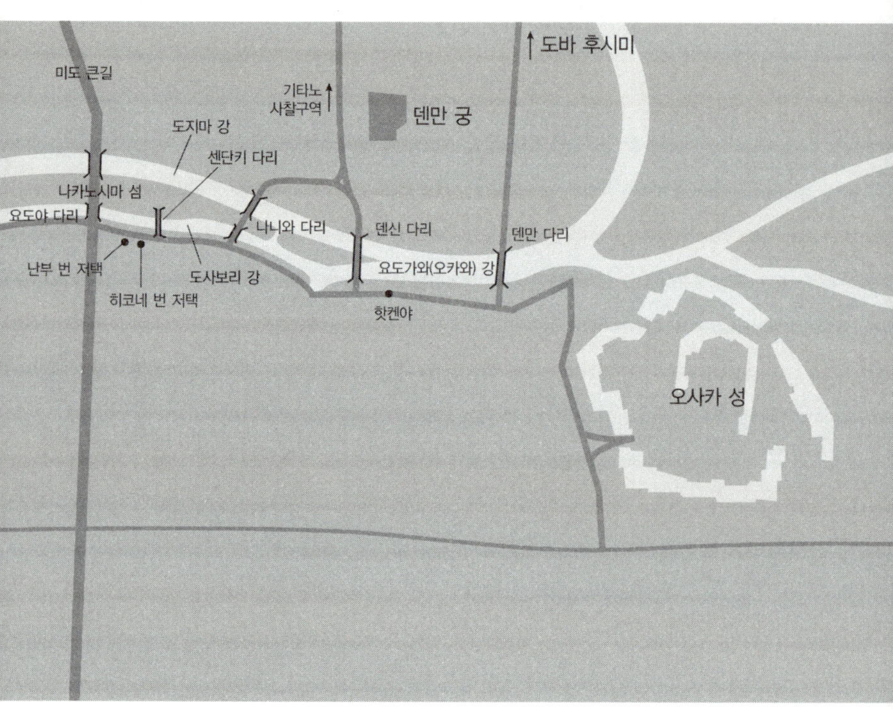

아, 그렇게 쭈뼛거리실 거 없소, 편하게 앉으셔.

어이, 아무도 없냐? 손님께 차 내드려라! 어서 빨랑 못 내오느냐!

다이쇼 신시대라고들 하지요? 그야 신시대가 온 건 좋은 일이지만서도, 이 신시대의 젊은 애들이란 게 도무지 머리가 안 돌아서 영 쓸데가 없어.

내가 남의 밑에서 일할 적에는 말요, 주인댁에 찾아오신 손님에게 털끝만큼이라도 허술한 점이 있었다가는 그야말로 반은 죽었어. 부엌 일꾼은 항상 빳빳하게 긴장을 해설랑 손님이 자리에 앉으시고 담뱃불 붙이시는가 싶으면 우선 더운물부터 얼른 내가요. 그걸로 목을 축이셨다 싶으면 연달아서 뜨거운 차를 또 잽싸게 내가지. 위에서 이러니저러니 지시를 하는 건

술하고 안주를 낼 때가 된 다음이야.

하긴 버르장머리 없는 것을 시대 탓으로 돌리면 안 되겠지. 나도 일흔세 살이나 먹은 늙은이가 일일이 이래라 저래라 잔소리하기도 이제는 아주 질렸어. 한마디로 집안에서 부모가 엄하게 키우질 못한 탓이야.

원체 이 평화로운 세상에 불량한 직종에 발을 들인 걸 보면 애당초 제대로 된 놈들이 아니지. 학교는 제대로 안 다녀, 직장에는 붙어 있질 못해, 그렇다고 가만 내버려두면 무슨 짓을 저지를지 모를 말썽꾸러기들을 말요, 제 부모들이 자꾸 나한테 끌고 와요.

그런 놈들을 두들겨 패가면서 번듯한 사내로 키워내는 게 예나 지금이나 똑같은 야쿠자의 일이라니까.

그런데 요즘에는 세계대전에 동원을 하네 어쩌네 하면서 군대가 젊은 애들의 버르장머리를 딱 잡아버리더만. 전쟁으로 경기가 좋다고들 하지만, 우리 같은 서민하고는 별 관계없는 얘기고, 그저 그거 하나, 젊은 애들 버르장머리 고치고 신체 단련 시켜주는 거 하나는 괜찮은 일 아니겠소?

참말로 큰일이야. 말 한마디 변변히 할 줄을 아나, 젓가락을 똑바로 쓸 줄을 아나, 그런 젊은 애들이 너무 많아.

그건 그렇고, 손님.

점잖은 분 같으시니 번거로운 인사는 생략하겠지만, 아까 안에서 사쿠라바 야노스케 씨의 소개장을 받아보고 이것 참, 깜짝 놀랐소.

무슨 댁을 의심하자는 건 아니지만, 나한테 메이지유신 당시의 이야기를 들으러 오셨다니, 그게 참말이오?

아니, 나야 괜찮아요. 무사 출신이라면 차마 입 밖에 못 낼 옛 얘기도 숱하겠지만, 나야 뭐 보시는 대로 부끄럽고 자시고 할 것도 없는 직종이라서. 그야 이 나이까지 살았으니 이래저래 사연은 많았지만, 어쨌거나 낮은 신분 중에도 나름대로 똑바로 살아왔으니 말하기 난처한 일 같은 건 하나도 없소.

사쿠라바 씨와의 인연도 참 기묘하지. 보쇼, 그 양반이 서양 물 먹고 돌아오신 뒤로 한참 관청 일 하다가 건설회사를 여셨잖아? 그런데 말요, 빌딩을 지으려고 보니까 그저 목수 몇 명으로는 일이 안 돼. 일손이 엄청나게 필요하게 되었더란 말요. 그래서 그 무렵 인부 소개업에도 발을 뻗었던 나한테 그 양반이 직접 찾아오셨더라고.

1897년쯤이었을 거요, 그때가. 우에노 소개업소에서 일꾼들을 데려다 썼는데 그쪽 사람들은 일용직 근성이 있어서 도무지 못 쓰겠더라, 그래서 이쪽 신주쿠로 눈을 돌렸다, 그러시더만.

그 무렵 일용직 공임이 기껏해야 삼십 전에서 오락가락했는데, 오십 전을 낼 테니 아무튼 착실한 사람들로만 모아달라, 딱 잘라 그러시는 거야.

그 패기가 마음에 들더만. 얘기를 들어보니 제국대학 출신의 학사님이시래. 관비로 영국 유학을 다녀와서 바로 얼마 전까지 관청 근무를 하셨다는데, 그런 대단한 인물이 빌딩을 짓겠다고 귀한 발품을 팔아가며 사람들을 모집하러 다니시더라고.

"예에, 좋습니다. 그쪽에서 그런 마음가짐으로 훌륭한 나라를 만들겠다고 애쓰신다면 이쪽에서도 품삯 뗑땅 같은 건 한

푼도 안 뜯지요. 다행히 철도가 쭉쭉 뻗어서 고슈나 신슈에서까지 일꾼들이 신주쿠로 몰려옵니다. 내가 에도내기가 아닌 대신 굶기를 밥 먹듯이 하던 시골 사람들의 심정은 빠삭하니 잘 압니다. 그런 사람들에게 오십 전의 큰돈을 주신다고 하니 저도 당연히 팔소매 걷어붙이고 나서야지요."

그랬더니 사쿠라바 씨도 내 태도가 마음에 드셨던지 고향이 어디냐고 물으시더만.

"잘 물어주셨습니다. 소개가 늦었습니다만, 제가 태어난 곳은 난부 모리오카올시다. 1843년에 기타카미 강물에 태를 씻었고, 지난 메이지유신과 무진전쟁 때는 천왕님을 거역했다 하여 천하의 역적으로 떨어진 난부 출신이지만, 그 이후 이날까지 너른 도쿄에서 염치 좋게 야쿠자 생업으로 먹고삽니다."

그랬더니 사쿠라바 씨가 에엣, 소리를 지르며 깜짝 놀라시더라고.

이어서 그 양반 입에서 튀어나온 옛날 옛적 다정한 고향 말을 지금도 잊을 수가 없소.

"호, 혹시 당신, 오노 가에서 하인으로 일하던 사스케 씨 아니오?"

나는 말요, 그 댁에서 물러나와 도쿄로 나온 뒤부터 내 맘대로 '오노 사스케'라고 이름을 지었어요. 원래 어엿한 성씨 같은 게 없는 신분이라놔서.

하긴 '사쿠라바 야노스케'라고 박힌 명함을 받고서도 전혀 눈치를 못 챈 내가 정신이 나갔었지. 어려운 한자는 읽지 못하는데다 말로 일러주신 성함을 대충 흘려들었던 거야.

그것이 말하자면 나와 사쿠라바 씨와의 기묘한 만남 얘기요.

거, 제발 무릎 꿇은 거 풀고 편히 앉으쇼.

내 입으로 이런 말 하기는 부끄럽지만, 신주쿠의 오노라고 하면 이 너른 도쿄에서도 제법 이름난 야쿠자요. 점잖은 세계에 사는 손님은 선뜻 찾아오기 어려웠겠지만, 일부러 찾아주신 분을 우리도 절대 함부로 대하지는 않아.

이야기에 들어가기 전에 한 가지만은 미리 이해를 해주쇼.

내가 보시는 대로 시답잖은 일로 먹고사는 처지지만, 원래 일인부치 하인이나마 난부의 기개를 주욱 지켜온 사람이오.

혹여 목숨이 날아간대도 거짓말은 안 해. 쩨쩨한 신세타령도 못 해. 그저 정직한 행실 하나로 메이지유신 뒤의 세상을 뚫고 나와서 이제는 천 명의 수하를 거느린 사람이 되었으니께.

손님도 부디 그런 점을 감안해서 내 애기를 들어주쇼.

그런데, 요시무라 간이치로 선생의 일이라면 대체 어디서부터 이야기를 해야 좋을까.

요시무라 선생은 내가 오래도록 모셨던 오노 지로우에몬 나리와 동갑이니까 나로서는 아홉 살 연상이시오.

내가 오노 나리 댁에 일하러 들어갔던 게 우리 나이로 열네 살 때. 지로우에몬 나리와 요시무라 선생은 똑같이 1834년생 앙띠니까 그때 스물세 살이었다는 애기지. 두 분 모두 이미 정혼을 하셔서 대를 이을 도련님도 두셨댔소.

그렇지, 치아키 씨하고 가이치로 씨.

두 분은 신분의 차이는 있었지만 대단히 절친한 친구였소.

당시에 사백 석 봉록의 높으신 댁 장남이라고 하면 이보쇼, 앞으로 난부의 중신직이 약속된 젊은 나리였으니 말단 무사의 아이와 노는 일은 있을 수도 없었어. 그런데 치아키 도련님은 아주 요만하실 때부터 집안 사람의 눈을 피해 우에다 구역 말단 무사들 집에 자꾸 놀러가는 거야. 할아버지의 불호령으로 치아키 도련님을 데려오는 게 노상 내 일거리였다니까.

그래도 내가 억지로 끌고 오거나 한 적은 없었소. 아이들이란 신분이 높네 낮네 따지는 것보다 그저 흙 범벅이 되어 어울려 노는 게 제일 재미있게 마련이거든.

치아키 도련님은 의사가 되어 펑톈에 가셨소. 이따금 마나님 쪽에서 편지를 보내주시지만서도 나는 글을 못 쓰니 그 대신 쌀이나 장아찌, 건어물 같은 걸 내 맘대로 부쳐드리지.

지금 생각해보면 그분들다운 인생이야. 치아키 씨도, 야노스케 씨도.

세 살 버릇 여든까지 간다더니 이런 경우를 두고 하는 소리지 뭐야.

허어, 그래요? 거 참 놀랍고만.

만주 그 끄트머리 소식까지 벌써 다 알고 있다니, 손님도 집넘이 보통은 넘으시네. 그렇다면 얘기가 빠르겠소. 어떻게 된 사연인지 대강 다 아신다는 데서부터 이야기를 풀면 되겠고만.

치아키 도련님과 가이치로 씨가 친구였다면 그 아버님들 사이도 그에 못지않게 친했지. 원래 두 분은 조장과 그 조의 말단 무사였으니 남들 보는 데서 내놓고 절친하게 지낼 수는 없었지

만, 속으로 보통 사이가 아니라는 건 하루 종일 지로에 나리를
모시고 다녔던 내가 누구보다 잘 알았어.

나는 무사가 아니었거든. 옳게 말하자면 가신이 아니라 고용
인이었지. 그래서 두 분의 참된 교류를 알고 있는 건 나뿐이었
소.

거, 떫은 차라도 어서 드쇼. 신주쿠 명물 콩강정도 좀 먹어봐
요.

이렇게 내가 불단을 등지고 손님을 화로 맞은편에 앉게 하는
건 적잖이 예의에 어긋나지만, 나이 값이려니 하고 이해해주쇼.

내가 열네 살에 일하러 들어갔던 시절, 지로에 나리의 평판
은 벌써 읍내에 자자했소.

재정계를 담당하셨는데, 아무튼 그 양반이 유난히 수치에 밝
아. 품에 항상 주판을 넣고 다녔는데, 그게 지로에 나리의 특기
였어.

그도 그럴 것이 그 양반은 대충 넘어가거나 그 건은 나중에
하자 하고 미루시는 일이 없어. 상대가 누가 됐건 장소가 어디
가 됐건 주판을 쓱 꺼내서 척척척 퉁겨요. 그래서는 이러저러
하니 이렇게 된다, 하고 즉석에서 깨끗이 결론을 내버려.

지로에 나리의 말에 따르면 번의 재정이 어려운 건 꼭 기근
탓만은 아니래. 사무라이들이 대충대충 넘어가면서 계속 상인
들에게 내맡기고 중개인에게 내맡겼기 때문에 그 지경이 된 거
래.

그래서는 번의 살림살이를 크게 바로잡아 놓으시니 번주 나

리를 비롯해서 높으신 분들이 지로에 나리를 아주 단단히 신임하셨지. 그런 쪽 돌아가는 사정은 내가 노상 길가에 엎드리고 있었어도 죄다 알았소. 다들 지로에 나리만 의지하고 계신다는 거 말요.

그러니 내가 모시고 있는 동안 내내 사방팔방으로 대활약을 하셨지.

1856년부터 메이지유신 때까지, 연세로 치면 스물셋에서 서른다섯까지 십이 년을 그렇게 대활약을 하셨는데, 고향과 에도 관청, 오사카의 난부 저택을 시종 오락가락하며 일을 보셨소. 물론 나도 어디든 데리고 다니셨지.

요시무라 선생이 탈번하던 때의 일은 똑똑하니 기억하고말고.

솔직히 말하자면, 나는 미리 그럴 것이다 하고 짐작을 했었어. 이렇게 말하긴 좀 뭐하지만, 가난한 사람 속마음은 똑같이 가난한 사람이 아니면 몰라. 나도 오노 나리께 일인부치의 급료를 받긴 했지만, 고향 동네에 노친네를 모시고 있었거든.

요시무라 선생의 급료는 이타 이인부치였을 거요. 가난한 사람들끼리는 어째서 그런지 서로의 주머니 사정을 뻔히 알게 되더만.

이타 이인부치라는 건 일 년에 현미 네 가마와 창고쌀 열 가마, 합해서 열네 가마를 받는다는 뜻이야. 거기에 장작하고 소금, 된장 같은 게 내려오기는 하는데, 다른 건 하나에서 열까지 죄다 자기가 마련해야 하니 네 식구 일가가 먹고살기는 참말 빠듯했지.

그야 나처럼 가진 거라고는 건장한 몸뚱이 하나뿐인데다 글도 못 쓰고 칼도 못 쓰는 사람이야 어쩔 수 없다지만 말요, 요시무라 선생은 명색이 사무라이인데 에도에 나가서 새 길을 뚫어볼 생각을 품는 게 인지상정 아니겠소? 더구나 요시무라 선생은 글이라면 번교의 조교를 하실 실력이고 검이라면 북진일도류 면허 개전이시니 더 말할 것도 없지. 평생 배를 곯고 살라는 게 되레 억지소리지.

그분한테는 이타 이인부치의 말단 무사라는 그 신분이 애당초 감옥 같은 것이었고만.

그 무렵에 탈번은 그리 드물지 않았어. 그래서 나는 아무래도 아슬아슬하겠다 하고 속으로 짐작은 했었소. 탈번하는 이는 대개 자기 실력에 자신이 있는 사무라이들이었거든.

지로에 나리가 그런 눈치를 미리 아셨는지 어쨌는지는 나도 모르겠소. 얼마간 마음에 걸렸다 해도 어떻게 손써줄 수도 없으셨어. 게다가 요시무라 선생은 온 성내에 소문이 날 만큼 자식 사랑이 유난하고 부인도 소중히 건사하는 분이었소. 설마 그런 분이 가족을 버리고 탈번할 리 없다고 그저 느긋하게 생각하셨던 게 아닌가 싶고만.

요시무라 선생이 탈번하시기 전날 저녁에 내가 지로에 나리에게 은밀한 지시를 받고 우에다의 선생 댁에 물건 심부름을 갔었지.

밤도 이슥한 참에 지로에 나리가 내가 거처하던 행랑채에 불쑥 나오셔서 이러시더라고.

"사스케, 간이치 집에 한달음에 달려가 이것을 전해주고 오너라. 누구에게도 들켜서는 안 돼."

그때 벌써 척하니 감이 잡히더만.

손님처럼 젊은 분은 알지도 못하겠지만, 그건 굉장한 사건이요. 조장이 말단 무사의 탈번을 도와주다니, 만약 발각되었다가는 당장 할복 명령이 떨어질 일이야.

잔설이 휘날리는 추운 밤이었을 거요. 우에다 구역 말단 무사 거처를 찾아갔는데, 인기척 없는 컴컴한 밤중인데도 나 혼자 간을 졸이며 동네를 지나갔다니까. 우에다 구역은 각 조 삼십 명씩의 말단 무사가 모여 사는 동네거든. 오노 지고로헤에 조, 다음은 오카다 긴다유 조, 그 다음은 아베 간자에몬 조……이렇게 주르륵 말이지, 처마가 다닥다닥 붙어 있는 거요. 그러니 요시무라 선생 댁 주변은 삼십 채 전부가 오노 지로우에몬 조야. 그런 곳에 지로에 나리의 하인이 슬그머니 찾아갔으니 누구 눈에라도 띄었다가는 여지없이 걸리는 거지.

겨우겨우 도착해서 창 틈으로 살짝이 불렀더니 요시무라 선생이 멈칫멈칫 문을 열더만. 탈번 계획이 들통나서 누가 잡으러 온 줄 알았던가 봐. 내 얼굴을 보자마자 크게 안심하는 표정이셨소.

나야 오노 가문의 하인으로 일하는 사람이니 그런 때라도 되도록 지로에 나리를 감싸주는 말을 했지. 물론 요시무라 선생의 처지가 딱하다는 생각은 들었지만, 그보다는 우선 지로에 나리에게 만의 하나라도 피해가 있으면 어쩌나 하고 속을 태웠어.

감사하다고 요시무라 선생이 몇 번이나 내게 고개를 숙이시더만. 사무라이에게 절을 받아보다니, 태어나서 처음 겪는 일이었던 데다 안타깝고 섭섭한 마음에 그냥 눈물이 뚝뚝 떨어지더만.

그럴 수밖에 없는 게 말요, 고개를 숙이는 요시무라 선생 너머로 아직 열 살 남짓한 가이치로가 이렇게, 마루에 단정하게 무릎을 꿇고 이렇게, 나를 향해 공손히 절을 하고 있더라니까.

요시무라 선생의 탈번은 그리 큰 문제로는 번지지 않았던 것 같고만.

말하자면 말단 무사라는 건 그런 정도의 신분이었단 얘기지. 하긴 오노 가에서는 큰 나리가 굉장히 화를 내시고 지로에 나리를 호되게 꾸짖으셨지만, 그것도 그저 이삼 일 그러시다 말았고, 윗전에서는 이러니저러니 처분이 떨어지지도 않았소.

가만 생각해보면 일이 이렇게 된 거요. 그 시절은 성의 살림이 발등에 떨어진 불처럼 화급한 판이었으니 가령 이타 이인부치라도 돈 받아먹는 말단 무사 한 사람이 없어져주면 되려 좋지 않았겠소? 요즘 회사하고는 달라서 경기가 나쁘다고 사원을 자를 수도 없고 말이지. 모르긴 몰라도 말단의 탈번이라면 내심 크게 반겼을 거요.

그런데 말요, 내가 그 뒤로 에도에서 요시무라 선생을 덜컥 만났던 적이 있어.

1864년 겨울이던가, 아무튼 요시무라 선생이 탈번하신 그 다음다음 해 가을이요.

그해는 지로에 나리가 에도에서 근무하실 순번이라 음력 구월 중순에 모리오카를 떠나 보름 만인 시월 초입에 에도에 도착했을 거요. 모리오카 귀향이 그 다음해 이월이었으니까 그해는 유난히 부산한 에도 근무였고만.

나는 지로에 나리를 모시고 올라가 에도에 머무는 동안 이런저런 잡일을 도와드리며 지냈지.

어느 날인가, 지로에 나리 심부름으로 세토모노 구역에 있던 시마야라는 운송점에 갔었어. 니혼바시 북쪽 끝의, 지금으로 치자면 미쓰코시 백화점에서 대각선으로 맞은편쯤일까? 히비야에 있던 난부 저택에서 바로 한달음에 갈 수 있는 곳이었어.

시마야에는 매달 초나흘날부터 닷새 간격으로 화물이 나가는데 전국 다섯 개 가도 어느 곳에나 돈이며 짐, 서찰을 보낼 수 있었어. 서찰 한 통이 모리오카까지 육십 문 남짓이었을 것이고만. 단, 겨울에는 눈길이라 좀더 비쌌어.

지로에 나리는 하여간 기록을 꼼꼼하게 하는 분이셔서 에도에 근무하는 동안에도 사흘이 멀다하고 모리오카에 편지를 쓰셨어. 그래서 내가 시마야에는 매일같이 들락거렸지.

그런데 그 세토모노 구역의 시마야에서 요시무라 선생을 만난 거야.

지금으로 말하자면 환전도 하고 편지나 소포도 다루는 우편국 같은 곳이야. 발칵 뒤집히다시피 바쁘게 돌아가는 상점 안에서 언뜻 난부 사투리가 귀에 들어오더라고.

"기껏 돈 한 냥 부치는데 파발 운임이 백오십 문이면 너무 비싸잖소. 게다가 겨울이라 더 받겠다니, 에조 땅 끝이라면 또 모르되 모리오카는 아직 눈이 내리지도 않았소. 백 문으로 깎아주시오."

파발 운임을 깎는 자가 다 있다니, 난부 체면에 똥칠을 하는구나 싶어서 목소리의 임자를 돌아봤는데, 이게 웬일이야, 거기 멀뚱히 서 있는 게 요시무라 선생이지 뭐야.

서로 깜짝 놀라서 한참이나 뻣뻣이 쳐다보기만 했지.

"이거 참, 묘한 데서 만났네. 에도 근무인가?"

요시무라 선생은 난처한 기색으로 머리를 벅벅 긁으셨어.

아주 사람이 확 달라져버린, 추레하기 이를 데 없는 차림새더만. 머리는 도둑놈 가발을 쓴 것처럼 수북하게 자랐고 수염도 덥수룩한데다 가을도 한참 깊었는데 바지도 없이 삼베 홑저고리바람에, 정말 갈 데 없는 에도 거지야. 옷자락을 허리춤에 접어넣고 짧은 덧옷 입은 내가 외려 꼴이 나을 정도였다니까.

내가 사무라이였다면 난처한 건 둘째 치고 우선 탈번의 죄부터 따졌겠지만, 성씨도 없는 하인인 내가 뭘 하겠다고 그 양반의 탈번에 대해 왈가왈부하겠어? 그저 옛 정이 앞서서 덮어놓고 그 근처 밥집으로 모시고 갔지.

니혼바시에서 에도바시로 넘어가는 강변 거리는 하루에 돈천 냥이 오락가락한다는 '에도 삼천 냥' 상점가 중 하나여서 한참 경기 좋은 도매상들이 강을 따라 주욱 늘어서 있었어.

내가 에도 근무 때가 되면 왜 그런지 주머니 사정이 활짝 펴. 잔심부름도 많고 다른 번의 에도 저택이나 상점에 모시고 나가는 일이 많으니 여기저기서 발품 값이라고 돈푼이나 던져주시는 게 제법 두둑히 쌓이거든. 게다가 주머니 사정 좋은 하인들이 심심하니까 밤이면 밤마다 모여서 투전을 했어. 고향 모리오카에서는 법으로 금하던 도박이지만 타고난 승부사 기질이 있는 나는 에도에서 참 뱃속 편하게 잘 지냈지 뭐.

그나저나 요시무라 선생은 어지간히 외롭게 지내신 모양이었소. 내가 따라드린 낮술을 홀짝홀짝 드시면서 잠시도 얘기가 끊이지 않더라고. 아니, 우연히 만난 고향 사람에게 얘기 보따리를 풀어놓는 척하면서 지로에 나리에게 자신이 요즘 어떻게 지내는지 전하려고 그러셨겠지. 고향 떠난 뒤부터 그때까지의 행적을 아무튼 세세하게 얘기하시더라고.

뭐라셨더라, 그러니까 전에 에도에 유학하실 때 다마가이케의 현무관에서 알게 된 아오야마 누군지 하는 하타모토 댁의 식객이 되어 그 댁 도련님께 학문과 검술을 가르치고 있다고 하시는데, 그게 이야기를 너무 세세히 하다가 금세 들통이 났어. 그 양반이 거짓말은 못 하는 분이거든.

그 아오야마 누군지 하는 댁을 찾아가서 한때 식객으로 지내신 건 사실이겠지만, 우선 차림새를 봐도 이미 거기서 떨려나셨다는 것 정도야 금세 눈치를 채지.

필시 하타모토 댁 젊은 놈들에게 밀려나 그 근처 상점이나 도박장의 경호원 노릇을 하셨을 거야. 그래서 받은 알량한 급료를 먹을 것도 안 먹고 입을 것도 안 입고 푼푼이 절약해서 부인이 계신 곳에 부치셨던 게 틀림없어.

이야기를 하다 말고 문득 정색을 하시더니 이렇게 물으셔.

"그런데 사스케, 올 논농사 수확은 어떻던가?"

부인과 식솔이 시즈쿠이시 친정에서 지내신다는 건 나도 알고 있었소.

"걱정하실 거 없고만요. 올해는 가뭄도 덜하고 장마도 없어서 그럭저럭 거뒀어요."

순간적으로 그런 거짓말을 해버렸어. 사실대로 말씀드리면 속상해하실 것 같아 차마 말을 못 하겠더라고.

막부 말기 그 무렵은 해마다 흉년이 닥쳐서 그해에도 여름 냉해를 입은데다 가을 초입에 장마까지 겹쳐 제대로 알이 들어찬 벼가 없었어. 에도에 올라오는 길목마다 그 참상을 내 눈으로 다 봤다니까.

신시대의 '모던'한 손님에게 이런 얘기 해봤자 무슨 소린지도 모르시겠지만, 그 당시의 기근이란 건 요즘 흉년하고는 아예 차원이 달라. 입에 넣을 것이라고는 콩 한 조각도 없는데, 뭐.

먹고살 길이 막막한 농사꾼들이 후줄근하게 다 죽은 꼴로 떼를 지어 모리오카 읍내로 밀려들어. 그걸 다 받아줬다가는 난리가 나니까 가도마다 길가 절에 구제소를 설치하는데 그것도 결국 전쟁터 같은 주검의 산이 되고 말아.

시즈쿠이시 가도에서 모리오카로 들어오는 유가오세 다리 근처에도 그런 구제소가 섰어.

어디다 갖다 붙일지 모를 알량한 돈 한 냥을 운임까지 흥정해가며 보내려는 요시무라 선생에게 그런 참담한 꼴을 어떻게 얘기하겠냐고. 더구나 한 조 다섯 집이 운명을 함께하도록 짜여서 서로 어떻게 사는지 뻔히 지켜보는 동네야. 그 돈 한 냥으로 과연 선생의 가족이 목숨이나 부지할지 걱정스럽더만.

이 양반이 어쩌다 탈번까지 하셨을까 하는 생각이 저절로 듭디다. 그야 검술은 달인이지. 학문도 굉장해. 글씨를 썼다 하면, 나야 명필인지 악필인지 분간도 못 하지만, 오노 가의 큰 나리가 감탄을 하실 만큼 달필이야. 고향에서 그럭저럭 못 살 이유가 없었단 말이지.

가만 생각해보면 그 양반이 재주는 많았는데 요령이 없으셨 던 거야. 매사에 그저 정직하게 사는 것밖에 모르는 분이었으니.

그렇게 요령 없는 분이 터덜터덜 눈 감으면 코 베어간다는 에도에 나오셔서 참말로 얼마나 모진 고생을 하셨을지, 그날 요시무라 선생 얼굴에 다 쓰여 있더라고.

그렇지, 맞소.

그날 신센구미 얘기도 하셨고만. 그때 벌써 우시고메 시위관 도장 천연리심류 검객 곤도 이사미가 인솔한다는 신센구미 소 문이 에도에 쫙 퍼져 있었어. 교토 친위대장 아이즈 나리의 직 속으로 도쿠가와 천하를 뒤엎으려는 불온한 무리들을 남김없 이 베고 다닌다고 해서 가와라반*에 실린 건 물론이고 일찌감 치 무용담까지 떠돌 만큼 큰 인기를 얻었거든.

그해 여름에 유명한 이케다야 사건이 났는데, 그게 요즘으로 말하자면 전면 기사로 대문짝만하게 다뤄져서 에도내기 사이 에 단숨에 큰 평가를 얻었던 모양이야.

도쿠가와의 기둥뿌리가 슬슬 흔들린다는 건 다들 알고 있었 지. 그래서 신센구미에 대한 풍문은 막부의 기반인 에도 사람

---

* 瓦版. 에도 시대 찰흙에 글씨나 그림 등을 새겨 기와처럼 구운 판으로 인 쇄한 소식지. 오늘날의 신문과 같은 기능을 했다.

들에게 크게 환영을 받았어. 아무튼 에도 시중의 주막집마다 제일 좋은 술안주가 신센구미 얘기였으니까.

가와라반을 샅샅이 읽고는 마치 제가 현장을 보고 온 것처럼 떠드는 놈도 있고, 개중에는 곤도 이사미와 막역한 사이라고 흰소리를 치는 주정뱅이도 한둘이 아니었소.

솔직히 말해 천연리심류니 시위관이니 이름은 그럴싸하지만, 실은 그때까지는 아무도 알아주는 사람이 없는 조그만 동네 도장이었어. 그러던 게 한 입 두 입 건너는 사이에 이야기에 자꾸 살이 붙어서 다마 출신의 사무라이는 모두 천연리심류라는 식으로 퍼졌고, 약해빠진 막부 내각이 하도 답답해서 다마의 장사들이 불온한 무리들을 처단하기 위해 직접 교토에 올라갔다더라, 하고 제멋대로 각본을 쓴 거지. 아무튼 소문이란 게 술주정뱅이의 입에서 입으로 옮겨다니는 사이에 저 좋을 대로 재미나게 변하는 법이거든.

마침 그 무렵에 새로 나온 소문으로는 후카가와 사가 구역에 있던 이토 도장의 사범과 그 문하가 몽땅 교토에 올라가 신센구미에 합류했다, 그러니 도깨비에 금방망이 쥐어준 셈이다, 그런 거였어. 그 이토 도장이 규모가 얼마나 되는지 모르지만, 그쪽 소식통의 얘기로는 지바 슈사쿠의 맥을 이어받은 북진일도류의 명문이래.

"나도 곧 교토에 올라가 신센구미에서 일해볼까 하네. 북진일도류 면허 실력을 발휘하자면 그 길 말고는 없을 것 같아."

거 참 좋은 말씀이시다, 꼭 그 뜻을 이루시라고 나도 적극 찬성을 했지.

내가 찬성을 해서 요시무라 선생이 결심을 하신 건 아니겠지만, 두고두고 마음에 걸리더만. 그로부터 겨우 삼 년 만에 세상이 홱 바뀔 줄 누가 알았겠냐고. 요시무라 선생 정도의 실력이면 틀림없이 곤도 이사미의 눈에 들어 한번 큰 공을 세우실 것이다 싶었고, 그보다 나와 인연 있는 분이 그 멋진 신센구미에 입대하신다니, 생각만 해도 가슴이 벌렁거렸고만.

탁 털어놓고 얘기하자면 주막집에서 나도 한번 뽐을 내고 싶은 마음도 있었소.

"홍, 이봐, 난부 시골뜨기라고 나를 우습게 보지 마쇼. 신센구미 감찰에 검술 사범이신 요시무라 간이치로 선생이 고향에서 나랑 절친하게 지내시던 분이야. 신센구미의 귀신 요시무라 간이치로 얘기라면 내가 빠삭하니 다 안다고, 이거 왜 이래!"

그런 얘기를 한번 호기 있게 떠들어보고 싶었지.

괜찮으면 한 대 태우쇼.

나도 요즘 담뱃대는 치워버리고 궐련으로 바꿨소. 궐련 이름이 배트라더만. 근데 그게 야구 방망이 배트가 아니고 박쥐 배트라면서? 맛은 쥐뿔도 없지만 편하기는 퍽 편한 게 신시대라는 것인 모양이요.

그런데 세계대전은 어떻게 될 것 같소? 독일이 웬만큼 강해야 말이지. 해군이라면 영국이 윗길이지만, 독일은 비행선에 비행기에 잠수함 같은 신병기를 잘 쓰잖아. 머지않아 영국도 두 손 들어버리고, 본격적으로 일본이 참전하게 되는 거 아닌가 몰라.

그럴 꿍꿍이가 아니고서야 어째 자꾸 군함을 장만하느냐고. 얼마 전에 하루나하고 기리시마라는 군함의 진수식을 한다더니 이번에는 삼만 톤짜리 군함이 완성됐다네. 삼십육 센티 포가 열두 문이나 달렸다니 대관절 얼마나 큰 군함인지는 모르겠지만, 위력은 지금까지 만들었던 군함보다 두 배는 늘어난다더만.

허 참, 겨우 오십 년 전에 챙강챙강 칼싸움하던 데가 이 나라인가 생각하면 참말로 꿈을 꾸는 것만 같소.

하긴 나 같은 구시대 사람은 신시대를 따라간댔자 담뱃대 버리고 궐련 피우는 게 기껏이지만서도.

그날, 요시무라 선생에게 내 품속에 있던 돈, 탈탈 다 털어 드렸소.

하인 신분에 사무라이 나리께 인정을 베푼다는 건 주제넘은 짓거리였지만, 나야 먹고사는 데 별 어려움이 없었고, 아직 스물 초입의 새파란 나이였으니 위세도 좋았거든.

교토 올라가시는 노자로 써주십시오, 하고 아예 주머니째 건넸더니 반갑게 받아주십디다.

무슨, 하인들끼리 노름해서 벌어들인 거품 같은 돈이니 은혜고 자시고 할 정도의 대단한 돈은 못 됐고.

난부 저택에 돌아와 지로에 나리께 넌지시 말씀드렸지. 그랬더니 평소에는 어디서 창칼이 쏟아져도 안색 하나 변하는 법이 없던 지로에 나리가 화들짝 놀라면서 있는 곳을 물으시더라고. 그런데 요시무라 선생의 거처를 내가 물어보질 않았어. 사정이 사정이었으니 물어봐도 일러주셨을 리가 없지. 물론 하타모토

아오야마 뭐라나 하는 저택에 안 계시다는 건 분명했어.

깜빡 묻지 못했노라고 했더니 지로에 나리가 아주 노발대발이야.

"너는 어째 그리 머리가 둔하더냐. 네가 간이치와 세상 얘기를 나눠서 뭘 어쩔 거야? 어째서 나하고 직접 만나게 해줄 생각을 못 했느냐고!"

실은 나도 그런 생각이야 했지. 그러나 그런 쪽으로 머리를 쓴다는 게, 말이 그렇지 실은 여간 어려운 일이 아뇨.

그게 말요, 오노 지로우에몬 나리는 난부 번 중신들의 신임을 한몸에 받는 중요한 분이셨잖소? 하인인 내 머리로는 어디까지 공인이시고 어디까지 사인이신지, 감을 못 잡겠더라고.

고향에서 그리도 절친하게 지내셨으니 잠깐이나마 만나게 해드려야겠다는 생각도 들었지만, 막상 두 분이 만나시면 서로 입장이 난처할 것 같아. 그래, 이제 지로에 나리는 요시무라 선생하고 더이상 관계하셔서는 안 된다, 내 딴에는 그렇게 결론을 내렸던 거야.

그날 밤이던가, 지로에 나리 방에 불려 들어갔어. 보고들은 것을 꼬치꼬치 물으시더만. 차림은 어떻더냐, 여위지는 않았더냐, 낯빛은 어떻더냐…….

되도록 좋은 쪽으로 대답을 했지. 지로에 나리가 속으로 요시무라 선생 걱정을 많이 한다는 건 진작부터 알고 있었으니 어쨌든 안심시켜드려야겠다 싶어서.

내가 깜짝 놀랐던 건 이야기가 끝나고 물러나려는데 나리가 나를 부르시더니 돈을 주면서 이러시는 거야.

"사스케, 너, 간이치에게 돈을 주었지?"

참말로 오노 나리는 남의 처지를 헤아려줄 줄 아는 사려 깊은 인물이셨소.

에도에서 요시무라 선생을 만났던 건 그때 단 한 번이요.

그래도 그게 이승의 작별은 아니었어. 손님도 아시겠지만, 그로부터 사 년 뒤인 무진년 정월에 한 번 더 뵈었으니까.

이렇게 얘기하면 내가 퍽 냉정한 사람 같지만, 나는 그 사 년 동안 요시무라 선생 일은 까맣게 잊고 살았소.

생각하고 자시고 할 겨를이 없었어. 바빴고말고. 아니, 옳게 말하자면 내가 바빴던 게 아니라 지로에 나리가 바쁘셨지. 항상 모시고 다녀야 하는 하인이니 나까지 덩달아 바빴고만.

오노 가는 사백 석 봉록의 높으신 가문이라 정식으로 행차를 하시면 번에서 정한 법도에 따라 부하들을 줄줄이 거느리고 다니셔야 했어. 사무라이가 넷, 무기 시종과 갑옷 시종이 각각 한 사람, 기타 장비 시종이 두 사람, 말잡이 두 사람, 거기에 우비 장구 시종이 한 사람, 짐꾼 두 사람, 도합 열세 사람인가? 고위 무사의 정식 행차가 그만큼 떠르르했단 얘기요.

그러나 그건 정식 규정이고 굳이 일 년 내내 그런 행차를 한 건 아냐. 내가 일하러 들어갔던 무렵에는 봉록 차용이니 뭐니 해서 고위 무사 나리들도 재정 형편이 어려웠던지 어느 댁이나 정식으로 사람 수를 갖추지는 못했어.

봉록 차용이란 건 쉽게 말하자면 봉급 지급을 늦추는 거요.

아무튼 그래도 정월 첫 출근 때만은 법도에 정해진 대로 행차의 머릿수를 다 맞춰야 하니까 연말에 이리 뛰고 저리 뛰고 사람들을 구하러 다녔고만.

내 본래 임무는 말잡이였는데 나 말고는 따로 일할 사람이 없으니 내가 그저 닥치는 대로 다 했어. 지로에 나리는 매사에 체면치레는 싫어하는 성품이라 얼굴만 내세우려는 중신 나리들과는 아무래도 어울리질 못했어. 어디를 가든 시종은 나 하나면 충분하다고 하셨다니까.

큰 나리가 몇 번이나 위신에도 신경을 좀 쓰라고 하셨지만, 지로에 나리는 그때마다 "체면에 신경 쓸 때가 아닙니다. 번의 살림을 맡은 제가 솔선하여 절약하는 모습을 보이지 않으면 재정을 논할 수도 없어요"라고 큰 나리를 설득하셨어.

지로에 나리는 모범적인 효자셨지만 한번 결정한 논리는 결단코 양보하지 않는 고집이 있으셨고, 그 논리가 또 일일이 지당한 것이라서 그리도 기가 세던 큰 나리도 더이상 억지소리는 못했지.

그래도 부자간의 사이는 좋았소. 물론 무사 집안이다 보니 오순도순 다정한 모습을 보이신 적은 없지만, 지로에 나리가 효행이라면 최선을 다하셨으니 큰 나리로서도 참 자랑스러운 자식이었을 것이고만. 첩실 소생이라 해서 소싯적에는 괴로운 꼴도 참 많이 당하셨지만, 지로에 나리에게는 그런 고생이 죄다 좋은 거름이 되셨던 모양이요.

어쨌거나 사정이 그러했으니 시종은 항상 나 혼자 도맡다시피 했어.

보시는 대로 내 힘이 열 사람 힘이라 무거운 갑옷 궤짝을 지고 말고삐도 잡고, 몇 가지 일을 너끈하게 해치웠거든. 그야말로 누워서 떡 먹기, 식은 죽 먹기였지. 글에는 까막눈이지만 내가 절대 머리가 모자랐던 건 아뇨. 도합 열세 사람이 할 일을 나 혼자 다 해냈으니까 머리야 뛰어났지, 암.

그나저나 지로에 나리는 정말 바빠도 보통 바쁜 분이 아니었고만.

언변 좋지 수리 밝지, 체격은 자그마하셔도 살빛이 희고 오동통해서 풍채도 나무랄 데 없으시지, 행여 입이 찢어져도 대충 넘어가라는 소리는 절대 안 하시는 철저한 성품이시지, 그러니 상인들의 술수에 넘어가지 않으려면 단연코 오노 지로우에몬밖에 없다는 게 정론이 되어서 중요한 결정을 내리거나 협상을 해야 하는 일은 죄다 맡으셨어.

한 해에 몇 차례나 난부와 에도 사이를 오락가락했다니까. 보통 보름이 걸리는 에도 길 백사십 리를 열하루 만에 가고, 다급한 볼일이 있을 때는 이레에 돌파하는 파발 가마로 냅다 달리는 거야. 그리고는 아무리 바쁜 중에도 중신들이 만족할 때까지 분명하게 일을 마무리해내니 갈수록 신임을 받고 신임을 받을수록 더 바빠.

장부를 뚫어져라 들여다보면서 찻물 말은 밥을 훌훌 둘러 마시는 건 매일 있는 일이고, 지저분한 얘기지만 측간에도 마음대로 못 다니실 만큼 무섭게 일을 하셨소.

이제 와 생각해보면 말요, 지로에 나리가 겨우 서른 남짓한 젊은 나이에 난부 이십만 석의 재산을 혼자 다 책임지고 꾸려가셨던 거야.

오사카의 난부 저택 총책임자가 되셨던 게 메이지유신 한 해 전, 1867년 겨울이었소.

연공으로 거둬들인 쌀을 돈으로 바꾸는 오사카의 난부 저택은 번 재정의 제일가는 목줄이었어. 오사카 난부 저택에도 오래 근무해온 주재관이 있었지만, 셈속이 빠삭한 오사카 상인에게 매번 당하기만 하는 통에 도저히 어떻게 해볼 도리가 없었어. 그러니 번에서 비장의 수단으로 지로에 나리를 직접 보내 어떻게든 수습해보려고 했던가 봐.

오사카 난부 저택에 근무하던 관원들이나 출입하는 상인들은 지로에 나리를 '총무 나리'라고들 했소. 공식 책임자는 종전대로 주재관 나리였지만, 거기다 따로 '총무 나리'를 두셨으니 아마 어려운 회사에 특채한 임시 사장 같은 역할이었겠지?

오사카는 나라의 곳간으로 전국 각지에서 쌀이 모였어.

어떤 쌀인고 하면, 지방상인들이 산지 농사꾼들에게서 직접 사들인 쌀하고 각 번이 징수한 연공미야. 오사카에 모이는 쌀이 연간 사백만 가마나 되었다는데, 지방상인 쌀이 사분의 일, 나머지 사분의 삼은 연공미로 각 번의 저택 창고에 들어왔어. 그 밖에도 각 번의 창고에 그 지역 명산품이 모였으니 그걸 상인들에게 팔아 돈으로 바꾸는 게 그야말로 번 재정의 노른자였던 거지.

난부에는 갖가지 명산품이 있었어. 나가사키 무역에서 실력을 발휘했던 구리, 염장 건어물, 특히 중국에 수출하던 해삼, 말린 전복, 상어 지느러미의 삼대 물품, 또 대두가 비장의 보물이었지.

원래부터 쌀의 작황은 시원찮았지만, 난부 대두라고 하면 오사카 시장을 좌우할 만큼 명물이었거든. 쌀 수확이 형편없는 해라도 대두는 그럭저럭 걷히니까 아마 이쪽을 비싸게 쳐서 파는 게 지로에 나리의 중요한 역할이었던 것 같아.

그나저나 각 다이묘의 저택이 요도가와 강가에 양쪽으로 주욱 들어찬 광경은 참 멋들어졌지.

그 번화한 거 보면 세상이 어떻게 돌아가건 아무 상관도 없는 것 같았어.

나카노시마는 특히 규모가 큰 번의 저택으로만 들어찼었소. 나카노시마를 중심으로 도지마 강 북쪽 언덕과, 남쪽의 도사보리며 에도보리에 늘어선 저택들이 도합 백삼십여 채에 달하는 장관이었다니까.

난부 번 저택은 도사보리 언덕에 있었는데, 바로 이웃이 히코네의 이이 번 저택이었고, 센단키 다리 너머 맞은편 언덕의 나카노시마에 세키슈 하마다 마쓰다이라 번, 후쿠이 마쓰다이라 번, 사쓰마 시마즈 번 저택이 있었어.

기타하마의 가쇼 구역이라고들 부르던 그 일대는 번 저택이 비교적 적고 상가와 구리 전매소, 상인 집회소가 나란히 늘어선 강변에 난부하고 히코네 저택 두 곳이 있었어.

지로에 나리가 처음 그곳에 도착하셨을 때 얼마나 거창하게 마중을 해주던지, 지금도 잊을 수가 없고만. 시종으로 따라간 나한테까지 다른 하인들이 알랑알랑 굽실굽실 하더라니까.

그야 오노 지로우에몬이라고 하면 그 이름만 들어도 미쓰이

고노이케(三井鴻池)*도 벌벌 떨 만큼 수완이 대단한 분이셨지. 그때까지 그자들과 결탁하여 무슨 짓거리를 해왔는지 모르지만, 아무튼 저택 관리들에게 무섭기는 퍽 무서운 분이었을 것이고만.

주재관 나리는 재정계의 선배셨소. 다른 관리들도 봉록으로 따지면 지로에 나리보다 훨씬 높은 분이 많으셨어.

출입하는 상인들도 우르르 마중을 나왔더만. 번 저택이라는 곳이 정말 묘한 데거든. 원래 막부의 칙명에 따르면 각 번은 오사카에 저택을 설치할 수 없었어. 그래서 난부 번 저택도 형식상의 명의인은 '묘다이(名代)'라는 어용상인이었지. 거기다 저택 창고의 물품 출납을 관리하는 '구라모토(藏元)'라는 상인, 그리고 대금 결제를 대행하거나 각 번에 송금해주는 '가케야(掛屋)'라는 상인도 있었어.

어느 저택에나 그 세 부문의 상인들이 들락거리며 실무를 도맡아 처리했고, 각 번의 오사카 주재관과 그 이하 관리들은 말하자면 그들을 감독하는 입장이야. '대충대충 알아서 해라'라는 게 바로 거기서 나온 소리요.

아, 무슨 소린지 모르겠소?

그러면 잘 알아듣게 설명을 해드리지.

사무라이가 장사에 손을 댄다는 게 애초에 무가 법도에 어긋나는 일이라 이거야. 그러니 실무는 죄다 상인들에게 내맡길

---

*일본 근대 4대 재벌 중의 하나인 미쓰이 가문의 가주. 미쓰이 가는 도쿠가와 막부 초기부터 각 번에 출입하며 미곡 매매와 환전을 청부받으면서 막부 어용상인으로서 막대한 이익을 거두었다.

수밖에.

장소는 틀림없는 난부 번 저택이지만 말하자면 묘다이, 구라모토, 가케야가 그 자리를 빌려 장사를 한 것이나 마찬가지야. 그 세 부문의 상인이란 건 요즘으로 치자면 부동산 중개회사, 상사, 은행인 셈이지. 번의 업무를 그 세 군데서 청부해다가 무지하게 돈을 벌어들인 거야. 하긴 새삼스러울 것도 없네, 예나 이제나 하나도 변한 게 없으니.

변변히 배운 것도 없는 야쿠자 주제에 잘난 소리 같지만, 옛날 일을 훤히 다 아는 내가 한마디 하자면, 앞으로 이런 근본적인 구조를 바꾸지 않고 오십 년, 백 년, 백오십 년 흘렀다가는 이 나라도 아주 괴상한 나라가 될 거요.

이런 식으로 서로 적당히 봐주는 장사를 하면 그야 감독 관리는 편하고 좋지. 그러다 뭔가 분쟁이 나면 나처럼 배운 건 없어도 세상 돌아가는 꼴은 훤히 알고 팔뚝 힘도 강한 야쿠자들이 냉큼 나서서 대충 해결해버리는 식이라고.

이런 세상은 말요, 매사 적당히 해결된다고 해도 앞날이 좋을 리가 없어.

아무튼 우리가 도착하던 날, 대문 앞에 주재관 나리 이하 관리들이 한 사람 남김없이 죄다 나와 섰고, 대문에서 현관까지 옥돌 깔린 길에 관련 상인이 주인에서부터 그 수하들까지 줄줄이 무릎을 꿇고 앉아 성대하게 마중을 해줬다, 그런 얘기지.

어느 얼굴에나 '살살 좀 잘 봐주시오'라고 분명하게 써 있더만.

나야 천한 하인 신분이니 지로에 나리가 일을 어떻게 하셨는지, 자세한 것까지는 몰라. 그러나 그때까지 서로 적당히 봐주면서 느슨하게 풀어졌던 분위기가 갑자기 쇠틀을 채운 것처럼 바짝 졸아들었다는 느낌은 듭디다.

그게 그저 지로에 나리의 신분 때문만은 아냐. 우선 실력이 뛰어났던 거야. 앞장서서 일을 척척 해치우니, 그때까지 상인들에게 내맡기고 느긋하게 지내던 관리들도 가만있을 수 없게 된 거라고.

뭐니뭐니 해도 지로에 나리는 상인들을 불러들이고 어쩌고 하지를 않아. 원래 성품이 꼼꼼한데다 무슨 일이든 남에게 맡기지 못하는 분이라 자기 쪽에서 얼른 찾아 나가셔. 그러니 모시고 다니는 내가 날마다 숨 돌릴 틈도 없이 바빴지.

지금 내가 사업을 이만큼 키워낸 것도 지로에 나리의 일 수완을 바로 곁에서 보고 배운데다 그 양반 모시고 다니는 동안 바쁘게 돌아가는 생활에 이골이 났던 덕분이요.

사람을 통솔하는 그릇이라는 건 학문에서 나오는 게 아냐. 직접 고생하고 애쓴 만큼 그 그릇이 분명해지는 거요.

보쇼, 남의 말을 수첩에 일일이 받아 적는 거, 그거 좀 작작 하쇼. 그런 소견머리로는 아무리 다리가 빠지게 돌아다녀도 제대로 일 못 해. 남이 해주는 얘기는 전부 나를 위한 설교다 생각하고 한 구절 한 마디를 진솔한 마음으로 받아들여야지.

아직 새파랗고만, 이 손님.

그건 그렇고, 이야기는 마침내 1868년, 다시 말해 무진년 정월 초이레의 사건으로 접어드는고만.

228

초사흘날로 끝장이 난 도바 후시미 전투는 막부군의 대패, 그러면 이제 오사카 성에 배수진을 치고 다시 한판 벌일 것이다 했더니 쇼군께서 잽싸게 텐보야마 항에서 군함을 집어타고 에도로 내빼버렸어.

거 참, 앞으로 세상이 어떻게 되려나, 하고 다들 숨을 죽이고 지켜보고 있었지.

난부 번은 나중에 오우 열번동맹에 가담해서 관군과 싸움을 벌였지만, 그때만 해도 아직 어느 편을 들어야 할지, 어정쩡한 입장이었어.

그러나 실은 아무도 막부군이 패배할 거란 생각을 미처 못했던 거야. 그야 당연하지, 사쓰마 조슈가 얼마나 대단한지는 모르지만, 막부 쪽에서도 도쿠가와 이에야스의 재림이라는 게이키(慶喜) 공이 꾹꾹 참고 또 참으시던 끝에 마침내 떨쳐 일어나셨거든. 일만 오천의 대군이 오사카 성을 떠나 교토로 향하는 것을 내 눈으로 분명히 봤어.

지로에 나리의 지시에 따라 저택에서 파수꾼도 내보냈지. 그 사람들이 물고 오는 전황을 지로에 나리가 서찰에 상세히 적어서 날마다 고향 모리오카에 소식을 보냈고만.

처음에는 막부군이 단연 우세했지. 그런데 일이 점점 묘하게 돌아가더니 갑작스럽게 어이가 없을 만큼 우르르 무너지더라고.

일이 그렇게 되니 자칫하면 오사카도 전쟁터가 될까 걱정이 되어서 우선 저택 담을 빙 둘러 난부 번 문장 찍힌 등불을 바지랑대에 주욱 꿰어서 달아놨어. 중립이라는 표시야, 그게.

그때 지로에 나리가 상황에 맞게 지시를 참 잘 내리셨어. 전투복 차림은 절대 엄금, 평상복에 어깨띠만 맬 것이며 대문을 단단히 지켜라, 혹시 불이 번질지 모르니 소방용 물을 충분히 준비해라, 패잔병은 일절 받아들이지 말 것이며 추적하는 쪽도 접대하지 말아라, 싸움의 귀추에 대해 이러니저러니 언급하지 말아라, 이곳은 어디까지나 상인들이 책임지고 관리하는 저택이고 우리 난부 사람은 그 거래를 감독하려고 체류한다는 것을 명심해라, 그런 것이었소.

태도를 분명하게 하지 않았다가는 언제 어떤 불똥이 튈지 알 수 없는 상황이었거든. 그도 그럴 것이 까마득히 먼 타향 땅 오사카에서 전쟁이 났고, 그 소용돌이 속에 우리 모리오카 사람들이 덜렁 내던져진 꼴이었으니.

그렇게 중립의 등불을 줄줄이 달아놓고 우리가 저택에서 가만히 숨을 죽이고 있던 정월 초이레 한밤중에 바로 그 양반이 찾아오신 거야.

하느님하고 부처님이 참말로 계신다면 말요, 그건 진짜 고약한 장난질이시고만.

하필 지로에 나리가 난부 저택의 총책임을 맡으신 때에 다 죽어가는 요시무라 선생을 불쑥 찾아들게 하시다니, 그게 얼마나 고약한 장난이냐고. 나는 아직도 그게 우연한 일이라는 걸 믿을 수가 없소. 심보 고약한 하느님이나 부처님이 그런 말도 안 되는 줄거리를 써냈다, 그렇게밖에는 생각할 수가 없다니까.

눈이 내렸어, 그날.

어째 밖이 소란하다 싶어서 행랑채 하인 처소의 왈자(曰字) 창에 턱을 디밀어 대문 앞을 내다봤지.

대문 앞에 피워놓은 화톳불 아래 척 보기에도 도바 후시미 전투의 낙오자인 듯한 사무라이 하나가 부상당한 몸을 웅크리고 있어. 보초들이 그이를 빙 둘러쌌는데, 지로에 나리가 미리 지시해둔 대로, 어서 물러나라고 다그치고 있더라고.

보초의 발치에 매달려 필사적으로 목숨을 구걸하는 그 사무라이의 목소리가 순간 내 귀에 들어왔어.

"몇 해 전에 사정이 있어 난부 영지에서 탈번한 사람이오. 누구 아시는 분 없으시오? 요시무라 간이치로라는 사람이오!"

내가 기겁을 해서 샅가리개에 짧은 덧옷만 걸쳐 입고는 얼른 방에서 뛰쳐나갔지.

한밤중의 일이었기 때문에 물론 저택의 대문은 닫혀 있었어.

대문 안쪽 초소는 텅 비었고 그 안의 사무라이들도 대문 앞이 시끄러운 걸 알아듣고 뛰쳐나갔는지 아래 쪽문이 빼꼼히 열려 있더만.

큼지막한 대문이 온통 시커먼데 그 아래쪽에 세로로 길쭉한 조그만 쪽문이 오려붙인 것처럼 하얗게 열려 있더라고. 그런데 거기로 대문 앞의 요시무라 선생 모습이 눈에 쑥 들어오는 거야.

얇게 내려 쌓인 눈밭에 요시무라 선생은 칼을 움켜쥔 채 웅크리고 계셨소. 문 앞의 화톳불하고 보초들이 든 등불이 그 딱한 모습을 고스란히 다 비추고 있었고만.

아니, 그게 아니라…… 이런 말까지 하기는 참 너무도 가엾지만, 내가 거짓말은 못 하는 성미라 어쩔 수가 없소. 요시무라 선생은 옹크리고 계셨던 게 아니라 무릎으로 기다시피 하고 계셨고만.

목숨을 구걸한다는 게 바로 그런 겁디다.

동료의 정을 봐서 제발 숨겨달라, 그 소리를 한 사람 한 사람의 발 밑에 이마를 비벼가며 거듭거듭 부탁을 하시더라고.

나는 말요, 그런 요시무라 선생을 부축해서 일으켜 세워주는 사무라이가 한 사람도 없는 게 정말 이상합디다. 대문 보초라는 건 대개 말단 무사의 업무거든. 요시무라 선생하고 똑같은 처지인 말단 무사가 열 명 남짓이나 머리를 맞대고 둘러서 있었는데 말요, 물론 육 년 전의 일이었으니 선생을 모르는 자도 있었겠지만, 그래도 개중에는 우에다 무사 구역의 동료도 있을 것이고 요시무라 선생에게 검술이나 글을 배운 젊은 사무라이도 분명 있었을 거라고.

그런데 어느 누구도 요시무라 선생을 달래주지를 않더만. 달래주기는커녕 험한 욕을 하고 목검으로 툭툭 치고, 그러더니 끝장에는 베어버리자고 살벌하게 떠들더라니까.

나는 도저히 어떻게 나서볼 수가 없었어. 사무라이들이 하는 일에 하인이 참견을 하고 나선다는 건 있을 수도 없는 일이었어, 그때는.

요시무라 선생의 한 마디 한 마디에 내 가슴이 그냥 찢어지는 것 같았소.

"시즈쿠이시 처가에 아내와 세 아이가 있소이다. 탈번을 한 것도 아내와 자식들을 더이상 굶길 수 없었기 때문이오. 아내와 자식들이 내가 돌아오기를 목이 빠지게 기다리고 있소이다. 부디 이 목숨을 구해주시오.”

그러자 보초 한 사람이 험악한 소리로 이래.

“말단이 배를 곯는 처지라는 건 당신이나 우리나 모두 마찬가지요. 우리 자식들이 배를 곯을 때 탈번한 당신 자식들은 그래도 배불리 먹고살았을 거 아니오?”

물론 그것도 맞는 말이지. 요시무라 선생을 나무라는 말단들의 말도 내 가슴을 찌르르하게 하더만.

“그런 사정을 다 알면서도 내 이렇게 부탁드리오. 여러분의 정으로 이참에 귀대가 이뤄진다면 요시무라 간이치로, 이번에는 목숨을 걸고 주군께 충성하고 근왕을 위해 노력하리다. 제발 높은 분께 연통을 좀 해주시오.”

“어제는 막부군이었다가 내일은 근왕을 내세워? 그런 박쥐 같은 사무라이가 무슨 일을 하겠다는 거요? 어서 가시오. 가지 않는다면 이웃 히코네 저택에 보내든지 강 건너 사쓰마 저택에 보낼 수밖에 없겠소.”

“그렇다면 이쪽 분, 제발 부탁드리오. 조는 달랐으나 분명 우에다 무사 구역에 살던 분인 줄 압니다. 그렇다면 내 얼굴도 아실 게 아니오? 내 사정이 이렇소. 부디 연통을 해주시오.”

다리를 붙잡힌 사무라이는 뒷걸음질을 치며 이럽디.

“나는 당신 따위 모르오. 어찌하여 난부 사무라이가 신센구미가 된단 말이오? 당신, 사기꾼 아니오? 목숨이 아까워 그런 엉터리 같은 소리를 하는 게지?”

“아니오, 나는 대대로 난부의 봉록을 받던 말단 무사요. 거짓말이 아니오. 사기 같은 게 아니오."

내 짐작으로는 그때 보초 섰던 이들도 속으로는 무척 괴로웠을 거야. 그게 아니면 온몸이 피 범벅이던 요시무라 선생이 섬뜩할 만큼 무서웠던가.

그러고 있는데 보초 중에 조금 나이 든 사무라이 하나가 소리도 없이 쪽문으로 쑥 들어서. 그래서는 컴컴한 속에 우두커니 서 있는 나를 알아보고는 작은 소리로 이룹디다.

"총무 나리께 내가 여쭤보고 오마. 알겠지?"

내가 지엄하신 지로에 나리의 하인인 건 틀림이 없지만서도 원래 그리 대단한 신분도 아닌 터에 사무라이가 자기 하는 일을 일일이 보고하는 경우는 한 번도 없었어. 그런데 그 사무라이는 내 눈을 지그시 들여다보며 "알겠지?" 하고 다짐까지 하더라고.

아마 그 사람이 우에다 무사 구역의 사무라이였고 오노 나리와 요시무라 선생의 관계를 얼마간 알고 있었던 것 같아. 그러니 나 같은 것한테도 한마디 넌지시 말을 건넸겠지.

내가 아주 손을 싹싹 비볐소. 입이 얼어서 말은 한 마디도 못했지만, 그래도 제발 잘 부탁한다는 뜻으로 그이에게 싹싹 빌었어.

한밤중에 지로에 나리의 침실까지 찾아가 그런 연통을 한다는 건 하인으로서는 도저히 불가능한 일이었으니까.

그러고는 한참이나 대문과 현관 사이를 오락가락했지. 생각해보면 그때 내가 샅가리개에 짧은 덧옷 한 장 걸치고 미처 짚신도 못 신은 맨발이었소. 그런데도 추운지 어떤지도 모를 만큼 안절부절했어.

실은 이제 요시무라 선생은 살았다고 생각했지. 부처님이 요
시무라 선생을 도와주시는구나, 그렇게 생각했어.

안에 들어갔던 사무라이가 다시 나와서 현관 앞을 오락가락
하던 내게 그럽디다.

"사스케, 총무 나리가 부르신다. 저자를 안으로 들일 터이니
등불을 준비해라."

내가 그때는 온몸에서 스르르 힘이 빠질 만큼 후유 하고 안
도의 한숨을 내쉬었소.

손님은 하느님이나 부처님을 믿으쇼?

나는 이렇게 신단 앞에 앉아는 있지만 실은 요만큼도 안 믿
소.

원래는 신심이 깊은 편이었는데, 무진년 정월 초이레 그날
밤부터 신심이고 뭐고, 절대 믿지 않기로 해버렸어.

그러면 내 뒤에 있는 저건 뭐냐. 저건 신단이 아니야. 복갈퀴*
나 명태 매달아놓는 것처럼 그저 재수 좋으라고 꾸며놓은 장식
품이지. 그래서 나는 아침마다 공양 술 올리고 합장은 해도 이
렇게 해주소서, 저렇게 해주소서 하는 소원 같은 건 빌어본 적
이 없어.

하느님도 부처님도 절대로 없다고 생각하니까. 하느님이나

---

*11월 유일(酉日)에 신사 축제에서 판매하는, 복을 긁어들인다는 갈퀴. 대
나무 갈퀴에 종이돈, 여인 탈 등이 달려 있다.

부처님에게 손 비벼서 소원이 이뤄질 것 같으면 이 세상에 고생할 놈 하나도 없지.

명색이 일개 조직을 다스리는 투전꾼 두목이 등 뒤에 저런 것도 없으면 영 맵시가 안 날 거 아뇨. 그래서 그냥 만들어놓은 것뿐이야.

요시무라 선생, 그 양반이 정말 얼마나 하느님이나 부처님에게 소원을 빌었는지 몰라. 아들자식 딸자식 딱 한 번만 만나게 해달라고 분명 손이 닳도록 소원을 빌었을 것이고만.

대문 앞에서 그렇게 비굴하게 목숨을 구걸했던 것도 자기 목숨이 아까워서 그랬던 게 아냐. 그토록 끔찍하게 사랑하던 처자식을 한 번만 안아보고 싶어서, 그 일심으로 목숨 구걸을 했을 것이고만.

그러지 않고서야, 이보쇼, 두 칼 차는 사무라이가 어찌 남 앞에 무릎을 꿇을까. 곧 죽어도 그렇게는 못 하지. 아무리 말단 무사라도 옛날 사무라이는 그만큼 자부심이 강한 사람들이었소.

그런데 그 소원이 하늘에 통했구나 싶었어. 하느님 부처님이 정말 계신 모양이라고, 나는 그때까지만 해도 가슴이 북받치게 감사했어.

등불을 들고 복도로 올라갔더니, 회의실로 쓰던 큰방에서 나리들이 우르르 나오셔. 제일 앞에 나오시는 지로에 나리의 얼굴이 파랗게 질려 계시더만.

길고긴 복도의 발치를 등불 빛으로 비춰드리며 안채로 들어갔더니 덧문 한쪽이 열렸고 그곳으로 눈빛이 훤히 비칩디다.

안채로 들어가는 동안 지로에 나리의 안색을 가만가만 살펴

봤지. 등불에 비친 얼굴이 갈수록 변하는 거야. 처음에는 파랗
더니 점점 벌겋게 변하고 마지막에는 험악한 표정이 되더라고.

복도 중간 중간의 방에서 번사 나리들이 나오셔서 무슨 일인
가 하고 모두 주춤주춤 지로에 나리 뒤를 따라갔어. 무슨 일이
야, 무슨 일, 하시면서.

요시무라 선생은 뒷마당 눈밭에 양 옆구리를 보초들이 받쳐
주다시피 하고 앉아 계셨소.

눈빛이 들이치는 복도에 서시더니 지로에 나리는 칼집 끝을
바닥에 짚고 엄청나게 무서운 표정을 지으셨어. 그래서는 마당
앞의 요시무라 선생을 가만히 내려다보더니 갑자기 내 귀가 의
심스러운 말을 쏟아놓으시는 거야.

"이 어리석은 위인, 부끄럽지도 않더냐!"

뱃속에서 쥐어짠 듯한, 그야말로 으스스한 목소리였소.

깜짝 놀란 건 나뿐만이 아니야. 보초들은 물론이고 복도 중
간 중간에서 따라왔던 중신들과 번사들까지 흠칫 놀라며 지로
에 나리를 쳐다봤다니까.

그러나 가장 놀란 사람은 다름 아닌 요시무라 선생이셨지.
잠시 입을 헤 벌리고 지로에 나리를 올려다보시더만. 그리고는
뭔가 변명 비슷한 말씀을 하셨을 거야.

탈번을 한 것은 뜻이 있어서였다, 어쩌다 본의 아닌 전쟁에
휘말렸으나 귀대가 이뤄진다면 열심히 일하겠다, 뭐 그런 말씀
이셨지.

대문 앞에서 하시던 말씀하고는 영 다른 소리셨어. 하기는
지로에 나리가 총책임자의 근엄한 자세로, 찬바람이 쌩쌩 도는

얼굴로 떡 버티고 서서 내려다보는데 그런 변명 말고 어떤 말씀을 할 수 있었겠소?

아무 말도 없이 들을 만큼 들으시더니 지로에 나리가 쏘아붙이듯이 이러십디다.

"뭘 이제 와서 새삼스럽게, 미부 낭사놈이!"

이런 말씀도 하십디다.

"네가 근왕의 지사라고 내세운들 어느 누가 그 말을 믿어주겠느냐? 네가 말석이나마 진정한 난부의 무사라면 어서 신센구미 주둔소에 돌아가 아이즈 공의 말 앞에서 깨끗이 전사해야 할 것이야. 알겠느냐, 요시무라. 불의불충을 저지를 대로 저지르고 그 끝에 귀대를 청하고 나서다니, 말도 안 되는 짓이다!"

요시무라라는 이름을 들은 순간, 복도에 모였던 번사들 사이에서 술렁거림이 일어났소. 그야 그럴 만도 했지. 말단 무사들은 조가 다르면 요시무라 선생을 모르는 이가 더러 있을 수도 있지만, 높으신 나리들은 번 도장에서 검술 수업을 받고 자제를 번교에 보냈던 터라 요시무라 간이치로라는 이름을 모를 리 없었거든.

참말로 기막힌 얘기 아니오? 수많은 말단 무사들이 하루하루 먹고살기도 힘겨운 판이었어. 그러니 검술 도장이고 뭐고 우선 부업에 쫓기는 신세야. 아이들도 마찬가지지. 번교에 다니는 건 높으신 댁 자제뿐이고 말단 무사의 아이들은 동네 서당이나 겨우 다녔어. 사정이 그랬으니 말단 무사들 중에는 요시무라 선생이 어떤 분인지 모르는 사람도 있었고, 어쩌다 알았어도 탈번한 자와는 되도록 관계하지 않게 마련이야. 그러나 봉록을 넉넉하게 받던 윗전의 나리들은 한 사람도 빠짐없이 요시무라 선생을 알고 있었다, 이 말이야.

북진일도류 면허 개전에 번교 조교. 말단 무사 신분으로 번사들에게 검술을 가르치고 고위 무사의 자제들에게 학문을 가르치던 요시무라 간이치로의 이름은 윗전 나리들이라면 누구든 다 알고 있었다는 거요.

지로에 나리에게 그토록 심한 모욕을 당하고도 요시무라 선생은 물러서지 않으십디다. 마루 끝까지 기어와 오로지 목숨 구걸만 하셨어.

지로에 나리는 그런 요시무라 선생에게 '죽지도 못한 자'라고 했소. 뻔뻔한 사람이라고도 하고, 난부 무사의 얼굴에 똥칠을 한 자라고도 했소. 틀림없이 그런 욕을 하셨어.

그리고 마침내는 사람들이 다 소스라칠 소리를 하시는 거야.

"그렇다면 요시무라, 무사의 정리를 봐서 안의 방 한 칸을 빌려줄 것이니 네 손으로 배를 갈라라!"

그 한마디에 주변의 술렁거림이 물을 끼얹은 듯 고요해져버렸지 뭐.

다른 사람들은 어떤지 모르지만, 그때 바로 곁에 있던 나는 지로에 나리의 진짜 속마음을 다 알아봤어. 그게 말요, 복도 마루가 흔들릴 만큼 지로에 나리의 무릎이 벌벌 떨리고 있었거든.

분명 가슴속으로는 이런 말씀을 하셨을 거요.

'간이치. 너는 어째서 싸움 나기 전에 미리 도망치지 못했느냐. 몸이 그 지경이 되었으니 이제 도망치려야 도망칠 수도 없지 않으냐. 그랬으면 또 어쩌자고 신센구미나 아이즈 사무라이

들과 함께 오사카 성에 들어가지 않았어? 그 사람들과 함께 있
으면 어떻게든 살 방도를 찾을 수도 있었으련만 어째서 여기까
지 온 게야. 나는 너를 위해 죽을 수 있다만 너와 난부 땅을 한
저울에 올릴 수는 없다. 너 하나를 위해 난부 이십만 석 너른
땅을 역적으로 만들 수는 없어.'

그렇지만 말요, 내 생각에 만신창이의 요시무라 선생이 어째
서 난부 저택을 찾아왔는지, 그거야 뭐 뻔하지.

난부 사무라이거든. 모리오카에서 나고 자란 사람이거든.

쌍학 문장이 들어간 중립 등불이 말이지, 다 죽게 된 그 사람
에게는 그대로 고향의 불빛이었을 거요. 등불에 든 그 문장이
말이지, 난부 가문이 아니라 사랑하는 처자식이 사는 고향 땅
으로 보였을 거라고.

그나저나, 손님.

신시대도 좋고 데모쿠라시란 것도 다 좋지만, 세상이 너무
좋아져서 그런지 요즘에는 도무지 사내다운 사내를 찾아볼 수
가 없어.

그리 생각하지 않소?

내 사업장에 발을 들인 젊은 애들만 봐도 꾸지람 몇 마디 들
었다고 횅하니 나가버려. 남의 돈 먹기가 그리 쉬운 게 아니다,
어디 한번 끝까지 꾹 참아보자, 이런 정신이 당최 없어.

하긴 전쟁 특수 덕분에 여기저기 흥청망청, 먹고살기가 편해
졌지. 굳이 힘든 일 안 해도 세 끼 밥은 그럭저럭 입에 들어가
거든. 그러니 사내다운 사내를 만들자는 것 자체가 아예 억지

240

소리가 되고 말더라니까.

통 고생을 해보질 않아서 이놈이고 저놈이고 죄다 제 나이보다 훨씬 어리게 보여. 여자가 그러면 나쁠 것도 없지만 사내놈이 제 나이보다 어려 보인다는 건 말요, 절대로 좋은 게 아냐. 그만큼 어리석은 놈이라는 얘기지.

군대라는 데는 그야 죽는 방법은 일러줘. 그렇지만 사는 방법은 가르쳐주질 못해. 사실은 그쪽이 훨씬 더 중요한데 말야. 아니, 사는 방법을 모르는 사내놈이 죽는 방법을 어찌 알겠느냐고.

세상이 좋아지는 바람에 제대로 사는 방법을 모르는 그런 얼간이 같은 사내놈들이 많아졌다, 이거지.

나야 이리 길게 살아서 온갖 망령을 다 떨고 있소만, 지금 와서 생각해보면 오노 지로우에몬 나리나 요시무라 간이치로 선생은 제대로 사는 방법을 깨쳤던 훌륭한 사내들이셨소. 옳은 방법으로 살았기 때문에 옳게 죽을 줄도 알았어.

뭣, 그리 생각할 수가 없으셔?

지로에 나리나 요시무라 선생이 옳게 살고 옳게 죽었다는 생각이 안 드신다, 그 말씀이시고만. 거참, 그것이 좋게 안 보여? 그게 좋게 안 보인다는 건 말요, 이보쇼, 손님도 역시 고생이 뭔지 모르는 신시대 사람이란 얘기야.

나는 참말로 좋게 보이기만 하네. 무사도니 뭐니, 그런 건 다 개똥 같은 거야. 그저 사내가 사내로서의 지조를 초지일관 살아내면 그렇게 훌륭하게 죽을 수 있다고 나는 지금도 철석같이 믿고 있소.

사내라면 사내답게 살아야지. 지조 있게 죽자는 게 아뇨, 지조 있게 살자는 거야. 지조 있게 산다는 건 제 몫을 다한다는 거요. 내가 꼭 해야 할 일, 내가 안 하면 아무도 안 하는 일, 내가 아니면 안 되는 일을 칼같이 해내면서 살아야지.

그러면 누구라도 훌륭한 사내가 될 수 있어.

지로에 나리도 요시무라 선생도 각자의 몫을 칼같이 해낸 분들이야. 내 눈으로 보면 그 두 분이 똑같이 사내대장부 중의 사내대장부요.

그거, 어려울 거 하나도 없어. 처자식이나 수하의 고생을 사내라면 제 등판으로 짊어지면 되는 거야. 나는 평생 처자식도 못 거느린 투전꾼 떠돌이지만, 그 대신 천 명 남짓한 수하들의 고생은 내가 다 짊어지겠다는 각오로 살았소.

손님도 앞으로 기나긴 인생, 공명이나 떨쳐보려는 쩨쩨한 마음은 버리쇼.

그저 오로지 사내답게 살기만 하면 돼.

그때 지로에 나리의 심정은 굳이 말을 하지 않아도 짐작이 갈 거요.

그 전 해 가을 끝물에 쇼군께서 정권을 조정에 반납하셨소. 세상 흐름이 그러니 그거야 어쩔 수 없는 일이지만, 관직과 영지까지 반납하라고 쪼아대는데 설마 아, 그러세요, 하고 순순히 내주겠소? 쇼군도 자기 직속의 가신들은 어떻게든 먹여 살려야 할 거 아니냐고.

그러니 오사카 성에서 일만 오천의 대군을 이끌고 교토에 올라가 담판을 짓게 된 거지. 말하자면 그 도바 후시미 전투란 게 애초에 천하를 놓고 겨루자는 싸움이 아니었단 얘기야.

사쓰마 조슈로서는 쇼군 나리가 조용히 순종하는 것보다는 약간의 분쟁이 있는 게 더 유리하다고 생각했겠지. 어떻든 조정과 천왕에게 거역한 역적인 셈이거든. 그러니 그쪽으로서는 은근히 바란 거요, 그 싸움을.

하인 주제에 전국의 정세 같은 걸 알 리가 없지만, 행랑채의 내 방 바로 곁이 보초 근무소라서 문살 너머로 사무라이들이 하는 소리를 죄다 들었지.

도바 후시미 싸움이 시작됐던 게 정월 초사흘이야. 도쿠가와 이에야스 님이 재림하셨다고 하는 게이키 나리가 마침내 더 이상 참을 수 없어 출정하셨다고 하니 이제 사쓰마 조슈 따위는 어린애 손 비틀기나 마찬가지로 넘어갈 것이라고 다들 떠들더만.

천왕님이 막부와 함께 전국을 다스리겠다면 그야 전혀 반대할 게 없지. 그러나 사쓰마 조슈 다이묘의 수하로 떨어지다니, 그건 누구라도 맘에 안 들어. 그러니 심정적으로는 다들 도쿠가와 막부 쪽에 가세했어.

게이키 나리가 교토에 올라가 천왕님을 뒤에서 조종하던 사쓰마 조슈 역적들을 쫓아내고 천하를 호령할 것이다. 도쿠가와 쪽의 선봉은 뭐니뭐니 해도 아이즈다. 그때가 되면 같은 오슈 다이묘의 의리를 봐서라도 난부 번도 일어나야 한다…… 대개 그런 이야기들을 했었어.

그런데 이게 웬일이야, 막상 뚜껑을 열어놓으니 도쿠가와 쪽이 자꾸 지기만 하는 거야. 그러니 그만 세상이 어떻게 굴러갈지 짐작을 할 수가 없게 된 거지.

앞에서도 이야기했지만 오카와 강 주변 그 일대에는 각 번의 저택이 빽빽이 들어찼는데, 어떤 저택이나 그야말로 숨을 죽이고 정세를 살피기에 여념이 없었어.

그 이전에도 이후에도 그렇게 조용하면서도 허둥거렸던 정월은 겪어본 적이 없다니까.

어쩌면 지로에 나리의 역할은 쌀이나 대두의 매매가 아니었는지 몰라. 공식적인 일을 앞세워 전국의 정세를 잘 살피고 와라, 그런 분부를 번주 나리와 중신들께 받지 않으셨겠소? 지로에 나리가 여러 상인들과 친분이 깊고 각 번 저택의 관리들과도 안면이 있었거든.

애기가 그렇다면 앞뒤가 딱 맞아떨어져. 그토록 자기를 거둬달라고 애걸하는 요시무라 선생에게 지로에 나리가 취했던 태도나 말씀 같은 게 말요.

물론 그 자리에서는 나는 물론 다른 이들도 모두 깜짝 놀랐지만, 나중에 곰곰 생각해보니 당시로서는 도바 후시미 싸움의 낙오자를 도저히 숨겨줄 수 없는 상황이었어. 더구나 신센구미에 속한 사람이었으니 더 말할 것도 없지.

요시무라 선생을 안채 깊숙한 방에 들인 뒤, 지로에 나리는 맨발로 마당에 내려서서 한참이나 담 너머 이웃 저택의 정황을 살피셨어.

이웃이라는 게 후다이 히코네 번의 저택이야. 손님도 잘 아실 거요, 사쿠라다 문 앞에서 살해당한 수석 정무대신 이이 나오스케의 히코네 번이지.

그런데 그 유서 깊은 히코네 번이 무슨 영문인지 도바 후시미 전투에서 도쿠가와 쪽에 붙지 않고 사쓰마 조슈 편에 들어서 싸운 거야.

담 하나를 사이에 두고 이웃한 번이 승리자인 터에 그 싸움의 낙오자를 난부 저택에 들여놓았으니 그야 당연히 걱정이 될 만도 하지. 만일 눈치채여서 추궁이라도 당했다가는 생각지도 않던 꼬투리가 될 수 있거든.

게다가 담장 하나 건너 히코네 번과 난부 번은 원래부터 별로 사이가 좋지 않았어. 왜 그러냐 하면, 이게 아주 사소하기 짝이 없는 인연 때문이야.

난부 번은 미토 번과 인연이 깊어서 번주 나리의 부인도 미토 번에서 시집을 오셨어.

그런데 히코네 쪽은 사정이 어찌되었건 선대 번주가 사쿠라다 문에서 미토 낭인의 칼에 처참하게 살해되었다 이거지.

후다이 다이묘인 히코네가 사쓰마 조슈 쪽에 붙었던 건 필시 미토 출신의 게이키 나리가 영 마음에 들지 않았기 때문이 아니겠소? 히코네 번주가 미토 낭사에게 살해당한 원래 이유도 선대 쇼군의 후계자를 둘러싸고 일어난 다툼 때문이었다더만. 이이 님은 게이키 나리를 추대하지 않았거든.

하긴 도바 후시미 싸움이 불리하게 돌아간다 싶자 잽싸게 에도로 도망쳐버린 게이키 나리의 비열한 꼴을 보자면 이이 님의 사람 보는 눈이 정확했었다는 얘기지만.

그런 연유로 히코네 번과 난부 번도 그리 사이가 원만하지 못했어. 그러니 평소에도 밉상이던 이웃 저택에 신센구미의 낙오자가 숨어 있다는 게 알려지기라도 했다가는 어떤 꼴을 당할지 뻔하잖소?

지로에 나리는 그런 정황 때문에 참말 근심이 크셨을 거요.

하여간 지로에 나리란 분이 딱할 만큼 걱정 근심이 많은 분이었어. 또 그렇게 걱정하시는 일마다 결국에는 딱 들어맞아. 그러니 그때 일도 다른 사람들은 귀신이네 뱀이네 험한 소리들을 했지만 그게 절대 그렇지 않아. 위급한 때에 어떻든 모리오카를 지켜야 한다는 마음 때문이었던 거지.

아마 매일 밤마다 눈 덮인 마당에 내려가서 담 너머로 귀를 기울이며 난부 문장이 찍힌 등불을 물끄러미 지켜보셨을 거요.

쌍학 문장은 요시무라 선생에게도, 그리고 지로에 나리에게도 이 세상에 둘도 없는 고향의 깃발이었어.

안채 깊은 방에서 굵은 촛불을 사이에 두고 마주앉으셨던 두 분의 모습은 잊으려야 잊을 수가 없네.

장식 벽장을 등지고 상좌에 앉으신 지로에 나리는 그 어느 때보다 등줄기가 꼿꼿하셨어.

진짜 사내라는 건 말요, 그게 달라.

아무리 나보다 강한 상대를 마주할 때라도 진짜 사내는 그렇게까지 기백을 내보이는 일이 없어. 정말 힘이 들어가는 때는 말요, 자기 마음과 맞설 때야.

그때 지로에 나리는 참말로 귀신이었고만. 등을 꼿꼿이 세우고서 무슨 귀신이나 야차처럼 요시무라 선생을 내려다보셨다니까.

요시무라 선생은 어떠셨냐고?

그야 뭐 아직 살아 계시는 게 이상할 정도였지. 온몸이 회라도 친 듯 칼자국이고, 총알도 몇 방 먹으셨을 것이고만. 움직일 때마다 젖은 수건이라도 짜듯 옷 여기저기에서 피가 배어나왔어.

그런데도 지로에 나리 맞은편 아랫자리에 단정히 앉으셔서는 "면목이 없습니다, 조장 나리" 하고 머리 숙여 절을 하셨고만.

부상이 그리 심하니 사실은 도망치려야 도망칠 수도 없으셨을 거요. 어디를 어떻게 헤매다 난부 저택까지 오셨는지 모르지만, 솔직히 말해 살아서 말을 하신다는 게 신기할 만큼 부상이 심하셨어.

그때까지만 해도 나는 말요, 지로에 나리가 남몰래 의사를 불러 상처를 치료해주고 기회를 봐서 도망치게 해주실 거다, 그렇게 생각했소. 여러 사람들 앞이라 어쩔 수 없이 배를 가르라고 한번 엄포를 놓으셨을 거다, 그렇게 생각했다고.

그런데 그게 아니었어. 두 분만 남게 되자 지로에 나리의 얼굴이 더 험악해지시더라고.

요시무라 선생은 그때까지도 칼을 움켜쥐고 계셨고만. 칼끝은 부러지고 칼날이 밑동부터 활처럼 휙 굽어버린 칼이었어. 허리춤에 차던 수건 같은 것을 찢어서 묶었는지 그 칼을 더러운 무명 천으로 오른손에 아예 칭칭 묶어놓으셨어.

"미안하지만, 이것 좀 풀어주게."

요시무라 선생이 내게 그러시더만.

시꺼멓게 피를 먹은 천이 빳빳하게 굳어서 풀어보려야 풀어지지를 않아. 내가 쩔쩔매고 있자니 지로에 나리가 보다못해 단도를 빌려주십디다.

대체 언제부터 그렇게 묶어두셨는지, 가까스로 천을 잘라냈더니 이번에는 손가락에 피딱지가 엉겨서 딱딱하게 굳은 주먹이 영 펴지지를 않아.

억지로 하나씩 잡아뜯다시피 해서 간신히 칼자루에서 손가락을 떼어내자 그제야 칼이 털썩 떨어지더만.

그렇게 끔찍한 칼은 내 생전에 처음 봤소. 몇십 명을 베어 죽이면 강철 칼이 그렇게 너덜너덜해질까.

지로에 나리가 방바닥에 떨어진 그 칼을 한참이나 물끄러미 바라보십디다.

복도를 통해 장지문 너머로 비쳐든 눈빛이 지로에 나리의 옆얼굴을 하얗게 비추고 있었어. 춤을 추며 떨어지는 눈 그림자가 주마등처럼 방안을 물들였을 것이고만.

여전히 냉랭하기 짝이 없는 얼굴로 지로에 나리가 나지막하게 말씀을 하십디다.

"간이치, 네가 지금 무슨 짓을 하고 온 줄 아느냐? 황공하옵게도 천왕의 깃발에 맞서다니, 무사로서 부끄럽지도 않더냐? 난부의 사무라이가 돈 몇 푼을 위해 지조를 꺾고 게다가 형편없이 진 싸움에서 죽지도 못한 주제에, 벌써 육 년 전에 모래를 끼얹고 떠난 주군께 그 뻔뻔한 얼굴을 들고 찾아와 목숨을 구걸하다니, 참 어이가 없어 말도 안 나온다. 여러 소리 할 것 없다. 깨끗이 배를 가르고 죽어라. 이런 칼로는 배도 못 가른다고 한다면 내 칼을 주마. 봐라, 명검 야마토노카미 야스사다다."

그러면서 지로에 나리는 곁에 있던 검을 요시무라 선생의 눈 앞에 놓았어.

얼룩얼룩한 무늬에 자줏빛 칼집이 달린, 오노 가에 대대로 내려오던 명도였소.

"알겠느냐, 간이치. 일이 이렇게 된 마당에 더이상 어물거린다면 이는 무사도에 어긋나는 일이야. 부디 실수 없이 깨끗하게 배를 갈라 죽어라. 알겠느냐?"

참말로 너무 심한 얘기라고 생각하실 거요, 손님도.

실은 그때는 나도 그렇게 생각했소. 사정이 어찌 됐든, 얼마나 맹활약을 하셨는지 다 닳아빠진 칼을 들고 가까스로 살아오신 요시무라 선생에게, 값을 매기자면 그야말로 몇백 몇천 냥이 나갈 명도를 들이대며 배를 갈라 죽으라고 재촉을 하시다니, 얼른 생각나서 하신 소리라 해도 참말로 너무 심하지. 야마토노카미 야스사다라고 하면 말요, 말단 무사는 물구나무를 선대도 구경도 못 할 명검이야.

그래서 지로에 나리가 무슨 마음으로 그런 소리를 하시는지, 도무지 알 수가 없습디다. 이 양반이 역시 귀신이구나, 뱀이구나, 그런 생각까지 했어.

요시무라 선생도 어지간히 실망을 하셨는지 대답도 없이 고개를 떨궈버리셨어.

"알겠느냐, 간이치. 어물거려서는 안 돼. 깨끗이 배를 가르고 죽어라. 알겠느냐?"

다시 한번 다짐까지 하고 지로에 나리는 그만 휑하니 자리를 뜨셨어.

내가 넋이 반이나 나가서 "요시무라 선생님, 부디 성급한 마음은 먹지 마세요"라고 우선 한마디 당부를 해놓고는 얼른 지로에 나리를 뒤쫓아갔소.

뚜벅뚜벅 복도를 걸어가는 지로에 나리에게 뒤에서 매달렸어.

"나리, 제발 부탁입니다. 배를 가르라니, 그런 섭섭한 말씀은 하지 마십시오. 부디 요시무라 선생을 살려주시지요."

지로에 나리가 내 머리를 발로 힘껏 차십디다. 그 댁에 일하러 들어간 이후로 그날까지 발은커녕 손 한 번 드신 적이 없었으니, 나는 우선 아픈 것보다 완전히 대경실색이었지 뭐.

"하인놈 주제에 주인에게 훈계를 하려느냐? 닥쳐라!"

그때는 역시 높으신 사무라이 나리란 건 이런 거구나 싶었소. 여차할 때는 제 앞가림에만 바쁘구나 하고 말요.

저택 여기저기에서 장지문을 열고 사무라이들이 고개를 빼꼼히 내밀어. 그 가운데를 지나가면서 온 저택이 쩡쩡 울리게 지로에 나리가 고함을 치셨소.

"여러분, 잘 들으시오! 내 지시를 거스르는 자는 용서하지 않겠소. 수치를 모르는 괘씸한 자에게 인정은 필요 없소!"

나는 말요, 손님. 그날 이후로 눈이 영 싫어졌소.

눈이 올 낌새가 보이는 날에는 아무리 중요한 약속도 다 팽개치고 팽이처럼 오그리고 방안에서 꼼짝 안 해. 그런 나를 보고 부하들이 큰형님은 북녘 출신이라면서 왜 그렇게 추위를 타느냐고 고개를 갸웃거리지만, 실은 그게 아뇨. 추위를 타는 게 아니라고.

그날, 나는 밤새 넓디넓은 저택 안을 갈팡질팡, 어디를 어떻게 돌아다니는 줄도 모르고 정신없이 돌아다녔소.

처음에는 지로에 나리가 뭔가 다른 지시를 내릴 것이다 하고 침실 앞 복도에 앉아 기다렸지. 그러다가 지로에 나리가 "사스케, 너 볼일 하나도 없다. 방으로 돌아가거라!" 하고 소리치시는 바람에 쫓겨났어. 소복하게 눈으로 치장을 한 마루를 건너 행랑채 하인 처소로 돌아오기는 했는데 도무지 잠을 잘 수가 있어야지. 그래서 대문 보초 근무소를 기웃거리고 대문 앞에도 나가보고 현관 앞에 앉아 있기도 하고, 아무튼 저택 안을 이리저리 돌아다녔어.

지로에 나리 말씀대로 나는 하인놈이요. 무가의 나리들이 하시는 이야기에 말참견도 해서는 안 되는, 말하자면 노비 같은 거야. 더구나 그때만 해도 내가 스물네다섯 살밖에 안 된 애송이였어. 요시무라 선생의 목숨만은 어떻게든 구해드리고 싶은데 어디다 부탁은커녕 말 한마디 건넬 수가 없는 거야.

그러니 이리저리 갈팡질팡 돌아다니는 수밖에.

그날은 밤새 눈이 내렸어. 초저녁에는 목단꽃처럼 푸짐하게 내리더니 밤이 깊을수록 싸락눈이 되고 마지막에는 얼음을 쪼갠 것처럼 가느다란 눈발로 변했지.

그렇지, 모리오카에 내리던 눈하고 똑같이 싸락싸락 내리는 얼음 눈.

현관 댓돌에 맨 무릎을 끌어안고 앉아서 요시무라 선생은 과연 어떤 심정으로 이 눈 내리는 소리를 듣고 계실까 하고 생각했소. 그러고 앉아 있으려니 영락없이 고향 땅에 가 있는 것만 같던 싸락싸락 얼음 눈이었고만.

오십 년 전 그 당시만 해도 약이래야 변변한 게 없었으니 사람들이 어이없이 죽어버리는 일이 많았어. 그만큼 목숨이 가벼웠지. 그렇지만 말요, 그때의 나에게는 요시무라 선생의 목숨이 참말로 견딜 수 없을 만큼 무겁게 느껴집디다.

나뿐만이 아니었을 것이고만. 현관 바로 앞이 행랑채인데, 쪽문 건너에 서 있던 보초들도, 초소에서 대기하던 사무라이들도 모두 입을 꾹 다물고 고개를 떨군 채 허연 한숨만 폭폭 내쉬고 있었거든.

지로에 나리가 요시무라 선생에게 어떤 지시를 내렸는지, 아마 금세 다 알려졌을 거야. 온 저택이 쏟아지는 눈에 짓눌린 것처럼 괴괴하게 가라앉아 있었어.

멍하니 눈을 바라보면서 말요, 이리도 무겁기만 한 요시무라 선생의 목숨은 과연 무엇인가 하고 생각도 참 많이 했소.

다들 요시무라 선생의 값어치를 알고 있었어. 누구보다 강하면서도 착하고 다정한 사내의 엄청난 값어치. 그런데 그런 사람을 합세해서 쫓아내려 했다는 걸 다들 알고 있었어. 모두 당장의 입장이 가장 중요했던 거지. 그런 속에서도 차마 쫓아내지 못하고 저택 안에 들였더니 이번에는 총무 나리가 뜻밖에 배를 갈라 죽으라고 고함을 치니.

높으신 분들은 어떤지 모르겠지만, 적어도 행랑채에서 지내던 말단 무사나 하인들에게는 말요, 그 사람의 목숨은 참으로 무거운 것이었고만.

퍼뜩 생각이 나서 안채 방에 화로며 이불을 들고 갔던 게 요즘 시각으로 한밤중 두시나 세시였던가.

저택에는 출입하는 상인들이 장만해준 솜이불이 하인 방에까지 있었소. 하인들은 나면서부터 짚이불 아니면 기껏해야 헌 솜을 넣은 담요만 덮고 살았으니까 참 굉장한 호사였지.

그 이불을 챙겨들고 살그머니 방에서 나오려는데, 고참 하인이 이부자리 속에서 팔만 내밀어 화로를 쓰윽 밀어주는 거야. 기왕이면 이것도 가져가라는 뜻이지.

"염치 없고만요" 했더니 그 사람은 대답도 없이 돌아눕습디다.

애써 모르는 척하고 있어도 다들 요시무라 선생을 걱정한다는 걸 그때 알았어. 하긴 그때는 그렇게 모르는 척하는 꼴도 못 견디게 미웠지만.

이불을 어깨에 얹고 화로를 안고 복도를 건너가는데 안채 방쪽이 어쩌 고요하게 가라앉아 있는 게 '아아, 벌써 끝났구나' 하는 생각이 절로 들더라고.

그 생각이 들자 다리가 딱 굳어버려. 배를 가르고 쓰러진 요시무라 선생의 꼴만은 절대 보고 싶지 않았거든.

멈칫멈칫 방안을 들여다보니 촛불 아래 요시무라 선생이 천장을 보고 누워 계셔. 쿨쿨 코까지 고시는 것을 확인한 순간 후유 하고 가슴을 쓸어내렸다니까.

생각해보니 배 같은 거 가를 것 없이 이대로 세상을 하직해주시는 게 그나마 선생에게나 나한테나 훨씬 마음 편할 것 같더만. 그런데도 아직 살아 계시는 걸 보니 참말로 반갑습디다.

기분 좋게 잠든 얼굴이셨어. 아마 부인이나 자식들의 꿈이라도 꾸셨던 모양이요.

발치에 화로를 놓고 이불도 덮어드렸고만. 부디부디 이대로 고향 꿈을 꾸면서 운명하시라고 베갯머리에서 합장을 하고 빌었네.

내가 무슨 사무라이도 아니고, 사람이 배를 가르고 죽은 참혹한 꼴만은 참말로 보기 싫었소. 할복이라는 게 무사의 지조인지 뭔지, 난 그런 건 잘 모르겠지만, 대체 그런 짓거리에 무슨 의미가 있느냐고. 안 그래? 가장 사람답게 죽는 건 말요, 조용히 잠을 자듯 떠나는 거, 그거 아뇨?

요시무라 선생이 원래부터 남 앞에서 위세 부리는 구석이 하나도 없었고, 우리 같은 사람들에게도 사무라이랍시고 으쓱거린 적이 한 번도 없었소. 사실 그 양반은 사무라이여서 좋은 일이라고는 눈곱만큼도 없었던 사람이었는데, 그런 사람한테 하필 죽을 때만은 사무라이 격식을 차리라니, 난 그것만은 이해를 못 하겠습디다.

두고두고 참말로 후회를 많이 했소.

어째서 그때 이불 같은 거 덮어주는 대신 요시무라 선생의 목을 베어드리지 못했는가 하고.

그러나 그 짓만은 차마 할 수 없었어. 안 그렇겠소, 그 사람은 우리 가난한 사람들의 귀감이었어. 가난에 익숙해지는 건

옳지 않다며 거기에 끝까지 맞섰던 단 한 사람이었어. 적어도 선조 대대로 이어져온 가난이라는 것을 자기 대에서 어떻게든 끝내려고 애썼던, 세상 어느 누구와도 바꿀 수 없는 가난한 사람이었단 말요.

누구라도 그런 생각을 안 하는 건 아냐. 어렸을 때는 아무리 가난한 집 애들이라도 내가 이담에 보란 듯이 출세하겠다 하는 정도의 꿈은 꿔. 부모에게 효도하고 처자식을 호강시키겠다고 말야. 그런데 차츰 운명이라는 것을 알면서 자기도 모르게 가난에 익숙해지고 말아.

그런데 그 사람은 그러지 않았어.

훌륭한 사람 아니오? 나는 그런 생각이 듭디다. 이런 훌륭한 사람을 내 손으로 편안히 보내드리다니, 그런 짓을 어떻게 해. 그걸 못 해서 두고두고 지독히 후회를 하긴 했지만 말요.

요즘도 이따금 생각이 나. 어째서 그 사람을 그렇게 참혹하게 죽게 놔뒀던가 하고.

그리고는…….

아, 생각이 나네. 그리고는 무심코 저택 주방 쪽으로 갔어. 아마 물이나 한 잔 마시려고 갔을 게야. 덧문을 죄다 닫은 컴컴한 복도를 살금살금 지나서 북쪽 끝에 있는 주방으로 갔지.

번 저택의 주방이란 게 엄청나게 넓은 곳이야. 아궁이가 나란히 너덧 개가 뚫린 부엌 옆으로 몇십 명이 한 자리에서 밥을 먹을 수 있을 정도로 큼직한 마루방이 딸려 있거든.

연기 빠져나가는 높은 창으로 눈빛이 뿌옇게 비쳐들었고만.

하얗게 바랜 무명 천이 뻗친 것 같은 그 빛 속에서 내가 참말로
믿을 수 없는 광경을 봤네.

지로에 나리가 말요, 부엌 물통을 마주보고 앉아 계시더라
고.

잠이 오지 않아 물 마시러 나오셨는가 했는데 그게 아니었
어. 지로에 나리가 글쎄, 밥통을 열어놓고 직접 주먹밥을 만들
고 계시더라고.

왜 그런지 지로에 나리의 뒷모습이 아주 조그맣게 보입디다.
항상 당당하셔서 한 치나 커 보이시던 지로에 나리의 뒷모습이
그때만은 어린애처럼 쬐그맣더라니까.

아궁이 불길이 나리의 맨발을 발갛게 비춰주던 것까지 생생
히 기억이 나.

대체 지로에 나리는 무슨 심정으로 그러고 계셨을까.

"사스케냐?"

지로에 나리는 고개만 돌려 나를 쳐다보며 물으십디다.

"식은 밥이라 뜨거운 물이라도 말아주려고 했다만, 어떻게
하는지를 모르겠다. 소금 넣은 주먹밥이라도 요기는 되겠지.
요시무라에게 갖다줘라."

정월 초사흘에 시작된 도바 후시미 싸움터를 초이레 밤까지
꼬박 닷새 동안 칼 한 자루로 뚫고 나오신 요시무라 선생이 무
슨 음식을 변변히 드셨겠소. 어째서 미처 그런 생각을 못 했을
까 하고 내 발등을 찧었고만.

"죄송합니다, 나리. 제가 생각이 미치지 못해 손수 이런 일을
하시고……."

“괜찮다. 생각을 못 하는 게 당연하지. 나도 지금껏 그 사람 배고픈 것까지는 생각도 못 했다. 더운물이라도 곁들여 갖다줘라.”

그 말씀만 남기고 지로에 나리는 침실로 돌아가셨어.

난부 칠기에 큼지막한 주먹밥이 두 개 담겨 있더만. 제대로 뭉쳐지지 않아 찌그러진 경단처럼 못생긴 주먹밥이었어.

솔직히 말해 나는 그래도 심사가 편하지는 않았소. 손수 뭉친 주먹밥 몇 개 먹여주고 그 큰 죄를 면하려는가 싶어서 말이지. 그러느니 목숨 구해줄 방도를 찾으면 될 거 아닌가, 그런 생각이었어.

그래서 냉큼 들고 갈 마음이 나지 않아 한참이나 부엌 바닥에 쪼그리고 앉아 아궁이 불에 손을 쬐고 있었고만.

참말로 분해서 견딜 수가 없었어. 내 손이 미치지 않는 그 무사도라는 게.

나는 지로에 나리를 진심으로 존경했었으니까 원망까지는 안 했지만, 어쩌다 일이 이렇게 되고 마는가, 어째서 나는 아무것도 할 수 없는가, 참말로 분해서 이를 갈았소.

그러다 보니 요시무라 선생이 얼마나 훌륭한 분인지 절절히 내 뼈에 새겨집디다.

그 사람 역시 어째서 이런 식이 되고 마는가, 어째서 나는 아무것도 못 하는가 하고 항상 생각했을 거요. 그러나 생각하는 데서 멈추지 않았어. 다들 생각만 하고 포기해버리는 것을 그 사람은 꾸역꾸역 착실하게 해낸 거야.

무사의 지조도 참 좋은 것이지만, 그 지조니 절개니 하는 것

때문에 처자식을 굶어죽게 할 수는 없다, 하고 용감하게 탈번
을 감행했어.

보쇼, 손님. 무사도라는 거, 그게 대체 뭐요?

나는 그게 임협(任俠)의 도와 하나도 다를 게 없다고 생각하
네. 그러니까 그게 사나이의 도라는 거지, 안 그렇소?

그렇다면 말요, 금방울 달랑거리는 어엿한 사내가 여자와 아
이들을 지켜주는 건 당연한 일이지. 먹을 걸 제대로 못 먹고 바
짝 여윈 처자식이 말요, 농사꾼처럼 굶어죽지는 않았지만 자칫
병에 걸려 언제 죽을지 모를 상황이었다 이거야. 거기다 이제
곧 태어날 어린것은 암만해도 그 겨울을 무사히 넘길 수 없을
것 같은 상황이었어.

그러니 요시무라 선생은 어떻게든 그 처자식을 살려야 한다
는 생각에 나름대로 궁여지책을 짜낸 거요.

그래서 나는 지금도 그 사람을 사내 중의 사내라고 봐. 사내
로서 마땅히 해야 할 일을 철저히 해낸 사람인데 어느 누가 그
사람을 나무랄 수 있느냐는 말이야.

내 한 가지 묻겠는데, 그런 훌륭한 사내를 죽게 한 그 무사도
라는 건 뭐요? 그렇게까지 그 사람을 몰아붙인 세상이라면 말
요, 어딘가 잘못된 세상 아뇨?

그러니까 잔뜩 비뚤어져 있었던 거야, 세상 그 자체가. 사람
이 제 본분이라는 걸 잃고 구호만 외치며 마구 내달리면 세상
이 그렇게 죄다 비뚤어져.

그 무렵에는 사무라이가 제 본분을 잊고 있었어. 사내가 사
내인 것을 잊어먹고 있었어. 남의 윗자리에 앉은 사람이라면

말요, 한 집안의 가장이건 번주건 쇼군이건 반드시 그 아랫사람을 지켜줘야 하는 거야.

그래서 나는 가신들을 팽개치고 에도로 내빼버린 쇼군보다 처자식을 위해 목숨을 내던진 요시무라 선생이 훨씬 더 훌륭하다고 봐.

사실 내가 이날까지 마누라 없이 산 것도 요시무라 선생과 똑같이 할 자신이 없어서 그랬소. 처자식을 거느린다는 게 그만큼 단단한 각오가 필요한 일이라고 그 사람이 내게 똑똑히 가르쳐줬거든.

한참 뒤에야 나는 겨우 마음을 가라앉혀서 안채로 들어갔어.

그때도 역시 무서웠지. 이번에야말로 진짜 배를 가르신 게 아닌가 싶어서.

요시무라 선생은 잠이 깨셔서 조금 전과 다른 자리에 멍하니 앉아 계십디다. 무슨 영문인지 복도에 핏물이 고였고 거기서부터 앉아 계신 방바닥까지 뱀이 기어간 것 같은 핏자국이 그려져 있었어.

요시무라 선생이 빙긋 웃으면서 이러셔.

"눈 내리는 것을 보고 있었어. 영락없이 모리오카에 가 있는 것 같아, 거기하고 똑같은 얼음 눈으로 바뀌어서."

모기 소리처럼 가느다랗게 그리 말씀하십디다. 웃는 얼굴이 너무 안쓰러워서 정말 견딜 수가 없었소.

"더운물하고 주먹밥입니다. 드시지요."

지로에 나리가, 라고 얘기하려다 입을 다물어버렸어. 그 말만은 도저히 할 수 없더라고.

아아, 하고 요시무라 선생은 넋이 나간 듯 탄성을 지르시더니 반듯하게 무릎을 맞춰 꿇어앉으시고는 절절한 한말씀을 하셨어.

"이거, 난부의 쌀이고만."

웃는 얼굴이 그대로 일그러지면서 그 양반이 말요, 눈물을 주르르 흘리며 우십디다.

휴우, 그래서 말요…….

결국 내가 이런 얘기까지 하는고만.

원래 거짓말도 못하고 뭘 감추지도 못하는 성미라서. 그러니 때로는 손해도 보고 때로는 득도 보지만, 우리 같은 투전꾼한테는 득이 될 때가 더 많은 것 같아. 이렇게 사업이랍시고 펼치고 있는 것도 수하들에게 아무것도 숨기지 않는 성미 덕분일 거요.

오십 년이나 지난 옛 얘기를 하나도 감추지 않고 다 말씀드리지. 그렇지만 말요, 손님, 다 털어놓는다고 속이 편해지는 그런 얘기가 아니라는 점만은 알아두쇼.

좋아서 이런 얘기를 하는 게 아냐. 그저 사내의 일생이라는 건 마지막에 분명하게 갈라지는 것이다, 그러니 그 양반에 대해 조사하고 다니는 당신에게 마지막 모습을 얘기 안 할 수 없다, 그거뿐이야.

1868년 정월 초이레 저녁부터 초여드레 아침까지 눈은 줄기차게 내렸소. 한밤중부터 얼음 눈으로 바뀌어서 콧속까지 한기가 훅 끼치는 추운 밤이었어.

내가 마지막 본 요시무라 간이치로 선생의 모습은 지금도 내 눈 속에 고스란히 찍혀 있소.

주먹밥과 더운물을 올리고 방을 나서려는데 그 사람이 뜻밖의 밝은 목소리로 나를 불러 세웁디다.

"사스케 씨."

그래요, 하인인 나를 그 양반은 '사스케 씨'라고 불러주셨어. 그 뒤에도 그 전에도 사무라이 나리에게 '씨'라는 소리를 들은 건 그때 딱 한 번뿐이야.

내가 홈칫 돌아봤던 건 그 '씨'라는 소리에 깜짝 놀라서였어.

그 양반, 빙긋 웃고 계셨어. 고향 모리오카에 계시던 때부터 항상 얼굴에 웃음이 끊이지 않던 사람이었는데, 그때도 참 어떻게 표현을 해야 좋을지 모를 만큼 좋은 웃음을 담고 나를 쳐다봤소.

그것도 억지로 지어내는 웃음이 아냐. 이 양반은 어쩌자고 이런 때까지 저토록 좋은 웃음을 지으시는가 하고 생각했었네.

"……방금 시즈의 목소리를 들었어."

시즈, 라는 건 요시무라 선생의 마나님이요.

"저런, 정말 묘한 일이고만요."

"묘한 일이네만 내가 방금 분명히 집사람의 목소리를 들었어. 이 귀에 대고 말을 해줬어."

"뭐라고 하시던가요?"

요시무라 선생은 길다란 속눈썹을 떨구고 행복한 얼굴로 대답을 하십디다.

"……수고하셨습니다, 이제 지아비로서의 임무는 충분히 다 하셨으니 부디 여한 없이 저승길에 드세요, 그러던걸."

나는 그 순간 가슴이 그만 찢어지는 것 같아 아무 말도 못 했소.

요시무라 선생은 배를 가르자니 막상 결심이 서지 않아서 자다가 깨다가, 복도에 나가도 봤다가 하셨던 거야. 이미 꼼짝달싹도 할 수 없는 처지였는데도 선뜻 결심을 하지 못한 이유를 손님, 아시겠소?

죽는 게 무서웠던 게 아니오. 목숨을 과녁 삼아 오래도록 활약해온 사무라이가 자기 죽을 자리를 모를 리가 없지.

그 양반한테 큰 문제는 말요, 손님, 바로 그거, 죽어야 하는 이유였어.

지로에 나리는 고사하고 가령 난부 번주 나리가 나서서 어서 죽으라고 득달같이 밀어붙였어도 요시무라 선생은 죽지 않았을 거요. 이타 이인부치의 말단 무사에게 제 목숨 바칠 주군은 바로 제 식솔이었어.

그건 모든 말단 무사들의 본심, 아니, 입에 풀칠도 못하던 가난한 백성들의 본심이었을 거요.

생각해보쇼. 가신은 주군을 위해 죽는 것이다, 병사는 국가를 위해 죽는 것이다, 그딴 거 대체 누가 정했소? 윗사람만 좋을 그런 해괴한 소리가 어디 있느냐고.

사내라는 건 제가 먹여 살려야 하는 자들을 위해 죽는 거요. 여자에게 반했다면 그 여자를 위해, 자식이 생겼다면 그 자식을 위해 목숨을 버리는 거요.

어느 대단한 사람이 나서서 죽으라고 한대도 그 양반은 결코 승복할 수 없었어.

그래서 고민하고 고민한 끝에 마나님이 그런 말을 해준 것으로 한 거요. 그걸로 자신을 승복시키려고 말요.

나는 가까스로 울음을 삼키며 대답했지.

"그런 서운한 말씀 마세요, 요시무라 선생님. 마나님은 시즈쿠이시에 계시잖습니까? 그런 소리가 들릴 리가 있나요."

"아냐."

요시무라 선생이 웃음을 담은 상처투성이의 얼굴을 흔듭디다.

"나는 분명 시즈의 목소리를 들었어. 그 사람이 배를 가르라고 딱 잘라 말했어. 살아서 돌아오라고 했다면 내가 기어코 모리오카에 돌아가야겠지만, 아무래도 이렇게 다친 몸으로는 어렵겠지? 어째야 좋을지 고민하는 참이었는데, 허 참, 이리도 고마울 수가. 그 사람이 그런 말을 해줬어. 덕분에 어깨 힘이 스르르 풀렸네."

세상에 이토록 강한 사람이 있을까, 하고 생각했소. 자신에게 마법을 건 요시무라 선생은 진심으로 행복하게 웃으셨소.

온몸의 피를 다 흘려버려서 마치 노를 젓듯 흔들흔들하고 계셨어.

누가 뭐라고 하건 그 사람은 이 나라 최고의 말단 무사였소. 이 나라 최고의 가난한 사람이었어.

이 세상에 진실이라는 건 단 하나뿐이요. 이리저리 얽히고 설킨 속에서 그 하나밖에 없는 진실을 놓치지 않고 살아낸 그 양반은 사내의 귀감이었소.

그리 생각하지 않소, 손님?

날이 뿌옇게 밝아올 무렵에야 마침내 눈이 그칩디다.

나는 소리란 소리가 다 듣기 싫어서 대문 앞에 나앉아 있었어. 꺼져가는 화톳불을 쬐면서 보초 사무라이들과 쓰잘데없는 얘기를 하며 심사를 달래고 있었지.

새벽 안개 속에 관군 병사를 태운 작은 배가 몇 척 오락가락하고, 그 뱃전에서 샤구마 갓을 쓴 사쓰마 조슈의 사무라이가 언덕 쪽을 향해 큰 소리로 알리고 다녔어.

"각 번 저택의 여러분께 알리오. 도바 후시미의 역적군을 보면 즉시 나카노시마 사쓰마 번 저택에 인도하시오. 조정의 명이오!"

지금 생각해보면 참 기묘한 날이었어. 막부군 잔당이 오사카 시내에 얼마든지 있었는데 관군은 그이들을 다 잡아들일 기미는 없었어.

오사카 시내를 싸움터로 만들어서는 안 된다는 생각 때문이었나? 아니지, 이제 그만 하면 에도와 아이즈를 공격할 구실이 생겼으니 구태여 오사카에서 일을 벌일 필요가 없다는 속셈이었을 거야.

으스스할 만큼 고요히 가라앉은 눈 걷힌 아침이었어.

간밤에 요시무라 선생이 왔다고 지로에 나리에게 연통해줬던 나이 든 사무라이가 갑자기 내 어깨를 툭 치며 속삭이더라고.

"사스케, 안채에서 총무 나리가 부르신다."

그 순간 등이 서늘합디다. 옛, 하고 일어서는데 그 나이 든 사무라이가 내 어깨에 손을 얹고 "너도 참, 고생이 많구나" 하고 달래주시는데 가슴이 찡하더만.

쌓인 눈을 밟으며 뒷마당으로 돌아서는데, 그때만은 참말 무서운 꿈을 꾸는 것처럼 걸어가려고 해도 몸이 앞으로 나가지를 않더라고.

다리가 자꾸 어깃장을 놓질 않나, 나중에는 허릿심까지 쑥 빠져서 아예 엉금엉금 기어가다시피 했어.

뒷마당으로 난 덧문이 그 전날부터 한 짝만 활짝 열려 있었는데, 거기까지 겨우겨우 갔더니만 인왕상처럼 우뚝 선 지로에 나리의 뒷모습이 먼저 눈에 띄어.

"사스케, 이런 험한 꼴을 다른 사람에게 보여서는 안 된다. 뒷수습을 해라."

지로에 나리는 등을 꼿꼿이 세우고 팔짱을 끼고 서 계셨어.

마루 아래까지 기어올라가서 어찌어찌 지로에 나리의 발치에 닿자마자 나는 으악 하고 뒤로 넘어가 버렸어.

넓디넓은 방이 온통 피바다야, 대야로 뿌려놓은 듯이.

화로 옆에다 입으셨던 신센구미 대원복과 갑옷을 단정하게 개켜놓고, 혼자 배 가르기가 얼마나 고통스러우셨는지 온 방안을 다 구르고 헤맨 끝에 요시무라 선생은 저 구석 쪽에 동그랗게 몸을 오그리고 앉아 숨이 끊어지셨더라고.

지로에 나리도 그 광경을 보자마자 다리가 굳어버리셨던지, 자기 팔을 그러안은 채 동상처럼 서 계셔.

내가 가까스로 용기를 내서 그 피바다 속을 기어 들어갔소.

기겁하게 놀란 뒤에는 갑자기 울음보가 터져서 꺼이꺼이 통곡을 하면서 말요.

그래서는 방구석에서 벌레처럼 동그랗게 오그라든 요시무라 선생에게 다가가 시신을 보고는 두번째로 넋이 나가버렸어.

요시무라 선생이 말요, 혼자서 배를 갈랐는데도 도무지 죽어지지 않았던지 목구멍도 찌르고 눈도 찌르고, 아아, 그 죽은 모습이 얼마나 참혹하던지.

그렇지만 손님, 내가 넋이 나갔던 건 그 참혹한 모습 때문이 아니오.

그 양반이 지로에 나리가 내준 야마토노카미 야스사다를 끝까지 안 쓰셨더라고. 손에 단단히 쥐어진 게 칼자루부터 홱 굽고 칼날은 대수세미처럼 이가 다 빠진, 칼끝이 뚝 부러진 선생의 칼이었어.

"지로에 나리, 지로에 나리!" 하고 나는 더이상 말을 못 잇고 도코노마 쪽만 가리켰어.

핏물이 튄 도코노마의 하얀 벽에 손가락으로 피를 찍어 적어 내려간 글이 있었거든.

　　아래 두 품목 본인의 집으로

도코노마에 놓여 있던 두 물건이 뭐였을 것 같소?
하나는 야마토노카미 야스사다.
왜냐니, 그런 걸 물으면 바보지. 아니, 빈정거리는 건 아니오. 그러니까 그 양반이 말요, 피로 더럽히지 않은 깨끗한 명검을 아드님에게 보내신 거요.

그 검으로 배를 갈랐으면 훨씬 수월하셨을 텐데, 요시무라 선생은 그걸 끝끝내 안 하셨어.

또 한 가지.

그 명검과 나란히, 걸레 같은 수건을 깔고 그 위에 니부킨 열 개를 마치 헤아리기라도 하신 것처럼 놓아두셨어.

하나 둘 셋 넷 다섯 여섯 일곱 여덟 아홉 열, 하고 요시무라 선생의 목소리가 금방이라도 들릴 것 같습디다.

"지로에 나리, 보십시오. 부탁입니다, 요시무라 선생의 마지막 모습을 똑똑히 봐주세요."

내가 피 범벅이 된 무릎을 꿇고 빌었소. 요시무라 선생이 얼마나 훌륭한 분인지 이 세상 모든 사무라이에게 다 알려주고 싶었어. 지로에 나리야 진작에 다 아셨겠지만, 가난한 사람이 마지막까지 어떻게든 그 가난을 뚫어내려고 했던 처절한 죽음의 모습을 말이지, 세상 사람 모두에게, 번주 나리께도 쇼군께도 사쓰마 조슈 사무라이들에게도 천왕님께도 똑똑히 보여드리고 싶었어.

지로에 나리는 한참이나 도코노마를 바라보고 계시데.

"이 고집불통이 밥에도 손을 안 댔구나."

지로에 나리의 말에 나는 그제야 알아봤어. 손도 대지 않은 주먹밥이 꺼져가는 촛불 아래 놓여 있더라고.

물론 지독한 고집불통이셨지. 그렇지만 나는 당장 알겠더라고. 어째서 요시무라 선생이 그 주먹밥을 안 드셨는지.

난부 저택의 쌀은 난부에서 가져온 쌀이오. 그건 말요, 그 양반에게는 난부 주군께 하사받던 봉급인 셈이야. 선조 대대로 줄곧 하사받아온 이타 이인부치 난부 녹봉미라고.

그 양반, 그걸 도저히 입에 넣을 수가 없었던 거야. 이미 난부에서 탈번한 이상 난부 녹봉미는 단 한 톨이라도 받아먹어서는 안 된다고 생각하셨든가, 아니면 탈번할 수밖에 없었던 가난한 말단 무사의 고집으로 그 쌀만은 먹고 싶지 않으셨든가.

필시 그 둘 중의 하나일 거요.

주먹밥을 본 순간 지로에 나리가 심지 부러진 사람처럼 무너져버렸소. 하얀 숨을 훅훅 뿜으면서 나무 인형처럼 털썩 주저앉아 주먹밥 그릇을 집어들었어.

그리고는 핏물에 버선발이 미끄러지며 비틀비틀 구석 쪽으로 가더니 요시무라 선생의 시신을 끌어안았어.

"간이치……."

지로에 나리는 요시무라 선생의 얼굴에 하얀 숨을 토하셨어.

"먹어라, 간이치. 시즈도 가이치로도 네 덕분에 배불리 먹었어. 그러니 이번에는 네가 먹어라. 왜 그러느냐, 간이치. 난부 쌀이다. 하나마키 쌀이야. 시즈쿠이시 쌀이야. 기타카미 강물이 키운 모리오카 쌀이야. 이봐, 제발 부탁이다, 간이치, 다시 한번 눈을 뜨고 난부 백성이 정성껏 가꾼 이 쌀을 배부르게 먹어다오. 이봐라, 간이치, 간이치, 제발……."

소리 죽여 말을 붙이면서 지로에 나리는 눈물을 떨구셨어. 그리고 손수 뭉친 주먹밥을 보랏빛으로 굳어버린 요시무라 선생의 입에 밀어넣다못해 나중에는 스스로 베어 물고는 선생의 입에 입을 대고 넣어주기까지 하시더라고.

"먹어라, 간이치. 너, 이 쌀을 꿈에도 그렸을 것 아니냐. 남의 눈치 볼 거 없어. 난부 쌀을 배부르게 먹어. 이봐라, 간이치, 부탁이다. 배부르게 먹어다오. 어서 먹으라니까……."

밤새도록 다들 고민을 했지만 말요, 그래도 제일 괴로웠던 건 지로에 나리였어.

나는 지로에 나리의 몸부림을 뻔히 보면서도 한 마디 말도 할 수가 없습디다.

도저히 다른 사람이 끼어들 계제가 아니었어. 그래, 지로에 나리와 요시무라 선생은 거의 한몸이었어. 이 세상에 둘도 없는, 어느 누구와도 바꿀 수 없는 친구였지.

요시무라 선생을 아기 안듯 품에 안고 지로에 나리는 이런 얘기도 하셨소.

"또다시 외톨이가 되어버렸구나. 이봐라, 간이치, 나를 혼자 두고 가지 마라. 네가 없으면 나는 살 수가 없어."

요시무라 선생은 지로에 나리의 살아가는 버팀목이었던 거요. 그 사람이 있었기 때문에 약한 마음을 독하게 먹고 지로에 나리는 그때까지 살아올 수 있었어.

둘도 없는 친구라는 건 바로 그런 거요.

요시무라 선생의 시신은 그날로 저택 뒤편의 조그만 절에 실려가 거기서 공양을 올렸어.

오사카의 난부 번 보리사는 나니와 다리를 건너 기타노의 사찰 구역에 있었지만, 요도가와 강 너머 언덕을 이미 관군이 점령한 뒤라서 관을 떠메고 거기까지 갈 수가 없었거든.

그러니까 제삿날이 정월 초여드레인 셈이지. 그 뒤로 나는 정월 초이레의 칠초죽만 먹고 나면 그 다음날부터는 술이고 밥이고 딱 끊고 하루 종일 염불을 하며 보내. 수하 젊은것들은 정초부터 무슨 괴상한 짓이냐고 툴툴거립디다만.

그 초이레, 여드레 사이에 막부군은 대부분 에도로 후퇴했어. 성안에 있던 은전 팔만 냥, 비축미 일만 석을 사쓰마 조슈 관군에게 고스란히 빼앗기는 게 분했던지 막부 관리들이 시내 백성들에게 다 뿌리고 갔어. 요시무라 선생을 절에 모시고 돌아오던 길에 우리까지 무슨 영문인지도 모르고 관청 앞에서 돈과 쌀을 받았다니까.

여드렛날 밤에는 요도가와 강변 이쪽은 벌써 텅텅 비어버렸고, 아흐렛날 아침에는 새벽부터 조슈의 포병대가 오사카 성을 향해 대포를 쏘기 시작했어. 지금 생각해보면, 미리 짜고 싸운 전쟁이야.

포격이래야 사람도 없는 성의 엉뚱한 데다 적당히 쏘는 거였어. 천수각 같은 건물이 무너지지 않도록 조심하면서 말이지.

요도가와 강둑에서 그런 불꽃놀이 같은 포격을 구경하면서 간절히 생각했네. 요시무라 선생 같은 분이 어째서 이따위 싸움판에 휘말려 죽어야 했단 말인가 하고. 길을 가다 관리에게 영문도 모르고 받은 돈을 세면서 마음이 참 서글펐어.

돈이라는 게 제 목숨을 과녁 삼아 벌어야 하는가 하면, 때로는 그렇게 하늘에서 뚝 떨어지기도 하더라고. 이따위 것에 휘둘리는 인간이 참 서글픈 목숨이라는 걸 그때 실감했어.

나는 지금도 돈 세는 게 지독히 싫소. 나면서부터 그런 게 아니고 그때부터 영 싫어졌어.

　그건 그렇고…….

그 뒤로 무슨 일이 있었더라…… 혼잡한 시절을 틈타 도둑이 출몰하고 괜히 불 지르고 다니는 놈들이 날뛰는 통에 오사카 시중이 한참 소란스러웠지. 그래서 각 번의 저택들은 모조리 문을 걸어 잠그고 죽은 듯이 지냈어.

그러다 막부 토벌군 사령관 닌나지노미야(仁和寺宮) 님이 오셨고, 그제야 사쓰마 조슈 병사가 시중 순찰을 시작했지. 무슨 특별히 새로운 일을 하는 것 같지도 않더만. 방이 나붙었는데, 도쿠가와는 역적이 되었지만 최상급 이하 관리들은 종전대로 근무하라는 조치여서 난부 저택 사람들도 크게 안심하는 분위기였어.

사쓰마 조슈가 진주하면 저택을 통째로 징발당하는 게 아닌가 하고 잔뜩 긴장들을 했었거든. 어떻든 세상이 그자들 것이 되었으니.

그 대신 지로에 나리는 몇 차례나 나카노시마의 사쓰마 저택에 불려 들어가셨어. 아니, 지로에 나리뿐만 아니라 오사카에 상주하던 각 번의 저택 관리들이 다 불려갔다 왔소. 그 시절에는 어느 번이나 제법 실력 있는 분들이 오사카 저택에 나와 있었거든. 그러니 그런 실세들을 불러들여 혹시라도 천왕의 깃발에 맞서지 마라, 역적은 도쿠가와다 하는 등의 연설을 했겠지.

물론 나도 항상 함께 다녔어. 그 사쓰마 저택이 얼마나 거창하던지 내가 깜짝 놀랐네.

이런 데를 적으로 삼아 싸워봤자 상대가 안 되겠다는 생각이 저절로 들더라고.

사쓰마 하인들이 하는 말을 들어보니, 오사카는 정말 추워서 못 살겠다, 어서 고향에 돌아가고 싶다는 거야. 나 참, 우리한테는 오사카 추위는 아예 뜨뜻한 봄처럼 느껴지는데 말요. 개중에는 그 정월 이렛날 밤에 눈이라는 걸 난생 처음 봤다는 사람도 있었어.

그러니 사쓰마 번주 나리 수입이 명목상으로는 칠십삼만 석이었지만, 실제로는 가가*의 백만 석보다 훨씬 수입이 좋았을 것이고만. 그러고 보니 사무라이도 하인도 우리와는 비교도 안 될 만큼 체격이 좋고 차림새도 번지르르하더라고.

우리 난부도 이십만 석의 큰 번이기는 하지만, 해마다 기근이 이어지던 그 무렵에는 이십만 석 채우기는 그림의 떡이었소. 참 억울한 얘기지만서도, 잘 먹는 놈들에게는 못 당하는 법이야.

사쓰마 저택에 불려갔다 돌아오는 길이었을 거요. 요도야 다리를 건너는데 지로에 나리가 무슨 생각이 나셨는지 문득 이런 얘기를 하셔.

"사스케, 요시무라의 묘나 둘러보러 갈까?"

나야 말렸지. 혹시 누구 눈에라도 띌까 싶어서. 사쓰마 조슈 병사들이 요도가와 이쪽 강변에 들어오면서부터 낙오자 사냥이 시작되었어. 미처 피신하지 못한 막부 병사는 물론이고 감

---

*加賀. 지금의 이시카와 현 남부 지역.

취준 사람까지 용서 없이 목이 날아가는 판이었다니까.

"그리 겁낼 것 없다. 황천길 떠나고 나면 관군이고 역적이고 없어."

미도 큰길을 주욱 내려가면 질퍽질퍽한 골목길로 접어드는 곳에 별로 눈에 띄지 않는 절이 하나 있어. 문 앞 양달에 세월 좋게 꽃 파는 할머니가 앉아 있더라고.

지로에 나리가 겨울 국화 한 다발을 사들고는 조용한 골목길을 한 바퀴 둘러보셨어.

"여기, 우에다 무사 구역 쇼카쿠지 앞하고 비슷하구나. 그렇지?"

우에다 무사 구역이라는 데는 지로에 나리와 요시무라 선생이 어릴 때 사시던 말단 무사 동네요. 거기에도 쇼카쿠지라는 작은 절이 있는데, 그 말씀을 듣고 보니 아닌게 아니라 조용한 골목길하며 아담한 경내하며 비슷한 것도 같더만.

"요시무라의 집사람이 어머니를 따라 시즈쿠이시에서 쇼카쿠지 문 앞까지 곧잘 꽃을 팔러 나오곤 했다. 국화꽃에 파묻혀 앉아 있는 모습이 예쁜 인형 같았어. 그러니 우리가 다들 담장 틈새로 내다보며 내 색시 삼는다고 다퉜지. 마지막에는 서로 티격태격 싸움까지 했다."

지로에 나리가 그날 꽃 파는 할멈에게 돈을 꽤 넉넉히 건네셨을 것이고만.

요시무라 선생의 시신은 내놓고 장사 치를 형편이 못 되어서 묘비도 없이 그저 절 한 귀퉁이 무연고 묘지 안에 나란히 묻히셨어. 곁에 오래된 굵은 감나무가 한 그루 서 있어서 요시무라 선생이 드신 묘지 흙 위에 마치 금이 간 듯 나뭇가지 그림자가 거뭇거뭇 떨궈져 있었네.

꽃을 올리고 합장을 하며 지로에 나리가 이러십디다.

"간이치, 너희 집사람은 행복한 사람이다. 너만한 사내대장 부에게 뼛속까지 사랑을 받았으니 그보다 행복한 여자는 이 세 상에 다시 없을 거야."

그때 문득 이런 생각이 들었어. 분명 요시무라 선생의 마나 님도 행복한 분이시지만, 그렇게 평생 한 여인만을 사랑한 요 시무라 선생도 우리가 짐작하는 것보다 훨씬 더 행복하지 않았 을까 하는 생각.

보쇼, 그런 사내가 많을 것 같아도 실은 아주 드물어. 안 그 렇소?

그런데 손님, 오노 치아키 도련님이 요시무라 선생의 따님하 고 부부 연을 맺었다는 거, 아시지?

고만고만한 인연담같이 들리겠지만, 그 치아키 씨가 말요, 암만 생각해도 참말 현명한 사람이야. 그렇지, 행복이라는 게 뭔지 빠삭하게 알고 계시거든.

내가 글을 못 읽으니 치아키 씨나 미쓰 부인이 보내주는 편 지는 매번 수하들에게 읽어달라고 하는데, 그놈들도 읽으면서 낯이 뜨뜻해질 마나님과의 정담이 가득하다니까. 그 부부는요, 무슨 이유가 있어서가 아니라 뼛속부터 그냥 서로 좋아서 어쩔 줄을 몰라. 참말로 두 분이 똑같이 지혜로운 사람들이야.

세상이 어떻게 굴러가든 간에 서로 사랑이 넘쳐서 어쩔 줄 모르는 그 행복만은 변하지 않는다는 거, 손님도 잘 아실 거요.

평생 홀몸으로 사는 나는 그저 부럽기만 하지 뭐.

지로에 나리와 내가 고향 모리오카에 돌아갔던 게 그달 말의 일이었소.

오사카에서 기슈를 거쳐가는 배를 타고 에도에 들어가서 시오미 언덕 아래에 있는 번 저택에 잠깐 들렀다가 오슈 가도를 타고 곧장 모리오카로 갔어.

그런데 암만해도 지로에 나리의 기색이 심상치 않더라고. 원래부터 골똘하게 생각이 많으시던 양반이지만, 그때는 배 안에서도 길을 걸으면서도 거의 입을 떼지 않고 뭔가 줄곧 고민하셔.

'면도칼 지로에'라는 별명까지 붙은 분이 긴 여행길에 뭔가 심각하게 고민을 하시는 거야. 그러니 모시고 가는 나는 또 무슨 일이 터지려나 하고 좌불안석이었지.

그야 그럴 수밖에. 지로에 나리가 얼마나 신망을 받고 있는지는 하인인 나도 잘 알고 있었거든. 그 양반 생각 하나에 난부 이십만 석이 좌지우지된다는 걸 직접 피부로 느끼던 사람이 바로 나야.

물론 성안이 어찌 돌아가는지 나 같은 사람이 알 리 없지. 그저 아는 것이래야 주장이 딱 두 개로 갈라져 있다는 것 정도야. 그런 소문은 하인 처소에서도, 거리 주막에서도 이러니저러니 말들이 돌았거든.

황공하옵게도 천왕에게 거역하는 건 말도 안 되는 소리라고 주장하는 파가 있었고, 아무리 조정의 명이라지만 아이즈를 토벌하라는 건 너무 심한 처사다, 무엇보다 관군이라는 게 그 실체는 사쓰마 조슈이니 그런 자들에게 숙이고 들어갈 수는 없다고 주장하는 파가 있었어.

한마디로, 관군에 붙느냐 아니면 오우 열번동맹에 붙느냐 하는 거야.

지로에 나리는 뭐니뭐니 해도 난부의 안위를 중시하고 충의로 똘똘 뭉친 분이니 행여 관군에 대항하지는 않을 거라고, 다른 사람들이나 나나 다 그렇게 생각했었어.

그게 말요, 요즘이니까 관군 관군 하지, 그때만 해도 모리오카 거리에서는 그리 좋게 불러주는 사람이 없었어. 애초에 관군이라고 생각하지를 않았으니 그저 '사쓰마 조슈'라고만 했지. 말하자면 대부분의 번사들은 천왕이냐 도쿠가와 쇼군이냐 하는 것보다 천왕을 떠메고 나선 사쓰마 조슈의 천하가 된다는 건 용납할 수가 없다, 이거였어. 그러나 천왕을 받들고 시대의 흐름을 따르자면 아무리 눈꼴이 시어도 사쓰마 조슈 쪽에 붙는 게 낫기는 훨씬 나았지.

그 무렵에 히가시 나카쓰카사 나리라고 난부 번주 가문의 젊은 중신이 계셨는데 그분이 조정을 받들자는 측의 기수였어. 지로에 나리의 인품을 가장 잘 아시던 히가시 나리는 혈기 넘치는 막부 편 번사들을 이론으로 달랠 수 있는 사람은 오노 나리밖에 없다, 그렇게 생각하고 급히 오사카에서 불러들이셨던 거야.

히가시 나리와 파가 갈린 나라야마 사도 나리는 유서 깊은 가문 출신의 중신으로 사쓰마 조슈에 반대하는 쪽의 기수였는데, 마침 그분이 교토 출장으로 자리를 비운 틈에 지로에 나리를 불러들여 단숨에 난부의 방침을 정리해버릴 꿍꿍이였던 모양이지.

그런데 다들 입이 떡 벌어질 일이 일어났어.

난부의 안위를 도모한다는 일념으로 분명 일을 부드럽게 풀어줄 것이라고 기대했던 지로에 나리가 느닷없이 "사쓰마 조슈는 절대로 관군이 아니다, 아이즈를 공격할 수는 없다" 하고 좌중에 일장 연설을 해버리셨어.

그 다음은…… 그 뒷얘기는 손님도 벌써 다 아시지?

난부 번은 오우 열번동맹을 배신한 아키타 공격을 감행했고, 그 끝에 역적이라는 오명을 썼소. 일이 그리 되니 지로에 나리는 꼼짝없이 천왕을 거역한 죄인이 되어버렸지.

난부가 항복한 뒤에 잡혀 들어가서 결국 1869년 겨울에 반란군 우두머리라는 죄명으로 참수를 당하셨소.

참 기막힌 일 아니요? 말단 무사 요시무라 선생은 그나마 당당하게 할복이라도 하셨는데 높으신 직위에 있던 지로에 나리는 할복도 허락되지 않아 참수형을 받으셨으니.

그리고는 아이즈가 함락되고 센다이가 항복하고 마침내 모리오카도 성문을 열기로 결정한 뒤로 지로에 나리는 단 한 번도 입을 열지 않으셨던 것 같은 느낌이 들어. 물론 그럴 리야 없지만 그 무렵 지로에 나리의 목소리를 들어본 듯한 기억이 영 없어.

가족이나 집안에서 모시던 사람들은 지로에 나리가 번주님이나 다른 중신들께 피해가 가지 않게 하려고 혼자 모든 죄를 다 뒤집어쓰고 돌아가셨다고 한숨들을 쉬셨지. 그러나 나는 아무래도 그렇지는 않은 것 같습디다.

아랫사람의 비뚤어진 생각인지는 모르지만, 훌륭한 무사라는 것을 앞세우는 그런 듣기 좋은 이유 때문이 아니라, 글쎄 뭔가 이렇게, 제대로 설명은 못 하겠지만, 좀더 이렇게, 뭔가 정체를 알 수 없는 끈끈한 정 같은 것을 말이지, 지로에 나리가 마음속에 품고 계셨던 게 아닌가 싶고만.

지로에 나리는 내내 입을 꾹 다문 채 삼나무 숲에 눈발이 휘날리는 겨울날 아침에 목이 잘리셨소.

아, 요시무라 선생의 유품 말요?

그건 내가 시즈쿠이시의 선생 댁에 틀림없이 갖다드렸소.

모리오카에 돌아가서 바로 그 이튿날이던가, 마침 눈이 개인 틈을 타서 야마토노카미 야스사다 검과 니부킨 열 개, 거기에 머리털까지 모셔들고 갔어.

잊혀지지도 않아. 요시무라 선생의 임종을 어떤 말로 전해야 할지, 내 모자란 머리를 쥐어뜯으며 시즈쿠이시까지 터벅터벅 걸어갔소.

대충 이런 얘기를 머릿속에 짜뒀어.

도바 후시미 전투를 훌륭하게 마치신 뒤에 요시무라 선생은 당당한 전투복 차림으로 오사카의 난부 저택에 찾아오셨다.

"이번 전쟁에서 도쿠가와 전위 부대의 임무를 받들고 전력으로 싸웠으나 무운이 다하여 패하였소. 이렇게 된 마당에 더 살아서 치욕을 당할 생각이 없소이다. 선조 대대로 녹을 먹어온 난부 저택에 돌아와 배를 가르고자 하니 부디 방 한 칸을 빌려주시오."

그렇게 지로에 나리께 간청하셨다, 그래서 두 분이 다정하게 이별의 잔을 나누시고는 가이샤쿠도 거절하시고 장렬하게 홀로 배를 가르셨다…….

그런 얘기를 지어내서 달달 외우며 갔지. 그러나 끙끙거리며 짜낸 그 얘기는 결국 써먹지도 못했어.

가이치로 큰도련님이 댁으로 이어지는 길 앞의 눈을 치우고 있더라고. 내가 멀리서 알아보고는 삿갓을 벗고 절을 했더니 주위의 기척을 살피며 내게 얼른 달려오셔.

척 보자마자 짐작을 했는지, 아니면 내가 소중히 품에 안은 검 상자를 보고 순간적으로 눈치를 챘는지, 그건 모르겠어. 아무튼 내게 급히 다가오더니 가이치로 도련님이 갑자기 이런 말을 하더라고.

"이번에 저희 아버님이 큰 폐를 끼쳤습니다. 참으로 죄송합니다. 지금 어머니가 병석에 누워 계시니 부디 이곳에서 인도해주시지요. 이런 결례가 없으나, 부디."

그새 몰라보게 성장한 모습이 아버님과 어찌 그리 꼭 닮으셨던지.

"이 칼은 나리께서 도련님께……."

도저히 그 검의 내력을 말할 수가 없었어. 검 상자를 받들어 건네면서 그저 나 혼자 가슴속으로 외쳤지.

'아버님은 도련님께 피에 더럽혀지지 않은 칼을 남겨주시려고 칼끝마저 부러진 다 닳아빠진 칼로 배를 가르셨다오…….'

허 참, 완전히 눈물 짜는 얘기가 됐네.

주사위나 던지며 사는 투전꾼에게 이런 옛날이야기는 영 어울리지 않아. 투전꾼은 투전꾼답게 인상을 고약하게 찌그리고 이렇게 비뚜름히 앉아서 이딴 얘기는 마감해야겠소, 손님.

우리 난부에게 무진전쟁이란 건 아키타에 쳐들어간 전쟁일 뿐이요. 평생에 단 한 번 겪어본 전쟁이었으니 지독히 힘든 싸움이었네, 하고 징징거려봤자 뭐 따로 비교할 만한 싸움도 못 겪었지만, 그러나 다시 생각해봐도 나한테는 소름이 끼칠 만큼 끔찍하게 무서운 싸움이었소.

해먹고 사는 게 투전이니, 그 뒤로도 치고받고 하는 싸움질은 엄청나게 했어. 그래도 그런 싸움질은 일이 정리되면 다 잊어버려. 헌데 그 전쟁만은 요즘도 꿈에 보인다니까.

중신 나라야마 사도 나리를 총대장으로 난부군이 아키타를 향해 출병했던 게 유신 첫해 칠월 말이었어. 요시무라 선생이 오사카의 난부 저택에서 임종하신 뒤로 반 년 남짓 지난, 그해 여름의 일이요.

한 소리 자꾸 또 하는 것 같지만, 우리는 결코 도쿠가와 편을 들었던 게 아뇨. 도바 후시미에서 전세가 좀 불리할 것 같으니까 수하 군사를 내동댕이치고 에도로 내빼버린 그런 쇼군 가에 무슨 잘난 충의를 내세울 게 있어? 그저 천왕을 떠메고 나서서 천하를 독차지하려는 사쓰마 조슈를 도저히 봐줄 수 없었을 뿐이야. 게다가 비겁한 도쿠가와 쇼군을 대신해서 죽을 애를 쓰신 아이즈 나리만 애매하게 악역을 도맡는 것도 참을 수가 없었지.

센다이의 다테 나리도 요네자와의 우에스기 나리도, 물론 난부 번주 나리도 천왕 조정을 거역할 마음은 털끝만큼도 없었어. 그저 아이즈를 좀 너그럽게 봐달라고 간청을 한 것뿐이지.

그런데 말요, 그렇게 간청을 하는데도 절대 못 봐주겠다니 어쩔 도리가 없잖소?

보시는 대로 내가 낫 놓고 기역자도 모르는 무학이지만, 무사나 협객이나 사내의 길을 걷는다는 점은 마찬가지니까 그런 쪽의 이론은 나도 나름대로 꿰뚫고 있다고 자부해.

사내의 길은 뭐니뭐니 해도 의의 길이지. 문제는 천왕 조정에 충성하는 길을 택할 것이냐, 아니면 아이즈 나리와의 신의를 지키는 길을 택할 것이냐, 그거였어. 그러니까 조정에 충성하는 길을 선택한 아키타의 사다케 나리가 미웠던 건 아니야. 우리는 사쓰마 조슈라는 마물이 꼬인 천왕님보다는 우리 눈으로 본 그대로 아무 거짓도 없는 아이즈 나리와의 신의를 더 중하게 여겼던 것뿐이오.

결국 천왕의 깃발에 맞선 죄로 역적 취급을 받고 말았지만, 나는 지금도 그 전쟁은 의로운 싸움이었고 우리는 의로운 군대였다고 믿어.

오노 지로우에몬 나리는 자원을 하셔서 나라야마 사도 나리 휘하의 사무라이 대장으로서 가즈노 쪽에서 출정하셨소.

재정계를 담당하시던 분이니 성에 남아서 재정적인 지원을 하는 게 이치에 맞지만, 본인이 강력하게 아키타 공격을 주장하셨던 터라 후방에 가만히 있을 수만도 없는 입장이었어.

그러나 싸움이 어떻게 판가름 나건 지로에 나리는 그 싸움에서 꼭 전사할 마음이셨다는 걸 나만은 분명하게 알고 있소. 그야 당연히 알지, 내가 말고삐를 잡았으니까.

가즈노구치에서 밀고 나가 단숨에 오다테 성을 공략할 때만 해도 분명 승산이 있는 싸움이었어. 그런데도 지로에 나리는 어서 총알을 맞으려는 사람처럼 자꾸 앞으로만 말을 재촉하시더라고. 그러다 아키타에 신정부군의 원군이 들이닥치고 거꾸로 밀리기 시작하자 그때부터는 우리 병사를 먼저 도망치게 하고 후미를 도맡으셨어. 지로에 나리나 나나 그때 죽지 않은 게 참말 이상할 정도요.

솔직히 말해 지로에 나리는 전쟁터에는 어울리지 않는 분이야. 검술 쪽으로는 그리 뛰어난 편이 아니었고 말 다루는 것도 영 서투르셨거든. 몸집이 작아서 투구 갑옷에 밤색 난부 말에 올라앉으신 모습이 어째 명절 인형처럼 곱기만 하셨지.

나는 말요, 보쇼, 여기 왼쪽 어깨에 납탄을 한 발 먹었는데, 무슨 운인지 지로에 나리는 손끝 하나 안 다치셨어. 그러니 여름도 가고 전쟁터에 서리가 내릴 무렵 마침내 항복 결정이 났을 때 나는 이런 생각이 듭디다.

아, 지로에 나리에게 뭔가 꼭 하셔야 할 일이 있는가 보다, 하치만 님이 지로에 나리가 아니면 절대 할 수 없는 어떤 일을 시키시려나 보다, 하고 말이지. 그러지 않고서야 그 험악한 싸움판에서 상처 하나 안 입을 리가 있어?

옛날 달력으로 구월 말이니까 요즘으로 따지면 십일월 초순 쯤이었을 거요. 곱기도 엄청 고운 단풍이 제대로 쳐다볼 새도 없이 어느새 다 떨어지고 산마루의 진지에 허연 서리가 내린 아침이었어.

아이즈도 센다이도 요네자와도 항복했으니 난부도 이제 더이상 싸워봤자 별수 없었지. 전황이 그렇게 돌아가자 다들 반은 넋이 나갔었고만.

오노 조의 진지에 미처 날도 덜 샌 시간에 가이치로 도련님이 불쑥 찾아오셨더라고.

마구간 짚더미에서 자고 있던 나는 갑작스런 야간 공격인 줄 알고 벌떡 일어났지. 다른 사무라이들은 긴 싸움에 지칠 대로 지쳐 여전히 잠을 깨지 못하고 있었어.

고함을 치려다가 가만 들어보니 말발굽 소리가 하나뿐이야. 그래서 살짝 마구간 밖을 살펴봤더니 큼지막한 검은 털 말이 허연 입김을 내뿜으며 우뚝 서 있어. 말 위에서 갑옷을 입고 창을 쳐든 젊은 사무라이가 이렇게 등을 빳빳이 세우고 나를 쏘아보더라고. 기겁을 하게 놀란 중에도 가이치로 도련님이라는 걸 금세 알아봤어.

말단 무사들끼리 숙덕거리던 얘기는 그전에 자주 들었지. 요시무라의 장남이 고향 시즈쿠이시에서 하시바 진에 나와 구니미 고개를 선봉장으로 달리며 대단한 활약을 했다는 소문이 돌았거든.

그야 나로서는 믿고 싶기도 하고 믿고 싶지 않기도 하고, 기쁘기도 하고 가엾기도 한 이야기였어. 그러나 말에 높직이 앉은 가이치로 도련님을 본 순간 아, 그 소문이 사실이었구나 하고 실감이 나더만.

한참 전쟁터에서 굴러다니다 보면 말요, 용감한 사무라이와 겁쟁이 사무라이가 한눈에 척 구분이 돼. 얼굴 표정이나 거동이 벌써 다르거든. 맡은 자리나 신분 같은 게 아냐. 맹활약을 하는 사람은 저 아래 말단이라도 당당한 게 겉으로 분명하게 표가 나.

그때 가이치로 도련님은 내가 아키타 전쟁에서 본 어떤 무사보다 태도가 당당하셨어. 선봉에 섰다는 자부심이 마치 후광처럼 훤하게 빛을 뿜더라고.

벌써 선진에서 공을 세우고 자신의 본래 자리인 오노 조의 진지로 달려왔구나 했어.

그런데 그게 아니더만.

뭔가 상당히 흥분한 기색으로 내가 누구인지 알아보지도 못하고 대뜸 묻더라고.

"대장님께 연통해주시오. 나라야마 나리의 본진은 어디입니까?"

가이치로 도련님은 시즈쿠이시 진영의 밀서를 품고 가즈노 구치 본진까지 이틀 동안 말을 달려온 거였어.

"나리, 요시무라 가이치로 도련님이……."

내가 당장 달려가 댓돌 아래에서 첫마디를 떼자마자 안쪽 방에서 휴식중이던 지로에 나리와 마루방에서 자던 말단 무사들까지 일제히 우르르 밖으로 뛰쳐나오셨어. 휴식중이었다지만 진중이었으니 다들 갑옷 차림이셨지.

"허, 이거 놀랐네. 정말 간이치로의 큰아들놈이구나."

"그새 훌륭한 무사가 다 됐구나, 가이치로."

"노노무라 나리 부대에서 선봉에 섰다면서? 참으로 장하다."

말단 무사들이 저마다 나서서 칭찬들을 했어.

그제야 가이치로 도련님은 오노 조의 진지인 줄 알았던 모양입니다. 잠시 멈칫하더니 아직 어린 청년답게 얼굴이 빨개지더라고.

"본진에 뭔가 급한 소식이 있으십니까?"

내가 물었더니 가이치로 도련님은 장갑을 쥔 채 훌쩍 말에서 뛰어내려 옆구리에 차고 있던 편지를 지로에 나리에게 내밀었어.

"대장님께 전달해주십시오. 시즈쿠이시의 노노무라 나리께서 보내신 편지입니다."

"수고했다. 틀림없이 전달하마."

"그런데 조장 나리, 시즈쿠이시 진에서는 이미 싸움이 끝났다고들 하던데 그것이 참말입니까?"

가이치로 도련님은 조장께 드리는 인사도 없이 불쑥 그런 질문부터 하더라고. 기색이 심상치 않았어.

"만일 그렇다면 어찌하겠느냐?"

가이치로 도련님이 영 못마땅하다는 듯 대꾸했어.

"아이즈는 지금 성에 배수진을 치고 끝까지 싸울 태세입니다. 그런데 난부는 전선에서 항복을 하다니, 참으로 천만뜻밖입니다. 저는 할복으로 대장님께 참언할 생각입니다. 연통해주십시오, 조장 나리."

참 대단한 걸물이다 싶었지. 기나긴 싸움에 그만 역증이 나서 이기건 말건 될 대로 되라는 심정이었던 나는, 아니, 나뿐만 아니라 다들 똑같은 심정이었을 텐데, 가이치로 도련님의 그 말 한마디에 그만 머리를 세게 얻어맞은 듯한 느낌이었어.

그런데 지로에 나리는 첫마디부터 크게 나무라시더라고.

"이런 제 분수를 모르는 놈!"

더 심한 소리도 하셨지.

"탈번자의 자식이 전쟁에 냉큼 나서는 건 무슨 속셈이냐! 잘난 소리를 떠벌리고, 이번 기회에 오노 조에 귀대를 청원하려는 게지! 대단찮은 수훈 하나로 아비의 죄를 씻을 수 있을 줄 알았다면 큰 착각이다. 돌아가라, 어서 돌아가지 못할까!"

그 자리에 서른 명 남짓한 오노 조의 말단 무사들이 죄다 나와 있었어. 다들 요시무라 선생의 인품을 뻔히 알고 있었고 가이치로 도련님도 어렸을 때부터 귀여워하던 동료들이셔. 게다가 오사카의 난부 저택에서 지로에 나리가 요시무라 선생에게 할복 명령을 내렸다는 건 다들 이미 알고 있었지.

저마다 안 좋은 얼굴로 지로에 나리를 노려보더라고.

가장 놀란 건 가이치로 도련님이었을 거야. 가보로 전하던 검까지 하사받았고, 누구보다 아버지나 자신을 배려해줄 거라고 믿었던 지로에 나리에게 그렇게 심한 소리를 들었으니 참, 위신이 말이 아니게 되었지.

그렇지만, 손님도 짐작이 갈 거요.

맞아, 오사카 저택 때와 마찬가지로 지로에 나리가 귀신처럼 독한 마음을 먹으셨던 거야.

"사스케, 말을 내라. 이 아이를 혼자 돌려보냈다가는 무슨 짓을 할지 모르겠다."

지로에 나리는 일단 진지에 들어가시더니 갑옷 위에 사슴가죽으로 만든 전투용 덧옷을 입고 군장까지 갖추고 나오셨어. 그 동안 내내 가이치로 도련님은 눈밭에 양무릎을 꿇고 이를 악물고 있었고.

흥이 나는 얘기를 해보려고 했는데, 결국 이렇게 흘러버리는고만. 참 나도 마음이 답답하기만 하네.

하인은 사무라이가 하는 일에 토를 달 수가 없어. 아무리 하고 싶은 말이 있어도 그걸 뱉을 수가 없다고. 그런 때는 정말 괴롭지.

싸락눈 섞인 차디찬 비가 내리는 산길을 지로에 나리와 가이치로 도련님이 말머리를 나란히 하고 내려가셨소. 시종은 나 하나뿐이었어.

가이치로 도련님은 길을 가며 내내 자신의 진심을 호소하셨어.

"저는 귀대 따위는 꿈에도 바라지 않습니다. 그저 아비의 죄를 갚을 기회는 지금밖에 없다고 생각했을 뿐입니다. 전사할 마음으로 뛰어들었으나 아직 죽을 자리를 얻지 못해 오늘에 이르렀습니다."

지로에 나리는 아무 말 없이 말만 모셨고. 한 마디 한 마디 참으로 지당한 가이치로 도련님의 말이 자꾸 등을 찌르는 통에 나는 말고삐를 잡고 걸으면서 몇 번이나 돌아봤는지 몰라.

"아비의 죄 같은 건 자식이 갚지 않아도 된다."

불쑥 지로에 나리가 그리 대답하십디다.

"항복한다는 게 참말입니까?"

"참말이다. 여기서 더 싸움을 계속한들 백성들만 괴로울 뿐이다. 이 싸움에는 이미 아무런 득도 없어."

"조장 나리께서는 득을 보고 싸움을 하십니까?"

"전쟁이란 그런 것이다."

"아닙니다, 이번 전쟁은 의를 위한 전쟁입니다."

"백성을 고달프게 하면서 의는 무슨 의란 말이냐? 그런 의 따위가 있어서는 안 된다."

나는 말요, 두 분이 주거니 받거니 하는 얘기를 들으며 참 막막해서 견딜 수가 없었어. 두 분 모두 하시는 말씀마다 가슴이 아릴 만큼 이해가 되었으니.

문득 말을 세우고 지로에 나리가 천만뜻밖의 말씀을 꺼내신 건 큼지막한 우박이 낙엽 진 길을 투두둑 때리는 어스레한 송림 속이었고만.

"가이치로……."

지로에 나리는 말 위에서 전투용 삿갓의 끈을 푸셨어.

"네가 여기서 나를 쳐라."

등이 서늘합디다. 돌아봤더니 지로에 나리가 전투용 삿갓을 벗고 죄인처럼 고개를 떨구고 계셔.

"난부가 항복하면 어차피 대장인 사도 나리와 나는 참수형을 받는다. 그러느니 너처럼 당당한 난부 사무라이의 칼을 받고 싶다."

"무슨 당치 않으신 말씀을!"

가이치로 도련님이 펄쩍 뛰셨지.

나는 눈을 질끈 감고 가슴속으로 빌었소.

'제발 그 뒷얘기는 하지 마세요, 나리.'

그러나 지로에 나리는 기어코 그 말씀을 하시고 말았어.

"당치 않은 말이 아니다. 내가 요시무라를 죽였느니라. 네 아비에게 인정사정없이 억지로 배를 가르라고 했다. 자, 부모의 원수를 갚는 것은 자식의 의무이니라."

그때 지로에 나리는 진심이셨어. 말에서 내려와 가이치로 도련님의 등자 아래 등을 대고 앉으셨거든.

"다행히 이곳은 전쟁터다. 아키타의 척후병을 만나 전사했노라고 사스케가 전해줄 게다. 자, 어서 베어라."

가이치로 도련님은 말요, 아주 꼬맹이 때부터 내가 잘 알지만, 아무튼 타고난 성정이 대담한 인물이었어. 승부욕이 강하고, 아무리 따돌림을 받아도 두들겨 맞아도 절대로 울지 않는 아이였어.

어쩌면 난부 저택에서의 일은 진중의 누군가에게 벌써 들었는지도 몰라. 그때 굳이 그 진위를 캐묻지 않았거든.

나는 너무나 겁이 나서 말을 끌고 조금 떨어져 있었어. 머릿속이 그만 하얗게 비어버렸지.

그런데도 가이치로 도련님은 말요, 지금 생각해봐도 참 대담한 사무라이였어. 전혀 겁내는 기색 없이 침착하게 묻더라니까.

"조장 나리께 한 가지만 여쭙겠습니다. 아비가 신센구미 대원이었다는 소문은 참말입니까?"

"참말이다. 그게 어떻다는 것이냐?"

"그렇다면 가령 조장 나리의 말씀이 사실이라 해도 아비의 원수는 조장 나리가 아니십니다. 사쓰마 조슈지요. 저는 이만 실례하겠습니다."

급하게 인사를 하자마자 가이치로 도련님은 말의 배를 힘껏 걸어차 달려가버렸어. 소나무 숲 끝까지 말을 몰아 단숨에 물러서더니 멈춰 서서 뒤를 돌아보는 얼굴 표정이 환하더라고.

"또 한 가지, 조장 나리의 뜻을 따를 수 없는 이유가 있습니다. 아비의 죄를 갚지 못한 자식이 아비의 원수를 갚을 수는 없습니다!"

그 말만 똑똑히 외치고 가이치로 도련님은 가버렸어.

한참 뭔가를 깊이 생각하다 일어서시더니 지로에 나리가 이러십디다.

"간이치는 개천에서 용 났다고 곧잘 제 자식 자랑을 했다만, 그게 아니야. 용소에서 용이 난 게야……."

지로에 나리는 그 다음 해인 1869년, 아직 잔설이 희끗희끗할 무렵 모리오카 안요인이라는 절에서 참수형을 당하셨소.

나라야마 사도 나리와 역적군의 우두머리로 몰린 다른 중신들도 함께 에도로 압송되셨는데, 무슨 영문인지 지로에 나리만 금세 귀향 처분을 받고 다시 내려오셨어.

내가 모시고 갈 자리가 아니었으니 에도에서 과연 무슨 일이 있었는지는 나도 모르지. 그러나 소문에 의하면 지로에 나리만은 조용히 통지를 기다리지 않고 관리에게 심하게 이러니저러니 대드는 바람에 먼저 베어버리라는 처분이 내려졌다더만.

그야말로 지로에 나리다운 일이지. 아무 말 없이 죽을 수 없다는 기개야. 지로에 나리는 어차피 죄를 뒤집어쓰고 죽겠지만, 싸움에서 이긴 쪽이 반드시 정의는 아니라고 강력히 주장하셨던 거야.

그러나 모리오카에 다시 돌아와 안요인에 갇히신 뒤로는 조용히 지내셨어. 내내 바로 곁에서 돌봐드렸는데도 거의 말씀하시는 것을 본 적이 없을 정도니까.

안요인은 기타야마 산에 있는 정토종 고다이지(光臺寺)에 딸린 절인데 울창한 삼나무 숲 속의 조촐한 절이었어. 나중에 폐불훼석 바람이 불어 흔적도 없이 사라졌지만, 예전에는 그 근처에 조그만 절들이 많았지.

감옥처럼 험하지는 않았지만, 지로에 나리는 절 안쪽 깊숙한 여덟 칸 방에서 생활하셨고, 바로 옆방에 감시관이 종일 붙어 있었고만. 아무도 만나주시지 않아서 어쩌다 면회를 하신 건 장남이신 치아키 도련님뿐이었어. 그런 때도 길게 얘기를 안 하셔. 그저 도련님 쪽에서 용건만 간단히 전하고, 지로에 나리는 항상 "네 생각대로 해라" 하는 대답을 하실 뿐이었지.

임종하신 날이 이월 십일이었소.

요즘 사형은 집행하는 날 아침에 갑자기 데리러 오는 모양입디다만, 옛날 사무라이의 처형은 날짜가 정해져 있었어.

그야 말할 수 없이 괴롭지. 목숨이 아침에 눈뜰 때마다 정확히 하루씩 줄어드니, 거참, 솜으로 목을 조인다는 게 바로 그런 걸 두고 하는 소리야. 하긴 그런 심정으로 전전긍긍한 건 주위 사람들이고 오히려 당사자인 지로에 나리는 얼굴빛 하나 변하지 않으셨고만.

내가 분통이 터졌던 건 날이 갈수록 지로에 나리가 나쁜 사람이 되는 거야. 누군가 읍내에서 그런 소문을 퍼뜨렸던가 봐, 나라야마 사도 나리를 부추겨서 난부를 역적군으로 만든 사람이 바로 오노 지로우에몬이라고. 하긴 그때는 사무라이도 백성도 분노를 삭일 데가 없으니 괜한 소문이 눈 깜짝할 사이에 퍼져버렸겠지.

그래도 참 억울하더라고. 길 가는 어린애들까지 오노 저택에 돌을 던지고 가는 거야.

"역적은 너 한 사람뿐이다아!"

그렇게 고함까지 치면서.

치아키 도련님이 그런 때마다 이런 말을 하십디다.

"사스케, 아버님은 번주님과 다른 중신들께 누가 미치지 않도록 혼자서 나쁜 사람이 되셨어. 아마 저 무심한 소문도 아버님이 미리 누군가에게 지시를 내리셔서 퍼진 걸 거야. 아무리 화가 나도 거기에 대거리를 해서는 안 돼."

틀림없이 그러기도 하셨을 거요.

아, 한 가지 생각나는 게 있소.

지로에 나리가 말씀하시는 걸 내가 딱 한 번 들었네. 참말로 가슴이 찢어지는 얘기인데, 손님, 괜찮겠소?

지로에 나리는 치아키 도련님 말고는 아무도 만나주지 않으셨어. 마나님도 따님들도, 물론 가신이나 동료분들도.

처형일이 코앞으로 닥친, 그러니까 아마 이월 칠일 아니면 팔일이었을 것이고만. 저녁 밥상 물리신 걸 받으러 갔다가 내가 도저히 견딜 수 없어 그 말을 꺼냈지.

"나리, 주제넘은 말씀이오나…… 행랑 할머님과 한 번만이라도."

행랑 할머님이라는 건 지로에 나리를 낳으신 친어머니를 가리키는 말이요. 나도 자세한 경위는 모르지만, 아무튼 오노 가의 저택 행랑채에 온종일 베만 짜며 사시는 할머니가 계셨어.

하인 처소 바로 곁에 할머니 방이 있었는데, 안에 계시는지 안 계시는지, 때로는 살아 계시는지 돌아가셨는지도 모를 만큼 무슨 공기처럼 조용한 분이셔. 그래도 지로에 나리는 날마다 출근하시는 길에 그 앞의 창가에 붙어 서서 꼭꼭 문안 인사를 드렸고만.

지로에 나리가 항상 친어머님을 염려하셨던 건 누구보다 내가 잘 알았소. 그러니 도련님이나 마나님까진 아니라도 낳아주신 어머님에게만은 작별 인사를 하지 않으면 필시 여한이 많으실 거라고, 나는 나름대로 걱정이 이만저만이 아니었지.

"필요 없다. 나중 일은 치아키에게 당부해두었다. 괜한 걱정은 하지 마라."

나는 말요, 손님, 열네 살 때부터 지로에 나리를 곁에서 모셨고, 한 번도 이르는 말씀을 어긴 적이 없었소. 하인 주제에 큰소리 같지만 충심을 다해 모셨다고.

그러나 평생 단 한 번 나리의 뜻을 거슬렀소.

내가 아키타 공격으로 시절이 어지러운 와중에 내 어머니 임종을 못 했어. 그 일이 나도 모르게 가슴에 맺혔던 모양이야. 아주 애가 타서 견딜 수가 없더라고. 그래서 오노 저택까지 한달음에 달려가 할머니를 모셔와버렸어. 광목 띠로 등에 들쳐업고는 솜 두른 이불을 둘러씌워서 이러고저러고 자세히 설명할 것도 없이 안요인까지 냅다 뛰었지.

좁쌀눈이 내리는 추운 밤이었고만. 등에 업은 할머님이 내 어머니처럼 여겨져서 참말로 가슴이 미어집디다. 젖먹이 어린 애같이 조그만 맨발을 손으로 꼭 잡아 녹여드리면서 아무 말 않고 뛰기만 했어.

"사스케, 집안 여러 어른들이 날마다 눈물로 지내시지 않니? 이렇게 크게 어긋난 일은 하면 안 된다, 안 된다니까."

그때는 말요, 열네 살부터 십 년 남짓 나리를 모신 세월이 내 머릿속을 휙휙 스쳐갑디다. 지로에 나리와 함께 보냈던 세월들이 말요.

나에게는 평생 단 한 분의 주인어른이셨소. 무구 상자 짊어지고 말고삐 잡고 고락을 함께한 분이요. 그 단 한 분의 주인어른이 이제 내일 모레 참수를 당하시게 된 참에 단 한 번 말씀을 어긴다 한들 그게 대수겠소?

"사스케, 그 아이가 이른 일이 아니지? 네 마음대로 이런 짓을 하는 거지?"

"아니요, 할머님. 이건 나리의 지시예요."

거짓말은 절대 아니라고 생각했어. 분명 지시를 거스르기는 했지만 거짓말은 절대 아니라고 생각했어.

나는 사무라이도 아니고 농사꾼도 아니고, 옷자락 질끈 동여매고 사는 하인 처지야. 그런 내가 그리도 좋아하던 지로에 나리께 해드릴 수 있는 일이라고는 그것밖에 없더라고.

눈이 내려 쌓인 시모노바시 다리를 건너면서 괴괴하게 가라앉은 성 그림자를 향해 나도 모르게 한바탕 외쳤네.

"이 바보놈들아!"

번주 나리, 중신 나리, 고위 무사 나리들, 댁들이 뭐라고 하시든 오노 지로우에몬 나리는 난부 제일의 사무라이요. 어찌하여 그런 훌륭한 사무라이에게 전쟁의 죄를 씌워 사쓰마 조슈에게 목을 내밀게 한단 말이오. 떨어져도 별볼일 없는 썩은 목이라면 이 양반 말고도 얼마든지 있지 않소. 이 바보놈들아! 바보놈들아!

고함을 한바탕 내질렀더니 힘이 빠져서 그 뒤부터는 달릴 수가 없더만. 그때까지는 알고 있으면서도 막상 실감이 나질 않았어, 지로에 나리가 돌아가신다는 게.

지로에 나리가 돌아가신다, 지로에 나리가 돌아가신다, 그 생각만 머릿속에 빙글빙글 돌아다니고 다른 생각은 하나도 안 납디다.

"사스케……."

할머니도 목이 메셔서 내 코앞에 두 손을 맞대고 합장을 해주시데.

다행히 안요인 감시관이 우에다 무사 구역에 살던 낯익은 사무라이었어.

내가 뭐라고 해야 할지 몰라 어물거리고 있었더니, 할머니가 다시 합장을 하시고서 있는 그대로 말씀을 해주십디다.

"죄인의 어미요. 내 아들 지로에 나리를 한 번만 만나게 해주세요. 부탁합니다."

감시관이 연배로 봐서 아마 오노 가의 사연을 아는 사람이었던가 봐. 할머니에게 깊이 머리를 숙이고는 말없이 문을 열어주더만.

발소리를 죽여 뒤편으로 돌아갔더니 안쪽 방의 둥그런 창에 불이 켜져 있어.

"나리, 사스케입니다. 얼굴 좀 보여주시지요."

뭔가 글을 쓰고 계셨던지, 그림자가 붓을 내려놓고 일어서더니 둥근 창으로 다가와 가만히 창문을 열었어.

그 순간, 입술을 깨물면서 지로에 나리는 신음처럼 중얼거리셨소.

"어머님……."

"애, 사스케를 나무라지 말아라. 내가 억지를 써서 여기까지 업어다달라고 졸랐다. 애, 지로에, 부디 나무라지 마라."

할머니가 우선 나부터 감싸주셔.

눈빛에 비친 지로에 나리의 얼굴이 똑똑하게 생각이 나네. 입술이 부들부들 떨려서 하고 싶은 말씀이 한 마디도 소리가 되지 않고 하얀 숨만 헉헉 토하셨고만.

어머니란 참말로 고마운 것이요. 어머니 얼굴을 보자마자 지로에 나리는 어린애가 되셨어. 억지로 넣어놓은 등판의 심지가 부러져버린 것같이 말요.

하아, 하아 하고 소리가 되지 않는 숨만 내쉬는 지로에 나리의 얼굴을 어머니가 두 손을 뻗어 한참이나 쓰다듬어주십디다.

"염치가 없고만요, 어머님. 지로에는 끝까지 불효만 합니다. 용서하세요."

가까스로 그 말씀만 하셨소.

"무슨 소릴. 너만한 효자가 이 세상 또 있을까. 어미 일일랑 이제 마음에 두지 말아라. 참말로 착한 내 자식."

어머니의 주름진 손이 지로에 나리의 머리를 쓰다듬고, 그리고는 눈이며 코며 귓불이며 목덜미며 손이 닿는 한 인형이라도 쓰다듬듯 어루만져주셨소.

"잘했다, 지로에. 참말로 잘했어. 너를 두고 누가 뭐라고 하든 어미는 너를 칭찬한다. 어미는 다 알아, 네가 해낸 일은 아무도 흉내도 못 낼 걸. 나라야마 나리도 사쿠라바 나리도, 어느 가문의 어느 나리도 흉내도 못 내지. 겁도 많고 눈물도 많고, 큰 소리 한 번 못 치던 네가 참말로 장하게 이만큼 해냈구나."

그 순간, 지로에 나리의 눈에서 비 오듯 눈물이 떨어집디다.

아시겠소, 손님. 사내라는 건요, 아무리 나이를 먹어도, 아무리 대단한 출세를 해도 우선 어머니께 칭찬을 듣고 싶은 거야. 참 잘했다, 하는 어머니의 칭찬 한 마디를 듣고 싶은 거야.

"죄송합니다, 어머님. 그러나 저는……."

어금니를 꾹 물고 지로에 나리는 독이라도 토하듯 말씀하셨소.

"제 할 일은 어떻게든 해냈지만, 어머님 한 분을 행복하게 해드리지 못했어요."

"무슨 그런. 어미는 복이 많은 사람이야."

"일만 하느라 어머님을 행랑채에서 다른 곳에 옮겨드리지도 못했어요."

"그런 건 효도가 아니지. 무사의 할 일을 착실하게 하는 것이 곧 참된 효도가 아니더냐."

"아니요, 저는 불효자입니다."

"그렇지 않아, 그렇지 않아. 충과 효는 같은 것이다. 충의를 다한 우리 아드님은 천하의 효자고말고."

할머니를 등에 업은 나는 쏟아지는 눈물과 함께 눈에서 비늘이 벗겨지는 것 같습디다.

참 좋은 말씀 아니오? 충과 효는 같은 것이다.

지로에 나리에게나 내게나 그토록 고마운 구원의 말씀은 없었소.

가슴속에 서리서리 서려 있던 요시무라 선생의 일도 문득 다 이해가 됩디다.

이승의 마지막 인사를 나눈 뒤에 할머님이 소리 내어 우시기 시작한 건 돌아오는 길, 시모노바시 다리 위에서였소.

지로에 나리의 마지막 모습은 내가 몰라.

왜냐하면 집행 전날에 결단코 실행해야 한다는 한 가지 지시를 받았거든.

내게 시신의 뒤처리를 시키고 싶지 않으셨던가, 아무튼 이월 구일에 서찰 한 통을 들려주시면서 내 등을 떠밀어 안요인에서 내보내셨소.

"사스케, 내가 처형된 뒤에 네가 다른 이들에게 무슨 일을 당할지 모른다. 오늘 중으로 모리오카에서 떠나야 해, 알겠느냐? ……참으로 오랫동안 수고가 많았다."

지로에 나리가 그러시면서 내게 예를 갖춰 절을 해주십디다.

그 마지막 지시에는 나도 참 깜짝 놀랐소. 어떤 지시였는지 짐작이 가시오?

다름아닌 요시무라 선생의 일이야. 모리오카에 진주한 관군은 난부 탈번자이며 신센구미 대원인 요시무라 간이치로라는 사무라이를 눈에 핏발을 세우며 찾아다녔어. 그자들에게 어지간히 큰 원한을 사셨던 게지.

아무리 헤집고 다녀봤자 이미 이 세상에 없는 사람이니 별일이 있을 리 없지만, 그자들 날뛰는 꼴이 아무래도 시즈쿠이시 가족에게까지 불똥이 튀겠더라고.

집안의 가장인 가이치로 도련님이 하코다테로 떠났다는 얘기는 치아키 도련님에게 들었지. 그래서 아가씨는 치아키 도련님이 지켜주시기로 했대. 마나님은 병환으로 누워 계신 상태이니 모셔올 방도가 없지만, 또 한 사람, 요시무라 선생이 탈번하신 뒤에 태어난 어린 도련님이 있었어. 이 막내아드님을 어떻게든 살려야 할 판이었어.

결단코 실행해야 한다는 지시라는 게 바로 그 막내아드님을 에치고에 데려가라는 것이었소.

사쓰마 조슈가 아무리 원한이 골수에 사무쳤다 해도 설마 나이 어린 아이한테까지 손을 대지는 않겠지만, 어떻든 에치고의 에토 히코자에몬이라는 부유한 농부 댁에 서찰과 함께 모셔다 드리라는 지시였어.

"알겠느냐, 사스케? 간이치의 핏줄이 끊겨서는 안 된다. 한낱 인정에서 하는 일이 아니야. 이건 세상의 도리이니라."

말씀의 속뜻까지야 잘 알 수 없었지. 그러나 그 지시를 잘 치러내는 게 내게는 마지막 일이었어.

"그러면 나리, 다녀오겠습니다……."

"고생이 많겠다만, 내 단단히 부탁하마. 부디 몸조심해라."

내 할 일이라 생각하니 이번 생의 헤어짐도 그리 괴롭게 느껴지지 않습디다. 지로에 나리는 그렇게 마지막까지 잊지 않고 마음을 써주신 거요.

시즈쿠이시 댁에 가보니 병으로 누워 계신 마나님은 오늘이냐 내일이냐 하고 가는 숨을 잇고 계시더라고. 내가 이러저러하다고 지로에 나리의 말씀을 전했더니 눈을 감은 채 대답도 제대로 못 하셔. 그래서 뒷일은 집안 친지들께 부탁을 해놓고, 우선 어린 도련님을 등에 들쳐 업었어.

"어머니, 내가 신세질 에치고 댁은 큰 부자래요. 금세 의사를 데려다달라고 부탁할게요. 조금만 더 참으세요."

영리한 도련님은 대답도 못 하는 마나님께 그런 말을 하십디다.

내가 말요…… 눈보라 휘몰아치는 고개를 몇 굽이나 넘고 넘어 내 할 일은 틀림없이 했소. 그 얘기는 부디 하느님처럼 똑똑하신 저 막내도련님에게 들으쇼. 너무 송구스러워서 도저히 나 같은 야쿠자의 입으로는 얘기를 못 하겠어.

아차, 벌써 시간이 이렇게 되었나? 아주 얘기에 푹 빠져 있었네. 미안하지만, 손님, 나는 이제부터 잠깐 손볼 데가 있어 나가야겠수다.

그럼 이만 실례.

13

어이, 내가 이제 돌아왔소.
난부의 바람이야. 모리오카의 바람이야.
가슴 가득 마셔 보자.
힘껏 내 가슴 한가득.
아아, 어쩌면 이리도 맛난 바람이더냐.
아아, 어쩌면 이리도 맛난…….

참 조용한 아침이고만.

눈도 걷히고 하늘은 연보랏빛으로 말짱하니 개어버렸다. 날 밝기 전에 죽고 싶다만, 이미 숨통을 끊을 힘도 없어.

아아, 참말로 기분이 좋다. 영락없이 따끈한 목욕물에 잠겨 있는 것 같아.

이리 되고 보니 막상 각오가 서지 않아 밤새 우물거렸던 내가 바보 같다.

배는 분명 갈랐어. 음, 참으로 고심은 했지만 틀림없이 갈랐지. 마지막으로 목을 찌르려다 암만해도 눈을 찌른 모양이야. 그런데도 이렇게 한쪽 눈에 비치는 새벽하늘이 어찌 저리 아름다우냐.

조금도 아프지는 않아. 괴롭지도 않아. 그렇다면 내가 이대로 극락왕생할 수 있는 건가.

그럴 리 없지. 그토록 많은 사람을 죽이고 극락에 갈 수 있다면 지옥에 떨어질 사람은 하나도 없겠지. 삼도천을 건너면 귀신들이 나를 덥석 잡아 바늘 산을 걸으라 하고 피 연못에 들라 하겠지.

아픔에 괴로워하는 건 그때부터겠지만, 이미 각오는 단단히 했다.

어, 염라대왕님. 처음 뵙겠소이다. 부디 마음껏 심판해주시오. 여덟 개로 찢으시든 가마솥에 삶으시든 나는 아무 불만이 없소. 하지만 내 처자식들만은 아귀도에 떨어지는 일 없이, 도둑질도 하지 않고 남을 상하게 하지도 않고 항상 착하게 살다가 그대로 왕생하게 해주시오. 나 한 사람 지옥에 떨어진다 해도. 사나이의 숙원이오. 오늘까지 죄를 심판하시지 않고 길게 살게 해주셔서 참으로 고마웠소이다. 더이상 바라는 건 아무것도 없소. 어떤 판결이든 얌전히 따르지요.

이렇게 얘기하면 되겠지?

그런데 거기 앉아 계신 분은 누구신지?

아하, 아버님 아니십니까. 일부러 이렇게 마중을 와주시다니 참으로 송구스럽고만요. 꼴이 이리 험하니 참으로 큰 불효를 범하고 말았습니다. 몸을 일으킬 수도 앉을 수도 없으니 부디 용서해주십시오. 어릴 적에 유명을 달리하신 이래 오래도록 문안도 못 드렸고만요.

젊으신 모습 그대로이시니 참, 이보다 더 반가운 일이 없습니다. 아버님의 향년은 서른하나, 저는 아버님보다 긴 생을 받았고만요. 저보다 연소하신 아버님께 손을 이끌려 삼도천을 건너다니, 참으로 기묘한 일입니다만.

저기요, 아버님. 저의 생애에 대해 어찌 생각하시는지요. 부디 이승을 하직하는 참에 기탄없이 말씀을 들려주십시오.

아버님 돌아가시던 때에 어머님은 제게 이렇게 물으셨습니다. 앞으로 무사로서 살 것이냐 아니면 농사꾼으로 살 것이냐. 저는 주저 없이 사무라이의 길을 선택했으나 지금 와서 생각해보니 과연 그것이 옳은 길이었는지, 알 수가 없고만요. 아버님 생각은 어떠십니까.

간이치…….

네, 아버님. 어떤 말씀이든 사양 마시고.

잘못된 길이 아니다. 어째서 그런가. 아마 네 어머니는 앞으로 살아갈 방도를 조장 나리와 상의했을 것이다. 어린 네가 요시무라 가를 잇기까지 시간이 필요했으니 그때까지는 주위의 인정에 매달리는 수밖에 없고, 그러자면 다른 동료들에게 항상 궁색한 심정으로 살 수밖에 없었지. 그러느니 이참에 아예 오노 가의 소작지에 귀농하면 어떻겠느냐고 선대 조장님께서 말씀하셨던 것이니라.

아아, 그렇군요. 그래서 어머니가 제게 물으셨고만요. 사무라이냐 농사꾼이냐 하고요.

그렇다. 오노 가의 소작을 맡는다면 가령 기근이 들더라도 굶어죽지는 않아. 그러나 간이치, 네가 선택한 길에 잘못은 없다. 선조 대대로 내려온 요시무라 가문을 중히 여겨 편한 길보다 힘든 길을 선택한 너는 내 자식이지만 참으로 장했다. 참으로 잘 선택한 길이었어.

송구합니다, 아버님. 가슴속 응어리 하나가 풀렸습니다.

그렇다면 다음으로, 시즈를 아내로 맞아들인 일에 대해서는 어떻게 생각하시는지요.

그건 대답할 필요도 없는 일이다. 시즈는 농사꾼 출신에 몸도 약했지. 그러나 네가 사랑한 여인이다. 사내란 제 아내를 좋아하지 않고서는 힘이 나지 않는 법이야. 하물며 시즈는 예쁜 자식을 셋이나 낳아주지 않았더냐. 잘못된 것은 하나도 없느니라.

역시 그렇군요. 또 한 가지 어혈 들었던 마음이 풀렸습니다.

그렇다면 아버님, 가장 어려운 일을 여쭙니다. 제가 탈번한 것은 잘못입니까?

그것만은 어렵구나. 네 심정을 모르는 바는 아니다만…….

대답해주십시오, 아버님. 저는 탈번의 시시비비를 알고 싶습니다.

그렇다면 정직하게 말하마. 아비에게는 그럴 만한 용기가 없었고 너에게는 있었다. 단지 그뿐이야. 탈번은 무사의 죄겠으나 제 자식을 굶겨 죽이는 건 인간으로서의 죄가 아니냐. 아비는 다행히 너도 네 어미도 죽이지 않고 무사히 넘어왔다만, 아차 죽이겠구나 근심했던 겨울도 있었다. 그런데도 아비에게는 탈번을 할 용기도 힘도 없었다. 그러나 너에게는 그것이 있었어. 인간 아닌 사무라이가 되느니 수치스런 무사가 되는 길을 선택한 너는 옳았다. 참으로 잘했느니라.

아버님. 송구합니다. 저는 이 일만은 꾸지람을 들을 줄 알았습니다. 몸을 꽁꽁 묶었던 오랏줄이 스르르 풀린 듯한 심정입니다.

그 다음으로 아버님, 수많은 사람을 죽인 것에 대해서는?

어리석은 질문이다, 간이치. 목숨이 오락가락하던 일이 아니더냐. 베지 않았으면 네가 베였을 것이다.

아니요, 전쟁터나 보통의 시합 때라면 또 모르지만, 저는 속임수 공격도 자주 썼습니다. 할복의 가이샤쿠도 했습니다. 우리는 다수이고 상대는 소수인 싸움에서 상처 입은 자의 마지막 숨통을 끊기도 했습니다.

그 또한 네가 하지 않았다면 다른 누군가가 반드시 했을 일이야. 공연히 어물거렸다가 자칫 애매한 죄를 뒤집어쓰기 십상이었지. 너는 무공이 강하고 마음도 굳세었다. 강한 사무라이를 두고 악인이라 하더냐. 그럴 리 없다. 강한 탓에 남들보다 더 수고해야 했던 것이니라. 그런 당연한 일에 죄를 씌우는 하느님이나 부처님이 있을 리 없다.

예에, 말씀을 듣고 보니 그 또한 고마우신 말씀이십니다.

지금이니 말씀드리지만 아버님, 저는 사람을 베는 것이 너무도 괴로웠습니다. 자칫 그런 표정을 히지카타 선생에게 들키기라도 했다가는 무사도에 어긋난다 하여 어떤 일을 당할지 몰랐습니다. 그래서 저는 피도 눈물도 없는 얼굴로 사람을 베었습니다.

참으로 괴로웠을 것이야. 아비는 잘 알고 있다. 너의 본성은 여인네처럼 착해. 마음을 독하게 먹고 참으로 잘 버텼다, 간이치.

송구합니다, 아버님. 울어도 되겠습니까?

울어라. 아무도 보지 않느니라.

저는 그것이 무엇보다 괴로웠습니다. 사람을 벨 때마다, 아아, 이자도 부모가 있으리라, 자식이 있으리라 하고 가슴을 쥐어뜯기는 심정이었습니다.

산조의 운송점에 가면 근왕파니 막부파니 할 것 없이 사무라이들이 북적댔습니다. 모두 고향에 보내는 서찰이며 푼돈을 굽실굽실해가며 부쳐달라고 했습니다. 고향에서 도저히 먹고살 수 없어 떠나온 말단 사무라이들이지요. 제가 그런 사무라이들을 벴습니다.

이제 됐다, 간이치. 잘못이 아니라고 하지 않느냐. 그런 자들보다 네가 더 강한 사무라이였을 뿐이다. 어쩔 수 없는 일이야.

아버님, 이토록 피가 다 흘러버렸건만, 똥오줌마저 쏟아버렸건만 눈물이 한없이 흐릅니다. 도려낸 한쪽 눈에서도 눈물이 흘러요, 보세요.

울어라. 어지간히도 참았던 게지.

저는요, 아버님. 사람을 베고 돈을 받았습니다. 사람의 목숨을 돈과 바꾼 저는 암만 생각해도 악귀입니다.

아니야, 그렇지 않다니까. 신센구미는 아이즈 공의 휘하다. 아이즈 공은 교토 친위대장이시다. 너는 대의를 위해 네 할 일을 하고 상을 받은 것이야. 결코 사람의 목숨을 돈과 바꾼 게 아니니라.

그럴까요. 어쩐지 남아 있던 억지 힘마저 스르르 빠져나가는 것 같습니다.

그렇다면 아버님, 다시 여쭙겠습니다. 도바 후시미 전투가 한창이던 때에 신센구미 동료들이 대거 탈주했습니다. 물론 저도 그런 생각을 안 했던 것은 아니지요. 목숨 값도 듬뿍 받았겠다, 혼잡한 틈을 타 도망치기는 쉬운 일이었습니다.

비겁한 일인 건 틀림없지요. 그러나 시즈쿠이시 고향에서는 시즈와 가이치로, 미쓰와 아직 얼굴도 못 본 어린것까지 제가 돌아오기를 기다리고 있었습니다. 제가 취할 길은 역시 그것이 아니었을까 하는 생각이 드는고만요.

어째서 그렇게 하지 않았느냐.

모르겠습니다. 그것만은 제가 모르겠습니다.

모른다면 내가 일러주마. 간이치, 너는 무사였다. 명색만 무사인 자들이 어깨를 우쭐거리고 다니는 세상에 너는 뼛속까지 훌륭한 무사였어.

그런 억지 말씀은 하지 마세요, 아버님. 저는 이타 이인부치의 말단 무사입니다. 천장 판도 없는 우에다 구역의 말단 무사 가옥에서 먹을 것도 제대로 못 먹고 살면서 산에 들어가 옻나무를 긁어모으고 난부 돗자리를 짜고 밤을 낮 삼아 종이우산 바르는 게 일이던 졸자입니다. 훌륭한 무사라니요, 천만의 말씀이십니다…….

이타 이인부치가 어떻다는 것이냐. 받는 것이 많고 적은 게 다 무엇이더냐. 무사는 의를 위해 살고 의를 위해 죽는 것이다. 너는 처자를 먹여 살리는 것을 의라고 여기며 살아오지 않았느냐. 그러다 역적 소리를 들었어도 분명하게 참된 의를 믿고 천왕의 깃발에도 맞서지 않았더냐. 누가 뭐라고 하든 너는 훌륭한 무사이니라.

말대답 같지만 아버님, 훌륭한 무사는 목숨을 구걸하는 짓거리는 하지 않습니다. 저는 목숨이 아까워 난부 저택에 기어들어 이토록 꼴사나운 최후를 마칩니다. 이것이 훌륭한 무사의 끝장입니까?

무엇이 꼴사납더냐. 무엇이 부끄러운 끝장이더냐. 나는 이토록 장한 사내대장부의 죽음은 본 적이 없다. 알겠느냐, 간이치. 너는 몸도 마음도 모두 다 쏟아부었다. 너의 모든 것을 바쳤어. 그것만은 누구나 다 알고 있다. 입으로 어떤 말을 뱉건 네 죽음을 지켜보는 이들은 주재관에서부터 말단 무사와 하인에 이르기까지 모두 난부의 자부심으로 여기느니라. 잘 돌아왔노라고, 장하게도 주군의 저택을 저승 떠나는 꽃상여로 삼아주어 고맙다고, 진심으로 네게 머리를 숙이고 있느니라. 너는 요시무라 간이치로라는 인간의 모습을 빌린 난부의 혼백이야.

그러나 보십시오, 저는 난부 주가의 방을 더럽히고 말았습니다. 여기 좀 보시지요, 아버님, 이 빠지고 부러진 칼로 혼자 배를 가르느라 창자를 죄 쏟아놓고 한 눈을 도려놓고 똥오줌마저 지려놓은 채 버르적거리며 기어다녔습니다. 열 개의 손가락도 거의 끊겨 달아났습니다. 주가의 방을 더럽힌데다 부모님께 받은 몸뚱이를 이리도 갈기갈기 망쳐놓고 말았습니다.

아직도 그런 소리를 하느냐. 간이치, 이것은 몸도 마음도 다 바친 자의 마지막 모습이니라. 눈을 똑똑히 뜨고 방바닥을 가득 채운 피를 보아라. 너는 네 몸에 넘치는 피를 자식들과 나누고 그 의미를 네 몸으로 충분히 일러주었느니라. 방바닥에 흩

뿌려진 네 피는 아이들에게 준 유품이다. 참으로 장하게도 이만큼 너를 쥐어짰구나. 네 몸에는 이제 한 방울의 피도 남아 있지 않다. 알겠느냐, 간이치. 너는 부모가 준 신체발부를 헛되이 훼손한 것이 아니야. 한 줌의 머리털, 한 쪽의 살점, 한 방울의 피조차 헛되이 하지 않고 온전히 다 썼다. 너의 마지막 모습을 본 자라면 누구라도 잘못된 무사도를 깨달으리라. 무사도는 죽는 것이 아니고 사는 것이라는 진리를 알리라. 간이치, 그것이 바로 참된 무사도다. 난부 사무라이의 혼이다.

아아, 아버님, 송구합니다. 잘 알았습니다. 제 생애가 그래도 대단한 것이었고만요. 이제 피 한 방울 나오지 않으나 마지막으로 눈물을 쥐어짜도 되겠습니까. 제 몸에 남은 것이라고는 그것밖에 없으니.

울어라, 간이치. 송두리째 다 써버린 몸뚱이에 잘도 눈물을 남겼구나. 너는 훌륭하다. 눈물을 모두 쏟고 나면 내가 극락으로 데려가마. 장하다, 간이치.

이제 여한이 없네.
억지로 배를 가르고 억지로 내 생애를 이해했소.
아무것도 보이지 않는구나. 마침내 끝나는가.
시즈야, 시즈야…….
나는 숨이 멎는 지금까지도 너에게 홀려 있다. 너를 처음 품었던 날 밤, 죽을 때까지 사랑하리라고 맹세했던 약속은 이처럼 잘 지켰다.
가이치로야.

지로에 나리에게 배를 가르라고 하사받은 야마토노카미 명검은 깨끗한 그대로 네게 남겨주고 가마. 부디 요시무라 가의 후대까지 피 맛을 모르는 영예로운 명검으로 자자손손 전해다오.

미쓰야, 미쓰야.

아버지는 방금 고통을 견디다못해 뒹굴며 네 이름을 천 번 만 번 불렀다. 염불도 필요 없고 어떤 구호도 필요 없었다. 내 아픔을 눅여주는 건 네 이름뿐이었어. 너는 역시 효녀로구나. 부디 좋은 사람 만나 평생을 해로해다오.

아직 얼굴도 못 본 어린것아.

네게만은 진심으로 미안하구나. 한번 안아주지도 업어주지도 못하고 부모다운 일이라고는 하나도 해주지 못했다.

장차 누군가 아비의 일을 물어도 모른다고 대답할 수밖에 없을 너의 그 외로움을 생각하면 아비의 가슴은 미안함에 천 갈래 만 갈래 찢어진다.

그러니 아비는 너에게 약속하마.

극락에도 지옥에도 가지 않을 것이다. 혼백만은 너와 함께 있으마. 부처님이나 염라대왕님에게 떼를 써서라도 단 한시도 떨어지지 않고 네 곁에 있으마.

둘째아들로 태어난 너는 집안의 찬밥 신세로 머지않아 어느 댁 데릴사위로 들어가겠지. 그 전에 양자가 되어 떠날지도 모르겠구나. 그러나 아비는 어디가 되었든 너와 함께 있을 테니 그리 알아다오.

새로운 세상을 살아서 어느 날인가 아비와 함께 모리오카에 돌아가자. 아비의 혼백을 단단히 등에 지고 고향에 돌아가자.

아아, 보인다.

눈 녹은 이와테 산, 남으로는 하야치네 산, 북으로는 히메가미 산. 기타카미 강과 나카쓰 강의 강물이 만나는 그 앞으로 모리오카 성이 우뚝하고…….

어디나 하나도 변한 데 없이 옛날 그대로구나. 기타야마 산의 목련꽃도, 돌을 깨고 피어나는 벚꽃도, 매화와 유채꽃도 모두 한꺼번에 피어 있구나.

어이, 내가 이제 돌아왔소.

배다리가 흔들릴수록 눈 녹은 물이 철철 넘치니 올해는 필시 풍년이겠네.

하늘은 푸르고 넓게 펼쳐졌고 그 끝에서 맑은 바람 불어오누나.

난부의 바람이야. 모리오카의 바람이야.

가슴 가득 마셔보자.

힘껏 내 가슴 한가득.

아아, 어쩌면 이리도 맛난 바람이더냐.

아아, 어쩌면 이리도 맛난…….

14

그렇다, 나는 신센구미다,
온 교토를 피로 물들이고
미부 늑대라고 다들 벌벌 떨었던 신센구미 대원이다!
머릿수의 힘만 믿고 밀고 들어오는 너희와는 애초에 인물이 다르다,
성(誠) 한 글자의 깃발을 등에 지고 도바 후시미에서
이곳 하코다테까지 무시무시한 싸움판을 뚫고 나온 몸이시다!
그래, 나는 미부 의사다!

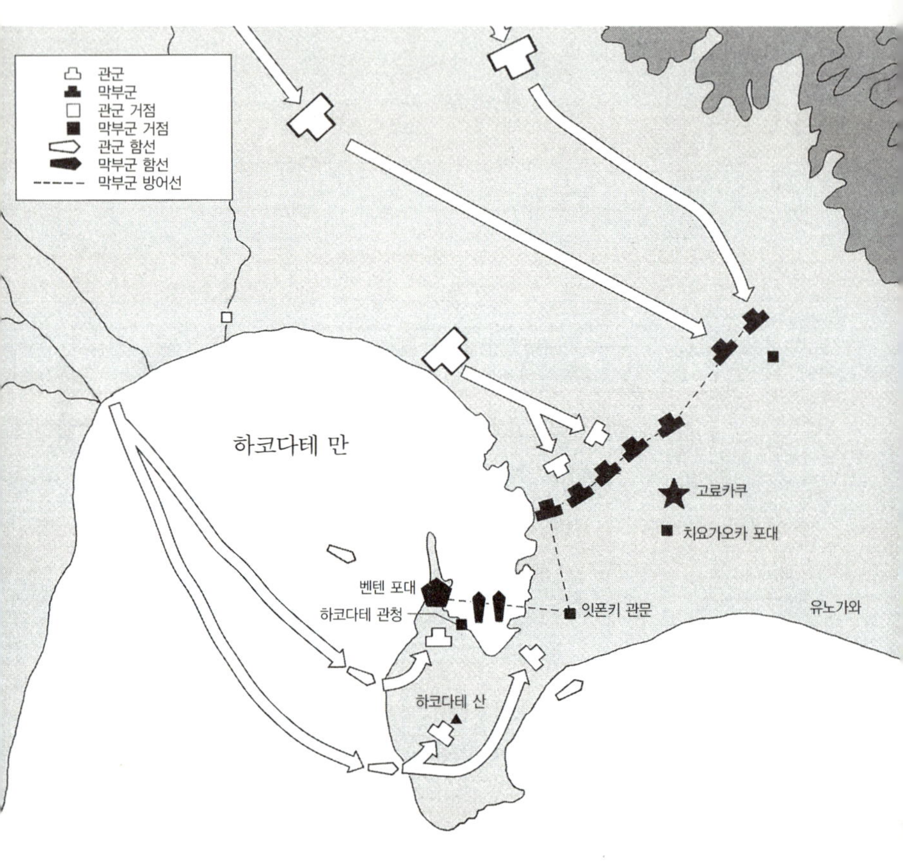

하코다테-고료카쿠 전투

관군
막부군
관군 거점
막부군 거점
관군 함선
막부군 함선
막부군 방어선

하코다테 만

고료카쿠
치요가오카 포대

벤텐 포대
하코다테 관청
잇폰키 관문
유노가와

하코다테 산

쓰가루 해협

어서 옵쇼!

그나저나 참 잘도 쏟아지네. 자, 거기 얼굴 보이는 데 앉으쇼.

손님이 없는 건 술이나 안주 탓이 아니요. 내가 떠벌리는 게 맘에 안 든다고 건방진 소리를 하는 학생도 더러 있지만, 착실한 학생들은 제 부모의 설교 대신 내 얘기를 듣겠다고 일부러 찾아온다니까.

이제 곧 겨울 찬바람도 불 때가 되었는데 아직도 비가 이리 쏟아지니 술은커녕 학교에도 나오기 싫겠지.

비옷은 대충 그쪽에 걸어두쇼. 빗물 떨어지는 것쯤 걱정할 거 하나도 없수. 바닥 젖는다고 방정을 떨 만큼 대단한 가게도 아니니.

맥주라면 차게 해뒀소만, 아무래도 따끈한 정종이 좋으시겠지?

다만지만, 고즈루, 사와노이*가 있수. 우리는 뭐니뭐니 해도 에도 식을 소중히 지키는 집이라 나다의 기잇폰**이니 후시미 명주니 하는 건 안 갖다놔. 술이란 게 살아 있는 물건이라 기차에 흔들리며 길게 여행한 술보다 바로 요 근처에서 손수레로 얼른 배달해주는 술이 훨씬 더 맛나게 마련이거든.

예에, 그럼 고즈루로 따끈하게 데워서.

이건 참말 좋은 술이요. 에도 니혼바시 새벽 네시 출발, 고슈 가도 따라 신슈 스와까지 마흔하고 다섯 개의 여숙이라. 요쓰야의 오키도 지나 맨 먼저 나이토신주쿠, 다카이토, 고쿠료, 후다라네…… 하긴 요즘에야 전차로 한달음에 가버리지만 내가 젊었을 때는 조후까지만 가려도 중간에 하룻밤 묵고 가는 게 당연했어.

조후라고 하면 뭐니뭐니 해도 시모이시와라, 가미이시와라. 잘 아실 테지만 신센구미 국장 곤도 이사미가 태어난 곳이 거기요. 그러고 그 다음이 무사시야. 얘기가 길어졌지만, 그곳이 바로 이 고즈루의 술 공장이라 이거지.

내친 김에 무사시에서 한 걸음 더 나아가면 히노혼주쿠. 울던 아이도 뚝 그친다는 신센구미의 귀신 부국장 히지카타 도시조, 육번대장 이노우에 겐자부로가 그곳 출신이요.

술 데워질 때까지 입가심으로 이 반찬 좀 드쇼. 에도 식으로

---

* 多滿自滿, 國府鶴, 澤內井. 일본 전통 술의 이름들.
** 生一本. 효고 현 나다 지방에서 나는 순곡 청주.

다가 새우에 우라야스 바지락을 곁들여 삶아낸 것이우.

엇, 초여름에 오셨던 그 손님이시네.

요즘 눈이 침침해서 전등불 밑에서 얼굴을 찬찬히 안 보면 누군지도 몰라.

그렇다면 초장부터 괜히 시시한 얘기를 떠벌렸네. 곤도 이사미니 히지카타 도시조니, 손님인 줄 알고 한 얘기가 아뇨. 고즈루를 낼 때는 그럴싸하게 말머리를 풀어놔야 술맛이 날 것 같아 으레 하는 만담이지.

지난번에 오셨을 때 분명 저 요시무라 간이치로라는 사무라이에 대해 물으셨지?

취미도 괴팍한 손님이라고 생각했더니만, 아직도 관심이 식지 않은 걸 보니 아무래도 그저 괴팍스런 취미만은 아닌 모양이요. 여기저기 알아보고 다니다 다시 또 훌쩍 찾아왔다, 그 얘기시지?

아, 그 얘기는 듣고 싶지 않아. 어디서 들었는지는 모르지만 요시무라의 뒷얘기 같은 건 안 들을라요. 좀 봐주쇼, 봐줘.

실은 말이지, 손님이 찾아갔던 도미가야 영감이 얼마 전에 불쑥 우리 집을 찾아왔었어. 그렇지, 히에다 리하치라는 영감. 신센구미에 있을 때는 이름이 이케다 시치사부로였고, 곤도 국장의 경호대원으로 일했어.

상당히 걱정을 하더라고. 묻는 대로 졸졸 다 얘기를 해줬는데 혹시 원수 갚겠다고 찾아다니는 사람 아니냐고 말이지.

웃을 일이 아뇨. 나는 그 영감 심정을 훤히 알겠던걸. 원한을 산다는 게 그만큼 무서운 일이야. 벌써 오십 년이나 지난 옛날 일인데, 누가 바로 엊그제 일처럼 얘기하면 아, 정말 그런가 싶다니까.

신센구미가 한 일이라는 게 무엇이었는지 아쇼? 쉽게 말해서, 사람 죽이는 거요. 아침부터 밤까지 그런 불길한 짓을 업으로 삼다 그 끝에 메이지유신 때 엉망으로 패전해버렸으니. 그래도 우리 고참들은 잠깐 좋은 세월을 누렸으니 그나마 다행이지. 이케다 영감 같은 이는 신센구미에 들자마자 도바 후시미 싸움판에 내몰린 셈이니 더 딱하다니까.

서로 지독한 싸움을 한 끝에 살아남았다는 건 그만큼 많은 사람을 죽였다는 얘기요.

나만 해도 먹고살려고 이런 물장사를 하고 있지만, 진작부터 각오는 하고 있소. 부모 원수, 할아비 원수를 갚겠다고 언제 어떤 놈이 뛰어들지 모른다고.

그런데 손님, 이케다 영감이 거물을 소개해줬다더만. 혼고에 사는 삼번대장 말야.

그 사람과 요시무라는 견원지간이었으니 필시 별로 안 좋은 소리를 늘어놨을 테지만, 그런 얘기는 대충 흘려듣는 게 좋을 거요.

삼번대장 사이토, 죽었어요. 모르셨지? 며칠 전에 세상 떴어. 이케다 영감이 그 혼고 상가에 향불 올리러 갔다가 돌아가는 길에 여기 들렀던 거야.

숨이 금방 넘어가려는 참에 식구들을 불러 이불을 접어 치우라고 했대. 그러고는 방 기둥에 등을 기대고 의젓하게 책상다리를 한 채 눈을 감았다는구만. 허 참, 검객이라는 건 정말 대단한 사람들이야. 댁도 얼굴 아는 사람이니 이따 가는 길에 잠깐 들러 향이라도 올려주쇼. 그 사람의 강한 근성과 악운 덕을 좀 볼지 누가 알아?

그나저나 참 가슴이 짠한데. 이케다 영감도 심란해서 어쩔 줄을 모르더라고.

우리야 죽다 살아난 사람들이요. 그 죽다 살아난 이들이 한 사람씩 살금살금 죽어가는 거, 정말 못 견딜 일이더만. 올해는 나가쿠라 신파치하고 사이토 하지메가 세상을 떴어. 이걸로 시위관 시절의 생존자는 한 사람도 안 남았네.

돌아가는 길에 이케다 영감이 애절하게 한 마디 하더만.

"마지막 신센구미라는 소리만은 듣기 싫은데 말야."

술이 따끈해졌수.

자, 어려워 말고 맘껏 드쇼. 무사시의 고즈루. 분명 곤도도 히지카타도 젊은 시절부터 이 술을 마셨을 거야, 그렇지?

그나저나 좌악좌악 잘도 쏟아지네.

손님이 과연 무슨 얘기를 물을지, 내 한번 맞춰볼까?

하다 말고 뚝 끊긴 얘기를 알아보려고 찾아왔지? 어떠쇼, 기막히게 맞췄지?

반 년 남짓 어디를 어떻게 돌아다녔는지 모르지만, 꼬치꼬치 묻고 다니는 한량 취미도 이만큼 철저하면 참 대단하다고 칭찬을 안 할 수가 없수.

허허, 미안, 얘기를 중도에 끊어먹어서.

내가 무슨 쩨쩨한 속셈이 있어서 얘기를 하다 말았던 게 아니우. 손님이 신문쟁이인지 글쟁이인지 그건 모르겠지만, 흥미 본위로 알아보는 거라면 거기까지만 들어도 충분하다 싶어서 그랬지.

그런데 암만해도 손님이 요시무라를 위해 꽤 고생을 하신 것 같고만. 그러지 않고서야 다시 우리 가게에 찾아올 리 없지.

맞아, 하코다테 전쟁은 내 눈으로 직접 봤소. 시작부터 끝장까지, 1868년 시월 에조 땅에 상륙해서 다음해 오월 항복할 때까지 달수로 여덟 달이나 걸린 긴 싸움이었어.

크게 인심 써서 손님이 알고 싶어하는 건 다 얘기해줄라고 맘을 먹었수. 그런데 그게 오십 년 지난 옛날 일이라 나도 조리 있게 얘기할 만큼 다 생각이 나질 않아.

도바 후시미 싸움에서 패한 다음에 오사카 성에 배수진을 치고 일전을 벌이는가 했더니만, 결국 신센구미는 배편으로 에도에 돌아갔어. 어떤 사정으로 그렇게 되었는지, 아무튼 성을 베개 삼아 모두 전사하자고 서슬이 퍼렇던 곤도도 하룻밤 자고 나더니 마음이 변해서 에도에 후퇴하기로 결론을 내리더만.

그래서 에도에 돌아갔는데 또 금세 고슈로 가래요. 고슈 가도로 공격해오는 관군을 맞아서 치라는 거야.

무슨 영문인지 그 무렵 묘하게 자금 사정이 좋았소. 히지카타 이하 대원들이 일단 시나가와의 가마야라는 여관에 들었는데, 갑작스레 한 사람당 열다섯 냥씩이나 나눠주더라고. 요코하마 병원에서 치료를 받던 그 이케다 영감도 우리나 마찬가지로 큰돈을 받았다고 하더만. 하여간 일월 중순에 에도에 돌아와서 삼월 일일에 고슈에 갈 때까지 수당이다 포상이다 해서 미처 다 쓰지도 못할 만큼 잔뜩 받았어.

그 돈 받고 탈주해버린 대원도 있었지. 참 머리가 잘 돌아간 사람들이었어. 인간이란 게 욕심에 끝이 없어서 돈에는 깜빡 눈이 어두워져. 도바 후시미에서 엉망으로 졌던 일일랑 다 잊게 되더라고. 주머니가 두둑해지니까 도쿠가와 막부는 아직도 튼튼하다, 에도로 공격해오는 사쓰마 조슈 따위 얼마든지 받아쳐주마 하는 마음이 들더라니까.

고슈에 출정할 때도 짐수레에 천 냥들이 상자가 몇 개나 실려 있었고, 대원들 옷차림도 양식 군장에 목면 띠를 묶고 번듯한 칼을 차고, 그야말로 호사스러웠지. 곤도 이사미는 오쿠보, 히지카타 도시조는 나이토라는 후다이 다이묘 성씨까지 받고, 뭐 완전히 다이묘라도 된 듯한 분위기였어.

그런데 가쓰누마에서 또 형편없이 져버렸소. 가까스로 목숨만 건져서 에도로 도망치는 도중에 말이지, 겨우 깨달았소. 우리는 광대구나 하고.

관군과 대충 협상을 하려던 자들의 입장에서는 신센구미가 영 거치적거렸던 거야. 그래서 돈을 잔뜩 건네주고 고슈로 쫓아낸 거지. 그 돈을 들고 도망을 치든 고슈에서 전사를 하든 맘대로 해라, 그 속에서 살아남은 자들은 더이상 곤도의 지시에는 따르지 않을 것이다 하고 아주 착착 계산을 했더라구.

곤도는 그 싸움 뒤에 완전히 의욕을 잃고 나가레야마 산에서 관군에게 스스로 목을 바쳤소. 딱히 우리를 도망치게 해주려고 그런 건 아냐. 도바 후시미 싸움 전에 스미조메 가도에서 어깨에 입었던 총상이 영 낫지 않아서 제대로 칼도 쥐지 못하는 몸이 되었거든. 그이가 겉으로야 신센구미 국장이었지만 속으로는 철두철미한 천연리심류 도장주였는데 그 팔을 잃었으니 무슨 힘을 쓰겠소? 게다가 막부에 이용만 당한 광대였다는 것을 깨닫고 스르르 기력이 떨어졌을 거요.

그이에 비하면 히지카타는 참 대단한 인물이지. 그 사람만큼 투지가 강한 사내는 없어. 오키타 소지는 폐병으로 죽고 곤도는 참수형을 당하고 나가쿠라와 하라다는 꼬리를 말고 사라졌는데도 히지카타만은 신센구미의 깃발을 내리지 않았소. 내가 끝까지 히지카타를 따랐던 것도 무슨 이론이 있어서가 아니고 그 의기가 가슴을 쳤기 때문이야.

히지카타와 함께 아이즈로 향했던 교토 시절부터의 대원은 겨우 오십 명뿐이었어.

이봐요, 손님.

손님 연배라면 아직 그런 건 모를 테지만, 인간이란 내리막길에 서게 되면 본성이 그대로 드러나는 법이요. 죽을 둥 살 둥 싸우다 보면 체면이고 위신이고 다 없어져버려.

교토에서 지낼 때는 히지카타 도시조가 계산도 빠르고 요령도 좋은 사람인 줄 알았어. 그런데 전혀 그렇지 않더라고. 실은 그토록 요령 없는 사람도 없어. 손해인지 득인지, 그런 계산이라고는 아예 안 하는 사람이야. 도쿠가와 막부에 대한 충의도 겉으로 하는 말만큼 대단하지 않았던 것 같아. 그야 그렇지, 쇼군의 못나고 칠칠맞은 꼴을 제일 잘 알고 있었던 게 바로 히지카타거든. 그러나 어차피 승산 없는 싸움이라도 그쪽에서 그렇게 나온다면 우리도 철저히 맞서겠다, 쉽게 말하자면 그저 그 것뿐이야.

그런데요, 손님. 그게 말처럼 간단한 게 아뇨. 그이가 생김새도 참 잘생긴 사내였지만, 세상에 그렇게까지 체면을 중시하는 사내는 없소. 생김새하고 똑같이 속내도 참말 잘난 사내였지.

사이토 하지메라는 자도 교토 시절에는 어째 으스스하고 괴팍한 사람이라고 생각했었는데, 햐아, 그이도 정말 묵직한 사내야. 아이즈는 더이상 어쩔 수 없다고 포기하게 된 판에 자기 죽을 자리는 여기밖에 없다고 주장하더라고. 하는 말마다 그야말로 지당한 말이어서 히지카타와 사이토 사이에서 어느 쪽에 붙어야 할지 나도 참 많이 망설였네.

그래서 신센구미는 히지카타를 따라 센다이로 떠나는 자, 사이토와 함께 아이즈에 남는 자, 그렇게 두 쪽으로 갈라졌어. 나는 히지카타, 이케다 영감은 사이토 쪽으로 정했지.

그 영감도 말이지, 다들 허물없이 이름을 불러대던 갓 스물의 어린 축이었지만 일은 참 잘했어. 구월 초순 아이즈 뇨라이도 격전 때 깜빡 사이토를 놓치고 거의 다 죽다시피 시모우사의 조시까지 낙오했다가 거기서 붙잡혔지.

일이 그렇게 됐으니 센다이에서 막부 군함을 타고 하코다테로 향한 신센구미는 히지카타 도시조 이하 겨우 스물다섯 명이었소. 한 사람 한 사람, 얼굴이며 이름까지 다 기억하네. 니조성에서 대열을 지어 도바 후시미로 향했던 백오십 명 대원이 달랑 스물다섯 명만 남았으니, 그야 당연히 기억하고말고.

하코다테라는 곳은 말이지…… 아, 손님도 홋카이도 출신이시라고? 그렇담 얘기가 빠르겠수. 아무튼 하코다테는 에조 땅의 대문인 셈이야. 홋카이도 사람이라면 누구든 지나가게 마련인 관문 같은 동네잖아.

쓰가루 해협을 직접 건너본 적이 없는 사람은 말이지, 아무리 홋카이도 얘기를 해줘도 알아먹지를 못해. 저 쨍하게 차가운 바람하며 사람을 덮치는 듯한 하늘, 눈보라 돌개바람을 휘날리며 철썩이는 긴네즈 바다, 내륙하고는 전혀 딴판인 그 풍경을 제 눈으로 본 사람이 아니고서는 알 리가 없지.

구마가오카의 뒤편에 해당되는 다카노키 해변에 상륙했던 게 시월 이십일, 요즘 달력으로 치면 십이월 초쯤이려나, 아무튼 파도가 너무 심해서 당장이라도 배가 뒤집힐 것 같았어.

일대가 온통 눈으로 덮인 속에 구마가오카가 우뚝 솟았고, 뒤를 돌아보니 바다 저 너머로 에조 후지산이라는 높직한 산봉우리도 보이더라구.

우리가 첫발을 뗀 해안에서부터 저 끝까지 사람 손이 닿지 않은 땅덩이가 한없이 펼쳐져 있는데, 솔직히 말해 희망 같은 건 없었어. 결국 여기까지 내몰렸다는 마음뿐이었지. 관군이 우리를 거기서 살라고 얌전히 놔둘 리도 없고, 온 나라가 다 항복했는데 손을 들지 않은 건 군함으로 도망 나온 우리뿐이었거든. 늦건 빠르건 이 눈 쌓인 벌판이 죽을 자리가 되겠구나 하고 각오를 했소.

싸움은 금방 시작됐어. 상륙하자마자 그길로 싸움판이 벌어진 건 아니지만, 발 밑이 흔들거리고 아직 뱃멀미도 가라앉지 않은 참에 하코다테를 향해 진격했으니까.

생각해보면 도바 후시미 싸움 이후로 열 달 남짓, 우리는 내내 전투에 또 전투였소. 칼을 칼갈이에게 맡기기는커녕 숫돌가루를 쳐줄 틈도 없어서 싸움 한 번 치를 때마다 전사한 자의 칼을 슬쩍 집어다가 몇 번이나 바꿔치기를 했는지 몰라. 몸을 다쳐도 변변한 치료도 못 받고 그저 소주를 쭉 끼얹고 광목천으로 꽁꽁 묶어 지혈이나 했지.

그랬으니 에조 땅에 들어섰을 때는 도리어 마음이 편하더라구. 아, 그야 그렇지, 도무지 도망칠 구멍이 없잖아. 이제는 이곳 어딘가에서 뻗는 수밖에 없다, 목숨이 아까워 멈칫거릴 것도 없고 뒤로 물러설 것도 없다, 그렇게 생각하니 오히려 배짱이 두둑해지더라니까.

고갯마루를 넘어 하코다테의 고료카쿠에 입성했던 게 옛날 달력으로 시월 이십육일. 주변이 온통 한 자나 되는 눈에 덮여 있었어. 거기까지 가는 도중에 쓰가루, 마쓰마에 번병들과 크고 작은 싸움을 치렀지만, 고료카쿠 수비대는 그 전날 밤에 다들 도망쳐버려서 보기 좋게 무혈입성이라는 걸 해봤네.

그리고 나서 여덟 달 동안 제 목숨을 하루 이틀 헤아리듯이 나날을 보냈어. 마음을 비워버린 뒤라서 그리 고역은 아니었수. 고료카쿠에 들어온 게 부처님 손바닥에 올라탄 꼴이라 생각했거든.

하코다테라는 데는 바다 쪽으로 튀어나간 하코다테 산을 베개 삼아 길게 드러누운 형세야. 마침 턱이 되는 곳쯤이 하코다테 읍내고, 고료카쿠는 말하자면 목덜미의 한가운데쯤이지. 양쪽이 다 바다라서 바람은 항상 축축하고 눈이 내리지 않는 날에는 눈보다 허연 안개가 자욱하게 꼈어.

그렇지, 내가 그 젊은 사무라이를 만난 것도 한 치 앞이 안 보일 만큼 안개가 부옇게 낀 저녁 무렵이었네.

하코다테의 고료카쿠는 성이라고 할 만큼 대단한 곳도 못 돼. 서양식 요새라고나 할까, 해자 안쪽이 초등학교 야구장만 한 넓이밖에 안 되는 조그만 성채야.

한창 오랑캐를 몰아낸다고 시끄럽던 시절에 하코다테 산기슭에 있던 관청만으로는 서양 흑선의 함포사격에 어이없이 당하겠다 싶어서 항구에서 한참 들어간 곳에 고료카쿠를 지었대.

처음 들어갔을 때는 성채라고 도무지 미더운 구석이 하나도 없더라구.

성 한가운데 그럴싸한 관청이 들어섰고 그곳 망루에 올라서면 오른편으로 하코다테 만, 왼편으로 쓰가루 해협이 한눈에 다 들어와. 그런데 가만 생각해보니 벌판 가운데 우뚝 선 평평한 성이라서 적의 눈앞에 홀딱 벗고 멀거니 서 있는 거나 마찬가지 꼴이야. 게다가 별 모양의 성곽이란 게 총을 들고 돌격해오는 적한테는 골고루 십자포화를 퍼부을 수 있어서 좋지만, 멀리서 대포를 쏘는 적한테는 통 손을 쓸 수가 없어. 성을 포위하고 식량 보급로를 차단하는 식으로 나오면 싸워보지도 못하고 고스란히 무너지는 거야.

서양을 그대로 흉내내서 넓은 평야에 덜렁 지어놨으니 공성이니 농성이니 해가며 죽을 때까지 싸울 자리는 못 된다 싶더만. 그래도 궁지에 몰린 막부군이 머물 곳이라고는 거기밖에 없으니 무슨 뾰족한 수가 있나. 해자 주위의 제방에 비탈을 만들어서 대포를 끌어올리고 앞뒤로는 디딤판을 만들어 진지로 삼고, 아무튼 해볼 수 있는 최대한으로 전쟁 준비를 했어.

에노모토 다케아키 대장이 무슨 생각을 했는지 우리 같은 말단이야 뭐 알 수도 없지만, 아무튼 살아볼 궁리를 했던 건 틀림없어. 새로운 시대가 오면 당장 먹고살 길이 막막해질 사무라이들을 에조 땅에 모아들여 황무지를 개간하고 자활하게 하자고 진지하게 계획을 세웠던 거야.

그러나 사쓰마 조슈 놈들의 눈에는 히지카타 이하 신센구미 생존자들은 죄다 흉악한 중죄인이야. 그러니 우리는 항복을 하든 잡혀가든 결국 사람들 앞에서 치욕스럽게 목이 잘릴 판이고 차라리 깨끗이 맞서 싸우다 칼을 맞고 죽는 수밖에 없는 거지, 뭐.

그런 각오를 한 탓인지 하코다테에 들어온 뒤부터 히지카타 도시조가 변하더라구. 아니, 에도에서 밀려나 오슈를 전전하던 때부터 조금씩 사람이 변했던 것 같아.

어떤 식으로 변했느냐. 교토 시절의 오만하던 부분이 싸그리 없어졌어. 술도 취할 만큼 마시지 않고 여자도 가까이하지 않고, 성인군자로 다시 태어난 것 같았다니까.

히지카타는 전술의 천재였어. 신센구미의 귀신 부국장이라는 이름값도 있었겠지만, 다들 히지카타가 지휘하면 그 싸움은 꼭 이긴다고 믿었소. 아예 군신이었어. 황송해서 곁에 다가가지도, 여보시오 하고 말을 걸지도 못할 만큼 다들 살아 있는 신으로 떠받들었어.

하코다테는 참말로 묘한 곳이었소. 이곳이 어디인지, 때가 어느 때인지 내내 모른 채 살았던 것만 같거든. 일본도 아니고 그렇다고 타국도 아니고, 저승도 아니고 이승도 아니고, 시간마저 멈춰버린 듯한 기묘한 곳이었네.

고료카쿠에 들어가고 관군이 공격해오기까지 반 년 동안 수없이 이런 생각을 했수.

사실은 다들 이미 죽은 게 아닐까. 고슈 아니면 우쓰노미야, 아이즈쯤에서 나는 진작에 전사했는데 그 혼이 황천길에 들지 못하고 이런 엉뚱한 곳을 헤매는 게 아닐까.

또 한 가지, 이런 생각도 했수.

고료카쿠라는 이 괴상한 성은 우리 마음속하고 똑같구나.

어설프게 쌓은 성의 제방에 서서 조그만 성 안을 멍하니 바라보고 있노라면 그곳이 영락없이 내 마음속으로 보여. 살겠다는 미물과 죽겠다는 미물이 어슬렁어슬렁 돌아다니고, 막상 싸움이 벌어지는 것도 아니면서 이상할 만큼 착실하게 하루하루가 지나가는 꼴이.

아마 에노모토는 살겠다는 미물이었고, 히지카타는 죽겠다는 미물이었겠지. 어느 쪽이 옳고 어느 쪽이 그른지 그건 잘 모르겠어. 단지 내 마음속에도 에노모토와 히지카타가 나란히 똬리를 틀고 있는 거야. 살겠다는 미물과 죽겠다는 미물이 함께 말이지.

서양 물을 먹어서 외국말을 술술 하는 에노모토 다케아키는 살고 싶은 마음에 한 줄기 빛이었어. 그저 그림 속의 떡이라도 그자라면 우리를 어떻게든 먹여 살릴지도 모른다. 그런 생각을 했었지.

다른 한 사람, 히지카타 도시조는 우리 뒤쪽에 언제나 버티고 서 있는 검은 그림자였소.

그런 두 사람이 별다른 언쟁도 없이 하루하루를 보냈던 하코다테 고료카쿠는 그 시절 우리 마음속 그 자체였네.

내가 그 젊은 사무라이를 만났던 날 저녁의 얘기였지?

우선 말해두겠는데, 손님. 나는 그 젊은 사무라이의 정체를 아직도 정확히는 몰라. 나 혼자 그저 넘겨짚은 건지, 아니, 어쩌면 그런 사람은 애당초 없었는지도 모른다고. 아무튼 내 멋대로 기억에 덧칠을 했는지도 모른다는 점을 미리 알고 들어주슈.

겨울 초입, 눈이 살짝 덮인 고료카쿠에 짙은 안개가 피어오르던 저녁이었소.

그날 저녁에 나는 큰 대문의 당번병으로 나가 있었어. 큰 대문이래야 그리 으리으리한 건 아니고 이중 해자에 나무다리가 놓였고 눈가림으로 흙을 쌓아 보루를 만들어놓은, 작은 관문 같은 데야.

안개 속에 눈이 밟히는 뽀드득 소리가 나더니 불쑥 사람 그림자가 보이는 거야. 깜짝 놀라 판자 담 너머로 총을 들이댔지. 큰 소리로 누구냐고 물었더니 사람 그림자가 우뚝 멈춰 서.

수상한 자가 아니니 쏘지 말라고 응수를 해오는데, 지독한 오슈 사투리더라고.

"나는 난부 땅 백성으로 곤베에라 하는 자올시다. 오마 곶에서 배를 저어 조금 전에 유노가와 해변에 내렸소."

"난부 백성이 이곳에 뭘 하러 왔느냐?"

내가 사람 그림자에 총구를 들이대며 물었어.

난부 령 오마라고 하면 하코다테에서 해협을 끼고 팔 리(里) 십이 정(丁)*이나 떨어진 반대편 해안이야. 거기서 밤중에 작은 배로 유노가와 해변까지 건너왔다니, 이건 아무래도 수상한 얘기였지.

"미천한 농사꾼 신분이오나 검술에는 약간의 실력이 있고만요. 부디 진영에 참여하게 해주시오."

어딘지 귀에 익은 난부 사투리였어. 왠지 반가운 마음이 앞서는 것을 미처 수습하기도 전에 다른 병사가 번쩍 쳐든 관솔불에 문 밖에 선 자의 모습이 드러났어.

그 순간, 숨이 턱 막혔소. 요시무라 간이치로가 기어코 우리 뒤를 쫓아온 줄 알았다니까. 그러나 그자는 열예닐곱 살의 젊은이였어.

"아무래도 예사 농사꾼은 아닌 것 같구나. 성씨가 무엇이냐?"

"농사꾼이라 성씨는 없고만요. 이번 전쟁에서 난부가 역적의 오명을 쓴 것은 참으로 의롭지 못한 일이라 생각했을 뿐이오. 부디 진영에 함께 참여하게 해주시오."

---

*약 32.5km. 1리는 36정에 해당한다.

머리는 수북히 자랐고 차림새는 기나긴 여행에 남루할 대로 남루해졌지만, 아무리 봐도 농사꾼은 아니었어.

나는 당장 무슨 사연인지 대충 짐작이 갔지. 이자가 필시 혈기 넘치는 난부의 젊은 사무라이로 관군에 항복한 것에 분기탱천하여 번의 명령에 등을 돌리고 이곳까지 찾아왔구나. 그러나 그것도 탈번임에는 틀림이 없으니 그저 농사꾼이고 이름은 곤베에라고 제 신분을 둘러대는구나.

그 다음은 더 생각을 안 했어. 물론 혹시나 하는 생각도 들었지만 그런 생각은 얼른 지워버렸지. 그야 당연하지, 손님. 혹시라도, 설마하니 그런 일이 있어서야 되겠소?

그런데 누군가 그 얘기를 안에 알렸는지, 아니면 소란한 기척을 들었는지 성 안에서 사람들이 몰려나오더라구. 고료카쿠가 워낙 작아서 위에 연통을 한댔자 돌계단 오를 것도 없이 한달음에 쪼르르, 소리만 좀 크게 지르면 진지까지 다 들리는 데였거든.

히지카타도 얼굴을 내밀었지. 그 무렵 히지카타는 변발도 싹둑 잘라버리고 단추 세 개짜리 검은 모직 양복에 긴 가죽 장화를 신은 멋쟁이였어. 좌우에서 관솔불로 비춰주는 속에서 히지카타는 박차를 저벅거리며 손에 채찍을 동그랗게 말아 쥐고 문 앞으로 다가왔어.

그야 한눈에 대장이라는 걸 알아볼 만큼 관록이 대단했지. 젊은 사무라이는 그 순간 얼어붙은 눈밭에 한 무릎을 꿇고 앉았어.

"육군을 지휘하는 히지카타 님이시다. 성함 정도는 알고 있으렷다."

내가 그렇게 말을 건넸더니 젊은 사무라이가 퍼뜩 얼굴을 들더만.

"이자가 난부에서 탈번한 자인 듯한데, 스스로 백성 출신에 이름은 곤베에라고 합니다. 어떻게 할까요?"

두 사람은 목책을 사이에 두고 잠시 서로 쏘아보고 있었어. 그때 히지카타의 표정을 잊을 수가 없소. 고집이 느껴지는 큼직한 입을 꾹 다물고 길쭉한 눈으로 그 젊은 사무라이를 뚫어져라 쳐다봤어.

이윽고 히지카타는 가슴 앞에서 채찍을 돌돌 감으며 차갑게 이릅디다.

"성씨도 없는 곤베에에게는 볼일이 없다. 돌아가라."

그러자 젊은 사무라이가 딱 잘라 대꾸를 하더라구.

"돌아갈 고향이 없고만요. 받아주지 않으신다면 이 자리에서 배를 가르겠소."

두 사람은 다시 말없이 한참이나 서로를 쏘아보고 있었어.

그런데 손님, 옛날 얘기를 그렇게 열심히 조사하고 다녔으니 나카시마 사부로노스케라는 하코다테 전투의 호걸도 아시겠지?

그렇지. 그 다음해 오월의 하코다테 총공격 때, 마지막까지 항복하지 않다가 옥쇄했던 치요가오카 진지의 대장이야.

원래는 우라가의 하급 관리 출신인데 두 아들과 함께 막부 군함을 타고 하코다테까지 전쟁을 하겠다고 나왔어. 학처럼 바짝 마르고 키가 훌쩍 큰데다 얼굴은 독수리 같은 노인네였수.

우리 젊은 축들은 반 농담 삼아 '할아버님'이라고들 불렀지. '도무지 못 말릴 노친네'라는 뜻으로 말야. 그 할아버님만은 세상이 어떻게 굴러가든 끝판에는 꼭 죽어야 만사가 끝날 것 같았거든.

히지카타와 젊은 사무라이가 눈싸움을 하고 있는 판에 끼어든 이가 바로 그 나카시마 사부로노스케야.

안개 속에서 등나무 둥치에 기댄 채 가만히 젊은 사무라이를 쳐다보던 사부로노스케가 컬컬한 목소리로 이러더라구.

"배는 가르지 마라. 나와 함께 죽자."

참말로 그 할아버님은 말수가 지독히 적고 매사를 얼굴 표정이나 몸짓으로 말하는 사람이었네.

서양 군복의 헤벌어진 깃을 털목도리로 감싸고 감색 전투용 덧옷을 걸치고 다녔지. 허리를 무명천으로 묶고 거기에 넉 자는 될 기다란 칼을 꽂았어.

"각자 맡은 자리로 돌아가라."

"말을 대라."

"성문을 열어라."

쓸데없는 소리는 한 마디도 안 해. 종자가 끌고 온 말에 훌쩍 올라타더니 히지카타에게 인사도 하지 않고 달려가버려.

젊은 사무라이는 잠시 망설이는 듯하더니 실례한다는 한 마디를 남기고 사부로노스케의 뒤를 따라갔어.

그날 초저녁에 에노모토 이하 높은 분들이 모여서 작전회의 겸 술자리를 가졌던 모양이야. 자리가 파하고 치요가오카 진에 돌아가는 나카시마 사부로노스케를 히지카타가 배웅해주려고 마침 문 앞에 나온 참이었던 거지. 그렇다면 사부로노스케를 덜컥 만난 건 그 젊은 사무라이의 운명이었소.

하코다테 싸움에서 팔백 명 남짓한 막부군이 전사했지만, 항복하고 살아남은 자가 이천구백 명이나 되었다고 하대. 함락될 때까지 싸운 건 나카시마 사부로노스케가 이끌던 치요가오카 포대뿐이야.

부처님이 그 젊은 사무라이를 나카시마와 만나게 해주셨을까? 그토록 일념으로 죽기를 소원한다면 들어주마 하고 말이지.

"대장님, 잠깐만요. 제가 모시겠습니다!"

아직 어린 티가 남은 새된 소리를 지르며 젊은 사무라이는 안개 짙은 다리를 건너갔어.

얼어붙은 눈밭에 미끄러지면서 뛰어가는데, 걷어올린 다 떨어진 바지춤 아래로 장딴지가 여자처럼 하얗더라. 정말 별걸 다 기억하는 것 같소만.

그 뒷모습을 지켜보며 히지카타가 한숨을 섞어 한마디 하더라구.

"바보에게는 약도 없구나, 정말."

히지카타도 혹시나 하는 생각을 했을까? 아니, 아냐. 그런 생각은 안 했을 게야.

이봐요, 손님. 아무리 그래도 그런 '혹시나'는 있어서는 안 되겠지, 응?

입 밖에 내지는 않았지만, 히지카타는 총대장 에노모토나 그 측근들을 별로 달가워하지 않았을 거요.

하코다테는 히지카타로서는 그저 죽을 자리일 뿐이었어. 그러나 에조 땅에서 어떻게든 살 길을 찾아보려던 에노모토는 시중의 자작농이나 상인들에게서 돈을 거둬들였어. 고료카쿠와 하코다테 읍내 사이의 잇폰키라는 곳에 목책과 초소를 설치해 놓고 외지인에게는 백육십 문, 주민에게는 이십사 문의 통행료도 거뒀고.

그것만이 아냐. 이코쿠 다리와 벤텐 구역에 있던 노름방에서는 자릿세도 받고 신사 축제 때 가게를 내는 장사꾼이나 가설 흥행꾼에게도 매출의 일할 오픈을 받았어. 치쿠시마의 기생들에게까지 한 달에 한 냥 두 주(朱)*를 받았으니까 하는 짓이 꼭 뻔뻔스런 야쿠자 같았수.

어떻게든 살아볼 궁리를 하던 에노모토 일행으로서는 어쩔 수 없는 고육지책이었겠지. 그러나 죽을 맘을 먹었던 우리 눈에 그런 짓거리는 영 마땅치 않았어.

천왕에게 거역할 마음은 털끝만큼도 없었다고? 그렇다면 어째서 마쓰마에까지 공격을 했어? 어째서 미야코 만에 밀고 들어가 관군의 장갑함을 탈취하려고 했고?

그런 싸움의 선두에 내세워지는 건 항상 히지카타야. 그래, 실컷 이용만 당하는 바보짓이라는 건 우리도 다 알고 있었어. 서로 엇비슷한 싸움으로 끌고 가다 일이 잘 풀려 화의라도 맺으

---

*1주는 16분의 1냥.

면 히지카타와 그 휘하의 죽고 싶어하던 자들을 죄다 전범으로
몰겠다는 거야. 마쓰마에를 함락시킨 것도, 장갑함을 탈취하려
한 것도 모두 히지카타가 제멋대로 저지른 일이라고 말이지.

그야 내주기에 안성맞춤인 목이었겠지. 사쓰마 조슈로서는
그 목을 못 얻으면 도저히 분을 삭일 수 없는 신센구미 히지카
타 도시조였으니.

만약 화의가 맺어지지 않는다면 그때는 슬슬 에조 땅을 개간
해서 별개의 나라를 만들면 돼. 외국의 원조를 따오고 에노모
토 다케아키는 초대 대통령 해먹겠다 이거지.

그자들의 꿍꿍이는 뭐 뻔해. 그러나 어차피 죽을 일밖에 안
남은 우리는 그딴 거 어찌되건 상관도 없었어.

교토에서 지내던 시절에도, 도바 후시미 전투 때도 윗전의
하는 짓거리라는 게 항상 똑같아. 욕을 먹는 건 언제든 신센구
미와 아이즈, 구와나였어. 쇼군 나리를 위시해서 막부의 높으
신 분들은 단 한 사람도 제 손을 더럽히지 않더라구.

그런 걸 생각하면 저 나카시마 사부로노스케는 참 훌륭한 사
무라이였지. 우라가에서 기껏해야 이백 가마 남짓이나 받는 꼴
찌 관리 아뇨? 그런 죄 없는 시골 관리가 어째서 이쁜 제 자식
을 둘씩이나 데리고 에조 땅 그 벽지까지 죽으러 기어드느냔
말야.

도쿠가와 막부의 은덕에 보답하기 위해? 아니지, 그런 가당
치도 않은 미사여구 때문에 자신은 물론 자식들까지 저승길에
함께 데려가는 멍청이는 없어.

나는요, 손님. 그런 듣기 좋은 말 따위 한 마디도 입에 올린

적이 없는 그 고집불통 할아버님의 진짜 속마음을 다 알아.

그래서 난부에서 홀로 찾아온 그 젊은 사무라이에게 사부로 노스케는 절대로 저승사자가 아니었다고 지금도 믿고 있수.

부처님이 말이지, 그이들을 딱 만나게 해주신 거요.

내가 딱 한 번 나카시마 사부로노스케와 긴 얘기를 해본 적이 있었어.

관군이 에사시 북쪽에 상륙하기 전이고, 치요가오카 포대는 진지 경비에 정신이 없을 때였으니까 아마 삼월 말쯤의 일일 거야. 요즘 달력으로 치자면 사월 말이나 오월 초순인 셈이지. 눈은 먼 산의 꼭대기에나 살짝 남았고, 바람이 훈훈하던 오후였어.

아마 히지카타를 따라 치요가오카 순찰을 나갔을 때였을 거야. 그게 아니면 고료카쿠의 전령으로 출장 나갔던 길인지도 모르겠네.

치요가오카 포대는 예전에 쓰가루 번의 성채가 있던 자리라서 쓰가루 진지라고도 했어. 고료카쿠에서 하코다테 읍내로 나가는 중간쯤에 약간 높직한 언덕바지 위로 네모반듯하게 흙을 쌓아 보루를 세우고 빙 둘러 해자가 있었지.

보루의 한 변이 기껏해야 여든 간 정도였으니까 진지는 초등학교 교정보다도 작아. 그 보루 위를 예닐곱 자나 되는 판자 담으로 빙 둘러놨어. 그 따위 담은 막상 대포로 싸우는 상황이 되면 개똥만큼도 도움이 되지 않지만, 어떻든 그 주변이 나무 한 그루 풀 한 포기 없을 것 같은 허허벌판이었으니 우선 그렇게

나마 눈가림을 해두지 않고서는 마음이 편하지 않았겠지.

문은 동서남북 네 곳, 본진을 중심으로 병사의 숙소로 쓰는 작은 진지를 여러 채 세웠어. 지금 다시 생각해봐도 이상한 건 그 건물마다 각각 판자 담을 둘러 쳐놓았던 거야.

화살이라도 막아보려고 쳤을까? 대장인 나카시마 사부로노스케가 나가사키 해군 훈련소 출신이었으니 포병술이라면 누구보다 전문가였을 텐데 어째서 판자 담에 그토록 집착했었는지 모르겠단 말야. 하긴 막부 말기의 사무라이라는 게 거의 그렇게 막무가내 인물들이었단 뜻이지.

그러니 좁은 포대 내부가 온통 눈이 아릴 정도로 생 삼나무 냄새가 진동을 했어. 덕분에 나는 요즘도 집수리하는 곳을 지나갈 때마다 저 치요가오카 포대가 생각나곤 하네.

그 성채는 영락없이 생나무로 된 관(棺)이었수.

공사 현황을 지켜보는 감색 덧옷 등판을 향해 내가 이런 말을 했었어.

"나카시마 대장님, 주제넘은 걱정이지만, 만에 하나 두 자제분까지 함께 돌아가신다면 거기서 가문이 끊기고 맙니다. 하다 못해 큰아드님만이라도 고료카쿠에 보내주신다면……."

사부로노스케는 지팡이처럼 짚고 있던 검을 두 손으로 움켜쥔 채 근엄한 얼굴로 돌아보더만.

"가문이 끊기는 게 뭐 그리 대수더냐?"

가문이 끊긴다는 건 그 당시로서는 정말 큰일이었지. 그런데 뭐 그리 대수냐고 받아치는 데는 뭐 더 할 말이 없더라구.

"기둥뿌리부터 다 썩어빠진 도쿠가와의 녹 따위, 더이상 받을 생각 없다."

뜻밖의 말에 나는 깜짝 놀랐어. 나카시마 부자는 도쿠가와 막부와 운명을 같이할 각오로 하코다테까지 찾아왔다고 생각했었거든.

사부로노스케는 천천히 몸을 돌려 그 기다란 칼집 끝으로 내 어깨를 툭 쳤어. 내 덧옷 어깨에 성(誠)이라는 한 글자를 붉게 박아 넣은 신센구미의 부대 견장이 달려 있었거든.

"나는 선조 대대로 도쿠가와의 녹을 먹어온 막부 직속 가신이야. 그런데 주군께서는 자네들의 충성심을 방패막이로 썼어. 히지카타를 위시하여 자네들의 최후를 주군과 똑같이 간과한다는 건 나로서는 못 할 짓일세. 그러나 기껏 하급 관리 신분으로 무엇을 할 수 있겠는가. 그저 쓸개 빠진 쇼군 가를 대신하여 명토의 길동무나 될까 하네. 내 자식들도 똑같은 심정이야."

나는 말이지, 손님. 감사하다는 말보다 먼저 이렇게 두 손을 맞대고 나도 모르게 합장을 해버렸소. 그때 난생 처음 막부 직속 가신의 입에서 그런 말을 들어봤네. 참말로 흐뭇하더만.

"나카시마 대장님, 저희는 분명 막부의 방패막이 노릇을 했지만, 충성심이니 뭐니 할 만큼 대단한 뜻은……."

"없었다는 겐가?"

사부로노스케는 내 말을 막으며 지그시 노려보았어.

"충성심이란 성의(誠意)를 말하는 것이야. 지난 금문의 변 이래 성(誠)이라는 한 글자의 깃발을 쳐들고 활약한 자네들에게 충성심이 없었을 리 있는가. 그런 충성심을 방패 삼아 일신의 안위만을 도모한 막부 내각 위인들은 인간쓰레기일세. 물론 비겁하기 짝이 없는 쇼군 가도 마찬가지야."

"쇼군 나리를 인간쓰레기라고 하셨습니까?"

"그렇고말고. 성의에는 성의로써 응해야 하는 법. 인(仁)이란 바로 그런 것이 아니던가. 인의 길을 잃은 자는 이미 인간이라고 할 수 없지. 가까스로 인간의 형상은 하고 있으나 틀림없는 쓰레기야. 나는 인간인 탓에 성의에는 성의로써 응할 것이네. 내가 할 수 있는 일이라고는 자네들의 방패막이가 되어 죽는 것뿐이네만."

사부로노스케의 말은 너무나도 지당했어. 사무라이의 허세도, 사내의 고집도 전혀 없었어. 단 하나뿐인 진실을 그 할아버님은 딱 잘라 일러주신 거야.

고맙소이다, 하고 몇 번이나 말했소. 죽어간 동료들 한 사람 한 사람이 내 입을 빌려 감사하는 것처럼 몇 번이나 인사를 했어.

그러자 사부로노스케 할아버님이 독수리 같은 얼굴을 갑자기 환하게 풀면서 싱긋 웃어주시더만. 참 기막히게 좋은 얼굴이었네.

"자네가 내게 고개 숙일 일이 아니야. 나는 인간으로서 당연한 일을 할 뿐이네. 이른바 인간으로서 세 끼 밥 먹고 똥 싸고 하는 것과 마찬가지야. 하긴 그런 당연한 일도 못 하는 인간이 너무 많아서 한심하기 짝이 없는 세상이다만."

나는 훈훈한 봄빛 속에서 전투 준비에 땀을 흘리는 포대를 둘러봤어. 대장 사부로노스케와 똑같은 뜻을 가진 사무라이들이 흙먼지를 일으키며 일하고 있었소.

머지않아 관군이 대거 몰려올 것이다, 하코다테 시가지를 제압하면 고료카쿠 방어의 제일선에 해당하는 치요가오카 포대가 가장 먼저 희생물이 될 것이다…… 사부로노스케의 수하 병사들이 일하는 모습을 바라보며 그런 안타까운 생각을 했어.

병사들에 섞여 흙을 나르는 그 젊은 사무라이의 모습이 눈에 띄더만.

"성씨 없는 곤베에가 일을 아주 잘하는군요. 대체 어떤 자입니까?"

"글쎄……."

사부로노스케도 고개를 갸웃했어.

"아무튼 농사꾼은 아니야. 검술 실력이 뛰어나고 총도 능숙하게 다루지. 난부 번의 이름 있는 집안의 자식일 게야. 허리춤에 찬 검이 야스사다인 것 같아."

그 말에 겨우 마음이 놓이더라구. 야마토노카미 야스사다라면 당시에 최고로 치던 명검이요. 저 오키타 소지와 순찰조의 사사키 다다사부로가 큰 자랑거리로 여겼을 정도의 칼인데, 요시무라의 자식이 그런 명검을 가지고 있을 리 없지. 돈을 주고 사자면 이백 냥은 너끈하게 들어갈 칼이거든.

왜 그러쇼, 손님. 술 먹은 속이 거북하쇼?

나야 신센구미의 전말을 풀어놓는 것뿐이지만, 그리 내키지 않는다면 이쯤해서 관둘까?

여기, 시원한 물이라도 드시우.

관군은 사월 초에 에사시 북쪽의 오토베 해안에 상륙했어.

별로 놀랄 것도 없었어. 올 것이 온 것뿐이지.

막상 일이 터지자 에노모토 다케아키, 오토리 게이스케, 다 믿을 만한 위인들이 못 돼. 자화자찬 같지만 우리의 군신이신 히지카타 도시조의 독무대였소.

그이가 전투는 정말 잘했어. 그쪽으로는 천재라고 할까, 아무튼 공격이든 수비든 빈틈이 없어.

나카야마 고개라는 곳에 진지를 만들어 적을 맞았는데 말이지, 그이가 일러주는 대로 파놓은 참호가 신기할 정도로 맞아떨어져서 적이 어떤 방향에서 공격을 해와도 뭐 끄떡없는 거야.

총알도 마구잡이로 쓰지 못하게 해. 날카롭고 높직한 쇳소리로 "아직, 아직!" 하고 호령을 하다가 아슬아슬한 지점까지 적을 끌어들인 다음 일제히 쏘아대지. 그러면 말이지, 총구가 신나게 불을 뿜어 집중적으로 적을 맞추고 바로 눈앞에서 털썩털썩 쓰러져. 그 다음에는 간발의 틈을 놓치지 않고 창검부대가 참호에서 우르르 뛰쳐나가 허둥거리는 적을 쫓는 거야.

그런 식으로 하니까 관군의 후속부대들이 잇달아 상륙했어도 나카야마 고개의 진지만은 며칠씩 뚫지를 못했다니까.

굉장하지 않수? 관군 대장이 나중에 총리대신이 된 구로다 기요타카, 내무대신이 된 시나가와 야지로, 법무대신이 된 야마다 아키요시 등등 그야말로 쟁쟁한 인물들이었어. 그런 인물들이 한꺼번에 다 덤볐는데도 히지카타 단 한 사람의 적수가 못 된 거야.

사월 그믐날에 나카야마 고개에서 후퇴했던 건 전투에서

졌기 때문이 아냐. 등 뒤의 마쓰마에 쪽이 뚫리는 바람에 고립을 피하기 위해 다 이긴 싸움이건만 그 진지를 두고 철수해야 했어.

오월 초에는 전 부대가 고료카쿠로 돌아왔어. 아무리 발버둥을 쳐도 머릿수로 밀고 들어오는 데는 못 당했던 거지.

고료카쿠의 돌담에 올라서면 길쭉한 반도가 한눈에 내려다보여. 조금 내려가면 나카시마 사부로노스케가 수비하는 치요가오카 포대가 있고, 그 너머로는 잇폰키 관문이지. 거기서부터 잘록해지는 곳이 하코다테 읍내고 밥주발을 엎어놓은 듯한 하코다테 산이 굽이치다가 그 끝자락에 항구 쪽으로 벤텐 포대가 툭 튀어나와 있어.

우리가 발 딛고 살 세상이 하루하루 좁아지더니 결국 요만큼 남았다는 게 실감이 났어, 거기 서서 내려다보면.

와시노키 해변에 상륙한 지 반 년, 참 긴 겨울이었어. 그 겨울이 겨우 끝나서 눈이 녹고 새싹이 돋고 이제 곧 여름이 다가올 텐데 우리가 있을 터전은 한 번 둘러보면 끝나버릴 만큼 쪼그라들었어.

그 여름도 결국은 못 봤지.

관군의 하코다테 총공격은 오월 십일일이었어.

그자들이 천만뜻밖에 하코다테 산 뒤편으로 상륙을 했더라구. 어둠을 틈타 군함에서 작은 배를 타고는 절벽을 기어올라왔다니까.

허를 찔린 우리는 완전히 무너져서 반은 벤텐 포대로 도망쳤고 반은 치요가오카 쪽으로 피했지. 겨우 반나절 싸움에 하코다테 읍내를 빼앗겨버렸어.

항구 쪽으로 튀어나간 벤텐 포대는 그 뒤에 관군에게 포위당해 결국 고립되었수.

그때 히지카타의 심정이 어땠을까.

아마 싸움의 결말을 짐작하고 있었을 거야. 작전회의 자리에서 협상하고 문을 열자는 얘기도 나왔겠지. 그런데도 이러니저러니 쓸데없는 말 할 것 없이 오십 명 남짓한 병사를 모아 단독으로 고료카쿠를 나섰어. 센다이 부대와 구 막부 전습사관대(傳習士官隊) 각 한 분대씩, 그리고 히지카타의 측근이던 우리 신센구미 대원들이었지.

그 인원으로 하코다테 탈환이 가능할 리 없지. 그렇다고 사절단 일행이라기에는 너무 많고.

종렬로 줄을 서서 행군을 시작한 순간, 나는 분명하게 알겠더라고. 히지카타가 이제 정말 죽으러 가는구나 하고.

왜냐, 대답은 간단해. 선두에서 말에 올라탄 히지카타의 차림새가 한 치의 빈틈도 없이 멋있었거든.

목까지 단추를 채운 검은 모직 양복에 하얀 무명 띠를 매고 긴 가죽 장화는 반짝반짝 닦여 있었어.

곳곳에 검은 연기가 피어오르는 하코다테 읍내를 향해 똑바로 뻗은 길가에는 민가도 없고 키 큰 나무 한 그루 없었수. 오른편으로는 하코다테 항구, 왼편으로는 오모리 해변까지 다 내다보이는, 그저 넓디넓은 벌판이었어.

걸음을 옮기면서 백주 대낮에 꿈을 꿨네.

머리로 생각한 게 아냐. 내가 그때 히지카타의 멋진 뒷모습을 바라보며 정말로 꿈을 꾸었다니까.

미부 꿈이야. 쓰르라미가 쓰을쓸 우는 야기 겐노조 씨 집 시원한 뒷방에서 히지카타 도시조와 나, 그리고 또 한 사람, 저 요시무라 간이치로가 둘러앉아 냉주를 주거니 받거니 하는 꿈.

술이 얼근히 오르니까 요시무라는 마냥 타령처럼 읊던 고향 자랑을 또 시작하더라고.

"난부 모리오카는 일본에서 제일가는 아름다운 땅이올시다. 서쪽으로 이와테 산이 우뚝 솟았고, 남쪽으로는 하야치네……."

그러자 히지카타가 껄껄 웃어.

"아니, 모리오카가 어떤 곳인지는 모르지만, 일본에서 제일 좋은 경치라면 뭐니뭐니 해도 부슈의 히노(日野)야. 다카하타의 후도 산에 오르면 간토 평야가 한눈에 다 들어와. 전국 제일의 후지산에 단자와, 다이보사쓰, 구모토리 산에 오다케, 미쓰미네 산에서 쓰쿠바네까지 빙 둘러 다 보인다구."

그러자 요시무라가 늘 졸리운 듯한 쌍꺼풀진 눈을 껌뻑거리며 당장 대들어.

"그러면 히지카타 선생, 그런 고향을 어찌하여 버리셨소?"

"그러면 요시무라, 자네야말로 어째서 그리도 좋은 고향을 버렸는가?"

"그 얘기를 다 하자면 너무 길고만요."

"그렇군. 서로 간에 귀찮은 얘기는 관두세."

히지카타는 명주 비단으로 감싼 무릎을 안고 요시무라는 남빛 연습복의 가슴팍을 느슨하게 풀어놓고 부채질을 하지.

두 번 다시 돌아올 수 없는 미부의 여름날 꿈이었어.

잇폰키 관문에서 히지카타는 말 위에 꼼짝도 하지 않고 앉아 있었소.

저격하는 관군의 총알이 피잉피잉 소리를 내면서 목책에 튀었지. 나는 조금 떨어진 풀숲에 몸을 감추고 딱히 무슨 생각도 없이 그저 멀거니 한 인간이 자진하여 죽는 꼴을 바라보고 있었소.

총알을 몇 발이나 맞고서도 다부진 홋카이도 말은 끝까지 다리를 버티고 서 있었어. 위에 올라탄 주인이 총알을 맞을 때까지 기다리려는 것처럼.

그러다 마침내 총알 한 방이 히지카타의 배에 박혔어. 말이 양무릎을 털썩 떨구는 것과 동시에 히지키타는 재주라도 넘듯 앞으로 굴러 떨어졌소.

내가 풀숲에서 배로 기어나가 히지카타를 쓰러진 말 몸뚱이 뒤로 감췄어.

"가슴이 아니군."

히지카타는 상처를 확인해보더니 그렇게 중얼거렸어.

"배 쪽입니다."

내가 대답해줬더니 만족스러운 듯 고개를 끄덕여.

총상이란 게 가슴을 맞으면 의외로 살 수도 있지만, 배 쪽은 영 아니야. 창자가 절단이 나거든.

흙먼지 속에서 괴롭게 뒤틀리는 히지카타의 몸을 나는 나란히 누워 자는 모양새로 꽉 끌어안고 있었소.

"항복해라⋯⋯."

숨이 넘어가는 순간에 히지카타가 내 귓전에 대고 분명히 그렇게 말했어.

"싫습니다."

내가 대답하는 그 순간, 하늘에서 미끄러져 떨어지는 것처럼 후르르 나를 쳐다보던 히지카타의 시선은 지금도 잊을 수가 없소. 명령이 아니라 제발 항복해달라고 그이가 애원하고 있었어. 에노모토 일행과 함께 너희도 항복해라, 제발 부탁이니 그렇게 해다오 하고 히지카타의 멍한 눈이 외치고 있었어.

우리는 의지할 데 없는 고아였소. 히지카타는 그런 우리를 이끌고 어쩔 줄을 몰랐던 거야.

총성이 멈추자 파도 소리만 땅바닥을 타고 들려와. 나는 검은 모직 군복의 가슴팍에 귀를 대고 그 고동 소리가 서서히 멀어질 때까지 가만히 있었어.

히지카타 도시조의 시신은 그날 밤 안으로 고료카쿠 귀퉁이에 묻었어.

한쪽으로 비스듬히 가지가 늘어진 소나무 둥치 밑이야. 뒤편 둔덕에는 벚나무와 단풍나무가 있어서 항상 호쾌하던 히지카타도 그곳이라면 심심하지 않겠다 싶어서.

히지카타의 죽음은 아군의 전의를 완전히 앗아갔어. 그날 저녁부터 당장 고료카쿠를 탈주하는 자가 나오기 시작했지. 에노모토는 그런 자들을 굳이 잡지 않고 도망칠 자는 도망치라는 듯 문까지 활짝 열어놓고 보초도 거둬들였어.

오월 십오일에는 벤텐 포대가 항복했소. 그러나 그런 속에서도 나카시마 사부로노스케가 이끄는 치요가오카 포대는 완강히 버텼어.

백 명이 될까 말까 한 수하 군사로 원군조차 거절하고 사부로노스케 할아버님은 내내 싸웠다구.

손님은 꿈이라는 걸 자주 꾸는 편이슈?

그게 참 이상해서 말이지, 꿈을 꾸지 않는 사람은 도통 안 꾸는 모양이더만. 나는 잠깐 끄덕끄덕 조는 때라도 잠깐 눈이 뜨일 때마다 할멈에게 얘기를 해줄 만큼 분명한 꿈을 꾼다니까.

원래 잠이 얕아. 젊은 시절부터 베개를 높직이 베고 잠을 제대로 못 잔 탓인가? 하긴 이렇게 나이를 먹고 보니 그것도 쏠쏠히 재미가 있수.

한 가지, 잊을 수 없는 꿈을 꾼 적이 있어. 히지카타가 죽고 항구로 튀어나간 벤텐 포대도 항복해버리고 전쟁이 이제 슬슬 끝나가던 참의 어느 날 밤이야.

고료카쿠 성문 앞의 내 구역에서 진지에서 가지고 나온 짚이불을 둘둘 감고 자다가 묘하게 선명한 꿈을 꾸었다니까.

하코다테의 안개 속에서 거뭇거뭇한 터럭의 말에 높직하게 올라탄 요시무라 간이치로가 다가오더라고. 아주 먼 곳에서 달려왔는지 말 몸뚱이에서 모락모락 허연 김이 피어오르더만.

말 위의 요시무라는 갑옷 위에 하늘빛 신센구미 대원복을 입고 쇠 징이 박힌 흰 머리띠를 매고 있어. 옆구리에는 기다란 창을 꼈고.

"아아, 무사했었구나!"

나는 어찌나 반갑던지 요시무라에게 막 뛰어갔지. 그러나 다시 만난 게 기쁘면서도 이자를 어서 돌려보내야 한다는 생각에 마음이 급했어.

"이봐, 뭣하러 왔어. 적이 당장 내일이라도 성을 공격해올 판이야. 돌아가, 어서 모리오카로 돌아가라고!"

그 사람을 어떻게든 살리고 싶었던 마음이 그때까지도 가슴에 응어리가 되어 있었던 모양이지?

"곤도 국장도 오키타도 하라다 사노스케도 진작에 다 죽었어. 이번 싸움에서는 히지카타 선생도 노무라 리사부로도, 아리도시 간고도 죽었어. 살아남은 우리 역시 내일이면 다 죽어. 자네는 난부에 돌아가 백성 노릇 하면서 살아!"

허연 숨을 몰아쉬는 말 재갈을 붙잡고 나는 죽을 둥 살 둥 그자를 밀어내려고 했어. 그랬더니 요시무라가 말 위에서 빙긋 웃으며 이러는 거야.

"나는 전쟁을 하러 온 게 아냐. 걱정할 거 없네. 지옥에 가던 길에 암만해도 마음에 걸려서 잠깐 들렀고만."

요시무라도 죽었구나 하고 꿈속에서도 참 기운이 떨어지데.

"그렇다면 냉큼 성불할 것이지, 대관절 뭘 하러 왔어?"

"내 큰자식 가이치로가 이곳에 와 있네. 그 어리석은 아이가 난부의 항복은 도저히 받아들일 수 없다고 혈기가 뻗치는 대로 하코다테에 달려왔어."

내가 마음속으로 혹시나 하고 생각했던 게 그런 식으로 꿈에 나타났던 모양이지? 그 소리를 듣는 순간 나는 꿈속에서도 부르르 떨 만큼 사색이 되었소.

교토 시절에 요시무라에게 가이치로라는 큰아들 자랑을 그야말로 귀에 못이 박이게 들었거든. 그렇게 제 목숨보다 소중하게 여기던 자식이 하코다테 그 변방까지 죽으려고 찾아왔다니, 그건 정말 혹시나 하는 얘기라도 너무 지독한 얘기요.

"이봐, 어딘가에서 가이치로를 만나거든 모리오카에 돌아가 백성으로 살라고 설득해주게. 어떤 대의를 내세운다 해도 그 아이가 이 전쟁터에서 죽는 건 참말 어이없는 일이고만. 하물며 아비인 나는 죽어서도 차마 눈을 못 감아. 부탁하네, 우리 가이치로를 길이길이 살게 해줘."

필시 제 자식을 어떻게든 지켜보려고 요시무라가 전투복 차림까지 갖춰 입고 죽음의 여로에서 되돌아왔던 게야.

부디 잘 부탁한다고 말 위에서 고개를 숙이더니 요시무라는 안개 속으로 말을 몰아 떠나버렸어. 창끝을 반짝거리면서 하얀 어둠 저 안쪽으로 하염없이 멀어져 갔어.

"문을 여시오! 본진에서 치요가오카에 보낸 전령이오! 문을 여시오!"

때아닌 고함 소리에 꿈에서 퍼뜩 깨어났어. 진지 앞에서 치요가오카 포대에의 전령이 날뛰는 말을 달래고 있더라고.

"고집불통 할아버님을 도무지 말릴 수가 없소. 아군은 물론이고 적군까지 불필요한 싸움은 더이상 해서는 안 된다고 후퇴를 권하는데, 막무가내로 이 진지가 자기 죽을 자리라고 고집을 피우면서 영 말을 안 듣소."

서양 군복에 삿갓을 쓴 전령이 울상이 되어서 하소연을 하
데.

"총공세가 곧 있을 것 같소?"

"불필요한 싸움이지만, 죽을 때까지 기어코 싸우겠다는 포대
가 버티고 있으니 어쩔 수 없지. 적은 날 밝기 전에 치요가오카
를 총공격한다고 하고 있소. 그래도 고료카쿠에의 퇴로는 열어
두었는데……."

동쪽 하늘이 부옇게 밝아오는 참이었어. 그 전령이 고료카쿠
에의 후퇴를 명령하는 마지막 사자인 게 틀림없었지.

"나와 함께 가봅시다. 치요가오카의 대장님은 내가 잘 알고
있으니."

나는 말을 끌고 나와 전령의 뒤를 따랐어.

요시무라는 죽어서도 차마 눈을 못 감고 내 꿈자리에 찾아온
것이다 싶었어. 저 백성 출신의 성씨 없는 곤베에라는 젊은 사
무라이가 혹시라도 요시무라의 자식이라면 나는 내 목숨과 바
꿔서라도 어떻게든 그 아이를 살려내야 했어.

무슨 어설픈 우정 때문이 아냐. 사내라면 말이지, 제 목숨과
도 바꿀 게 얼마든지 있는 법이야.

이봐요, 손님. 조금 전에도 말했지만, 내가 하는 하코다테 얘
기는 전부 믿으면 안 돼.

관군이 오토베 해안에 상륙한 뒤로 한 달 남짓, 내가 줄곧 히
지카타 곁에 있으면서 하루도 제대로 눈을 붙여보지 못했거든.
몸뚱이 근수만 해도 두 관이나 줄었어. 더구나 어차피 승산도

없이 그저 죽을 궁리만 하던 싸움이었으니.

그런 싸움의 막판에 내가 정신이 온전했을 리 없어. 아예 전부 꿈이 아니었냐고 하면 그 말이 맞을 것도 같다니까.

말을 재촉해서 치요가오카 포대에 더듬더듬 들어갔을 때, 대장 나카시마 사부로노스케는 진지에서 두 아들과 작별의 술잔을 나누고 있더라구. 이렇게 통나무를 길게 깔고 불가에 둘러앉아서 말이지. 그 아들들이 이제 막 스무 살 된, 아비를 꼭 닮은 젊은 사무라이들이었어. 형은 아직 변발로 머리를 틀어올렸지만, 동생은 단추 채운 군복에 짧은 머리였지.

그 곁에 성씨 없는 곤베에도 떡하니 앉아 있어. 아예 사부로노스케의 셋째아들처럼.

고료카쿠에서 온 전령은 요지부동인 사부로노스케를 길게 달래볼 것도 없이 에노모토가 준 서찰만 건네고는 냉큼 돌아가버렸어. 하긴 팔짱을 굳게 끼고 꽉 감은 눈도 뜨지 않는 그 고집 센 노인네의 얼굴을 보고는 누구라도 달래볼 엄두가 안 났을 거야.

"이제 곧 총공세가 시작됩니다. 어서 돌아가시지요."

나카시마의 큰아들이 아버지를 대신해서 내게 말하더만.

"아니, 내 볼일은 대장님이 아니오."

나는 형제의 말석에 단정하게 앉은 곤베에를 쏘아보며 말했어.

"진지의 병사들은 소수입니다. 공격을 받으면 그 즉시 서로 칼부림이 나는 싸움이 될 것이오. 어서 돌아가시지요."

이번에는 동생이 나서서 말했어. 나카시마 부자가 모두 내가 찾아온 목적을 아는구나, 하고 짐작이 가더만.

"아무래도 자네 한 사람을 데리러 온 모양이다. 어찌하겠느냐?"

사부로노스케가 눈을 감은 채 곤베에에게 물었어. 그때, 장작으로 던져진 가문비나무 그루터기가 입을 꾹 다문 사람들을 꾸짖듯이 기세 좋게 툭툭 터졌수.

보면 볼수록 곤베에의 적적한 듯한 옆얼굴에 요시무라의 얼굴이 겹쳐지는 거야. 아주 그대로 빼닮았어. 나는 더이상 견딜 수가 없어 큰 소리를 내고 말았지.

"너, 요시무라의 자식이지? 요시무라 간이치로의 자식이 아니더냐? 여기서 뭘 하는 게냐. 어쩔 작정이야?"

요시무라 간이치로라는 이름을 입에 담은 순간, 나는 멀뚱멀뚱 선 채로 울어버렸소. 머릿속이 뒤죽박죽이었지만 요시무라 간이치로라는 그 이름이 말이지, 무슨 염불처럼 너무 다정해서 그저 입에 올리는 것만도 감사하더라구.

곤베에의 등판이 틀림없이 흠칫 흔들렸어. 그러나 대답은 없었네. 내가 어깨에 박아 넣었던 신센구미 휘장을 뜯어내서 곤베에의 눈앞에 들이댔어.

"나는 말이지, 네 아비와 사 년 동안 한솥밥을 먹었다. 네 아비가 얼마나 고생을 했는지, 어떤 심정으로 그토록 오래 일했는지 누구보다 내가 잘 알아. 네 아비는 돈벌이 나선 낭사라는 소리를 들어가며, 수전노라는 욕을 들어가며…… 그러면서도 어떻게든 너희를 살려보려고 발버둥을 쳤어. 그런데 어째서 너는 한사코 죽으려고만 하는 거야!"

입을 꾹 다문 곤베에 대신 사부로노스케가 무거운 입을 열데.

"신센구미는 참으로 훌륭한 활약을 했어. 나는 도쿠가와 막부의 신하로서 이 자리에서 다시 한번 심심한 예를 표하네. 고료카쿠에 돌아가거든 이런 나의 뜻을 신센구미 동료들에게 똑똑히 전해주게."

역시 사부로노스케는 곤베에의 신상에 대해 상세한 얘기를 들었던 게 틀림없어. 갈라터진 그 탁한 목소리가 내 답답한 마음을 제압할 만큼 묵직했거든.

진지 연통을 통해 아직 훤히 밝지 않은 별빛이 비쳐드는데, 참호와 보루를 넘어 적군이 꿈틀꿈틀 움직이는 기척이 들려오는 거야.

그 순간, 고요히 가라앉은 진지 하늘에 사쓰마 사투리의 고함 소리가 울려 퍼졌어.

"귀 포대의 대장에게 고한다. 천왕의 친위병을 비롯하여 여러 번의 군세 삼백으로 진을 포위하였다. 그 후방에는 다시 일천여 명의 병사가 대기하고 있다. 더이상 무익한 싸움은 우리의 본의가 아니니 즉각 항복하라!"

실례합니다, 하고 문 쪽에서 인사하는 소리가 나더니 나이든 사무라이가 진지에 들어섰소.

"성의 뒷문을 닫을 거요. 그만 돌아가시지요."

나는 곤베에를 쏘아본 그대로 "필요 없네" 하고 대답했어.

"이 아이가 물러나지 않는다면 나 또한 돌아갈 수 없소."

내 속마음은 이미 정해져 있었어. 이 녀석을 죽게 할 수는 없다. 이 녀석이 죽는다면 나도 함께 죽는다. 살리든 죽이든 끝까지 곁에 붙어 있어야지 그러지 않고서는 명토의 요시무라를 볼 면목이 없다…….

허연 입김을 천천히 뱉으며 사부로노스케는 그제야 눈을 번쩍 떴어. 독수리처럼 날카로운 눈빛이 지그시 나를 쳐다보더만.

"이름값에 어울리는 신센구미의 힘을 바로 지금 분명히 깨달았소. 히지카타가 전투에 뛰어난 것에 참으로 감동했으나 과연 강할 수밖에 없었구려. 귀공을 저승길 동무로 삼고 싶지는 않으나 그렇게까지 말씀하신다면 어쩔 도리가 없지. 생각대로 하시게."

사부로노스케는 통나무에서 몸을 일으키고 허리띠로 두른 흰 무명천에 기다란 검을 꽂았어. 두 아들과 곤베에도 일어섰지.

"고타로, 수하 병사는 얼마나 남았느냐?"

큰자식이 대답했어.

"오십여 명입니다."

"그래? 생각 밖으로 많이 남았구나."

오십이라니, 수하 병사가 하도 적어서 나는 깜짝 놀랐어.

치요가오카 포대에는 백 명 이상의 수비병이 있을 거라고 생각했는데 말야. 사부로노스케가 도망치는 자를 막지 않았던 거야. 치요가오카 싸움은 고료카쿠를 지키기 위한 싸움이 아니었어. 죽으려는 자들이 마침내 죽어서 제 뜻을 관철하려는 싸움이었지. 그저 그것뿐이었어.

사부로노스케는 아마 고료카쿠의 항복을 다 알고 있었을 거야. 그래서 살려는 자들은 가고 죽으려는 자는 머무르라고 선언했을 테지.

몸을 일으킨 길로 내 안색을 살피던 작은아들이 나직한 소리로 이러더라고.

"아버님은 되도록 많은 병사를 물러가게 하려고 애쓰셨소이다. 부디 그 심정만은 알아주시오."

단발에 서양식 군모를 다시 고쳐 쓰는 그 젊은 얼굴이 여간 창백한 게 아니야. 이 전쟁이 어쩌면 첫 싸움인지도 모른다는 생각이 들었어.

"에이지로, 쓸데없는 소리 하지 마라."

사부로노스케가 아들을 나무라더만. 그 순간, 도저히 참을 수가 없었어. 나는 말없이 창고에서 나가려는 감색 전투용 덧옷의 어깨를 움켜쥐었어.

"대장, 잠시 기다리시오. 부모가 자식을 저승길의 동무로 삼으려 하다니, 이건 인간의 도리에 어긋난 일이 아닙니까?"

그러자 사부로노스케는 어깨 너머로 나를 돌아보며 딱 잘라 말했어.

"내가 죽어 내 자식을 살리는 건 그리 간단한 일이 아냐. 나는 그 사무라이만큼 훌륭한 사람이 못 되는지라."

전투용 덧옷을 움켜쥐었던 손이 스르르 미끄러져버렸어. 사부로노스케가 말하는 '그 사무라이'라는 게 누구인지 금세 알아들었으니까.

실례합니다, 라고 저마다 한마디씩 인사를 던지고 두 아들은 아비의 뒤를 따랐어.

"전령으로 온 분은 신센구미의 고참 무사인 탓에 고료카쿠에 돌아가시지 않는다. 성의 뒷문을 닫아라!"

문 쪽에서 사부로노스케가 명령을 내리더만.

그리고 아주 잠시 동안 나는 그 성씨 없는 곤베에, 아니, 요시무라 가이치로와 단둘이 있었소.

이봐요, 손님이 어디서 어떤 얘기를 듣고 오셨는지는 모르겠소. 그러나 그 끝에 다시 이곳을 찾아왔다면 그만한 각오는 했을 거 아뇨? 그렇지?

그렇다면 그리 험한 표정은 하지 말고, 끝까지 제대로 들어두쇼.

듣자마자 잊어버리든 한 귀로 듣고 한 귀로 흘리든 글로 적어서 길게 남기든 그건 손님 마음대로야. 나야 내가 기억하는 것을 '묻지도 않는데 떠벌리는 노인네 얘기'로 끝까지 늘어놓는 수밖에.

둘만 남게 되자 가이치로는 내 등을 향해 그제야 입을 열었어.

"염치 없고만요. 이런 때에 새삼 선친의 동료분께 폐를 끼치고 말았으니 무어라 용서를 빌 말도 없습니다."

나는 돌아볼 수가 없었어. 어째 미덥지 못한 가느다란 목소리가 제 아비하고 똑같더라고.

진지에 피어오르는 연기가 눈을 찔러서 그저 허리를 숙인 채 눈만 껌뻑거렸지.

"한 가지만 말씀해주십시오."

"무언가."

내가 가까스로 대꾸를 했어.

"아비가 동료 여러분께 돈벌이 나선 낭사라는 소리를 듣고 수전노라는 욕을 들었다는 말씀이 참말이십니까?"

순간적으로 입 밖에 나가버린 그 말을 나는 그제야 후회했소. 요시무라가 보내준 돈으로 그 나이까지 자란 자식 입장에서는 그야말로 죽도록 괴로운 소리였을 거야.

"……참말이다."

그렇게 대답한 순간 가이치로는 후욱 하고 깊은 한숨을 토했어. 그리고 슬픔을 어금니로 짓씹는 듯한 신음 소리를 냈어.

"열일곱 나이까지 말로 다할 수 없이 많은 일들을 겪었고만요. 이제 죽을 때에 이르러 이런 말을 입에 올린다면 섣부른 하소연이겠지요."

"말해라."

내가 꾸짖다시피 말했어. 가령 한 마디라도, 차마 말로 다하지 못한 그 얘기를 들어주고 싶은 마음이 간절했거든.

"아니오. 저는 사내인 탓에 죽어도 제 고달픈 얘기는 입에 올리지 못하느만요. 그저, 그저 아비가 수전노라는 욕을 들었다는 것만은 참으로 원통합니다. 그밖에 할 말이라고는 아무것도 없고만요."

"수전노가 무엇이 나쁘냐. 처자를 먹여 살리겠다는 수전노라면 우러러봐야 할 훌륭한 사람이 아니냐?"

"그러나 저는 그 수전노의 돈으로 이 나이까지 살았고만요. 원통하고 또 원통합니다."

다부진 젊은이였어. 다시 한참이나 낮은 신음 소리를 올리더니 도저히 견디지 못하겠던지 이렇게 둘러대더라구.

"연기가 눈에 들었고만요. 실컷 울어서 눈의 티끌을 씻어낼랍니다. 못 본 척해주십시오."

가이치로는 큰 소리로 울었어. 이 아이가 아마 태어나서 이때까지 한 번도 울어본 적이 없었구나 싶을 만큼.

가만히 돌아보니 가이치로는 엉엉 울면서 장대에 깃발을 매달고 있었어. 갑작스레 변해서 가느다란 소년의 목소리로 그 아이는 몸을 떨며 중얼거리더만.

"고향을 떠날 때 조장님께서 내려주신 깃발입니다. 이십만 석 큰 번이 이렇게 말단 무사 한 사람만 남았으나, 저는 틀림없는 난부의 무사이니 단신으로라도 이 기를 등에 지고 싸우겠습니다. 이십만 석을 이타 이인부치로 짊어지겠습니다."

연기 속에 우뚝 일어선 가이치로의 등에는 새하얀 무명의 큼직한 쌍학 문장 깃발이 매달려 있었소.

오월 십육일의 싸움에 대해서는 신기할 만큼 똑똑히 기억하고 있어.

사람이란 말이지, 안 좋은 일은 금세 잊어버린다는데 아무래도 그날의 싸움이 나한테는 그리 싫은 일이 아니었던 모양이야. 이렇게 말이지, 지금도 확실하게 눈꺼풀 안쪽에 찍혀 있거든.

성씨 없는 곤베에, 아니, 이제는 요시무라 가이치로라고 해도 괜찮겠지? 나와 그 가이치로가 진지를 나서자 본진 앞 광장에 천막 씌운 탄약 상자가 산처럼 쌓였고 총이며 탄약을 있는 대로 죄다 나눠주고 있었어. 수비병들은 그것을 품에 들어가는 대로 잔뜩 집어넣고 각자의 담당 구역으로 흩어지는 거야.

죽기로 마음먹은 병사의 얼굴이란 건 참말로 멋있어. 어떤 얼굴이든 겁을 내는 기색은 손톱만큼도 없어. 기운이 넘쳐서 어째 다들 하얀 이를 내보이며 웃었던 것 같은 느낌이 든다니까. 살겠느냐 죽겠느냐 하는 물음에 망설임 없이 죽겠다고 답한 오십 명 병사였거든. 그자들은 살아서 앞으로 뭔가를 할 것이라는 생각은 전혀 안 했어.

아이즈, 구와나, 거기에 우에노 산에서 낙오해온 창의대 사람들과 전습사관대가 있었지. 막부의 전습사관대라는 건 말이지, 아마 지금으로 말하자면 사관학교 생도들일 거야. 뜻밖이었던 건 대나무에 참새 문장의 깃발을 우뚝 세운 센다이 번 사람들이 많았어. 이에야스는 도쿠가와 천하를 뒤엎을 자는 필시 오슈의 다테 마사무네일 거라고, 특별히 북녘의 호위를 단단히 했다지만, 그건 정말 말도 안 되는 착각이었어. 도쿠가와 세상을 마지막까지 붙들고 늘어졌던 게 다른 사람도 아닌 독안룡의 자손들이었다, 그 말씀이야.

나이도 제각각, 태어난 고향도 제각각, 그러나 모두 한결같이 참 기막히게 멋진 얼굴들이었소. 통 넓은 양복바지에 목까지 단추를 채운 서양식 군복 차림이 많았지만, 옛날식대로 덧옷에 바지 차림도 더러 있었소.

나 말이우? 나야 요즘에는 무엇이든 신식을 좋아하는 모던 보이지만, 그 무렵에만 해도 양복바지는 가랑이가 조이는 게 싫어서 절대로 안 입었어. 옛날 옷 위에다 히지카타 도시조에게서 물려받은 전투용 덧옷을 소중히 걸쳐 입었소.

포대 한가운데 단단히 잘 지은 본진이 섰고, 그 주변으로 새 재목으로 지은 작은 진지가 예닐곱 채 둘러싸듯이 서 있었어. 그 바깥쪽은 미로처럼 판자 담을 두른 통로인데 경사진 언덕바지였어. 보루 바깥쪽은 해자야. 즉 사방의 문은 어차피 무너질 것이고, 막판에는 백병전이 될 텐데 적을 한 놈이라도 더 쓰러뜨리고 죽자면 그런 복잡하고 어지러운 진지가 훨씬 유리했던 거야.

가이치로와 함께 총을 살펴보고 있으려니 덧옷에 흰 어깨띠를 걸친 추레한 할아범이 신식 스펜서 총을 골라주더라구. 아직 총신을 감싼 무명 천도 안 벗긴 반짝반짝한 새 총이었어.

할아범은 내 옷깃의 휘장이 눈에 띄었는지 깜짝 놀라며 반가워하더만.

"호오, 신센구미 분이시오?"

신센구미는 대부분 항구 쪽의 벤텐 포대에 들어가 있다가 그 전날 항복해버렸거든.

"육군 지휘관 히지카타 님의 보좌관이었소."

내가 대답을 했더니 할아범이 그랬느냐는 듯한 표정으로 고개를 끄덕여. 벤텐 포대가 항복한 것도, 히지카타가 전사한 것도 죄다 알고 있었던 모양이지.

"나는 우라가 관청에서 일하던 시바타 노비스케라고 하오.

내 나이 이미 예순이나 여러분께 폐 끼칠 일은 없을 거요. 그럼 잘 부탁하외다."

공손한 인사말에 주변 사무라이들이 쓴웃음을 지었어. 잘 부탁하나마나 우리 목숨이 이제 기껏 몇 각이면 끝날 참이었으니까. 백발의 머리를 깊숙이 숙이던 할아범의 옷깃에 '나카시마 대원 시바타 노비스케'라고 이름이 적혀 있던 게 아직도 눈에 선하네.

그러고 보니 그때 시바타 할아범에게 재미있는 얘기를 들었어.

"우리 나카시마 대장은 우라가에 찾아온 페리 제독의 흑선에 제일 먼저 나가셔서 일본 사람으로서는 최초로 응대를 하신 분이오."

정말 뜻밖이지? 나카시마 사부로노스케라는 사무라이가 사실은 군함을 다루는 재주가 뛰어나고 영어 통역도 잘하던 개명파였던 거야.

그때 서쪽으로 향한 대문 보루 위에 나카시마 사부로노스케의 낭랑한 목소리가 울려 퍼졌어.

"여어, 멀리 있는 자는 소리로 듣고 가까이 있는 자는 다가와 눈으로 보라. 내가 바로 우라가의 나카시마 사부로노스케다. 이번 전투에서 치요가오카 포대 수비의 명을 받들어 수하 병사 오십 명과 함께 그대들을 상대하겠노라!"

해자 너머에서 웃음소리와 갈채가 일었소. 그러나 성채를 지키던 병사들은 아무도 웃지 않았어.

사부로노스케의 됨됨이를 잘 아는 부하들이 그 말을 어찌 비

웃겠소. 페리의 흑선에 제일 먼저 올라탔고, 나가사키 해군전
습소에서는 에노모토 다케아키의 까마득한 선배였던 나카시마
가 사무라이로서의 위엄을 바로잡고 스스로 분명히 이름을 밝
힌 자리인데 어떻게 웃음이 나와?

　나는 말이지, 나카시마를 참 훌륭한 인물이라고 생각해. 서
양의 지식을 그렇게 많이 배웠어도 그 사람은 무사의 혼을 버
리지 않았어. 해자 너머에 있던 자들은 나카시마의 신분과 옛
날식 말투 때문에 비웃었겠지. 그러나 우리는 그런 나카시마를
진심으로 존경했어.

　생각해보쇼, 손님. 서양문명에 제 영혼까지 빼앗겨서야 유신
은커녕 일본이라는 나라가 사라져버릴 거 아뇨?

　보루 위에 나란히 포문을 열어놓은 십이 파운드짜리 장거리
포가 일제히 불을 뿜은 건 자욱하던 아침 안개가 부연 젖빛으
로 물들 무렵이야.

　나와 가이치로는 스펜서 총과 최대한의 탄알을 품고 서측 보
루로 뛰어올랐어. 판자 담에 뚫린 총구멍으로 내다보니 포대를
빽빽하게 포위한 적병이 일렬횡대로 안개 속을 전진해오는 게
보이더라구. 천왕의 깃발을 높직하게 내세운 친위병, 사쓰마,
조슈, 이요, 히고, 쓰가루, 치쿠고, 마쓰마에, 후쿠야마, 도쿠야
마, 비젠…… 아, 우리가 일본 전국을 상대로 싸우는구나 하고
실감을 했네.

　"너, 총은 쏠 줄 아느냐?"

　대답할 겨를도 없이 가이치로는 스펜서 총에 칠연발 탄창을

밀어넣고 능숙하게 쏘기 시작해. 엉덩이를 바닥에 바짝 붙이고 양 무릎으로 총신을 받드는 품이 제법 훌륭한 자세였어.

정면에서 몰려오는 적은 미니에 총을 든 것 같더라고. 그러니 한 발씩 쏠 때마다 엎드려서 총탄을 넣는 거야. 우리는 준비해둔 탄창을 차례차례 바꾸며 놈들을 앞줄부터 죄다 쏘아붙였지.

보루 위에 물 담은 통이 주욱 놓여서 총신이 달아오르면 바가지로 물을 퍼부어 가며 정신없이 쐈어.

우리 옆으로는 센다이 부대가 붙어 있었는데 이쪽도 모두 스나이들 총이었어. 스나이들은 칠연발의 스펜서보다는 위력이 떨어지지만, 그래도 미니에나 엔필드와는 비교가 안 되게 빨랐지. 한참을 정신없이 쏘아댔더니 앞쪽의 마쓰마에와 쓰가루 번병들이 꼬리를 말고 안개 속으로 물러가더라고.

그 사이에도 나카시마 사부로노스케가 직접 지휘하던 십이 파운드 장거리포는 보루를 우르릉 우르릉 울려가며 계속 불을 뿜었어. 서측 정면으로는 대문 좌우에 두 문, 북측과 남측 모퉁이에 한 문씩인데 그게 일제히 산탄을 넣고 연발로 퍼부어대니 당해낼 재간이 없었겠지. 해자 너머는 하얀 안개가 새카매질 만큼 흙먼지로 뒤덮였을 정도야.

그리고는 아주 짧은 순간 포성이 멈췄어.

안개는 짙었지만 주변이 완전히 훤하게 밝아서 우리는 화톳불을 끄고 다 쓴 탄창에 탄을 넣고 있었지.

"이 총은 정말 대단해요. 아키타 공격 때는 미니에였는데 탄알을 넣는 사이에 칼로 치고 들어오는 통에 제대로 쓸 만한 물건이 못 됐고만요."

가이치로의 웃는 얼굴이 환했어. 이 아이는 분명 아키타 전쟁에서도 수훈을 세웠겠구나 싶더만.

대꾸할 말이 얼른 생각나지 않아서 나는 그저 죽지 말라는 한마디만 비쭉 내뱉었네. 할 수만 있다면 그 아이를 끌어안고 항복하고 싶었어.

"죽지 마라."

"이상한 말씀 하지 마시지요. 전쟁이올시다."

가이치로와 나눈 말은 그게 마지막이었소.

누군가 갑자기 얇은 장막을 젖힌 것처럼 안개가 걷혀버린 거야.

총구멍으로 바깥을 내다보니 해자 건너편에 그때까지 한 번도 본 적이 없을 만큼 수많은 포차가 빽빽하게 늘어섰어. 한가운데 천왕의 깃발이 우뚝 섰고 오른편으로는 동그라미에 열십자가 박힌 사쓰마 깃발, 왼편에는 별 세 개가 그려진 조슈 깃발이 높직하게 펄럭이고.

우리가 내내 사쓰마 조슈라고 해왔던 적들이 마침내 정체를 드러낸 거지. 포열 뒤로는 거무스레한 병사들이 짐승 떼처럼 우글거리더라고.

포문이 일시에 열리는 순간 대문의 보루가 날아가고 그 자리에 있던 포 두 문이 해자를 향해 무너져내렸어.

보루 위의 판자 담도 여기저기서 산산조각이 났지. 당장 포대 안은 흙먼지가 자욱하고 진지에서는 불길이 치솟았어.

포열 틈새로 보병이 와아 몰려드는 게 언뜻 보였어. 어차피 총으로 쓰러뜨릴 만한 머릿수가 아냐. 놈들은 검을 꽂은 총을 머리 위로 내두르며 함성과 함께 개미떼처럼 해자를 건너왔어.

성채를 둘러싼 해자가 깊이는 충분했지만 폭은 두 간 반 정도밖에 안 돼. 일시에 몰려든 놈들이 순식간에 비탈에 붙어서 통나무며 사다리를 걸어놓고 칼을 쳐든 자들이 속속 해자를 넘어와.

그래도 판자 담이 높으니까 그리 쉽게는 못 넘지. 나는 상자째 떠메고 있던 피스톨을 움켜쥐고 비탈에 붙은 적을 겨냥해가며 쏘아붙였어.

함성이 들려서 돌아보니 남문과 북문이 한꺼번에 부서졌고 나팔 소리와 함께 엄청난 수의 적들이 우르르 밀려들더만. 일이 그렇게 되니 뭐 그때는 한 자리를 지키고 있어봤자 아무 소용이 없어. 그래서 피스톨을 양쪽 허리춤에 있는 대로 찔러 넣고는 창을 손에 쥐었어.

본진도, 그 주위를 빙 돌아 감싼 작은 진지들도 불길에 휩싸였더라고. 시커먼 연기 틈새로 창을 휘두르는 감빛 전투용 덧옷이 눈에 띄었지.

참 이상한데. 성채 안이 온통 적으로 득시글거려서 내 자리가 없어지게 되니까 기왕 죽을 거라면 대장 곁에서 죽자는 생각이 들더라고. 사방의 보루에서 아군들이 우르르 몰려든 것은 적에게 쫓겼기 때문이 아니야. 그냥 몸이 저절로 대장 쪽을 향한 거지. 병사에게 대장이란 바로 그런 것이더만.

허참, 어째서 그런 작은 일까지 생생하게 기억이 나는지 몰

라. 돌멩이 천지인 황막한 벌판 끝에 하코다테 산이 또렷하게 보였어. 나무 한 그루 풀 한 포기 없는 대지에서 타오르는 성채의 언덕에만 노란 유채꽃이 한가득 피어 있더라니까. 그게 말요, 손님. 그곳을 제 죽을 자리로 정한 누군가가 저를 위해 마련한 공양의 꽃밭 아니었을까?

보루는 이미 판자 담이 다 무너지고 안팎에서 적이 줄줄이 기어올라왔어.

등 뒤에서 칼을 들고 덤빈 놈이 비탈길을 굴러 떨어지면서 내게 손가락질을 하더만.

"신센구미다! 신센구미다!"

그렇게 고함을 질러. 어깨에 붙은 휘장을 봤던 모양이야.

나는 그 순간 뭐랄까, 붕붕 뜨는 것처럼 기분이 아주 좋았소.

그렇다, 나는 신센구미다, 온 교토를 피로 물들이고 미부 늑대라고 다들 벌벌 떨었던 신센구미 대원이다! 머릿수의 힘만 믿고 밀고 들어오는 너희와는 애초에 인물이 다르다, 성(誠) 한 글자의 깃발을 등에 지고 도바 후시미에서 이곳 하코다테까지 무시무시한 싸움판을 뚫고 나온 몸이시다! 그래, 나는 미부 의 사다!

피스톨의 탄알이 다 떨어진 뒤에는 보루로 기어오르는 놈들을 칼로 베고 또 벴어.

가이치로는 정말 잘 싸웠소. 칼을 한 번 휘두를 때마다 뱃속에서부터 기합을 넣으면서 말이지, 적을 털썩털썩 베어 넘기는 거야. 만일 치요가오카 싸움이 승리한 싸움이었다면 일등공신은 두말할 것도 없이 그 젊은이야. 나는 싸우는 동안 내내 곁에 있는 게 가이치로가 아니라 제 아비 요시무라 간이치로인 것만 같았어. 그럴 만큼 그 아이는 생김새하며 검술 쓰는 솜씨하며 기합까지 제 아비를 쏙 빼닮았어.

나는 가슴에, 여기 가슴팍에 창이 꽂혀 보루 바깥쪽으로 굴러떨어졌소.

그대로 가슴에 창을 꽂은 채 해자에 둥둥 떠가면서 이제 끝났구나 했어.

정신을 잃을 때까지 멍하니 유채꽃 핀 언덕바지를 올려다봤네.

주홍빛으로 환한 아침햇살 속에 쌍학의 깃발이 오래오래 펄럭였어.

그 아이는 틀림없이 그 깃발에서 날아오른 두 마리 백학의 보호를 받으며 극락정토로 떠났을 거요.

내가 유노가와 가설 병원에서 눈을 뜬 건 그 다음날 저녁나절이었소.

신센구미 조장이었던 시마다 가이가 곧 숨이 넘어가려는 나를 등에 업고 그곳까지 데려온 거야. 깨어나서, 고료카쿠가 전투 없이 항복했다는 소리를 듣고는 엉엉 울었소. 결국 그럴 셈이었구나 하고 말이지.

분했던 게 아냐. 죽을 각오를 하고도 죽지 못한 내가 한심해서 견딜 수가 없었던 거지.

그야 당연히 그렇지. 주신구라의 아코 마흔일곱 의사들은 전원이 순사했어. 의사가 죽지 않고 목숨을 부지해서야 옛 영웅

담만도 못하고 말이지, 그걸 어디다 쓰겠소.

치요가오카 포대에서는 마흔두 명이 장렬히 전사했노라고 시마다는 큼직한 몸을 떨며 통곡하더만.

나는 며칠 안 되어 판때기에 실려 쓰가루로 이송되었어. 그리고는 가을까지 히로사키의 절에서 근신을 했고, 다시 하코다테로 불려들어가 사면을 받은 게 부상도 완전히 회복되었던 그다음해 봄이었소.

아무에게도 가이치로 얘기는 하지 않았어. 그 아이는 그저 난부 백성 곤베에인 것으로 해뒀지.

그거면 됐지, 뭐. 그런 얘기를 살아남은 동료들에게 떠벌려서 괜히 가슴 찢어지게 할 게 무에 있겠수.

사면을 받은 그길로 나는 부슈의 히노에 찾아갔소. 히지카타를 파묻었던 고료카쿠의 무덤 흙을 한 주먹 떠가지고 말이지.

어디 딱히 들를 데는 없었소. 히지카타의 최후를 친지들에게 전해줄 생각은 처음부터 없었어. 그저 그 멋들어진 사내를 히노의 백성으로 되돌려주고 싶은 마음에서 찾아갔던 거지. 멀고 먼 고료카쿠의 눈 속에 묻어놓은 채로는 참 너무 안쓰럽잖아.

다카하타 후도 산 뒷마루에 올라섰더니 그이가 그리도 자랑하던 기막힌 경치가 눈 아래 시원하게 펼쳐지데.

후지 산에 단자와, 다이보사쓰, 구모토리 산에 오다케, 미쓰미네 산에서 쓰쿠바네까지 다 보이고, 그 한가운데 다마 강과 아사가와 강이 만나는 비옥한 옛 쇼군 직속 영지가 보이고, 참말 구경 한번 잘 했소.

나는 거기에 고료카쿠의 흙을 하늘 높이 뿌려주고, 그리고 내려오는 길로 변발을 잘랐어.

어차피 히지카타 도시조처럼 멋있게 살 주제도 못 되고, 그렇다면 아예 주막집이나 한 칸 차려놓고 맵시 안 나는 인생이나마 실컷 살아보자 하고.

주절주절 늘어놨소만, 내 얘기란 게 대충 이런 정도요.

이제 속이 시원하슈, 손님? 슬슬 막차 끊길 시간이네. 다만 지만은 영 입맛에 안 맞으셨던 모양이네.

자, 비도 영 멈출 것 같지 않고 오늘은 그만 주렴일랑 거둬들이고 손님이 남겨주신 술이나 한잔 마시면서 자야 할 모양이요.

고마웠시다. 마음 내키거든 다시 들러주쇼.

근데 이제 다시는 옛날 얘기 물어보기 없기요!

15

가이치로는
아버님과 어머님의 자식입니다.
그것만으로도
천하제일의 복덩이입니다.
열일곱 해 생애는
소나 말처럼 짧았으나
내세에도
아버님과 어머님의 자식으로 태어날 수만 있다면
가이치로는
열일곱 해 짧은 생애도 괜찮고만요.
아니, 일곱 번이라도
열일곱 해 만에 죽을 수 있고만요.

어머님.

가이치로는 한 발 앞서 저 세상으로 떠납니다. 순리를 거스르는 불효를 부디 용서하십시오.

어머님.

지난해 아키타 공격 때는 어린 아우와 누이를 남겨두고 전쟁에 가담하겠다는 저의 혈기를 허락해주시고, 또한 이번 두번째 출정도 병상에서 배웅해주신 덕분에 가이치로는 마침내 무사의 장한 뜻을 완수하였습니다.

십칠 년 동안, 잠시도 제 곁을 떠나지 않고 깊은 정을 주셨건만 변변한 효도 한 번 하지 못한 가이치로를 부디 용서하십시오.

어머님.

저는 지금 정신이 가물거리는 속에 에조 땅 하늘을 우러러보고 있고만요.

밤안개도 말끔히 걷히고 무너진 포대 위로 파란 하늘이 한없이 펼쳐졌어요.

여린 풀이 살랑거리는 대지의 저 끝으로 승리의 함성과 북소리, 나팔 소리가 서서히 멀어집니다.

이제 더이상 저자들을 사쓰마 조슈 놈들이라 부르는 것은 좋지 않습니다. 새 시대를 지켜나갈 어엿한 조정의 군대지요.

어머님.

가이치로가 지금 이때에 이르러 어찌하여 이런 생각을 했는지 들어주십시오.

조금 전에 제가 담당 구역에서 접전 끝에 총을 맞고 쓰러져 이 언덕에 엎드려 있자니 이윽고 포성도 멎고 싸움터가 정리되었습니다. 나를 안아 일으켜준 분은 서양 군복에 서양 군도를 찬 사쓰마 장교였습니다.

내 얼굴을 무릎에 안고 그 사람은 무인답지 않게 다정한 목소리로 물었습니다.

자네, 죽을 텐가 살 텐가.

사쓰마 사투리는 잘 알아들을 수 없었으나 분명 그런 말씀을 해주었습니다.

무사의 정리로 가이샤쿠를 부탁합니다, 하고 말했더니 그분은 텁석부리 수염이 덮인 얼굴에 눈물을 떨구며, 너 같은 소년에게 차마 손을 델 수 없다고 자신의 총을 내 손에 쥐어주었습니다.

군모를 벗자 그분의 머리는 까까머리였습니다. 울면서 이렇게 말씀하시더만요.

나는 이번 전쟁을 지휘한 사쓰마의 구로다라고 한다. 에노모토를 비롯하여 새 시대를 꾸려갈 인재들을 한 사람이라도 더 구명하고자 보다시피 머리를 깎았다. 너도 부디 나라를 원망하지 말고, 죽어서라도 호국의 혼백이 되어다오. 부탁한다.

저는 원망 같은 건 없습니다. 그래서 한마디 사죄의 말씀을 드렸습니다.

면목이 없습니다. 저는 천왕의 군대를 거역했습니다.

그분은 몇 번이고 고개를 주억거리더니 내 등에서 진흙 범벅이 된 깃발을 떼어 가슴을 덮어주셨습니다.

부하들과 함께 서양식 경례를 올리고 물러나는 겨를에 이런 말씀도 해주셨지요.

난부 사무라이의 혼백, 내 눈으로 똑똑하게 보았다. 자네의 주가는 결코 역적군이 아니다. 막부파였으나 근왕의 뜻 또한 굳건한 의로운 땅이다.

그 순간 저는 온몸의 힘이 스르르 풀렸습니다.

어머님. 이것만은 칭찬해주세요.

요시무라 가이치로는 비천한 말단 무사이나 이타 이인부치로서 난부 이십만 석을 분명하게 제 등에 짊어졌답니다.

어머님.

가이치로는 지금 다이바 보루 밑 비탈길에 큰대자로 누워 있습니다.

아프지도 괴롭지도 않습니다. 시원한 바람이 건너가는 저 너머로 아득히 하코다테 산이 보입니다.

주변은 온통 꽃밭이에요. 노란 유채꽃이 푹신한 이불처럼 저를 감싸안고 있답니다.

이런 필사의 성채에 어찌하여 유채꽃밭이 있는지 그 연유를 들어주세요.

치요가오카 포대는 겨울 내내 진의 설치를 마치고 그 뒤로는 그저 싸움을 기다리는 일뿐이었습니다. 원래 죽기를 각오한 성채인지라 대장님은 굳이 훈련은 실시하지 않고 각자 하고 싶은 일을 하며 기운을 길러두라고 지시하셨지요.

온종일 술을 마시는 자, 서책에 빠져든 자도 있었고, 혹은 두런두런 모여 씨름이며 내기판으로 흥을 돋우는 자 등, 하아 참, 죽음을 코앞에 두고 태평하게 보낸 한때였습니다.

그러나 저는 열일곱 살의 새카만 후배라서 기운을 어떻게 키워야 하는지 모릅니다. 그래서 봄까지 사람들의 배를 채워줄 만한 작물이 없을까 하고 하루는 유노가와의 농사꾼 집을 찾았습니다.

대장님 말씀으로는 적은 쓰가루에 진을 치고 있어서 싸움은 눈 녹는 사월이 될 거라고 하셨습니다. 그런데 에조 땅에는 그 시기에 맞을 만한 적당한 작물이 없었습니다.

성채의 동료분들은 저를 '농사꾼 곤베에'라고 부르며 귀여워해주셨습니다. 어리석은 신세타령도 모두 자기 일처럼 들어주셨습니다.

가이치로는 무사의 자식이지만 시즈쿠이시 외삼촌께 논일이며 밭일을 제법 배웠습니다. 성채의 동료들은 쇼군 직속 가신이나 센다이의 버젓한 사무라이신지라 가래질 괭이질 같은 건 도통 모르십니다. 저는 최소한의 은혜갚음으로 직접 가꾼 감자나 콩이라도 대접하고 싶었습니다.

농사꾼에게 사정사정해서 유채씨를 받아왔습니다. 유채꽃이라면 봄에 앞서 자라나 사월이나 오월에는 밥반찬 나물이 되고 죽과 국의 건더기도 되지요. 벌판의 헐벗은 경치를 다독이는 아름다운 꽃도 피지요.

어머님.

제가 가꾼 유채꽃이 이리도 곱게 피었습니다.

땅의 은혜란 참으로 고마운 것이고만요.

나물이 되고 죽과 국의 건더기가 되더니 이제는 죽어가는 가이치로의 이불이 되어 상처 입은 몸뚱이를 안아주는고만요.

고개를 돌려 바라보면 사방이 비단 같은 금빛 물결입니다.

어머님.

어머님.

제가 가꾼 유채꽃은 이리도 곱게 피었습니다.

이 목소리가 들리시면 부디 들녘의 외삼촌께 전해주세요. 가이치로가 에조의 헐벗은 들판에 시즈쿠이시 마을과 똑같은 유채꽃밭을 이리도 곱게 가꾸었다고요.

어머님.

싸움터에서 죽는 것은 무인이 바라는 일, 저에게는 두려움도 망설임도 아픔도 괴로움도 없습니다.

오히려 전투를 달가워하고 상처입고 쓰러짐을 즐겁게 여기며 죽습니다.

그러나 어머님, 에조 땅까지 흘러온 저의 여정은 참으로 힘들었습니다.

미야코나 하치노헤 항구에서 배를 타면 빠르겠지만, 저는 조정에 항복한 난부 땅을 탈주하여 하코다테까지 건너온 몸입니다. 아무도 몰래 오쿠 가도를 지나 영내의 끝, 바다 건너 에조 땅이 보이는 곳까지 걸을 수밖에 없다는 각오를 했습니다.

나가사카 고개에서 조장 나리와 작별한 뒤에 시부토미, 누마쿠나이까지 밤을 도와 걸었고 오쿠나카 산 고개를 넘어 이치노헤까지 먼 길을 돌았습니다.

뒤를 쫓는 사람이 있을 리 없었으나 모리오카까지 따라왔던 누이의 울음소리가 귓가에서 떠나지 않아 시오 리 눈길을 내처 걸었습니다.

그러나 그 뒤부터는 아닌게 아니라 숨이 찼습니다. 모리오카에서 산노헤까지 이십삼 리, 노헤지까지는 삼십구 리의 눈길을 헤치고 온 험한 길이었습니다.

어머님.

그리하여 거기서 저는 태어나 처음으로 바다라는 것을 보았습니다.

이야기로는 종종 들었으나 하아 참, 직접 바라보니 말로 표현할 수 없이 굉장한 것이더만요.

저는 마을에서 멀리 떨어진 바닷가에 추운 줄도 모르고 한참이나 서 있었습니다.

생각해보면, 저 기타카미 강물을 태곳적부터 줄곧 받아 마셨으니 넓기도 넓겠지요.

해안을 따라 이어진 다나부 가도를 휘몰아치는 눈보라에 시달리며 걸었습니다. 다나부 마을에서 고개를 넘으니 모리오카를 오십여 리나 벗어난 오하타 해변이었습니다.

비로소 저 멀리 에조 땅이 보였습니다.

어머님.

힘든 여정을 더듬어 그곳에 다다른 제 눈에 그 아득한 산봉우리는 극락정토에 솟아 있다는 수미산으로 보였습니다. 저곳에만 가면 이제 고생은 끝이다 싶었습니다. 오마 곶에서 고기잡이의 배를 빌려 타고 에조 땅 유노가와 해변에 도착한 것은 모리오카를 떠나던 날 밤에 떴던 보름달이 반이나 여위어버린 밤이었습니다.

어머님.

노를 저어 건네주던 고기잡이의 말을 잊을 수가 없습니다.

사무라이님, 저희도 난부 백성임에는 틀림이 없지만 천하가 어찌 굴러가건 저희 사는 것이야 노상 똑같지요. 그런데 사무라이님은 하코다테까지 건너가 또 한 번 전쟁을 치르신다니 참으로 고생이 많으십니다.

해안에 내려선 내 등에 대고 두 고기잡이는 나무아미타불 합장을 해주었지만 별로 고맙든 않더만요. 나 죽을 줄 뻔히 알고 미리 해주는 염불이니.

그러고 보니 무사란 암만 생각해도 참으로 어려운 업이고만요.

어머님.

저는 조장 나리께 야마토노카미 야스사다 명검을 받았고, 번
조이신 노부나오 공 때부터 전해오던 난부의 깃발까지 하사받
은데다, 지금 또한 죽음에 임하여 적의 대장에게 총을 받았습
니다.

생각해보면 이 총도 황공하옵게도 메이지 천왕께 하사받은
참으로 고마운 보물이고만요.

새 천왕께서는 저보다 한 해 앞서 태어나셨습니다.

이뤄질 수만 있다면 어떤 분이신지 꼭 한 번 뵙고 싶고만요.

결심이 서지 않아 총을 만지작거리다 보니 그런 아무 쓸데도
없는 생각이 났습니다.

어머님,

가이치로는

신세 한탄을 하고 있습니다.

아무도 듣지 못할 저 혼자의 넋두리이니

부디 용서하십시오.

어머님,

가이치로는 어머님을 비롯하여 조장 나리,

또한 많은 분들께

내내 거짓된 말을 해왔습니다.

이제 와서 새삼 본심을 털어놓은들

그저 신세 한탄일 뿐이겠지요.
그러하나
저 또한 인간인지라
본심을 털어놓지 않으면
괴로워서
억울해서
천왕께 받은 이 총의
방아쇠도 당길 수가 없고만요.
부디
들어주시지요.

어머님,
가이치로가 이 자리에 있는 것은
무슨 대의 때문이 아닙니다.
가이치로는
아버님이
누구보다 좋았습니다.
누구보다 다정하고
누구보다 강한 아버님이
가이치로는 그저 좋았습니다.
못 견딜 만큼 좋았습니다.
그런 아버님이
우리를 위해 탈번하시고
우리를 위해 돈을 보내주셨던 것은

진심으로 감사하게 생각합니다.
그러하나 가이치로는
모리오카를 버리고 가시던
아버님의 그 모습을 잊을 수가 없습니다.
가이치로는 그리도 좋아하던 아버님을
홀몸으로 기타카미 강을
건너가시게 했습니다.
그러니 가이치로는
그리도 좋아하던 아버님을
또다시 홀몸으로
삼도천을 건너시게 할 수는 없고만요.
어리석은 자식이라고
저를 다시 쫓으신다 해도
저는 그리도 좋아하던 아버님과
저 삼도천을
함께 건너고 싶고만요.

어머님,
가이치로는
그것밖에는 아무것도
생각하지 않았습니다.
어머님에게는 아우와 누이가 있으나
아버님에게는 아무도 안 계시지요.
이런 본심을

결코 입 밖에 낼 수 없어서
가이치로는
이런저런 거짓된 말을 둘러댔습니다.
많은 분들을
속였습니다.
그럴싸한 대의가 있는 양
어머님도
아우와 누이도
조장 나리도
친구도
모두 속였습니다.
아버님의 최후에 대한 소식을 들었을 때
이미 배를 가를 각오였고만요.
아니요.
소나무 가지에 목을 매려고도
강에 몸을 던지려고도 했고만요.
그러하나
그런 꼴로 죽어서는
어머님과 아우와 누이가 비웃음을 사겠지요.
그래서 저는
아키타 싸움에서 전사하려 하였으나
뜻을 이루지 못한 채
다시 이곳 에조 땅 끝까지
오고야 말았습니다.

가이치로의 대의라 하는 건
기껏해야 그런 것이고만요.

어머님,
마지막으로
한 가지만 말씀드리지요

가이치로는
아버님과 어머님의 자식입니다.
그것만으로도
천하제일의 복덩이입니다.
열일곱 해 생애는
소나 말처럼 짧았으나
내세에도
아버님과 어머님의 자식으로 태어날 수만 있다면
가이치로는
열일곱 해 짧은 생애도 괜찮고만요.
아니, 일곱 번이라도
열일곱 해 만에 죽을 수 있고만요.

어머님,
부디부디 내세에도
아버님과 부부가 되시어
가이치로를

낳아주세요.
부탁드립니다, 어머님.

그러면,
어머님,
어머님,
어머님.

16

잠이 들면 안 된다고, 잠이 들면 죽는다고,
아저씨는 허리까지 눈에 푹푹 빠지면서도 내내 등에 업힌 나를 흔들어 깨웠습니다.
"우세요. 우시라니까요, 도련님. 엉엉 소리 내서 울어요!"
기운 내세요, 간이치 도련님, 하고 사스케 아저씨가 계속 고함을 치셨어요.
나중에는 자기가 엉엉 울면서 아저씨는 눈을 헤치고 걷고 또 걸었습니다. 기운차게,
커다란 곰처럼 기운차게.
저의 제대로 된 기억은 눈보라의 우쓰 고개에서부터 시작돼요. 사스케 아저씨의
강한 의지를 길잡이 삼아 하얀 눈보라 속에서 새로운 인생을 내디딘 겁니다.

요시무라 간이치로 2세의 피난-귀환로

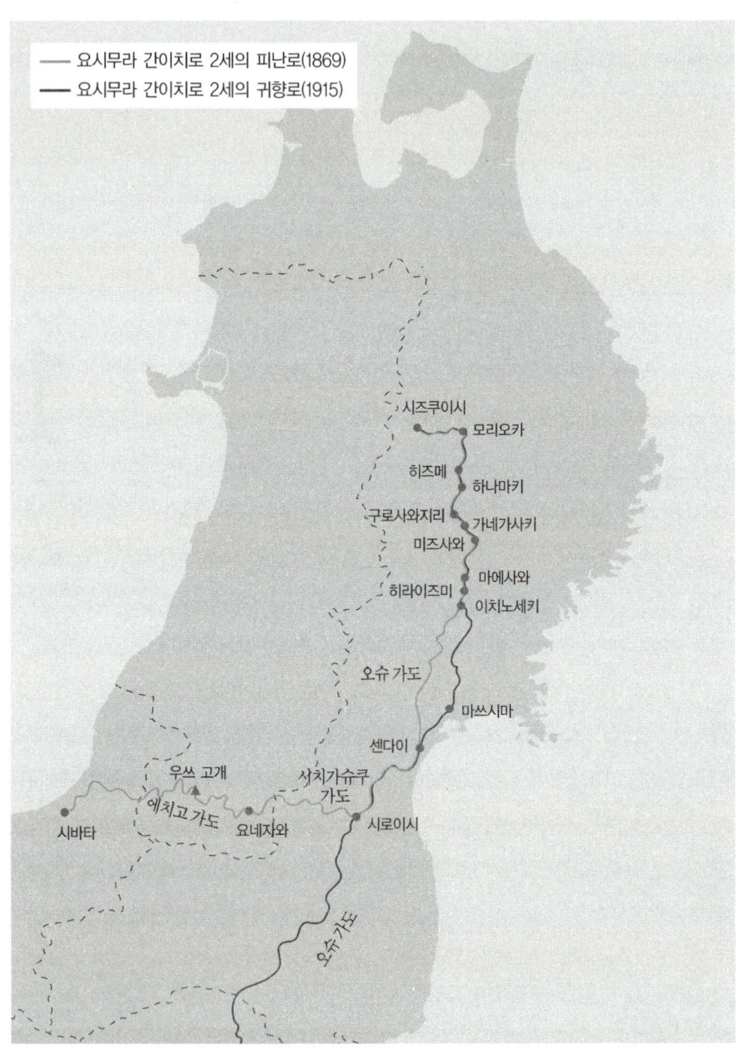

요시무라 간이치로 2세의 피난로(1869)
요시무라 간이치로 2세의 귀향로(1915)
시즈쿠이시
모리오카
히즈메
하나마키
구로사와지리
가네가사키
미즈사와
마에사와
히라이즈미
이치노세키
오슈 가도
마쓰시마
센다이
우쓰 고개
사치가슈쿠 가도
에치고 가도
요네자와
시로이시
시바타
오슈 가도

역시 센다이 역 지나고 나니 삼등열차도 텅텅 비는군요.

오전 아홉시 이십팔분 출발이니 별 탈 없이 달린다면 모리오
카에는 오후 네시 일분 도착입니다. 도중에 눈보라를 만나 오
도 가도 못 하는 불상사가 없기만을 빕시다.

하늘 모양새를 보니 괜찮을 것 같기는 합니다만, 북녘 날씨
란 게 하도 변덕이 심해놔서.

그래도 내가 자란 에치고의 눈에 비하면 그나마 뒤끝은 훨씬
나을 겁니다. 똑같은 한 자라도 눈의 무게가 전혀 다르거든요.

그건 말이죠, 함유된 수분의 차이 때문이에요.

동해 쪽의 눈, 특히 에치고 서쪽 지역의 눈은 습하기 때문에
비중이 높아요. 반면에 동북지방이나 홋카이도 지역의 눈은 건
조한 가루눈이라 상대적으로 가볍지요.

그런데 그 골치 덩어리 습한 눈이 에치고 하면 쌀을 첫손가

락에 꼽게 하는 가장 중요한 이유입니다. 비옥한 눈 녹은 물이 에치고 쌀의 어머니가 되는 거예요.

아, 참 햇빛이 좋군요.

모리오카까지 여섯 시간 반, 마음껏 자연을 관찰하도록 합시다. 제 업무가 벌써 시작된 셈입니다.

우에노에서 센다이까지 급행열차로 여덟 시간. 별 볼일이 없는데도 일부러 센다이에서 하룻밤 자고 완행으로 갈아탄 건 자연을 관찰하고 싶어서예요.

열차는 역시 완행열차가 최고지요. 행상인이나 농사꾼의 살아 있는 목소리를 들을 수 있거든요.

어때요, 뒤에서 하는 얘기 소리를 좀 들어보세요. 올 겨울은 너무 따뜻하다고 걱정들을 하지요? 눈도 적었다는군요.

이렇게 햇살이 따스한 겨울을 좋아하는 건 도회지 사람들이나 급행열차 손님들뿐이죠. 저는 농사짓는 사람, 쌀장사하는 사람들의 얘기 소리를 들으려고 출장이나 강연을 하러 나갈 때는 반드시 삼등열차를 타고 다닙니다.

그건 그렇고, 이렇게 오래 기다리시게 하고, 정말 실례가 많았습니다. 겨우 청탁에 응한다는 게 이렇게 낙향하는 길의 열차 안인데다 센다이 역 플랫폼에서 허겁지겁 만날 약속을 했으니, 이것 참, 아무리 바쁜 일정 때문이라지만 큰 결례를 했군요.

용서하십시오.

우선 명함부터 드려야겠네.

제 소개가 늦었습니다. 요시무라 간이치로올시다.

명함에는 '도쿄 제국대학 교수'라고 버젓이 직함이 붙어 있지만, 대학은 작년에 퇴직했습니다. '농학박사'라고만 적어놓는 것도 어쩐지 어색해서 옛날 명함을 아직도 쓰고 있습니다.

정확히 말하자면 사칭이겠군요.

그러나 이 정도야 괜찮겠지요, 뭐. 원래 노화라는 게 사람마다 개인차가 있는 건데, 일률적으로 몇 살이 되면 정년퇴직을 하라니, 그게 이치에 맞지 않는 얘기예요. 마음은 아직도 현역 대학교수 그대롭니다.

다행히 제가 퇴직하자마자 각 대학이며 농림학교에서 자꾸 불러주는군요. 이 나이가 되면 제자들이 전국 어디에나 다 있거든요.

그러나 제자들의 후의에 의지해서야 되겠습니까? 또 제자들도 꿈이 있을 텐데 스승이 오래도록 교단의 자리를 고집하는 것도 그리 바람직한 일은 아니지요. 그렇다고 은퇴 생활을 즐기기에는 약간 이른 감이 있고, 제가 하던 연구도 좀더 추구해보고 싶답니다.

'쌀에 미친 바보 선생'이라는 제 별명처럼 저는 벼의 육성과 품종개량 말고는 아무것도 모릅니다. 제게서 쌀을 빼면 아무것도 안 남아요.

그러니 이걸 어쩌나 하고 고민하는 참에 이번 얘기가 불쑥 날아들었지 뭡니까.

1903년에 개교한 모리오카 고등농림학교에서 교편을 잡아주지 않겠느냐는 제안이 들어온 거예요.

승낙을 한 이유는 세 가지입니다.

첫째로 다른 곳보다 비교적 최근에 설립된 학교여서 내 제자가 없어요. 이건 좋은 일이지요.

둘째로는 기후가 척박한 토지에서 제가 개량한 품종을 시험해볼 수 있습니다. 아마 새로운 연구 과제도 생길 테지요. 이것 또한 '쌀에 미친 바보'로서는 바라 마지않던 좋은 기회입니다.

그리고 세번째 이유인데요.

모리오카는 제 고향이었습니다.

그 마을에 대해서는 기억을 못 합니다. 그러나 저는 틀림없이 그 마을에서 태어났고, 여덟 살 나던 해 겨울까지 모리오카 변두리 시즈쿠이시라는 마을에서 보냈습니다.

요시무라 간이치로라는 제 이름은 어머님이 아버님에 대한 정을 모두 담아 붙여주신 이름, 얼굴도 본 적이 없는 아버지의 이름입니다.

저는 아버님에게 이 이름을 받았습니다.

간이치로(貫一郎), 오로지 한 길을 관철한다는 뜻이지요.

어릴 때부터 저는 이 이름이 무척 마음에 들었습니다. 비바람에도 가뭄에도 태풍에도 지지 않는 벼를 위해 저는 오직 한 길을 바보처럼 일관되게 걸어왔어요.

지금 이렇게 가방 가득히 볍씨를 담아 고향으로 돌아간다는 게 어쩐지 제 운명인 것 같은 느낌이 듭니다.

흠, 제 인생을 얘기해드리면 되는 건가요?

다른 분께 얘기해드릴 만큼 대단한 인생은 못 되는데, 이것 참, 난처하군요.

볍씨에 관한 이야기라면 사흘 밤낮을 얘기해도 다 못 합니다만.

예, 집사람은 도쿄 제국대학 연구실에서 근무할 때 신세를 졌던 도쿄 혼고 하숙집의 딸입니다. 아이들은 딸로만 셋……

아, 그런 이야기가 아니고 좀더 옛날 얘기?

허, 이거 큰일났네. 암만해도 제가 너무 쉽게 청탁에 응한 것 같습니다. 제 성장에 관한 얘기 같은 건 별로 하고 싶지 않은 데…… 볍씨 얘기로는 안 되겠습니까? 그거라면 제 자서전 같은 것보다 훨씬 더 재미있을 텐데요.

허, 이것 참. 일이 이렇게 되고 보니 완행열차가 원망스럽군요. 아직 마쓰시마도 안 지났지요?

제가 태어난 건 1862년, 임술년입니다. 올해 우리 나이로 쉰넷이지요.

난부 모리오카 출생이라는 것 외에 자세한 내막은 저도 모릅니다.

시절이 워낙 험난하던 때였으니, 아마 그런 얘기는 되도록 내 귀에 들지 않게 주위 사람들이 조심해줬을 거예요. 저도 굳이 알려고 한 적이 없고요. 그럴 만큼 제가 양부모 밑에서 아무 부족한 것 없이 잘 지냈다는 거죠.

이야기를 하자면 약간 복잡한데, 사실 저는 양자로 들어간 게 아닙니다. 요시무라라는 성을 그대로 쓰는 것만 봐도 아시겠지만, 양자 비슷하게 그 댁에서 키워주신 거지요.

양부모는 에치고 중부 지역에 일천 정보의 전답을 소유한, 에토 히코자에몬이라는 부농입니다. 그 이름쯤은 아마 선생도 들어보셨겠지요? 에치고의 에토 가라고 하면 전국의 쌀 시장을 좌우할 만큼 대단한 자산가지요.

물론 그 에토 가를 저의 생가로 여기고 있습니다. 양부모는 이미 돌아가셨고, 저로서는 형님뻘인 구대째 히코자에몬이 집안을 이으셨는데, 요즘도 저는 정월과 추석이면 빠짐없이 귀성길에 오릅니다.

그래서 제가 모리오카로 가기로 한 이번 결정이 의형께는 적잖이 미안한 마음이 드는군요. 마음이 넓은 분이라 별다른 오해를 하실 리는 없지만, 오히려 제가 괜스레 마음에 걸려서요.

제가 농학에 뜻을 두고 볍씨 연구에 평생을 바치게 된 것은 이 길 외에는 양부모의 큰 은혜에 보답할 길이 없다는 각오 때문이었을 겁니다. 저를 길러주신 아버지 에토 히코자에몬은 제 미래에 대해 어떤 강제도 없으셨거든요.

제가 원하는 학문을 하라고 항상 그러셨습니다. 네가 믿는 길을 가라. 그게 입버릇이셨어요. 단지, 군인만은 절대 안 된다고 하셨죠.

항상 그런 말씀을 듣고 자랐는데 왜 그런지 다른 학문에는 마음이 가지를 않고, 보고 자란 게 고스란히 드러나는 농학자가 되어버렸습니다. 하긴 '쌀에 미친 바보 선생'이 개발한 볍씨가 에치고의 논밭을 더욱 풍성하게 하고 있으니 다소나마 보은이 되어 얼마나 다행인지 모르겠습니다.

아, 예. 제 친누님은 저도 알고 있습니다.

제 인생을 누구에게 털어놓는 게 난생 처음이라 조리 있게 정리가 되지 않는군요. 우선 그 누님 얘기부터 하기로 합시다.

그게 도쿄 농림학교가 제국대학 농과대학으로 명칭이 바뀌던 해의 일이니까 아마 1890년 연말이었을 겁니다.

혼고 하숙집에 불쑥 낯선 사람들이 찾아왔어요.

맨 처음 현관에 나타난 이는 고급 오시마 기모노에 털목도리를 두른, 첫눈에도 관록이 만만치 않은 투전판 전주(錢主) 같은 사람이었습니다.

마침 일요일이어서 하숙집에는 학생들이 하릴없이 빈둥빈둥 누워 있었는데 "실례합니다" 하고 큰 소리로 부르며 이층 창문을 올려다보는 험상궂은 얼굴에 다들 벌떡 일어섰을 정돕니다. 영락없이 빚 독촉 나온 야쿠자인 줄 알았어요. 저런 사람이 대체 누구한테 볼일이 있어서 찾아왔을까 하고 다들 깜짝 놀랐지요.

하숙생이 대여섯 명 됐는데, 그중에서 나는 말하자면 기숙사 사감 같은 역할이었습니다. 하숙집 따님이던 지금의 집사람과 혼담도 오고가던 참의 일이었고, 아무튼 내가 나서지 않으면 안 될 자리였죠.

"잠깐만 기다리세요" 하고는 허둥지둥 바지를 꿰고 있으려니까 그 야쿠자 같은 사람이 반 협박조로 또 물어요.

"제국대학 농과의 요시무라 선생 댁이 이곳 맞소?"

등이 서늘했지요. 돈 문제로 짚이는 것이라고는 아무것도 없는데 말예요.

그래서 점잖게 덧옷까지 다 갖춰 입고는 현관으로 내려갔습
니다. 학생들은 모두 얼굴이 새파래져서 복도로 얼굴을 내밀고
있었어요.

"제가 요시무라입니다만, 무슨 일이신지……."

단정하게 무릎을 꿇고 앉아 그 말을 하자마자 야쿠자 같은
그 사람이 문지방 너머에서 갑자기 허리를 반으로 꺾어요. 이
게 얼마 만입니까, 한마디 하고는 그만 말을 잇지 못하더군요.

그런데 저는 그 사람이 누구인지 금세 알아봤습니다. 먼 옛
날의 기억이 순식간에 되살아났거든요.

아, 나를 에치고까지 데려다준 사람이다…… 사스케라는 이
름까지 똑똑히 기억이 나더군요.

"잠시 밖으로 나오시지요."

이르는 대로 골목으로 나갔지요. 하숙집 앞은 기쿠사카 큰길
로 나가는 좁은 돌계단인데 판자 담이 둘러싼 길 끝에 양복 차
림의 자그마한 신사와 키가 훌쩍 큰 여자가 나란히 서 있었습
니다.

참 이상한 일이더군요. 골목길 돌계단 위에서 그 두 사람의
모습을 보는 순간 다 알겠더라구요.

"저희 누님……이신가요?"

누님은 크게 놀랐는지 자기보다 키 작은 남편 뒤로 숨듯이
서 있었어요.

"생각이 나시오?"

사스케 씨가 곁에서 물어요.

"아뇨. 이상하군요, 거의 기억을 못 하는데도……."

"미쓰 누님이시오. 곁에 계신 분은 시모야에서 스즈키 의원을 운영하시는 오노 치아키 선생이시고."

두 분을 똑바로 쳐다볼 수가 없어 나는 골목길의 작은 하늘만 올려다봤습니다.

제가 신앙은 가지지 못했지만, 그때만은 사람의 지혜가 미치지 않는 거대한 힘의 존재를 믿지 않을 수가 없더군요.

겨울 하늘에 솜 같은 구름이 떠 있었어요.

내가 스물아홉, 한 살 위인 누님은 서른이었겠지요? 백합꽃처럼 청초하고 아름다운 분이었습니다.

좁은 돌계단을 내려가니 오노 선생은 누님의 등을 내 쪽으로 밀었습니다. 누님은 겁에 질린 표정으로 나를 쳐다봤고요.

그때 또 한 번 이상한 일이 일어났어요, 나 자신도 미처 생각하지 못한 일이.

내 몸이 누님 곁을 지나치는가 싶더니 오노 선생을 꽉 끌어안고 있더라고요. 어째서 그랬는지 모르겠습니다. 눈에 보이지 않는 어떤 힘이 내게 그렇게 하라고 시킨 것만 같아요.

고맙습니다, 고맙습니다, 나는 몇 번이고 그 말만 했습니다.

"어떤 학문을 하는지?"

내 어깨에 발돋움을 하고 매달리듯 턱을 얹은 채 오노 선생이 물었습니다.

"쌀을 연구합니다."

내 대답에 오노 선생이 뜻밖이라는 듯 이러셔요.

"쌀이라고 하면, 볍씨 말인가? 그러면 농학이군."

"농사짓는 집에서 자라서 다른 학문에는 미처 생각이 미치지 못했습니다."

선생의 양복에서는 소독약 냄새가 풍겼습니다. 시모야의 스즈키 의원이라고 하면 가난한 사람들에게 뛰어난 의술을 펼치는 것으로 유명한 병원입니다. 당시에 그 일대에서 모르는 사람이 없을 정도였지요.

참으로 청결한 냄새라고 생각했습니다.

"나는 대학에 가지 못해 제생학사에서 공부하고 의사 면허를 땄네. 별볼일 없는 동네 의사지만 있는 힘껏 노력은 하고 있지. 덕분에 자네 누님을 늘 고생만 시켰어."

그 순간 목이 메어 선생은 내 어깨만 비비셨습니다. 그리고 갑자기 간절한 고향 사투리로 이런 얘기를 하셨어요.

"지금의 나로서는 이게 최선이고만. 부디 용서하게나."

내가 아닌 사람, 좀더 가까운 누군가에게 사죄하시는 듯한 느낌이 들었습니다.

지금 이렇게 다시 떠올려봐도 어째 옛날 얘기처럼 신기하군요.

그나저나 오노 선생과 누님은 아무래도 펑텐 땅에 뼈를 묻을 생각이신가 봅니다.

아, 이번에 제가 모리오카에 가게 되었다는 걸 어떻게 말씀드려야 할지, 혼자 고민중입니다. 나 혼자만 이렇게 고향길에 올랐으니.

그건 그렇고 이번 겨울은 참 따뜻하군요.

센다이 지나면 온통 눈 경치가 펼쳐질 줄 알았는데 논두렁에 허연 게 조금 남았을 뿐이네요.

어라, 마쓰시마(松島)라고 해서 바닷가인가 했더니 한참 내륙이군요. 역 이름만 듣고 온 여행객들은 적잖이 실망하겠습니다.

예, 부모님에 관한 얘기, 무진전쟁 때 세상 뜨셨다는 형님 얘기는 누님을 통해 많이 들었습니다.

제가 시즈쿠이시를 떠난 게 여덟 살 때였으니 몇 가지 기억이 날 법도 한데, 왜 그런지 하나도 생각이 안 나요.

어머니에 대해서는 소소하나마 기억이 나지만 형에 대해서는 전혀라고 할 만큼 생각나는 게 없어요.

인간이란 살아남기 위해 자신에게 좋지 않은 기억은 도태시킨다는 학설이 있더군요. 어쩌면 그런 것일까요? 그렇다면 어릴 적의 내게는 형님의 존재가 어머니보다 더 컸던 게 아닌가 싶어요.

모리오카에 도착하기 전까지 얼마간이라도 생각이 나준다면 일종의 공양이 될 텐데 말입니다.

그럼, 마음을 가라앉히고 최대한 기억을 더듬어보기로 하지요. 지금이야 내게 좋지 않을 일도 없으니 가슴 저 깊은 곳의 자물쇠를 열고 조금씩…….

아버지에 대해서는 거의 모릅니다.

제가 아는 몇 가지 일들은 모두 누님께 들은 얘기인데, 생각해보면 누님이 아버지와 헤어진 것도 아직 철이 덜 든 때였으니 그것도 아마 전해들은 이야기일 겁니다.

내게는 매형이신 오노 치아키 선생도, 신주쿠의 사스케 아저씨도 아버지에 대한 얘기는 해주시지 않았어요. 새삼스럽게 그런 얘기를 꼬치꼬치 묻는 것도 어쩐지 면구스러운 마음이 들고, 뭐 우리 사이에서는 금기 같은 얘기가 됐지요.

아버지 얘기가 금기라니 그것도 이상합니다만, 시대라는 높은 벽 너머의 일이니 어쩔 수 없다고 체념하고 지냅니다.

이런 일은 어린 시절에 메이지유신을 겪은 우리 세대에서는 흔한 일입니다. 집안의 역사를 묻어두지 않으면 자손들이 살아갈 수 없다, 말하자면 그런 거죠. 물론 적잖이 과장된 면도 있지만, 어떻든 모르는 편이 오히려 나은 게 사실이에요.

선생은 그런 내막을 잘 모르고 여기저기 탐문하고 다니셨겠지만, 그게 의외로 어떤 규칙을 깨는 일이었는지도 모릅니다.

아버지에 대해 제가 아는 것이라면…… 서력으로 1834년 양띠, 지금까지 건재하셨다면 팔십을 조금 넘어선 연세였겠지요?

죽은 자식의 나이가 아니라 죽은 부모의 연세를 헤아려보는 게 아버지를 모르고 자란 자식의 서글픈 버릇입니다.

그게요, 남에게 이런 질문을 받았을 때 술술 대답을 못 하면 퍽 무참한 기분이 들거든요. 이래보여도 유복자의 열등감이란 것과 제 나름대로 격투를 벌여왔답니다.

원래 성품이 느긋한데다 멀뚱한 생김새 덕분에 크게 덕을 봤지요.

아버지는 이런 성품이 아니셨던 것 같은 느낌이 들어요. 제가 태어나던 해 겨울에 이른바 존왕양이의 뜻을 품고 고향에서 탈번하셨다는 걸 보면 오히려 저와는 정반대로 대단한 열혈 대장부였던 모양이지요?

그 뒤로 어떤 사정이 있었는지는 모르지만 1868년 정월에 도바 후시미 전투에서 막부군에 가담해 싸우시다 오사카까지 밀려나셨고, 기타하마에 있던 난부 번 저택에서 돌아가셨다고 하더군요. 향년 서른다섯이었어요.

어머니는 시즈쿠이시의 농민 출신이었다는 걸 보면 아버지 쪽은 그렇게 신분 차가 나는 혼인이 별반 부자연스럽지 않을 만큼 집안 격이 낮은 사무라이였던가 봐요. 그러나 검술은 달인의 경지였다는군요. 학문도 상당하셔서 번교에서 조교 일을 맡으셨대요.

문무 양도를 겸비하셨던 거지요. 저는 보시는 대로 키만 훌쩍 커서 운동은 전혀 못 하지만, 학문을 좋아하는 구석은 아버님을 닮았나 봅니다.

그러고 보니 언제였던가, 사스케 아저씨가 절절하게 이런 얘기를 했어요.

제 뒷모습이 으스스할 만큼 부친을 닮았다나요.

얼굴은 그리 닮지 않은 모양이에요. 오히려 얼굴은 하코다테 전투에서 죽은 형님이 그대로 빼닮았답니다.

그런데 뒷모습이 닮았다는 거, 그것 참 난처하더군요. 뒷모습이란 게 본인에게는 보이지 않는 거니까요.

그래서 한번은 꾀를 내서 집사람의 경대를 빌려서는 뒤로 서서 손거울을 들고 곰곰 쳐다봤어요. 착실하게 살가리개 차림까지 하고서요.

아, 이런 모습이셨구나 하고 나 혼자 그냥 이해를 했습니다.

그렇다면 키가 크고 마른 사람이었던 게지요. 참고로 제 키가 다섯 자 네 치니까 만약 저와 비슷하시다면 옛날 사람치고는 상당히 키가 큰 분이었던 셈입니다.

누님 역시 키가 크지만 얼굴은 어머니 쪽을 닮았습니다. 혼고 하숙집에서 재회했을 때, 첫눈에 누님인 줄 알아본 것은 잊고 있던 어머니 모습이 나도 모르게 떠올랐기 때문일 거예요.

그러나 누님과 나는 그다지 닮지 않았어요. 즉 나는 아버지 쪽도 어머니 쪽도 닮지 않았다는 얘기인데, 이건 아마 유전학에서 말하는 그 격세유전이라는 것일 겝니다. 즉 몇 세대인가 전에 존재했던 형질이 갑작스럽게 발현한다, 혹은 조부모의 형질이 양친에게는 발현되지 않고 세대를 걸러 전해진다는 현상이지요. 여담이지만 볍씨의 품종 교배 때는 이 격세유전이 대단히 중요한 착안점이 됩니다.

아차, 볍씨 얘기가 아니라 제 인생 얘기였지요?

제가 태어난 곳은 모리오카 교외 시즈쿠이시라는 산촌입니다.

아버지가 탈번을 하셨기 때문에 모리오카에서는 살 수 없었던 모양이지요. 아무튼 만삭이시던 어머니가 형님과 누님을 데리고 친정으로 돌아와 거기서 저를 낳으셨어요.

외조부모는 진즉 돌아가셨고 큰외삼촌 댁에는 한창 자라는 나이의 아이들이 많았으니 어머니가 마음고생이 심했으리라는 건 쉽게 짐작할 수 있지요.

어머니는 병약한 분이셨습니다. 일어나서 돌아다니시는 모습이 거의 생각나지 않아요. 내 추억 속의 어머니라면 창도 없는 두어 칸 마루방에서 대자리에 짚이불을 덮고 누워 계신 모습뿐입니다.

폐병을 앓으셨기 때문에 같은 방에 있어서는 안 된다고, 항상 마루문을 조금 열고 눈만 내보이며 아침저녁 인사를 했어요.

외사촌 형들과 티격태격 싸우다 울면서 어머니에게 매달리려고 하면, 문을 열자마자 "들어오면 안 돼" 하고 나무라셔요. 그래서 저는 늘 두 번씩 울음보가 터지곤 했는데, 생각해보면 우는 자식을 꾸짖으며 멀리 떼어놓아야 했던 어머니 심정은 훨씬 더 괴로우셨을 거예요.

시즈쿠이시에서 보낸 어린 날들은 당연한 일이지만 앞뒤가 잘 맞지 않습니다. 오래된 사진을 잔뜩 어질러놓은 것처럼 단편적인 기억이 남아 있을 뿐이지요.

그 변변찮은 기억 속에 언뜻언뜻 형님과 누님이 나타납니다.

달빛이 환한 밤에 마루 끝에 나앉아 누님이 가르쳐주던 동요 같은 건 지금도 기억이 나요.

정월이라 대문에는 솔가지 꾸며놓고 손님이 오시면 밥상에 맛있는 설 요리 올려요…….

삼월이라 히나마쓰리에는 산나물 맛있게 무쳐서 마마님 인형 옆에 나란히 올려놓아요…….

무슨 뜻인지도 모르고 외웠습니다. 하긴 지금도 뜻을 잘 모르는 노래입니다만.

형은 하루 종일 외삼촌과 함께 들일을 나갔고, 눈에 파묻히는 겨울이면 토방에 앉아 새끼를 꼬곤 했습니다. 아무튼 하루 종일 죽어라 일을 했던 듯한 느낌이 들어요.

흠, 이렇게 이야기를 하다 보니 조금씩 생각이 나는군요.

형의 이름은 가이치로, 나보다 아홉 살이나 위였습니다.

늘씬하게 키가 크고 손이 여자처럼 나긋나긋했어요. 그 손으로 곧잘 내 머리를 쓰다듬어줬지요.

어머니 생각이 정말 극진한 형이었습니다. 어머니가 병이 위독해서 자리에서 일어나지도 못하시게 된 뒤에는 꼭꼭 닫아건 방 안에서 죽을 떠 넣어드리고 아래 수발까지 형이 했습니다.

들일을 하고 돌아오는 길에 근처 작은 강에 통발을 넣어뒀다가 그걸 다음날 새벽 아직 컴컴한 때 일어나서 건지러 가요. 어쩌다 장어가 걸려들면 그냥 좋아서 펄쩍펄쩍 뛰며 집에 돌아와서는 어머니께 고아드리곤 했습니다.

잡힌 게 없을 때는 풀이 죽어서 돌아왔지요. 그래도 들국화 한 송이라도 꺾어다 어머니 베갯맡을 꾸몄어요. 정말 참 착한 형이었습니다.

이렇게 생각을 하나하나 더듬는 것도 공양이 될까요? 얘기를 하다 보니 하나둘 실타래가 풀리듯 형에 대한 기억이 새록새록 되살아나는군요.

마당에 아이들을 모아놓고 읽고 쓰는 것을 가르쳐주기도 했습니다. 농사꾼 집안에 글씨 연습을 할 만한 종이가 있을 리 없으니 다들 땅바닥에 막대기로 글씨 연습을 했죠. 요즘으로 치자면 학교놀이라고나 할까?

그래도 내가 에치고 집에 들어갔을 무렵에 적잖이 읽기 쓰기를 할 줄 알았던 걸 보면 제 학문의 기초를 닦아준 사람은 바로 형님이었던 셈입니다.

아무래도 얼굴이 생각나지 않는군요. 목소리도 그렇고.

단 한 분의 형님을 나는 어쩌다 잊어버렸을까…….

잊어버려야 한다고 어린 마음에 맹세라도 했던 걸까요?

어느 여름날 저녁에 외숙모가 아이들을 모두 데리고 반디를 잡으러 간 적이 있었습니다.

아침 일찍부터 해 떨어질 때까지 내내 베만 짜던 외숙모가 아이들과 함께 놀아주셨다는 건 참 드문 일이었어요.

호오호오, 반디야 오너라.

등불을 살짝 보고 오너라.

호오호오, 반디야 오너라.

그런 노래를 하면서 등불이며 댓가지를 들고 반디를 쫓는 거지요.

징검다리 건너 작은 개울가에 눈이 어지러울 만큼 반딧불이 날고 있었어요. 누님이나 사촌형들의 흉내를 내가며 나도 열심히 반디를 쫓는데 도무지 잡히지를 않아요. 그런데 어쩌다 운수 사나운 반디 한 마리가 제 쪽에서 내 옷소매에 날아들었지요.

손바닥에 가두고 발갛게 숨쉬는 것처럼 타는 반딧불을 들여다봤을 때, 정말 가슴이 두근거릴 만큼 좋았습니다.

언뜻, 어머니 주무시는 방에 이걸 풀어놓자는 생각이 들었어요. 등불도 창도 없이 좁은 방에 멍하니 누워 계신 어머니에게 반딧불을 보여주면 좋겠다 싶었지요. 그래서 아무에게도 얘기를 하지 않고 냅다 집으로 뛰었습니다.

인기척 없는 마당 가운데 삼나무 잎 모깃불이 연기를 피워 올리고 판자 문은 활짝 열려 있었어요. 무슨 어스레한 무대처럼 집 안이 어둠 속에 둥실 떠 있었죠.

물론 연극이야 본 적도 없었지만, 그때 내 눈에 비친 광경은 그야말로 무대의 한 장면 같았습니다.

어머니가 누워 계시던 방문이 열려 있고 그 앞에 갑옷 차림에 머리띠를 두른 형이 책상다리를 하고 앉아 있었어요.

우리가 외사촌들과 신분이 다르다는 것쯤은 알고 있었지만, 농사꾼 집안에 태어나고 자란 내게는 물론 그런 자각은 전혀 없었습니다. 그보다는 오히려 외삼촌 댁의 식객이라는 점을 강하게 의식했던 것 같아요.

더구나 아직 나이 어렸던 저는 모리오카 읍내에도 가본 적이 없었고 사무라이라고는 어쩌다 마을에 들른 하급 관리들을 본 게 전부였습니다.

형의 모습이 전쟁터에 나갈 차림새라는 것도 그때는 몰랐어요.

잠시 모깃불 연기 속에 멀뚱멀뚱 서서 어머니와 괴상한 형을 쳐다보고 있었어요. 무슨 꿈이라도 꾸는 줄 알았죠.

그제야 나를 보셨는지 외삼촌이 달려나와 낮은 소리로 꾸짖으셨습니다. 왜 네 맘대로 집에 돌아왔느냐, 하고요.

그러니까 그게 형님이 아키타 전투에 출정하려던 때였나 봐요. 전쟁 나갈 차림을 갖추고 어머니께 작별을 고하고 있었던 거죠.

외숙모가 아이들을 모두 데리고 반디를 잡으러 갔던 것도 형의 갑옷 차림이나 어머니와 작별하는 모습을 보이지 않으려고 그러신 거예요.

그 출정이 번의 명령에 따른 것이었는지 아니면 형님이 단독으로 결심한 일이었는지, 그건 잘 모르겠습니다. 어쨌건 평생 농사만 짓던 외삼촌 입장에서는 도무지 이해할 수 없는 무서운 일이었을 거예요. 그래서 그러셨는지 외삼촌은 집을 등지고 제 눈을 가리듯 얼굴을 안으셨습니다.

외삼촌은 노상 형을 두고 어리석은 놈이라고 하셨어요. 뭐가 어리석은 건지, 나야 알 수 없었지요.

이윽고 형이 방을 나섰고, 외삼촌은 덜그럭덜그럭 소리 내는 갑옷에서 나를 지켜주려는 듯이 얼른 등을 돌리셨습니다. 그 소리가 바로 뒤에서 잠시 멈춰 서자 외삼촌이 어서 가라, 하고 고함을 치셨어요.

그 순간 저는 외삼촌의 낡은 옷자락 밑으로 형의 모습을 보고 말았습니다.

거뭇거뭇한 갑옷을 걸치고 허리를 묶은 흰 천에는 큰칼과 작은칼을 꽂은데다 손에는 창을 쥐고 있었죠. 형은 쥐어짜는 듯한 목소리로 "외삼촌, 뒷일을 잘 부탁드립니다"라고 하는 것 같았습니다.

그제야 나는 형님이 전쟁터에 나간다는 걸 깨달았어요. 정말 섭섭했습니다. 이제 끝이구나, 더이상 볼 수 없구나, 그런 생각이 들었거든요.

혀엉, 하고 내가 불렀어요. 형은 내가 부르는 소리에서 도망치려는 듯 달려가버렸습니다.

아무래도 얼굴이 생각나지 않는군요. 목소리도 그렇고.

불행한 일일랑 냉큼 잊어버리지 않고서는 인간이란 살아갈 수 없는 걸까요?

그때 제가 순간적으로 이런 생각을 했습니다. 형이 이 집에 없으니 이제부터는 내가 어머니 간병을 해야 한다. 외삼촌과 함께 나가는 논밭 일도 내일부터는 형을 대신해서 내가 가야 한다. 그러지 않으면 우리 식구는 살아갈 수 없다…….

마루를 건너 어머니가 누워 계시는 방으로 들어갔지요.

"들어오면 안 돼."

짚이불로 눈물 젖은 얼굴을 감추며 어머니가 꾸짖으셨지만 나는 아랑곳하지 않고 판자 문을 열고 들어가 베갯맡에 앉았습니다. 어머니 말을 거스른 건 그때 단 한 번이었어요.

저는 생각나지 않는 위로의 말 대신 손바닥에 들어 있던 반디를 방 안의 어둠 속에 풀어줬습니다.

그저 내가 너무 어리다는 것만 수없이 저주했지요. 할 수 있는 게 아무것도 없었으니까요. 내 목숨으로 어머니를 살릴 수만 있다면, 내 몸으로 어머니의 슬픔을 달래줄 수만 있다면 여덟 갈래로 찢겨도 상관없다고 생각했습니다.

좀 조숙했나요? 아뇨, 아이라면 모두 그런 생각을 합니다. 안 그렇겠습니까, 목숨도 몸뚱이도 다 어머니께 받은걸요.

짚이불에 기어들어 어머니의 등을 끌어안았습니다. 제가 안아드릴수록 쓰다듬어드릴수록 어머니의 슬픔은 더 커지기만 했어요.

어머니의 울음을 그치게 한 건 저의 포옹이 아니라 어둠 속에 춤추는 반딧불이었습니다.

오십 년이 지난 지금도 방에 누워 어둠을 바라볼 때마다 그날 밤의 반딧불이 생각납니다.

어머니와 함께 잠자리에 들었던 기억은 그날 밤 단 한 번뿐이었으니.

아아, 이런.

나도 모르게 실컷 자버렸네.

실은 어제 센다이 농업시험장에서 제자들과 술로 꼬박 밤을 샜거든요. 벌써 눈치를 채셨겠지만, 제가 술 마신 다음날에는 영 몸 상태가 좋지 않아요.

그러나 한숨 푹 자게 해주신 덕분에 이제 완전히 술이 깼습니다.

여기가 어디지요? 이치노세키? 그렇다면 그럭저럭 두 시간 넘게 잤군요. 이것 참, 실례했습니다.

아뇨, 아직 옛 번 경계는 지나지 않았어요. 앞으로 히라이즈미, 마에사와, 미즈사와, 가네가사키에서 정차하고 그 다음 구로사와지리라는 데서부터가 옛 난부 령이지요. 시간표에 따르면 그 구로사와지리에서부터 모리오카까지 또 한 시간 사십 분이 걸린다니까, 야아 참, 넓기도 엄청나게 넓은 영지입니다.

시모기타 반도 끝에서부터 모리오카를 지나 구로사와지리까지, 옛 노랫말 그대로 '초승달이 보름달이 될 때까지 난부 령'이라는 게 실감이 나는 넓은 영지예요. 면적으로 치자면 아마 전국 번 중에서 가장 넓었을 겁니다.

그런데 센다이 평야는 역시 대표적인 쌀의 산지답게 들판이 넓더니, 이치노세키 지나자마자 좌우로 산들이 바짝 다가드는군요.

지도로는 잘 알 수 없었는데 이렇게 차창으로 바라다보니 동쪽의 기타카미 산지까지 기껏해야 이 리, 서쪽의 오우 산맥까지는 한 삼 리 정도나 될까?

이런 지형에 이런 위도는 사실 벼농사에는 별로 좋지 않아요. 냉해와 수해, 한발, 풍해는 물론이고 좁은 지역에 촘촘하게 농사를 지어야 하니 전염병이 돌기 쉽고 벌레나 새, 짐승에 의한 피해도 많지요. 말하자면 염해 이외의 모든 자연재해를 상대해야 하는 지역입니다.

제가 가진 자료에 의하면 구 난부 번 말기에는 해마다 흉작이 이어져서 손실이 이십만 석을 넘은 적도 있다는군요. 한마디로 전멸이었죠.

농사꾼은 굶어죽는 수밖에 없고, 번의 조세 수입은 아예 없었을 거예요.

제가 바로 그 무렵에 태어나고 자랐는데 실은 그다지 궁핍하게 지냈던 것 같지는 않아요. 어째서일까요?

시즈쿠이시라는 마을이 예외적으로 작황이 좋은 토지였나? 이건 대단히 흥미 있는 연구 거리입니다.

외삼촌 집안이 남달리 유복했을 리는 없어요. 그런데도 최소한 외삼촌댁을 포함해서 같은 조였던 이웃 다섯 집은 아무리 흉작이던 해에도 그럭저럭 먹고살았습니다.

어쨌거나 메이지유신 이후로 근대 농학이 결실을 맺어서 예전에는 난부 이십만 석이라고 했는데 요즘은 칠십만, 팔십만 석의 쌀 생산량을 자랑하는 지역이 됐어요. 그래도 여전히 일단 흉작이 들었다 하면 큰 타격을 받아요.

가장 최근에는 1905년에 쌀 생산량 십구만 석이라는 대흉작을 겪었습니다. 하긴 예전에 비하면 사치스런 푸념이지만, 굶어죽은 사람은 없었어도 딸자식을 내다 팔 만큼 지독한 고생을 했다는군요.

정말 그런 일만은 절대로 있어서는 안 되지요. 그것이 혹 하늘이 미리 정해준 일이라 해도 그런 잘못된 운명이라면 거스를 줄 아는 것이 인류의 예지가 아니겠습니까?

잠깐 쌀 얘기를 해도 괜찮겠지요?

1905년의 대흉작을 겪은 그 다음해에 이와테 현이 유명한 벼 품종 '아이코쿠'를 심기 시작했던 건 실로 현명한 판단이었습니다.

'아이코쿠'란 '신리키' '가메노오'와 나란히 메이지 시대 삼대 볍씨 품종 중의 하나예요. 원래 시즈오카 현 가모 군의 만생 품종 중에서 이삭이 빨리 나오는 것만 선별하여 조생종으로 개량한 게 바로 '아이코쿠'입니다.

벼는 그 품종에 따라서 조생, 중생, 만생의 구별이 있습니다.

조생종은 문자 그대로 일찌감치 수확을 얻을 수 있어서 가을의 냉해나 풍해를 덜 입죠. 그러나 그만큼 농사 면적에 대한 수확고는 낮아요.

그와 반대로 만생 품종은 충분히 열매를 맺어서 수확은 많지만 냉해를 만나 전멸할 위험이 있어요.

말하자면 북쪽 지방 농민들이 바라는 품종이란 건 '만생종처럼 열매가 실한 조생종'입니다. 그런 의미에서 '아이코쿠'는 획기적인 벼였어요. 이 '아이코쿠'를 심은 덕분에 이와테 현은 대흉작 그 다음해에는 칠십만 석을 회복했지요.

그렇지만 '아이코쿠'는 열매가 실하고 수확이 빠른 특성만 있을 뿐이지 여러 가지 자연재해에 특히 강한 품종은 아니에요.

저는 학생들에게 항상 이렇게 가르칩니다. 자연의 피해를 회피하는 품종은 진짜가 아니다. 자연의 피해에 맞서고 그것을 극복하는 품종이 진짜 좋은 볍씨다.

그렇지요, 장마에도 폭풍에도 지지 않는 벼, 가뭄에도 추위에도 지지 않는 벼를 만들어내는 게 곧 우리 농학자의 사명입니다.

저희 선배들은 흉년에도 농사꾼들이 굶어죽지 않을 벼를 만들어냈습니다.

저는 제 고향 땅에서 딸자식을 팔지 않아도 될 벼를 키우고 싶어요. 부모 형제가 헤어지지 않고 가난한 속에서도 행복하게 살 수 있는 볍씨요.

태어난 고향을 버리고 병든 어머니를 버리고 저는 혼자서만 행복하게 지냈습니다. 그래서 더더욱 풍요로운 에치고의 전원을, 잊고 지냈던 고향 땅에 되살리고 싶은 마음이 간절해요.

가난한 난부 땅은 저 하나를 풍요로운 에치고 땅으로 도망치게 해줬습니다. 불행한 기억을 송두리째 지워버렸어도 저는 고향을 떠날 때 했던 맹세만은 잊은 적이 없어요.

언젠가는 꼭 돌아오겠다는 맹세지요. 반드시 돌아올 거라고 저는 고향 산천에 맹세했었습니다.

그나저나 이제 슬슬 점심을 먹어볼까요?

센다이 여관에 주먹밥을 좀 만들어달라고 부탁했습니다. 니시가와라 농업시험장에서 가져온 특별한 쌀로 밥을 지어 꼭꼭 뭉친 주먹밥이죠.

자, 하나.

어떻습니까, 참 잘생겼지요? 빛깔 희고 쌀알 모양 좋고 반짝반짝 윤기까지 나요. 여관 주방장도 보고는 깜짝 놀라더군요.

드셔보세요.

어때요, 맛있지요? 수분 함유량이 높은 쌀이라 뜸이 들면 토실토실해요. 그러면서도 단단하고 쫀득쫀득합니다. 맛이나 향이나 천하제일이라고 저는 자부합니다.

'요시무라 조생종'이에요. 이미 에치고 양부모 댁에서 시험 재배에 들어갔는데, 그쪽에서는 내 이름을 따서 '간이치로'라고들 합니다. 허허 참, 그야말로 낯 뜨거운 일입니다만, 의형이 얼마나 동생 자랑을 하고 다니는지 제가 정말 어쩔 줄을 모르겠어요.

이 '요시무라 조생종'은 저의 삼십여 년에 걸친 연구 성과입니다. '리쿠우 이십호'와 '가메노오'를 인공 교배하고 거기에 '아이코쿠'의 변이종인 '긴보즈'에 도사 지역의 강한 조생종 '기누가사 조생종'을 모두 합해서 태어났어요.

조생종이면서도 이삭 하나에 사백 알 이상의 열매가 달리고, 냉해나 한발에도 유례없는 내성을 지녔습니다.

제가 이 강하고 맛있는 쌀을 고향에 가져가는 거예요. 아뇨, 선물이 아닙니다. 빚을 갚으러 가는 거죠. 오십 년 전에 받기만 하고 여태 그 은혜를 갚지 못한 제 목숨의 빚이지요.

이렇게 쳐다만 봐도 험준해 보이는 이 땅에 과연 이 품종이 통할지 어떨지 걱정입니다. 아니, 통하지 않으면 통하도록 노력하면 되지요. 쌀에 미친 바보 선생이 얼마나 바보 같은지 여러분께 보여드릴랍니다.

왜 그러세요, 눈물까지 글썽이시고. 입에 맞지 않으실 리는 없는데?

그새 미즈사와, 과연 눈이 깊어졌군요. 드디어 번 경계도 가까워졌습니다.

허 참, 신기하군요. 하얀 주먹밥을 바라보고 있으려니 어머니 얼굴이 생생하게 떠오르네요.

제가 방문을 열면 아무리 몸이 괴로우셔도 방긋 웃어주셨어요. 목각 인형처럼 눈을 초승달 모양으로 가늘게 뜨시면서.

아버지가 탈번하시고 가족은 모리오카를 떠나야 했던 그 어려운 때에 어머니는 당신 목숨과 맞바꾸어 저를 낳아주셨습니다.

이름은 시즈라고 하십니다.

제가 철이 들고 헤어질 때까지 어머니는 항상 병석에 누워 계셨지만, 한 번인가 방에서 나오신 모습을 본 적이 있어요.

형이 아키타 전쟁에서 무사히 돌아왔을 때의 일입니다.

우박 섞인 눈이 내렸으니까 아마 가을 끝물 아니면 겨울 초입이었을 거예요. 나는 토방에 앉아 외삼촌께 새끼 꼬는 법을 배우고 있었습니다.

마을 아이들의 환호성이 차츰 가까워지는가 싶더니 누님이 문을 벌컥 열고 뛰어들었어요. "오빠가 돌아왔어!" 하고 소리를 지르면서.

그 순간, 어머니가 방에서 나오셨어요. 혼자 일어나지도 못하던 병자가 분명 두 다리로, 금방이라도 뛰어나갈 기세로.

마당에 나타난 형의 모습이 똑똑히 생각나는군요. 높직한 말 등에 쌀가마와 대두가 든 부대자루를 나눠 싣고 마을 아이들에 둘러싸여 돌아온 거예요. 말이며 짐은 전쟁터에서 공을 세운 상으로 받은 것일 테지요.

형이 어머니 방 곁에 달린 마구간에 말을 넣고 토방에 나타나자 어머니는 마루방에서 뛰어내려와 갑옷 입은 그 가슴팍에 매달렸습니다. 그러면서 무사히 돌아왔구나, 하고 우셨어요.

그때 형은 말뚝처럼 멀거니 선 채, 패전에서 살아남아 염치가 없다는 얘기를 했던 것 같아요. 농사꾼 집안에서 낳고 자란 저로서는 형의 말이 이상하기만 했지요. 다들 너무 좋아서 눈물을 쏟는 판에 어째서 형은 염치가 없다고 하는가, 살아 돌아온 게 어째서 염치 없는 일인가 하고요.

저도 정말 좋았지요. 눈물이라는 게 슬플 때나 아플 때 흐르는 것만은 아니구나, 그때 처음으로 알았어요. 기쁨으로 가슴이 터질 것 같아서 집 밖으로 뛰어나가서 "형님이 돌아오셨다! 우리 형님이 오셨어!" 하고 산이며 숲을 향해 큰 소리로 고함을 쳤습니다.

덕분에 어머니 병까지 다 나으신 줄 알았어요. 물론 어머니를 벌떡 일어나게 한 건 과학으로는 설명할 수 없는 환희의 효과였습니다만.

그러나 아주 잠깐의 기쁨이었죠.

그리고 얼마 지나지도 않아서, 그렇지, 한두 달, 아니 좀더 짧았는지도 모르겠군요. 형이 다시 에조 땅으로 떠나버렸어요.

그 사이의 일에 대해서는 전혀 기억나지 않습니다. 화롯가에서 외삼촌과 형이 심하게 말다툼을 하고, 외숙모가 둘 사이에서 어쩔 줄 몰라하시는 한 순간의 광경이 뇌리에 남아 있을 뿐이지요.

형님은 무사의 뜻을 관철하려고 하셨던 걸까요?

저는 지금도 이해를 못 하겠어요. 그저 착하다는 인상만 남아 있는 형이었거든요. 칼이나 창은커녕 곡괭이도 들기 어려울, 여자처럼 나긋한 손을 가진 사람이었어요. 그러니 은밀하게 번의 명령 같은 걸 받은 게 아닌가 하고 생각하기도 했습니다. 이제 와서 새삼 따져봐야 부질없는 일입니다만.

길 떠나던 날 아침, 형은 동생들이 자는 방을 살그머니 둘러보고 갔습니다. 그 나긋한 손으로 누님과 내 머리를 쓰다듬어 줬어요. 전투 장갑에 각반을 두른 여행 차림이어서, 아아, 형이

가버리는구나 하고 알았습니다.

나는 자는 척했어요. 그것 말고는 다른 방법이 생각나지 않았습니다.

마루방을 삐그덕 울리면서 형이 나가고 바깥 미닫이문이 닫히자마자 내 곁에 가만히 누워 있던 누님이 갑자기 벌떡 일어났어요. 얼른 옷을 주워 입고 누님은 말도 없이 형의 뒤를 쫓았습니다.

나도 깜짝 놀라 잠자리를 빠져나와 맨발 그대로 집 앞으로 따라 나갔지요.

잘디잔 얼음덩어리 같은 싸락눈이 휘날리던 추운 아침이었습니다. 누님은 마루 끝에서 나를 돌아보고 너는 집에 있으라고 하더군요. 그리고는 오라버니, 오라버니, 하고 슬픈 소리로 부르면서 가버렸어요.

이런 일도 사실은 까맣게 잊어버리고·살았습니다. 차창을 흘러가는 고향 경치가 제게 어서 생각해내라고 하는 것 같군요.

이런 허망한 기억을 저 깊은 마음속에서 꼭 끌어내야 할까요?

형님이 떠난 그 다음날, 누님을 우리 집에 데려다준 젊은 사무라이가 오노 치아키 선생이셨다구요?

흠, 그렇군요. 틀림없네요. 생각이 납니다. 오노 선생이 어머니를 위문하고는 누님을 색싯감으로 달라고…….

그런 아름다운 기억까지 나는 한 덩어리로 둘둘 말아 잊어버리고 있었군요.

오노 선생과 어머니가 얘기하시는 것을 문 틈으로 엿보고는 누님과 나는 서로 눈짓을 주고받았는데…….

오노 선생이 방에 깔려 있던 대자리를 조용히 걷어내더니 마룻바닥에 납죽 이마를 대며 절을 하셨어요. 그리고 고함이라도 치듯이 이러셨어요.

"미쓰를 제 색싯감으로 주십시오!"

어라, 고향 사투리까지 생각나네. 뒷자리 할머니들이 두런거리는 소리가 마중물이 된 모양이지요?

누님이 번듯한 사무라이의 색시가 되다니, 어째 기쁘기도 하고 슬프기도 한 묘한 기분이었습니다.

그렇지, 제가 마을 동구 밖까지 오노 선생을 배웅해드렸습니다. 헤어지는 참에 동상에 걸려 발갛게 부은 내 손을 선생의 뺨에 대고 따뜻하게 녹여주셨죠.

"누나는 내가 꼭 행복하게 해줄 것이고만. 너는 부디 어머니께 효도해야 한다."

분명 그런 말씀을 하셨어요.

이제 곧 옛 난부 번의 경계, 구로사와지리예요.

기적 소리가 가슴을 뭉클하게 하는군요.

고향이 가까워질수록 잊고 지낸 어린 날들이 하나하나 되살아납니다. 연기가 차창을 하얗게 덮다가 바람을 맞아 일시에 걷히면 조촐한 눈 경치 속에 다시 또 하나 새로운 기억이 놓여 있군요.

마침내 제가 어머니를 버리고 떠나던 날의 일까지 생각해냈습니다. 어린 시절에 노상 입에 담았던 고향 사투리와 함께 그날의 모든 것을.

아버지가 떠나고 형이 떠나고 게다가 누님까지 떠난 뒤에 달랑 하나 슬하에 남은 막내자식까지 아득한 에치고 땅에 보내셔야 했던 어머니의 심정이…… 정말 어떠셨을지…….

이야기하기도 전에 먼저 가슴부터 메어옵니다.

용기를 내야겠지요. 저는 이런 기억들을 남김없이 되살리고 좀더 분명하게 돌아봐야 합니다. 고향에서 빌린 목숨을 이만큼 묵직하게 키워서 돌아왔으니까요.

이제 어느 누구도 굶기지 않을 겁니다. 결코 가난 때문에 고향 식솔들을 헤어지게 하지는 않아요. 고향이 사내들을 전쟁터로 내몬다면 나는 여인네들과 아이들의 힘만으로도 충분히 열매를 맺을 벼를 고향 논에 심을랍니다.

와카가와를 건넜습니다.

아, 이곳이 난부 땅이군요.

이렇게 눈을 감고 귀를 기울이면 차 안에 흐르는 난부 사투리가 어쩌면 이리도 아름다운지.

바람처럼 물처럼 촉촉하게 마음을 적십니다.

제가 여덟 살 나이까지 이 아름다운 말을 사용했군요. 모든 것을 전부 다 생각해내야겠습니다.

그렇지, 어머니와 헤어져 고향 땅을 떠나던 날의 일.

사스케 아저씨가 나를 데리러 온 건 산과 하늘이 온통 윙윙 울부짖던, 눈 내리던 날 아침이었습니다. 어째서 그토록 화급히 떠나야 했는지, 지금도 그 이유는 모릅니다. 아무튼 관군이 머지않아 모리오카에 진주하게 되면 우리 가족의 신상이 위험하다는 얘기만 들었어요.

하코다테까지 출정하여 신정부에 대항한 형님의 죄를 가족에게 물을까봐 걱정했던 걸까요? 그렇다면 분명 기우였습니다. 그러나 그 덕분에 제가 이렇게 건재하고 있으니 무심코 한 일이었어도 큰 성공을 거둔 셈이군요.

제대로 하자면 어머니도 함께 떠났어야 했는데, 어머니 몸이 도저히 그럴 만한 상태가 아니었습니다. 내가 신세를 지게 될 집이 에치고의 이름난 부잣집이라니 그러면 내가 먼저 가서 그쪽 어른들께 의사를 좀 보내달라고 부탁해보자 하고 어린 마음에도 온갖 궁리를 다 했었습니다.

"그럼 간이치, 잘 가거라……."

사스케 아저씨에게 업혀 있는 나를 보며 어머니가 힘없이 손을 흔드셨어요.

아저씨는, 아시는 대로 거구라서 등이 정말 큼직하고 미더웠죠. 솜 두른 포대기에 둘둘 싸서 단단하게 새끼줄로 묶고는 발이 얼지 않도록 버선 위에 짚신까지 신겨주었습니다.

외삼촌과 외숙모는 번갈아 "미안하구나, 간이치" 해가며 머리를 쓰다듬어주셨어요.

그렇지, 사스케 아저씨에게 업혀 일단 모리오카 변두리까지 돌아갔었습니다. 지도 가지고 계시지요? 어디, 잠깐 좀 보십시다.

이 시즈쿠이시 가도를 타고 올라가서 기타카미 강에 걸린 유가오세 다리, 맞아요, 이 다리 위에서 제가 모리오카 읍내를 처음으로 봤습니다.

모리오카에 도착하면 꼭 그 다리에 가보고 싶군요.

반짝반짝 휘날리는 얼음 눈가루 속에 이와테 산이 우뚝 서 있었어요. 오른편으로는 모리오카 성, 그리고 읍내의 기와집들이 창백한 눈에 파묻혀 있었죠.

"모리오카요. 부디 잊지 마시오."

사스케 아저씨는 등에 업은 나를 툭툭 쳐가며 어깨 너머로 목멘 당부를 했습니다.

"에치고에 가더라도 도련님, 부디 모리오카를 잊지 마시오."

저는 힘껏 고개를 끄덕이며 선조가 사신 마을을 내 눈에 찍어뒀습니다.

그때 고향 산천에 맹세를 했지요. 언젠가 돌아오겠다고, 반드시 돌아오겠다고.

모리오카에서 에치고까지 대체 어떤 길을 더듬어 갔을까요. 언젠가 사스케 아저씨에게 물어보긴 했는데, 아저씨도 자세한 건 생각이 안 나고 그저 요네자와 성을 지났다고 하시더군요.

그렇다면 시라이시까지는 오슈 가도를 타고 가다 시치가슈쿠 가도에서 요네자와로 들어갔고 거기서 에치고 가도를 따라 시바타 쪽으로 빠졌겠군요.

여덟 살 난 아이를 등에 업고 그 먼 길을 걸었으니 참 얼마나 힘이 들었겠습니까. 특히 요네자와에서부터 이어지는 에치고 가도는 열세 고개라는 별명처럼 크고 작은 험준한 산마루를 열세 개나 넘어야 하는 곳이에요.

전후의 맥락이 확실한 기억은 그 열세 고갯길에서 시작됩니다.

우쓰 고개라는 험악한 산길에서 눈에 갇혔던 것 같아요. 그런데도 한 치 앞이 보이지 않는 눈보라 속에서 헤엄을 치다시피 사스케 아저씨는 쉬지 않고 걸었습니다. 잠이 들면 안 된다고, 잠이 들면 죽는다고, 아저씨는 허리까지 눈에 푹푹 빠지면서도 내내 등에 업힌 나를 흔들어 깨웠습니다.

"우세요. 우시라니까요, 도련님. 엉엉 소리 내서 울어요!"

너무 무서워서 내가 정말 엉엉 울면 아저씨는 어서 더 울라고 엉덩이를 두드렸습니다.

죽음이 바로 코앞까지 바짝 다가와 있었습니다. 아버지는 진즉 돌아가셨고, 지금쯤은 어머니도 형님도 다 죽었을 거라는 생각이 들었어요.

사스케 아저씨가 멈춰 서서 숨을 고를 때마다 내가 이랬지요.

"이제 이쯤이면 됐어요. 나를 그냥 버려주세요."

"그럴 수는 없소. 도련님을 에치고까지 꼭 보내드려야 한다고요."

"다 죽었는데 나 혼자 살아야 아무 소용 없어요. 어서 버리세요."

"아니, 그러니 더더욱 도련님 하나만이라도 살려야 한다니까요. 기운 내세요."

기운 내세요, 간이치 도련님, 하고 사스케 아저씨가 계속 고함을 치셨어요.

"기운 내세요, 간이치 도련님. 나는 무슨 일이 있어도 도련님을 죽게 놔둘 수는 없고만요. 우세요, 어서 소리 내서 울어요!"

나중에는 자기가 엉엉 울면서 아저씨는 눈을 헤치고 걷고 또 걸었습니다. 기운차게, 커다란 곰처럼 기운차게.

저의 제대로 된 기억은 눈보라의 우쓰 고개에서부터 시작돼요. 사스케 아저씨의 강한 의지를 길잡이 삼아 하얀 눈보라 속에서 새로운 인생을 내디딘 겁니다.

지독한 고생 끝에 우리는 눈보라 치는 고갯마루를 죽지 않고 넘었습니다.

에토 가는 1720년대에 겨우 사천오백 평 농지로 분가하여 이후 팔 대를 거치면서 삼백만 평의 논을 마련한, 에치고에서도 유수한 부농입니다.

본가는 지금의 시바타 시 교외인데, 예전에는 그 일대가 시바타 번에도 무라카미 번에도 속하지 않는 아오야마라는 하타모토 가문 땅이었습니다. 그러니까 막부 지방관이 와서 상주하는 쇼군 직속 영지였지요.

하긴 메이지 초기에 에토 히코자에몬 가의 농지가 간바라 평야 쉰여덟 개 마을에 이르렀으니 기껏해야 하타모토 지방관 정도쯤은 별 대수로울 게 없었어요. 본가 가옥이 들어앉은 곳이 어쩌다 막부 직할지 소관이었다는 것뿐이었죠.

큰 부자를 말할 때 흔히 삼백만 평의 대지주라고들 하지만, 그런 부잣집이 실은 그리 흔하지 않습니다. 최근 조사에 의하면 전국적으로 여덟 명밖에 안 돼요.

그리고 그중 다섯 명이 에치고의 간바라 네 개 군에 몰려 있는 건 곡창지대의 면모를 여실히 드러내는 일이죠. 그밖에는 아키타, 아이치, 미에 지방에 각각 한 명씩뿐입니다. 또 법인으로도 미야기, 야마가타, 오사카에 각각 하나씩 회사가 있을 뿐입니다.

농지가 삼백만 평이라고 하면 해마다 거둬들이는 소작료만 네 말들이 가마로 사천 가마가 넘습니다. 거기다 밭에서는 대두 소작료도 들어오고, 또 논밭을 담보로 하는 돈놀이, 그리고 기름과 장류(醬類) 창고도 운영했어요. 더구나 산림 소유도 엄청났으니 총수입이 웬만한 다이묘와 맞먹었습니다.

제 양부였던 팔대 히코자에몬은 사업가로서 수완이 상당하셔서 쌀의 매매를 일체 중개상에게 위임하지 않고 직접 오사카에 진출해서 쌀 시장을 좌지우지하셨습니다.

제가 에토 가에 들어가게 된 애초의 인연도 바로 그 오사카예요.

아버지의 난부 번 상사이고 오노 치아키 선생의 부친이시던 분이 오사카의 난부 저택을 총괄하는 자리에 계셨던 터라 자연스럽게 에토 히코자에몬을 알게 되셨던가 봐요. 그런 인연 덕분에 저는 오노 가의 하인이던 사스케 아저씨에게 이끌려 에토 가에 신세를 지게 된 것이지요.

그쪽 얘기는 너무 복잡해서 아직도 모르는 부분이 많지만, 아무튼 저는 수많은 분들의 돈독한 정 덕분에 새 인생의 첫발을 내디딜 수 있었습니다.

사스케 아저씨와 제가 거지꼴이 다 되어 가까스로 에토 가의 대문 앞에 섰던 게 시즈쿠이시 집을 나선 지 보름째 되던 날 저녁 무렵이었습니다.

하얀 목단 같은 큼직한 눈송이가 내리는 날이었어요. 시즈쿠이시 고향에서는 한 번도 본 적이 없는, 옛날이야기에나 나올 듯한 눈이었죠.

이야기에 푹 빠져서 깜빡 하나마키를 지나쳤군요.

히즈메(日詰) 역이라고요? 그것 참, 역 이름이 '하루 꼬박'이라는 뜻이니, 기차 시간에 딱 맞는 로맨틱한 이름이네요.

저기 좀 보시죠. 저게 이와테 산이에요. 중턱 윗부분에 붉은 노을이 지고 용암이 그대로 굳은 산비탈이 뚜렷하지요? 제가 어릴 때는 다들 그냥 '큰산'이라고 불렀습니다.

새하얗게 늘어진 옷자락을 끌고, 어쩌면 저렇게 아름다운지. 외고집의 무사가 굳게 책상다리를 하고 앉은 듯 웅장한 자태로군요.

아버님 어머님도, 형님, 누님, 저, 그리고 같은 성을 지녔던 선조들도 모두 저 산을 우러러보며 사셨겠지요?

아, 저도 모르게 합장을 하게 됩니다.

에토 가의 대문 앞에 섰을 때, 설마 그곳이 내가 살 집일 줄은 생각도 못 했습니다.

그저 돈 많은 농사꾼이라는 소리밖에 못 들었거든요. 내 머릿속에 있던 농사꾼 가옥이란 난부의 니은자로 굽은 집뿐이었습니다.

이 커다란 성은 어째서 문 앞에 보초가 없을까, 그런 생각을 했습니다.

대문을 지나니 눈 덮인 정원이 있고 거기 놓인 징검돌을 따라 한참 들어갔더니 당파풍*으로 장식한 거대한 현관이었습니다.

투명하게 맑은 바람 속에서 우리는 차마 사람을 부르지도 못하고 한참을 그저 우두커니 서 있었습니다.

"이곳이 도련님을 맡아주실 집이에요."

금세 머리 위를 덮칠 것 같은 으리으리한 현관 지붕을 올려다보며 사스케 아저씨가 그러셔요.

"농사짓는 집이 아닌가요?"

"흠, 정말 놀랍네. 이게 말로만 듣던 에치고의 부잣집인 모양이에요."

우리를 정말 거지로 봤는지 집사가 복도를 지나다가 썩 나가라고 나무랐습니다.

"아니오, 모리오카에서 찾아온 사람이오. 주인님께 좀 알려주시오."

한참을 기다렸더니 복도 마루가 화급하게 울리는 소리가 나면서 솜 두른 덧옷을 입은 높으신 분이 나와요. 바로 저의 양부가 되신 에토 히코자에몬이었습니다.

---

*唐破風. 곡선형 박공의 일종으로 현관이나 대문, 신사 등의 지붕을 꾸미는 건축양식.

"오노 나리의 하인 아니냐? 이번 환란 소식은 나도 사람을 통해 들었다. 자, 어서 올라오너라."

사스케 아저씨는 바닥에 엎드려서 품에서 기름종이로 둘둘 감은 서찰을 꺼내 내밀었습니다. 저도 나란히 바닥에 엎드렸지요.

안에서 일하는 사람들이며 여자며 아이들이 줄줄이 나와서 신기하다는 듯 우리를 내려다보았습니다.

히코자에몬은 넓은 마루 끝에 선 채 말없이 서찰을 읽었습니다. 읽어내려갈수록 온화하던 얼굴이 자꾸 굳어지는 게 보이더군요.

서찰을 접어 품안에 넣더니 히코자에몬은 먼저 눈 내리는 하늘을 올려다보고 그 다음에는 물끄러미 나를 쳐다봤습니다.

거절하시려나 보다 했어요. 너무 무서운 얼굴로 나를 빤히 쳐다보셨거든요.

"일어나시게."

낮은 목소리로 히코자에몬이 말했습니다.

"훌륭하신 난부 무사의 자제분이 농사꾼에게 머리를 숙여서는 안 되네."

고개만 겨우 쳐들고 저는 필사적인 심정으로 고했지요.

"저는 무사의 자제가 아니에요. 시즈쿠이시의 농사꾼 자식이니 제발 마구간에서라도, 창고에서라도 살게 해주세요. 들일도 할 줄 알아요. 새끼도 꼬고 장작도 패는걸요. 거름 지게도 잘 져요. 저는 길에서 죽을 수는 없어요."

나를 어떻게든 살려보려고 애쓰신 많은 분들을 위해 저는 어떻게든 살아남아야 했습니다.

언뜻 생각이 나서 품속에서 주머니를 꺼내 마루에 올려놓았습니다. 그 안에 어머니가 쥐어주신 얼마간의 돈이 들어 있었거든요.

양부는 한숨을 내쉬며 주머니 속을 살폈습니다.

"허어, 니부킨이 열 개나, 참으로 큰돈이 아닌가. 어떻게 이런 돈을?"

"아버지가 유품으로 남겨주신 돈이에요. 먼 곳에서 보내주셨어요. 제발 받아주세요."

양부는 아픔을 꾹 참는 듯 눈을 지그시 감고는 돈을 받들듯이 머리 위로 한번 높직이 쳐들었다 도로 주머니 안에 넣었습니다.

"이 돈은 내가 맡아두겠네. 추호도 허술히 낭비해서는 안 될 돈이야. 자, 일어나시게. 이제 아무 염려할 것 없으니."

내 곁에서 사스케 아저씨는 내내 울고 있었습니다.

그렇게 해서 저는 양부의 따뜻한 품에 안겼습니다. 에치고의 새로운 가족들은 모든 것을 잊게 해주셨어요.

그렇지, 단 한 번 에치고 땅에 눈물을 떨군 적이 있었군요. 몇 년 전에 제가 만든 '요시무라 조생종'의 수확을 둘러보러 갔을 때의 일입니다. 집사람과 막내딸, 그리고 한사코 사양하는 사스케 아저씨를 억지로 기차에 태워 에치고 고향집에 갔었습니다.

황금빛으로 빛나는 논두렁길을 하염없이 걸었어요.

쪼그리고 앉아 쌀알이 잘 들었는지 조사를 하고 있으려니 사스케 아저씨가 갑자기 내 등을 꽉 끌어안더군요.

"참말로 잘했소, 선생. 참 대단하고만요."

그대로 일어서서 큼지막한 아저씨를 등에 업고 논두렁길을 걸었습니다. 장난을 치고 까불거리면서도 눈물이 줄줄 흘러 영 멈추지 않았어요.

아, 모리오카에 도착했네요.

저기가 기타카미 강이로군요. 참으로 긴 여행길이었지만, 마침내 제가 태어난 고향 땅에 돌아왔습니다.

저녁노을이 아름다운 이와테 산, 남으로는 하야치네 봉우리, 북으로는 히메가미 산. 기타카미 강과 나카쓰 강이 합류하는 저 끝에 모리오카 성이 서 있던 옛 자취도 역력하군요.

아아, 참 어쩌면 이렇게 아름다운 동네인가요.

저런저런, 악대까지 나와서 마중을 해주시다니, 황송해서 어쩐담. 개찰구에 줄을 맞춰 서 있는 건 내가 부임할 농림학교 학생들인가?

환영해주는 건 고맙지만 제발 만세삼창만은 안 했으면 좋겠는데. 실은 남의 눈에 띄는 게 영 서툴러서요.

그래도 선생이 곁에 계셔서 참 다행이에요. 조교인 척하고 나를 좀 빠져나가게 해주시겠습니까? "교수님은 너무 피곤하셔서 인사는 내일로"라고 말이죠. 잘 하시지요, 그런 거?

아이쿠, 악대가 요란한 군악을 연주하네.

현수막까지 내걸었어. '환영 요시무라 간이치로 선생'이라.

어휴, 진땀이 다 나네.

아시겠죠, 나는 기차에서 내리면 플랫폼 끝까지 걸을 겁니다.

왜냐면 고향의 바람을 가슴 가득히 들이마시려구요.

자, 내리십시다.

아득히 펼쳐진 하늘 저 끝에서 맑은 바람이 불어오는군요.

걷고 또 걸어서 이와테 산이 똑바로 보이는 플랫폼 끝까지…….

어이, 내가 이제 돌아왔소.

난부의 바람이야. 모리오카의 바람이야.

가슴 가득 마셔보자.

힘껏 내 가슴 한가득.

아아, 어쩌면 이리도 맛난 바람이냐.

아아, 어쩌면 이리도 맛난 바람이냐.

난부의 벚꽃은
바위를 깨고 피어난다.

에토 히코자에몬 귀하

　한중지절에 전 가문이 더욱 청목하시고, 경사 다복하시기를 기원합니다.

　오사카 근무 이래 오래도록 문안 여쭙지 못하여 송구하던 차에 돌연 어줍잖은 서찰로 이처럼 큰 부탁을 드리게 되었으니 참으로 면목이 없을 따름입니다. 거듭 무례인 줄은 아오나 본인의 평생 소원이라 여기고 부디 가납하여주시기를 머리 숙이고 합장하며 기원합니다.

　이번 오슈 소동에 대하여 풍편에 들으시고 참으로 큰 걱정을 하셨을 줄 압니다.

　심히 본의는 아니오나 전쟁은 끝이 나고 저는 역적 수괴의 대죄를 받아 이제 모리오카 교외의 어느 절에서 조정의 처분을 기다리는 몸입니다.

이 서찰이 대인께 도착하였을 즈음 이미 조정의 처분이 떨어진 뒤일 터인즉, 부디 저의 유서라 여기시고 참으로 무리한 요청이오나 저의 뜻을 받아주시기를 거듭 부탁드립니다.

또한 이 변변찮은 서찰을 지참한 종자는 그 이름이 사스케라 하며 오노 가문에서 오래도록 충직하게 일해온 하인입니다.

우락부락한 생김새이나 이번 소란에도 늘 저의 마부로서 소임을 다해온 충의한 자이니 부디 안심하시고 너른 마음으로 돌봐주십시오.

바라는 것은 추운 모리오카 땅에서 사스케와 함께 찾아가는 소년의 일이올시다. 이 아이는 난부 가문 연고자의 자제가 아니며 또한 저의 친자식도 아닙니다. 단지 제 휘하 말단 무사의 자식이올시다.

주가의 연고 후손도 제쳐두고, 또한 저의 친자식도 제쳐두고 한낱 말단 무사 자식의 일신을 대인의 가문에 의탁하는 것은 심히 부당한 일인즉 그 연유가 궁금하실 줄로 압니다.

이 아이의 아비, 성명 요시무라 간이치로라 하는 자는 이미 지난 도바 후시미 전투의 와중에 전사하였습니다.

지난 임술년 요시무라 간이치로가 모리오카 땅을 탈번할 적에 이 아이의 어미는 결사의 뜻을 품은 지아비가 필시 귀향하지 못할 것이라 짐작하고, 뱃속의 아이에게 간이치로라는 동명을 내려주었으니, 이 아이의 성명 또한 요시무라 간이치로라고 합니다.

거듭 부탁드리는 것은 앞으로도 부디 이 아이의 성명을 바꾸지 않도록 배려하며 양육해주신다면 참으로 다행이겠습니다.

이같이 뜻밖의 큰일을 부탁드리는 데 더하여 성명마저 보전해주기를 청하는 연유를 이제부터 상세히 밝히고자 합니다.

이 아이의 아비는

참된 난부 무사올시다.

의사(義士)올시다.

신분은 겨우 이타 이인부치의 말단이었으나 그 인격이 질박 성실하고 고매 결벽하며 비루함이란 추호도 없어 전 무사도의 귀감이었습니다.

지난 갑오년에 모리오카 우에다 구역 말단 무사 가문에서 출생한 이래 단 하루도 게을리하지 않고 면학에 힘쓰고 격검에 정진하여 마침내 번교 강학 조교 겸 검술 사범의 대임을 다하였습니다.

그 학식과 기량은 번사 중의 발군이었으니 크게 입신출세하여도 모자람이 없는 인물이었으나, 그 신분이 말단 무사 가문의 출생인지라 합당한 승진을 이루지 못하였습니다. 또한 번의 재정이 지극히 곤궁하던 터라 수고료조차 넉넉히 지급하지 못하고, 단지 대대로 내려오던 소소한 봉록으로 처자를 부양하였습니다. 그러하나 타고난 검소하고 성실한 성품으로 자신의 분수를 지키어 굳이 부귀를 탐하지 않고 또한 도를 심득하여 빈천을 원망하지 않았습니다. 동료 말단 무사들 또한 빈한함을 감안하여 저를 비롯한 상사의 인정에도 기대지 않고 오로지 헐벗고 궁하기 이를 데 없는 나날을 보냈습니다.

거듭 말씀드립니다.

이 아이의 아비는

참된 난부 무사올시다.

의사올시다.

백성들이 기근에 빠져 추위와 배고픔에 전전긍긍하는 참상을 보며, 이 아이의 아비는 제 일신의 영달을 의로운 일로 여기지 않고 오로지 인(仁)과 자(慈)의 정으로 빈천을 감수하였습니다.

곰곰 생각하면 학식과 기량의 탁월함은 오로지 각 개인의 노력과 정진의 선물이건만 그 실력을 합당하게 평가하여주지 못하였으니 이는 전적으로 조장인 본인의 부덕의 소치올시다. 그저 면목이 없을 따름입니다.

난부 번 재정계 총책임의 대임을 맡아 본인 또한 다년간 힘써 노력하였으나 번 재정의 회복을 이루지 못한 채, 백성을 도탄에서 구하지 못하였습니다. 번사의 생계를 해결하지 못했음은 물론이고 끝내는 요시무라와 같은 뜻있는 무사를 탈번의 행동에 나서게 하기에 이르렀으니, 그 죄과 또한 오로지 재정계의 대임을 맡은 저에게 있습니다.

그리하여 저는 불구대천의 역적으로서 조정의 처분을 기다리는 몸이 되었으나 천왕을 거역한 처벌을 받는 데 대하여는 추호의 회한도 없소이다. 단지 재정계의 총책임자로서 저의 맡은 바 소임을 다하지 못한 데 대하여 참으로 죽어 마땅한 대죄라 여기고 있습니다.

비록 머지않아 참수의 처형장에 임하게 될 처지이나 저의 능력 부족으로 그 궁핍을 면하지 못한 백성과 영민, 말단 무사와 동료 번사들에게 진심으로 용서를 빌 뿐입니다.

원래 오노 가는 누대에 걸쳐 사백 석의 과분한 봉록을 받고 또한 조의 말단 무사 삼십여 명의 수하를 거느린 처지임에도 불구하고, 오로지 번 재정의 유지에만 몰두하고 주군과 난부 가문의 안녕에만 분주하였던 것은 실로 크나큰 과오였습니다.

황공한 말씀이나, 이번에 막부가 천하를 잃게 된 원인은 저의 과오와 마찬가지로 백성들과 말단 무사의 참혹한 고통을 추호도 참작하지 않은 채 오랜 세월 막부와 쇼군 가만을 소중히 여겨온 탓이라 생각합니다.

이같은 일은 충의라 할 수 없습니다. 단지 각각 제 일신의 안위만을 지키고자 한 일이었으며, 이는 저 또한 마찬가지였습니다.

충의라는 말을 빌렸으되 부지불식간에 제 일신을 보전할 계략만 세우고 있었던 것입니다.

그러한즉 막부의 전복도 쇼군의 재난도 모두 하늘의 벌이라 생각합니다.

저의 사백 석 봉록은 백성의 기름이며, 쇼군의 팔백만 석 봉록 또한 백성의 땀과 피올시다. 오로지 그것을 바탕으로 무사는 무사로서 오랫동안 우위를 지킬 수 있었습니다. 그런 터에 하물며 사농공상의 분별이라는 심히 이치에 닿지 않는 억지 이론만을 내세웠으니 마침내 하늘의 벌을 받아 무사가 서로 죽고 죽이는 지경에 이르고 만 것입니다.

따라서 흑선이 내항한 이후 양이지론(攘夷之論)이 세상을 풍미하는 것은 모조리 환상이올시다. 막부 개벽 이래 이백육십여 년 동안 각 가문의 세습을 고집해온 탓에, 이미 무사도는 사라지고 저마다 보신에 급급한 짐승과도 같은 무리로 떨어지고 말았습니다.

그러하나 모두가 무능하고 짐승 같은 가운데 유일한 단 한 사람, 혁혁한 무사의 귀감이 있었습니다.

거듭 말씀드립니다.

이 아이 아직 소년이오나 이 아이의 아비는 참된 난부 무사올시다.

의사올시다.

본인이 나라야마 사도 님을 비롯한 중신들을 사주하여 조정에 대항하는 전쟁에 나선 이유는 오로지 그 한 가지올시다.

이 아이의 아비인 요시무라는 목숨을 아끼지 않고 처자식을 위해 싸웠습니다. 이를 두고 말단의 비천한 행동이라 이르는 자도 많으나, 저는 그것을 거듭 숙고한 끝의 행동이며 그야말로 사내대장부의 마음가짐이요 무사도의 정화라 생각합니다.

따라서 저는 요시무라 간이치로의 무사 혼을 난부와 맞바꾸었습니다. 이를 두고 망거와 광기로 치달은 짓이라는 비난이 쏟아질 줄은 충분히 각오하고 있습니다.

그러하나 금후 가령 유신이 순조롭게 이루어져 천왕을 모시는 통일 국가가 구현된다 하여도, 만에 하나 일개 병사의 처자식을 제쳐두고 오로지 멸사봉국만을 의로 여기는 세상이 된다면 반드시 나라는 망하고 다른 나라의 노예로 떨어질 것임을 저는 굳게 믿고 있습니다.

일본은 예로부터 의(義)를 가장 큰 덕으로 여겨왔습니다. 그러하나 언제부터인가 본래 의미를 왜곡하여 의는 곧 충의라 규정하고 말았으니, 이는 참으로 어리석은 일이며 궤변이요 천하의 오류입니다.

의의 본령은 정의일 따름이며 오로지 사람이 마땅히 걸어야 할 길을 이르는 말일 뿐입니다.

의를 일단 상실한 뒤에는 반드시 인심이 황폐해져 문화 문명이 아무리 융성한다 해도 나라는 위기에 빠지고 말 것입니다. 사람이 마땅히 걸어야 할 길을 제쳐두고 과연 어떤 번영의 기쁨이 있겠습니까.

사내대장부가 신명을 아끼지 않고 처자식에 온 정성을 다하는 것은 결코 비천한 일이 아니며 단연코 의거올시다. 따라서 저는 그야말로 후세 만민을 위한 일이라 생각했고 지금도 그렇게 믿습니다.

태어나고 자란 땅 난부, 선조 대대로 살아온 모리오카, 고향의 산하를 송두리째 바치고, 주군을 비롯하여 난부 가문과 동료 무사들, 향우 여러분은 물론 오노 가문 일족의 목숨을 모두 천왕의 새 나라에 바쳤습니다.

다행히 성읍이 불타 없어지는 참화만은 면하였으나 영지의 변경과 감봉이라는 처벌은 면하지 못하였고, 또한 살아남은 난부 사람들에게 역적 도당의 오명을 씌우고 신산고초를 겪게 할 것은 틀림없는 사실입니다.

그러하나 난부의 무사 혼백 한 방울이 고난의 끝에 남는다면 그 한 방울이 기타카미 강 큰 줄기가 되어 새 나라를 반드시 바른 길로 이끌 것입니다.

요시무라 간이치로가 항상 말하였던 바,

난부의 벚꽃은 바위를 깨고 피어난다 하였으니

저는 그 한마디를 명심하여 미력이나마 분에 넘치는 정진을 다하였습니다.

일이 이 지경에 이르러 돌아보니 저의 힘이 마침내 미치지 못하였으나, 일개 인간의 노력 정진에 있어서는 한 조각의 후회도 없습니다. 바위를 깨고 개화하는 봄을 맞이하지 못하였으나 저의 사력을 다 바쳤으니 무사도에 비추어 부끄러움은 없습니다.

흠모하는 벗 요시무라 간이치로의 최후는 참으로 장렬하였습니다.

죽음에 임하여 그 몸뚱이를 남김없이 처자에게 바쳐서 그 시신에는 피 한 방울조차 남지 않았으며 죽은 얼굴에 가까스로 눈물 한 방울이 맺혀 있었습니다.

몇 번을 말하여도 다하지 못하겠습니다.

이 아이의 아비는

참된 난부의 무사올시다.

의사올시다.

이 소년을 슬하에 거두어 배려하고 양육하여주시기를 저는 엎드려 합장하며 진심으로 간청드립니다.

　의사(義士)의 혈맥이 어느 날인가 바위를 깨고 수많은 가지를 뻗어 피어나는 것을 몽환(夢幻) 중에 크게 기뻐하며, 이것으로써 붓을 놓고자 합니다.
　송구하오나 삼가 긴 글 올리옵니다.

기사년(己巳年) 2월 8일
오노 지로우에몬 올림

너무 재미있어서 일단 펼쳤다 하면 책을 놓을 수 없고, 그러면서도 고급스러운 품격과 문장의 격조가 돋보이는 작품을 만나는 일은 독자에게, 작가 본인에게, 그리고 한 귀퉁이 번역자에게도 큰 축복이다. 아사다 지로의 작품을 번역한 것은 이번이 세번째, 어김없이 또 한 번의 축복으로 다가왔다. 심금을 울린다는 말이 있는데, 우리 마음속 가야금을 가장 낮은 현에서부터 가장 높은 현까지 남김없이 퉁겨 마지막 한 방울의 눈물까지 쏟아내게 한 다음, 그 눈물이 어느새 삶의 고단함을 구석구석 적셨는지, 문득 깨닫고 보면 다시 한번 열심히 살아보자는 맑은 힘이 솟아나게 하는 신비한 재능, 아사다 지로에게 또한 방 크게 얻어맞고 말았다.

노년의 철도원과 어린 나이에 죽어 그의 가슴에 맺혀 있던 딸아이가 등장하는, 너무도 유명한 『철도원』처럼, 아사다 지로의 소설은 현대인의 애환을 그린 것에서부터 피카레스크 소설, 도박과 경마, 여행, 역사에 이르기까지 소재의 폭이 넓고 다양하기로 유명하다. 특히 역사소설은 아사다 지로에게 특별한 의미를 가진 듯하다. 청나라 말기의 궁중 비화를 담은 『창궁의 묘성』『진비(珍妃)의 우물』을 발표했을 때는 '이 소설을 쓰기 위해 작가가 되었다'는 자극적인 표지 문안이 실렸을 정도다.(『창궁의 묘성』에 나오는 혹독한 과거 시험의 묘사는 아직까지도 일본 역사소설의 가장 뛰어난 한 장면으로 회자된다.)

　반면 『칼에 지다』는 일본 역사 중에서 격변의 한 시대를 따왔다. 막부 말기의 신센구미가 그 대상이다. 아사다 지로가 아직 여기저기에 투고하여 번번이 낙선의 고배만 마시던 습작기 때에 육백 매 남짓 써두었던 원고를, 이십 년 만에 이천사백 매의 대작으로 일궈낸 작품이라고 한다. 이십 년 동안 품에 안고 뜸을 들였으니 작가에게 얼마나 애착이 가는 작품일지 충분히 짐작할 만하다. 필력이 좋은 작가일수록 역사소설은 매력적인 장르다. 옛 문헌과 자료를 뒤적이는 일이 재미있어 매일 밤을 새우다시피 하고, 그렇게 역사적 사실을 섭렵하여 한몸이 된 뒤에는 현대와의 접점을 찾아 되새김질하듯 재구성하여 작가 자신만의 독특한 혼을 불어넣는 작업, 아사다 지로는 이 작업이 세상 어떤 일보다 재미있는 '놀이'라고 한다.

　신센구미는, 이백육십여 년 동안 대대로 세습되던 도쿠가와 막부의 무가사회가 무너지고 새롭게 천왕을 옹립한 세력에 의해 메이지유신이 일어난 격변의 시대에, 도쿠가와 막부에서 마지막으로 조직한 교토 경호대였다. 교토에는 나라의 근본인 천왕이 있었고 불온한 세력이 호시탐탐 그 천왕을 들쳐업고 정권을 쥐려 할 때, 이를 막기 위해 막부에서 교토에 특파한 특수부대인 셈이다. 그러나 이 정쟁에서 막부가 어이없이 항복하고 '불온한 세력'이 천왕을 업고 혁명에 성공하자, 신센구미는 결국 막차를 탄 악당 꼴이 되었다. 무가사회의 중심이던 무사도를 끝까지 관철한 것이, 도리어 천왕에게 활을 당기는 역적이 되고 새 시대를 거스르는 반동세력이 되고 만 역사적인 아이러니. 메이지 시대에 줄곧 배척되었던 신센구미가 역사의 흐름과 함께 부각된 것도 그 '비운의 의(義)'를 되새겨보면서부터였다. 무너져가는 것을 직감하면서도 차례차례 역사의 강물에 뛰어드는 행렬…… 그들은 누구보다 실력 있는 검의 달인이며 시대를 읽는 지략과 불타는 정의감을 가진 이들이었다!

　메이지유신(1867) 이후 약 백 년 동안 신센구미는 역사의 전면에 나서지 못하였다. 다행히 창의대 잔당으로 고료카쿠 전투에 가담했던 조부에게서 막부에 순사했던 이들의 이야기를 듣고 자란 역사가 시모자와 칸(子母澤寬)이, 조부의 옛 이야기를 바탕으로 기존 역사서에 얽매이지 않고 실제로 당시를 경험한 사람들을 찾아다니며 쓴 『신센구미 시말기』(1926)가 남아 있었다. 이후 신센구미 소설이며 영화, 만화는 모두 『신센구미 시말기』의 덕을 입게 되었다.

　"신센구미는 아이즈 친위대 휘하의 관리, 즉 경찰대 소속이다. 우선 그것을 알아두면 그들이 자행한 험한 일들에 대한 이해가 빠를 것이다. …(중략)… 막부 말기의 역사를 말하는 데

있어 관군이니 역적군이니 하는 말처럼 가당치 않은 말도 없
다. 그 시절에는 전혀 관군이고 역적군이고 없었다. 그저 정치
적인 의견이 다르고 인생의 순리로 삼은 것이 다른 데다 인간
인 이상 다소의 감정도 섞여서 끝내 포화로써 해결하기에 이르
렀을 뿐이다."

　막부파의 필두였던 아이즈 마쓰다이라 가문 출신의 여성이
쇼와 천황의 아우와 결혼하면서(1926), 오십여 년 동안 역적의
오명을 썼던 아이즈 인들이 감격의 눈물을 흘린 사건도 신센구
미를 바라보는 새로운 흐름을 터주었다. 1945년에 일본이 패망
하면서 근왕과 막부의 대결이라는 황국사관의 단순한 이원론
에서 벗어나자, 신센구미에 대한 재평가가 본격적으로 이루어
지기 시작한다. 1962년부터 일본의 대표적인 역사 소설가 시바
료타로(司馬遼太郎)의 손에 의해 『신센구미 혈풍록』『타오르는
검』이 잡지에 연재되고 이 작품이 텔레비전 드라마로 만들어지
면서 마침내 메이지유신 백 년 만에 신센구미는 하나의 유행으
로 떠올랐다. 주로 곤도 이사미, 히지카타 도시조, 오키타 소
지, 사이토 하지메 등의 간부 대원을 주인공으로 하는 역사소
설로, 텔레비전 시대극의 단골 메뉴로, 나아가 영화와 장편 만
화에까지 속속 등장하면서 신센구미는 이제 누구에게나 친숙
한 이름이 되었다. 여기에 아사다 지로가 '전혀 새로운 신센구
미 이야기'라는 기치를 내세우며 뛰어들었다.

　"지금까지의 신센구미를 그대로 쓴다는 데는 저항감이 있었

습니다. …(중략)… 되도록 지금까지 신센구미의 좋은 점으로
추켜세워졌던 부분은 피해가며 썼습니다. 어떤 각도에서 써야
좀더 유니크할 것인가 고심했지요. 그런 의미에서 역사소설은
앞의 사람이 쓴 것이 또 다른 덫이라고나 할까, 참 어려웠습니
다. 같은 자료를 읽고 같은 이야기를 써서는 안 된다는 건 물론
자존심 문제겠지만요."

아사다 지로의 자존심을 걸고, 전혀 새롭게 써낸 신센구미
이야기. 우선 그 주인공이 전혀 다르다. 신센구미 국장이었던
곤도 이사미도 아니고, 그의 오른팔이며 책사였다는 히지카타
도시조도 아니고, 그렇다고 검의 달인 오키타 소지도 아니다.
앞서 말한 시모자와 칸의 『신센구미 시말기』에 단 몇 줄로 등장
하는 요시무라 간이치로에게 작가의 눈길이 가 닿았다.

"도바 후시미 전투 뒤에 난부 번 저택에 몸을 피했다가 할복
명령을 받은 사무라이가 있었다. 그때 난부 번 저택의 총책임
자는 오노 지로우에몬이라는 중신이었다. 또한 신센구미가 막
부의 아이즈 번 직속으로 발탁되었을 때, 요시무라 간이치로라
하는 사무라이가 벌떡 일어나 '그것이 참말이옵니까?' 하며 눈
물을 흘렸다."

이 짧은 기술을 바탕으로 아사다 지로는 '난부 번의 참된 의
사, 요시무라 간이치로'를 창조해낸다. 무가사회의 밑바닥 계급
인 말단 무사, 먹고살기가 궁하여 탈번의 죄를 범한 무사, 서민

의 마음을 누구보다 잘 알았던 요시무라 간이치로. 말단이면서
도 어느 고위직보다 충성스러웠고, 처자식을 굶겨죽이지 않으
려고 수전노 소리를 들었으나 마지막 막부군으로서의 의 또한
저버리지 않은 요시무라 간이치로. 새로운 신센구미 상의 탄생
이다.

　1867년 정월 초이레, 오사카의 난부 번 저택 깊숙한 방에서
스스로 배를 가른 요시무라 간이치로의 때로는 비루하고 때로
는 장렬했던 삶은, 절절한 독백으로 그 서리고 서린 회한을 밤
새 남김없이 풀어낸다. "설마 이렇게까지 슬픈 일이 있어서야
되겠소!"라는 안타까운 탄식과 함께 독자의 가슴을 저미는 아
들 가이치로의 한까지. 이 자리는 자신이 창조한 주인공을 누
구보다 사랑하는 작가가, 만인 독자와 함께 그 넋을 진심으로
위로하는 한판의 씻김굿을 위해 마련한 것이 아닐까. 책을 다
읽은 다음 나는 이 부분만 다시 읽었다. 요시무라 간이치로와
그의 창한 아들 가이치로에 대한 예의였다.

　그로부터 오십 년 뒤에 한 신문기자가 발품을 팔아가며 노령
의 옛 신센구미 대원과 난부 번사의 혈연을 찾아다니며 요시무
라 간이치로의 자취를 더듬는다. 그 오십 년 동안에 세상은 문
자 그대로 개벽하여, 물밀듯이 서양문명이 밀려들고 발전이라
는 이름의 신문물은 인간의 의식마저 바꾸어놓는다. 어떤 등장
인물보다 매력적인 사스케의 입을 빌리면 이렇다.

"그나저나, 손님.
신시대도 좋고 데모쿠라시란 것도 다 좋지만, 세상이 너무

좋아져서 그런지 요즘에는 도무지 사내다운 사내를 찾아볼 수가 없어.

그리 생각하지 않소?

내 사업장에 발을 들인 젊은 애들만 봐도 꾸지람 몇 마디 들었다고 휑하니 나가버려. 남의 돈 먹기가 그리 쉬운 게 아니다, 어디 한번 끝까지 꾹 참아보자, 이런 정신이 당최 없어.

하긴 전쟁 특수 덕분에 여기저기 흥청망청, 먹고살기가 편해졌지. 굳이 힘든 일 안 해도 세 끼 밥은 그럭저럭 입에 들어가거든. 그러니 사내다운 사내를 만들자는 것 자체가 아예 억지소리가 되고 말더라니까.

통 고생을 해보질 않아서 이놈이고 저놈이고 죄다 제 나이보다 훨씬 어리게 보여. 여자가 그러면 나쁠 것도 없지만 사내놈이 제 나이보다 어려 보인다는 건 말요, 절대로 좋은 게 아냐. 그만큼 어리석은 놈이라는 얘기지.

군대라는 데는 그야 죽는 방법은 일러줘. 그렇지만 사는 방법은 가르쳐주질 못해. 사실은 그쪽이 훨씬 더 중요한데 말야. 아니, 사는 방법을 모르는 사내놈이 죽는 방법을 어찌 알겠느냐고.

세상이 좋아지는 바람에 제대로 사는 방법을 모르는 그런 얼간이 같은 사내놈들이 많아졌다, 이거지."

"지로에 나리도 요시무라 선생도 각자의 몫을 칼같이 해낸 분들이야. 내 눈으로 보면 그 두 분이 똑같이 사내대장부 중의 사내대장부요."

그리고 세번째로 작가가 감춰둔 시대는 바로 지금 이 시대이다. 작가는 이 작품이 자신의 습작기였던 이십 년 전보다 지금 발표되는 게 시기적으로 더 적당했다고 밝힌다. 장기 불황의 늪에 빠져 몇십 년 근무하던 회사에서 하루아침에 정리해고되는 가장들, 도산하는 회사에서 마지막까지 밥벌이에 대한 의무를 다하고 함께 무너져가는 아버지들의 고통스러운 몸부림이 그 배경에 담겨 있다. 이 책을 읽고 많은 직장인과 가장이 용기를 얻었다는 독후감이 빗발쳤다는 이야기가 설득력 있게 다가오는 부분이다.

한편으로 현대 사회에서 점점 힘을 잃어가는 남성성, 참된 부성(父性)을 지닌 가장에 대한 천착도 빠뜨릴 수 없다. 아사다 지로는 '인의예지신(仁義禮智信) 중의 예지신은 오늘까지도 지켜지지만 인과 의는 사라졌고 그것이 참된 남성, 참된 부성이 사라진 이유'라고 한다. 인(仁)이란 착하면서도 강한 인간으로서의 길, 의(義)는 겉으로 내세우는 사회적 책임일 것이다. 인은 무시되고 의만을 강요하던 시대에 요시무라 간이치로는 이 두 길을 모두 포기하지 않고 운명에 저항하며 한 방울 눈물의 흔적만 남을 때까지 온힘을 쥐어짜 자신의 할 일을 '칼같이' 해내고 스러졌다. 마지막 사내다운 사내, 누구보다 행복한 지아비이고 훌륭한 아버지의 모습이다.

사내로서 살기 위해 그토록 처절한 몸부림을 치는 지아비를 시즈는 어떤 심정으로 지켜보았을까. 사이토 하지메가 이름조차 잊었다던 이시헤이 소로의 여인은? 오노 지로우에몬의 어머니는? 작가는 '칼에 진' 사내들의 세계 뒤에 그녀들을 앉혀두고 한 마디 말이 없다. 차마 말하지 못한 것일까. 더 큰 감동의 예감이 벌써부터 다음 이야기를 기다리게 한다.

어느 때보다 감동이 그리운 시절이다. 우리에게 다시 일어설 용기를 주는 것은 충격이나 파격은 아닌 것 같다. 세상의 신산고초를 두루 겪고 성실히 필력을 갈고닦아 품새는 넓고 다정다감하며 탄탄한 구성과 품격 높은 문체를 펼치는 작가가 짐짓 천연덕스럽게 퉁겨주는, 심금을 울리는 연주 솜씨! 충격이니 파격의 사태에 밀려 소설이 가져야 할 인정과 감동의 미덕이 우리 문단에서 그 위치가 미미해진 것은 아닌지, 돌아보는 계기가 되었으면 한다.

2004년 11월
양윤옥

옮긴이 양윤옥

일본문학 전문번역가다. 원광대 국문과를 졸업한 뒤 출판사 편집부에서 근무하다 남편의 임지를 따라 일본으로 건너간 뒤 1992년 무렵부터 번역을 시작했다. 히라노 게이치로의 『일식』을 통해 번역가로서의 입지를 다진 후부터 아사다 지로의 『철도원』, 마루야마 겐지의 『무지개여, 모독의 무지개여』, 쓰지 히토나리의 『사랑을 주세요』 등을 잇달아 펴내며 '1급' 번역자로 굳게 자리잡았다. 히라노 게이치로 『일식』의 번역으로, 2005년에 일본 고단샤講談社가 수여하는 노마 문예번역상을 수상했다.
그동안 번역한 책으로는 히라노 게이치로의 『일식』, 『장송』, 『센티멘털』, 미시마 유키오의 『가면의 고백』, 마루야마 겐지의 『무지개여 모독의 무지개여』, 아사다 지로의 『철도원』, 『칼에 지다』, 『슬프고 무섭고 아련한』, 『장미 도둑』, 그외 『도쿄타워―엄마와 나, 때때로 아버지』, 『약지의 표본』, 『너덜너덜해진 사람에게』, 『붉은 손가락』, 『남쪽으로 튀어』, 『유성의 인연』, 『지금 만나러 갑니다』, 『플라나리아』, 『라쇼몽』, 『오, 마이갓』, 『사랑을 주세요』, 『겐지와 겐이치로』, 『천사의 알』, 『천사의 사다리』, 『모든 구름은 은빛』, 『피아니시모 피아니시모』, 『1Q84』, 『나는 갓난아기』 등이 있다.

칼에 지다(하)

1판 1쇄 2004년 12월 9일
1판 19쇄 2025년 5월 30일

지은이 아사다 지로
옮긴이 양윤옥

책임편집 이주엽 고은주
디자인 이승욱
마케팅 이보민 손아영

펴낸곳 (주)북하우스 퍼블리셔스 | **펴낸이** 김정순
출판등록 1997년 9월 23일 제406-2003-055호
주소 04043 서울시 마포구 양화로 12길 16-9(서교동 북앤빌딩)
전화 02-3144-3123 | **팩스** 02-3144-3121
전자우편 editor@bookhouse.co.kr | **홈페이지** www.bookhouse.co.kr
인스타그램 @bookhouse_official

ISBN 89-5605-108-9 04830
　　　　89-5605-106-2 (세트)